SHERLOCK HOLMES CRIMINAL BIBLIOTHEK

Band 4

In dieser Reihe bereits erschienen:

Band 1	Michael Hardwick	Der Fluch von Baskerville
Band 2	Roman Sander (Hrsg.)	Holmes und der Kannibale
Band 3	Michael & Mollie Hardwick	Holmes und die Spionin
Band 4	Alisha Bionda (Hrsg.)	Das Geheimnis des Geigers

Hrsg. Alisha Bionda

Das Geheimnis des Geigers

Nach den Charakteren
Sherlock Holmes und Dr. John H. Watson
von Sir Arthur Conan Doyle

BLITZ

BLITZ-Bücher werden nach der alten Rechtschreibung gesetzt.
Wir verwenden ausschließlich umweltfreundliches Papier.

Redaktion: Jörg Kaegelmann
Covergestaltung: Mark Freier (www.freierstein.de)
Innenillustration: Andreas Gerdes (www.grafikdesign-gerdes.de)
Fachberatung: Dr. Klaus-Peter Walter
Lektorat: TTT, Mallorca
Satz: Mark Freier, München
Druck und Bindung: Drogowiec, Polen

www.BLITZ-Verlag.de
ISBN 3-89840-215-0

INHALT

VORWORT

Wenn eine literarische Figur in jedem Sinne unsterblich ist, dann zweifelsohne Sherlock Holmes. Er überlebte nicht nur den Mordanschlag seines eigenen Schöpfers Conan Doyle, der ihn aus höchst eigensüchtigen Motiven die Reichenbach-Fälle hinunterstieß, sondern sogar Doyles Tod, und bis heute haben Tausende von Schriftstellerinnen und Schriftstellern in aller Welt den Sherlock-Holmes-Mythos in Zehntausenden von Kurzgeschichten und Romanen weiterentwickelt. Nahezu alle Nebenfiguren agieren deshalb in eigenen Romanserien: Inspektor Lestrade, Mrs. Hudson und Bruder Mycroft ebenso wie Professor Moriarty, und es gibt kaum einen realen Zeitgenossen, der mit dem Meister aus der Baker Street noch nicht literarisch konfrontiert worden wäre: Einstein, Chaplin, Lenin, Hitler, Churchill, Freud, Karl May, Bram Stoker und viele andere. Außerdem begegnete Holmes Romanfiguren wie dem Phantom der Oper oder dem Grafen Dracula – sah dieser Vampirjäger Dr. van Helsing alias Peter Cushing im Film nicht sowieso aus wie Holmes? Der jagte Jack the Ripper und war dieser sogar selbst, er wurde verliebt und verheiratet, blieb der eiserne Junggeselle, der er immer gewesen war, zog sich ins Privatleben zurück und kam nie wirklich darin an. Neuerdings trifft man ihn zunehmend auf „Mörderjagd in Lovecrafts Welten“, so der Untertitel einer einschlägigen Anthologie. Er ist, so scheint es, flexibel genug, alles, was immer man ihm auf den nimmermüden Leib projiziert, mühelos in sich aufzunehmen. Im Grunde aber setzt der Kampf gegen Cthulu und Konsorten, in den er immer öfter zieht, nur fort, was bereits in Conan Doyles spiritistischen Interessen angelegt war.

Undenkbar wäre Holmes ohne sein viktorianisches Zeitalter, dessen Geist Vincent Starrett (1886-1974) so treffend in seinem Gedicht „221B“ eingefangen hat: „England bleibt England nach wie vor – und wahr, was nur das Herz beschwören kann!“

Ein einsamer Hansom, dessen Weg das geisterhaft trübe Licht der Gaslaternen nur unzureichend erhellt, bringt noch einen späten Klienten in die regennasse Baker Street. Sein Fall weist jene bizarren Aspekte auf, die den Meisterdetektiv aus seiner Kokain-Lethargie reißen, bis er den erlösenden Satz spricht, auf den wir alle warten: „The game is afoot“, „Das Spiel beginnt!“ Und Watson muß seine gute alte Webley-Pistole einstecken, denn vielleicht, wir wollen es natürlich nicht hoffen und wünschen es uns doch, könnte es ja gefährlich werden…

Untrennbar mit dem Mythos Sherlock Holmes verbunden sind seine charakteristischen Besitztümer: der türkische Pantoffel mit dem Tabak, die Pfeife, die an den Kamin gespießte Korrespondenz, der säurezerfressene Experimentiertisch.

Die wohlvertrauten Gegenstände, Figuren und Rituale haben mehr als ein Dutzend deutschsprachiger Autorinnen und Autoren bewogen, Holmes für die vorliegende BLITZ-Anthologie auf neue Fälle anzusetzen. Sie decken viele Facetten seiner mannigfaltigen Persönlichkeit ab. In „Glauben Sie mir, mein Name ist Dr. Watson“ etwa begegnet der Meister Humphrey van Weyden aus Jack Londons Roman „Der Seewolf“, Edwin Drood aus dem letzten, unvollendeten Roman von Charles Dickens und Peyton Farquar aus „Eine Begebenheit an der Owl-Creek-Brücke“ von Ambrose Bierce. Hierin erfahren wir endlich, warum auf den Umschlägen von Dr. Watsons Berichten immer der Name eines gewissen Dr. Doyle prangt. Wie diese Story spielt auch „Ein Fall von Nekrophilie“ von Stephan Peters stark ins Fantastische.

Holmes als Naturwissenschaftler, als Pathologe und Pionier der Daktylographie, zeigen dagegen „Der Tote vom Sewer“ oder „Der Tote von Belgrave Manor“ von Stefani Hübner-Raddatz. Spätestens seit 1832 Frederick Marryat in „Jacob Faithfull“ und 1852 Charles Dickens in „Bleak House“ – einer der ersten Detektivgeschichten überhaupt! – Figuren spontaner menschlicher Selbstentzündung zum Opfer fallen ließen, geistert diese durch die Literatur. In „Die brennende Leiche“ von Markus Kastenholz nimmt sich endlich auch Holmes einmal dieses fürwahr heißen Themas an.

Würde man die schreibenden Holmesianerinnen und Holmesianer fragen, was sie sich denn wünschten, sie würden sicher antworten: „Daß alles so bleibt, wie es immer war.“ Wie in dem bereits zitierten Gedicht Vincent Starretts: „though the world explode, these two survive. And it's always 1895“. Tauchen wir also wieder in die Welt des Sherlock Holmes ein, denn „wenn auch die Welt zerfällt: auf die Herren reimt sich noch heute achtzehnhundertfünfundneunzig.“

Dr. Klaus-Peter Walter

Christian von Aster

DAS RENARDI-KOMPLOTT

Ich habe bezüglich der Niederschrift dieser Geschichte lange mit mir gerungen.

Denn obgleich es sich wie bei meinen anderen Berichten um ein Abenteuer meines Freundes Sherlock Holmes handelt, so ist es doch eine eher spezielle Angelegenheit, deren Schilderung am Ende vor allem ein wenig schmeichelhaftes Licht auf mich selbst werfen wird. Andererseits sind die hier beschriebenen Vorkommnisse aber auch solche, die den außerordentlich scharfen Geist meines Freundes mit einem unerwarteten und wohl einmaligen Gegner konfrontierten. Einem, der ganz London mit einem Netz ruchloser und einzigartiger Verbrechen überzog und sich einer Vielzahl von Verbündeten bediente, unter denen sich mit Professor Moriarty sogar der Erzrivale meines Freundes befinden sollte.

Aber entgegen dieser an den Tag gelegten Perfidie führte jener ominöse Gegner doch schlußendlich nichts Böses im Schilde. Und es wird den geschätzten Leser vielleicht nicht wenig erstaunen, daß es sich bei dem hier erwähnten Gegner um niemand Geringeren als mich selbst handelte.

Die Motivation für mein ungewöhnliches Vorhaben fand ich vergangenes Jahr zufällig und in einer kurzen Notiz, die Sherlock von seinem Bruder Mycroft übersandt worden war. Seine wenigen, kaum von Gefühlen belasteten Worte offenbarten mir ein wohl gehütetes Geheimnis meines Freundes.

Ich entdeckte den Zettel, als Holmes mich darum bat, einige Papiere dem Kaminfeuer zu überantworten. Dabei kam auch diese Notiz zum Vorschein, deren wesentliche Informationen ich ihr entnehmen konnte, bevor ich sie dem Feuer übergab. Gegenstand jenes kurzen Schreibens waren Mycrofts beste Wünsche zu Holmes' Geburtstag, die für mich zentrale Information war das Datum der betreffenden Notiz. Und während der Zettel zwischen einigen anderen zu Asche welkte, begann ich auch schon, bemüht, mir diese Zahlen einzuprägen, meinen verwegenen Plan zu schmieden:

Zu seinem nächsten Jahrestag wollte ich Holmes überraschen.

Unter gewöhnlichen Umständen wäre ein solches Vorhaben kaum erwähnenswert, weshalb ich Sie auch noch einmal daran erinnern möchte, daß es sich bei dem Mann, den ich überraschen wollte, um keinen Geringeren als Sherlock Holmes handelte, einen Mann, der aus dem Zustand Ihrer Fingernägel zu schließen vermag, was Sie während der vergangenen 24 Stunden getan haben, der aus Ihrer Kleidung Ihren Familienstand, Ihren Namen und Ihre bevorzugte Zigarrenmarke ablesen kann. Kurzum, ich wollte einen Mann überraschen, dem so wenig verborgen blieb, daß er noch die Hellseher des Blackpool Circus hätte korrigieren können.

Vor mir lag eine Titanenqueste.

Um meine Aufgabe vorzubereiten, blieb mir ein knappes Jahr Zeit.

Für einen reibungslosen Ablauf würde es allerdings vonnöten sein, den brillanten Geist meines Freundes abzulenken, ihn in Bewegung zu versetzen, damit er nicht die geringste Chance bekam, Verdacht zu schöpfen.

Ich gedachte freilich nichts dem Zufall zu überlassen. So machte ich es mir zum Ziel, in den Straßen Londons genügend vermeintliche Verbrechen zu säen, so daß sich Holmes unmittelbar vor seinem Geburtstag mit Dingen würde befassen müssen, die es ihm unmöglich machten, die Vorbereitungen meiner kleinen Überraschungssoirée zu bemerken.

Um Holmes' Gehirn, seinen Geist, jenes kaum aufzuhaltende Feuerrad, in solchem Maße fortzulenken, bedurfte es freilich einiger ungewöhnlicher Maßnahmen, die ich für mein Vorhaben durchweg zu ergreifen bereit war:

Mit dem Ziel, die nötigen Verbündeten für meinen Plan zu gewinnen, verfaßte ich zunächst einige Depeschen. Die erste ging an Inspektor Lestrade von Scotland Yard, der meinem Freund in verschiedener Hinsicht zu Dank verpflichtet war, weshalb ich nicht zweifelte, ihn für meine Sache gewinnen zu können. Der zweite Brief sollte England verlassen und an jene Frau gehen, die meinen Freund wie keine zweite je beeindruckt hatte: Irene Adler, deren Fotografie er noch immer wie einen Schatz verwahrte. Die letzte Nachricht seinerzeit ging an keinen anderen als Professor Moriarty, der sich Holmes gegenüber bereits verschiedentlich als ebenbürtiger Gegner erwiesen hatte. Und selbst bei ihm war ich mir beinahe sicher, daß er sich als Ehrenmann erweisen und meinem Ansinnen stattgeben würde…

Ich gebe zu, daß mich bereits zu diesem Zeitpunkt eine hehre Form von Ehrgeiz ergriffen hatte. Ein einziges Mal nur wollte ich Holmes um eine Nasenlänge voraus sein.

Lestrade gab mir am selben Abend noch zu verstehen, daß er sofort bereit war, mich in meinen Bestrebungen zu unterstützen.

Auch Irene Adler, erstaunlicherweise durchaus über jene außerordentliche Form der Verehrung im Bilde, die Holmes ihr seit dem Vorfall mit dem König und jener Fotografie entgegenbrachte, war bereit, mir ein wenig zur Hand zu gehen.

Und selbst Professor Moriarty, die wahrscheinlich heikelste Figur in meinem Plan, sagte mir aus dem Respekt heraus, den er meinem Freunde als geistigem Rivalen entgegenbrachte, zu, das ein oder andere zu unternehmen, um den guten Holmes heraus- und hinfortzufordern.

Die folgenden Monate war ich vor allem in der weiteren Planung meines Vorhabens begriffen. An seinem Geburtstag und während der beiden vorhergehenden Tage wollte ich Holmes beschäftigt wissen, um mich unterdessen um die nötigen Besorgungen und die Unterbringung der Gäste zu kümmern.

Mit meinen drei heimlichen Komplizen war ich bald schon entsprechend vorangeschritten.

Gemeinsam mit Lestrade hatte ich etwa beschlossen, zwei Verbrechensschauplätze mit Indizien zu schaffen, die selbst das Hirn eines Sherlock Holmes zum Rauchen bringen würden.

Irene Adler indessen würde während des Herbstes nach England kommen und sich mit Holmes verabreden, wobei sie ihn jedoch, damit ich etwas Zeit gewann, zunächst zweimal versetzen würde.

Professor Moriarty schlußendlich übersandte mir neben einer kleinen Glückwunschkarte die Pläne für zwei außerordentliche Verbrechen, die er ursprünglich sicher auch zu begehen in Erwägung gezogen hatte. Und da sich Moriarty nicht mit Kleinigkeiten zufriedengab, ging es dabei um nichts anderes als den Tower und die Bank von England. Beide Pläne bestanden aus mehreren dicht beschriebenen Blättern mit zahlreichen Skizzen, alles in der unverwechselbaren und meinem Freunde wohlbekannten Handschrift Moriartys.

Was mir noch zu tun blieb, war, Holmes nach und nach all das zuzuspielen und einige Handlanger zu dingen, die sich den Plänen entsprechend verhielten…

Sowohl die Gästeliste als auch die der Besorgungen vermochte ich schlußendlich abzuwickeln, ohne Holmes' Mißtrauen zu erwecken. Das einzige, was mir am Ende noch fehlte, war ein entsprechendes Präsent, das meinem Freunde und diesem Anlaß gerecht wurde.

Und etwa einen Monat vor dem Geburtstag meines Freundes – dessen genaues Datum ich an dieser Stelle aus Gründen der Diskretion verschweigen möchte – führte mich schließlich eben der Zufall zu einem Geschenk, das mir für Sherlock Holmes das rechte schien:

Als ich meinem Freund eines Morgens die Zeitung brachte, befand er sich selbst noch in seinem Ankleidezimmer. Ich ließ mich darum zunächst in seinem Sessel nieder, schlug die Zeitung auf und entdeckte darin eine Anzeige, die ich mitsamt der dazugehörigen Seite entfernte, um sie Holmes vorzuenthalten. Es handelte sich um die Ankündigung eines Sprosses der sizilianischen Geigenbauerdynastie Renardi, der England zu bereisen und in London Station zu machen gedachte. Hier wollte er entsprechenden Interessenten die letzten drei im Familienbesitz verbliebenen Geigen aus den Werkstätten seiner Väter verkaufen. Daraufhin folgten gedruckt die Tage, während der er in der Stadt weilen würde und am Ende die Adresse einer kleinen Pension, in der man Kontakt mit ihm aufnehmen konnte.

Renardi-Geigen waren nach Stradivari, Guarneri und di Peretti die wohl exklusivsten Stücke klassischer italienischer Geigenbaukunst. Wobei eine Renardi im Vergleich mit den übrigen genannten noch vergleichsweise erschwinglich und mit etwas Glück auch für einen Mann wie mich zu erwerben war. Meinem Freunde Holmes jedenfalls, als passioniertem Geigespieler, würde ein solches Instrument ein wahrer Schatz sein. Umso mehr, als er es am Ende im Rahmen einer derartig vergnüglichen Verschwörung erhalten würde!

Ich nahm also heimlich Kontakt mit Guillermo Renardi in seiner Pension auf, der zu diesem frühen Zeitpunkt bereits zwei seiner Erbstücke veräußert hatte. Von seinem letzten Instrument würde er sich, wie er mir zu verstehen gab, um einiges schwerer trennen.

Der Preis, den er mir nannte, war durchaus hoch, doch gewiß nicht zu hoch, wenn man bedachte, um was für ein Instrument und was für einen Anlaß es sich handelte.

Ich erwarb also jene letzte Renardi, verbarg sie wenige Tage, bevor alles in Bewegung geriet, in meiner Wohnung und tat mich schwer, jenen kleinen Triumph zu verbergen, den ich bereits jetzt zu empfinden begonnen hatte.

Zuletzt begann ich, Hinweise freizusetzen, befleißigte mich, drei Tage vor dem großen Tag, eines geheimnisvollen taubstummen Boten, der Holmes – angeblich im Auftrag eines mysteriösen Unbekannten – ein Kuvert mit einem Teil der Moriartypläne überbrachte.

Mein Freund, den das Erkennen der Handschrift seines Widersa-

chers in helle Aufregung versetzte, brütete den halben Tag über den Fragmenten.

Und dann ließ Inspektor Lestrade ihn auch schon in einer dringenden Angelegenheit zu Scotland Yard bestellen, von wo aus er ihn zu einem unserer fingierten Schauplätze führte.

Am Ende dieses Tages erlebte ich den guten Holmes so unruhig wie schon lange nicht mehr. Er fühlte sich mit Problemen konfrontiert, die seiner würdig waren, es war nicht bloß eines, sondern vielmehr zwei! Ein perfider Plan des teuflischen Moriarty und ein obskures anonymes Verbrechen.

Zwei treffliche Prüfsteine für seinen Genius!

Am Tag darauf sollten noch zwei weitere Herausforderungen folgen: Zunächst ein Grundrißbogen des Towers, Teil des zweiten Moriarty-Planes, und ein neuerlicher Bote von Scotland Yard.

Ich erinnere mich noch genau, wie Holmes schließlich am Abend heimkam, sich in seinen Sessel fallen ließ, seine Pfeife ansteckte und lange nachdachte, bevor er sich schließlich mir zuwandte: „Mein lieber Watson, dies scheint mir eine wilde Zeit zu sein. Der gute Moriarty etwa will sich allem Anschein nach nicht bloß an den Insignien der Königin, sondern auch an der Bank von England vergehen, und dann haben außerdem offensichtlich einige geniale oder wahnsinnige Verbrecher in London ihr Handwerk aufgenommen –“ Er neigte seinen Kopf, zog einige Male nachdenklich an seiner Pfeife und schaute mich dann auf eine Art an, wie er es wohl noch nie getan hatte. „Ehrlich gesagt, mein lieber Watson, bin ich mir nicht sicher, ob ich das alles allein überhaupt bewältigen kann.“

In diesem Augenblick hätte ich wohl bereits ahnen können, daß die ganze Sache außer Kontrolle zu geraten begann. Aber in der Gewißheit, daß mein Plan funktionierte, nahm ich davon nichts wahr und befand mich dabei in Gedanken bereits in der nächsten Phase…

Der folgende Tag, an dem auch Irene Adler ins Spiel kam, sollte den Abschluß meines verschwörerischen Werkes bilden.

Nachdem er ihren Brief erhalten hatte, verließ Holmes schon früh am Morgen – lange bevor Miß Adler sich überhaupt mit ihm treffen wollte – die Baker Street. Und obwohl ich nicht ahnte, weshalb, kam mir dieses Verhalten doch sehr gelegen.

Im weiteren Verlauf des Tages sollte es Miß Adler gelingen, Holmes auf den Beinen und von der Baker Street fernzuhalten. Vom Piccadilly über Whitechapel bis an den Leicester Square trieb sie ihn. Den ganzen Tag streunte er durch die Straßen Londons, wechselte von Droschke zu Droschke, ärgerte sich, raffte sich auf, wanderte auf und ab. Im ersten Café bekam er eine Nachricht, die ihn auf zwei Stunden später und den nächsten Stadtteil vertröstete, wo ihn wiederum eine Nachricht von annähernd gleichem Wortlaut weiter trieb.

Wohl für niemand anderen hätte er etwas Derartiges getan, von niemand anderem sich derart hinhalten lassen.

Als mein Freund dann Irene Adler am Abend in einem Café am Leicester Square doch noch zu treffen das Vergnügen hatte, war der größte Teil meiner Vorbereitungen bereits abgeschlossen.

Mit Hilfe seiner Haushälterin, der guten Mrs. Hudson, hatte ich einige kalte Speisen, guten Port und einige Gläser in Holmes' Arbeitszimmer bereitgestellt. Und eine Stunde später, ich hatte gerade die Renardi eindrucksvoll auf eine kleine Staffelei vor dem Kamin drapiert, trafen die ersten Gäste ein. Die Herren Pittner, Cook und Hopeman sowie Mr. und Mrs. van Starr, Klienten, die Holmes und mir im Laufe unserer Arbeit ans Herz gewachsen waren. Sie übergaben ihre Mäntel Mrs. Hudson und gesellten sich zu mir in das Arbeitszimmer. Dann stieß noch Inspektor Lestrade zu uns und zuletzt und gegen neun Uhr abends auch Irene Adler, die sich nach ihrem Treffen mit Holmes in ihrem von mir bezahlten Hotel noch etwas frisch gemacht hatte.

Mit Holmes selbst rechnete ich, der verschiedenen von mir gelegten falschen Spuren wegen, etwa eine Stunde später. In der Zwischenzeit konversierten wir über dieses und jenes, unsere gemeinsamen Erlebnisse und was die Einwohner Londons in jenen Tagen bewegte, wagten jedoch noch nicht, die Flaschen zu öffnen und einzuschenken.

Erst als Holmes um dreiundzwanzig Uhr noch immer nicht aufgetaucht war, entschloß ich mich, um dem aufkommendem Unmut entgegenzuwirken, die Gläser zu füllen.

Eine halbe Stunde später, als eine von vier Flaschen und die Hälfte des Büffets geleert waren, hörten wir schließlich unten jemanden an der Tür.

Sofort löschte ich das Licht, die Anwesenden ergriffen ihre Gläser, und wir alle warteten schweigend auf die Ankunft von Mr. Sherlock Holmes. Von draußen drang ein kurzer unverständlicher Wortwechsel, den Holmes am Fuß der Treppe mit Mrs. Hudson zu führen schien. Kurz darauf hörten wir seine Schritte auf der Treppe und machten uns bereit. Dann öffnete sich langsam die Tür.

Deutlich waren im einfallenden Licht der uns allen bekannte Hut, Mantel und der Spazierstock zu erkennen. Kaum daß Holmes den Raum betreten hatte, drehte ich das Gaslicht hoch, wir erhoben die Gläser, und Holmes wandte sich uns zu.

Oder besser, der Mann, den man bei schlechtem Licht für Holmes hätte halten können, wandte sich uns zu.

Die Gläser sanken wieder, und während der Neuankömmling seinen Hut abnahm und feststellte, daß er gekommen war, Mr. Sherlock Holmes zu treffen, um von ihm bezahlt zu werden, vernahmen wir wieder jemanden an der Tür. Ich drehte das Licht wieder herab, der Fremde bekam, zwischen Cook und Hopeman rutschend, ein Glas, und dieses Mal vernahmen wir tatsächlich die Stimmen von Mrs. Hudson und Holmes, der gleich darauf die Treppe emporzusteigen begann und einen Moment später in der Tür ebenso sicher Sherlock Holmes zu sein schien wie fünf Minuten zuvor sein Vorgänger.

Aber auch dieser war es nicht.

Ebenso wenig wie der nächste und der folgende. Ein falscher Holmes nach dem anderen bereicherte unsere kleine Runde, bis sie sich schließlich gegen Mitternacht, während der Portwein alle und das kleine Büffet geplündert war, zu viert in unserer Mitte befanden.

Ich wußte nicht, wer diese Männer sein mochten und weshalb sie in dieser Kostümierung aufgetreten waren, bezahlte sie aber dennoch an Holmes' Stelle. Das jedoch fiel mir, da mich mein Plan bis zu jenem Zeitpunkt schon den größten Teil meiner Ersparnisse gekostet hatte, durchaus nicht leicht.

Vom echten Holmes war unterdessen noch immer nichts zu sehen, und es schien mir klüger, mich von unseren Gästen zu verabschieden. Nicht jedoch, ohne sie vorher gebeten zu haben, Stillschweigen über diesen Abend und seine Hintergründe zu bewahren, auf daß mein Versuch, ihn zu überraschen, Holmes nicht zu sehr belustigte.

Als die Gäste fort waren und ich mich an mein halbleeres Glas klammerte, war mir nur die Gewißheit geblieben, Holmes bei seiner Rückkehr ein Geschenk machen zu können, das ihn verblüffen würde. Ich schaute zu der Renardi in ihrem Kasten hinüber und fühlte mich zumindest noch nicht ganz besiegt.

Doch auch das Ende dieser letzten Illusion sollte nicht mehr allzu lange auf sich warten lassen.

Wenig später nämlich kam Holmes zu Hause an.

Er schien etwas außer Atem, doch guter Laune, ließ sich nicht einmal die Zeit abzulegen, und kam auf mich zugestürmt.

„Mein guter Watson, Sie ahnen nicht, was mir heute alles widerfahren ist! Wußten Sie, daß Miß Adler in der Stadt ist? Sie erinnern sich doch noch an sie, oder?"

Natürlich wußte ich, daß sie in der Stadt war! Ich hatte schließlich ihr Ticket bezahlt!

„Sie wollte mich treffen! Und ich wollte mir Zeit für sie nehmen, Moriarty und all diesen Verbrechen zum Trotz. Und, mal ehrlich, Watson, diese Stadt besteht schon länger und wird es wohl auch weiterhin tun. Dennoch habe ich, um das Ganze im Zaum zu halten, ein wenig auf unseren guten Ruf gesetzt."

Ich schaute ihn mit portweindurchtränktem Blick an.

„Vier Verbrechen, Watson. Zwei geplant, zwei begangen. Phantastische Verbrechen, einmalig wahrscheinlich. – Dennoch wollte ich heute den Vorzug uneingeschränkt Miß Adler einräumen, ohne allerdings den Verbrechern die Stadt ganz zu überlassen. Und wissen Sie was ich getan habe?“

Nüchtern und weniger niedergeschlagen hätte ich es mir wahrscheinlich zusammenreimen können. So aber schielte ich nur kurz zum Geigenkasten hinüber und wartete noch auf den Moment, ihn meinem Freund triumphierend zu überreichen.

„Schauspieler. Ich habe Schauspieler engagiert, habe sie eingekleidet und patrouillieren lassen, so daß sich Mr. Sherlock Holmes heute während des ganzen Tages an fünf Orten gleichzeitig aufhalten, durch seine bloße Anwesenheit Verbrecher in ihre Schranken weisen und zugleich noch geistreich mit Miß Adler parlieren konnte!“

Er richtete sich auf und lächelte mich an. Er verblüffte mich jedes Mal wieder. Dennoch hätte ich mir gewünscht, etwas mehr in diese Pläne eingeweiht gewesen zu sein. Aber auch ich würde ihn in dieser Nacht noch zu verblüffen vermögen.

Glaubte ich.

Denn Holmes war noch nicht am Ende.

„Und wissen Sie, Watson, was dann passiert ist? Ich hatte Miß Adler gerade verabschiedet, als ich in einer Zeitung in jenem Café, wo wir uns getroffen hatten, diese Anzeige entdeckte.“ Mit diesen Worten hielt er mir die Anzeige des Renardi-Erben vor Augen.

Mich schauderte.

War er mir womöglich doch immer einen Schritt voraus gewesen?

„Und schauen Sie nur, das Datum. Heute war sein letzter Tag in der Stadt. Ich mußte mich also beeilen, wollte ich dem letzten Sproß der Renardi-Familie noch persönlich begegnen. Ich traf ihn in seiner Unterkunft an, und zu meinem Glück hatte er tatsächlich eine seiner drei Geigen noch nicht verkaufen können.“

Obwohl in Gedanken, stutzte ich kurz.

„Es war eine schöne Arbeit, eine solide alte Geige. Aber eine Renardi? Niemals. Ebenso wenig wie dieser Mann ein Renardi war. Schließlich ist dieses Geschlecht, wie wir ja wohl beide wissen, mit seinem letzten männlichen Nachfahren, Giacomo Renardi ausgestorben. Es ist doch unbegreiflich, wie ein Betrüger derart unverschämt auf die Dummheit seiner Mitmenschen –“

In diesem Moment wurde mir, was ich unumwunden zugebe, ein wenig übel.

„Nachdem ich einen Beamten vom Yard hatte holen lassen, Lestrade selbst schien den Abend über verhindert, fanden wir, kaum daß der Mann in Handschellen lag, bei der Durchsuchung seines Zimmers einen Schrankkoffer, in dem sich noch ein gutes Dutzend Geigen befand.“

Mich erhebend offenbarte ich meinem Freund, mich der vorangeschrittenen Stunde, des Portweins und der Anstrengungen des vergangenen Tages halber kaum noch länger auf den Beinen halten zu können. Holmes auf die Schulter klopfend wendete ich mich ab, derweil er sich im Zimmer umzusehen begann und ob der leeren Flaschen und Tabletts ein wenig stutzte.

Dieser kurze Augenblick reichte aus, die Glückwunschkarte Moriartys in meine Westentasche gleiten zu lassen und mit einer kaum merklichen Bewegung die Geige hintenüber in den Kamin zu stoßen.

Ein leises Poltern, ein kurzes Auflohen, dann begann das lackierte Holz im Feuer zu knacken. Kaum hatte ich das Reißen der Saiten durch ein angestrengtes Hüsteln übertönt, blieb es mir bloß noch, ein paar abschließende Worte an den guten Holmes zu richten.

Dann waren die Spuren meines gescheiterten Vorhabens getilgt.

Nachdem ich Abschied von Holmes genommen und abschließend auch noch Mrs. Hudson um ihr Stillschweigen ersucht hatte, verließ ich das Haus in der Baker Street gegen drei Uhr morgens.

Mit mir nahm ich dabei vor allem eine Gewißheit:

Sherlock Holmes niemals wieder an seinem Geburtstag überraschen zu wollen.

Christian Endres

DER HENKER

Holmes war nicht gerade begeistert davon, die Arbeit eines gewöhnlichen Polizisten vollbringen zu müssen, und er scheute sich nicht, seinem Mißfallen ob der Bitte, die man an ihn herangetragen hatte, Ausdruck zu verleihen. „Lestrade könnte das auch alleine", murrte er und starrte griesgrämig aus dem Fenster der Droschke, die uns zu den Docks der Lower Thames Street bringen sollte – dem Ort, an dem laut Inspektor Lestrades Schreiben die Leiche gefunden worden war. Das Telegramm des uns bekannten Scotland-Yard-Ermittlers war wie immer sehr knapp abgefaßt gewesen; mit wenigen Worten hatte er schlicht die Hilfe meines Freundes in einem Mordfall erbeten.

„*Gerade* Lestrade wird Sie nicht umsonst einschalten, Holmes", sagte ich in dem Versuch, den Inspektor in Schutz zu nehmen. „Dahinter steckt sicher mehr."

„Pah!" schnaubte Holmes verächtlich, „er weiß nur einmal mehr nicht weiter." Selten hatte ich Holmes dermaßen gehässig erlebt. Eigentlich hatte ich vielmehr sogar angenommen, daß der Fall – wenn auch kein besonders ungewöhnlicher, denn ein Mord gehörte für Mr. Sherlock Holmes schon beinahe zum traurigen Alltag in unserer schönen Stadt – für das launische Gemüt meines Freundes von hilfreicher Art sein könnte, denn die letzten beiden Wochen hatte er in einem seiner apathisch anmutenden Zustände verbracht, in denen er das Sofa unseres bescheidenen Heims in der Baker Street nur selten zu verlassen pflegte – und wenn, dann nur, um sich seiner verabscheuungswürdigen Kokain-Sucht hinzugeben, oder bestenfalls, um die Zeitung hereinzuholen.

Das Telegramm hatte ihn für kurze Zeit aus diesem Zustand gerissen, doch als wir nun durch den Regen zu dem von Lestrade genannten Lagerhaus fuhren, kam es mir so vor, als ob Holmes den Entschluß, dem Inspektor zu helfen, schon wieder bereute und sich zurück auf das Sofa unserer Wohnung wünschte. Ich seufzte innerlich und sah meinen Gefährten nachdenklich an. „Was, denken Sie, wird uns erwarten?“ fragte ich ihn, nur um das unangenehme Schweigen zu beenden. Sherlock Holmes blickte weiterhin mißmutig aus dem Fenster, wedelte jedoch abfällig mit einer Hand in meine Richtung.

„Irgend ein toter Taschendieb, will ich vermuten“, sagte er abwesend und beobachtete mit melancholischem Blick die dicken Regentropfen, die an der Scheibe des Droschkenfensters hinabliefen. Spätestens jetzt war mir klar, daß es wohl besser sei, das drückende Schweigen fortzusetzen, und so untermalten nur der rhythmisch prasselnde Regen auf dem blechernen Droschkendach und die Geräusche des Londoner Abendverkehrs unseren restlichen Weg zum Lagerhaus unweit der Themse.

Lestrade stapfte uns mit hochgezogenen Schultern durch den Regen entgegen. Seine Begrüßung war knapp, aber ungewohnt freundlich. Er wirkte froh, mich und vor allem meinen Freund zu sehen. „Holmes! Watson! Danke, daß Sie so schnell kommen konnten.“

„Nicht der Rede wert, Inspektor“, antwortete ich schnell, damit Holmes mit seiner Laune keinen Schaden anrichten konnte. Der Detektiv ignorierte Lestrade jedoch ohnehin völlig und ging ohne ein Wort an ihm vorüber zum Eingang.

„Was ist Holmes denn über die Leber gelaufen?“ fragte Lestrade stirnrunzelnd, als er neben mir herging und Sherlock Holmes folgte.

„Ein Telegramm“, sagte ich kurz angebunden und nickte den beiden Polizeibeamten zu, die den Eingang bewachten.

Einige von den Ermittlern aufgestellte Gaslaternen erhellten den großen Hauptraum des Lagerhauses. Was die Lampen in spärliches Zwielicht und unheilvolle Schatten tauchten, war schockierend. Um der Wahrheit die Ehre zu geben, war es sogar weitaus mehr als das.

Nicht, daß es der ekelerregende Anblick einer deformierten Leiche gewesen wäre, nein, vielmehr war es die Tatsache, daß der Mann äußerlich und auf den ersten Blick völlig gesund wirkte – sah man davon ab, daß er an einem Seil hing, das knapp neun Yards über unseren Köpfen am Dach der Halle befestigt war, und dessen anderes Ende sich in Form einer Schlinge um den Hals des Opfers spannte. Hinzu kam, daß man sein Gesicht mit einer Art weißem Sack verhüllt hatte, was ihm ein regelrecht gespenstisches Aussehen verlieh.

„Lestrade!" rief ich aus und schüttelte den Kopf. „Was ist denn diesem armen Kerl passiert?"

„Genau das hoffen wir bald zu erfahren", brummte der Ermittler von Scotland Yard. „Wir wissen nicht *wie*, wir wissen nicht *wer* und wir wissen schon gar nicht *warum*. Alles, was wir über das Opfer wissen, haben wir aus seinem Paß, den er in der Börse bei sich trug und die genau unter ihm hier am Boden lag. – Ist ihm wahrscheinlich aus der Tasche gefallen." Der Inspektor kramte in seiner Jackentasche und zog einen Zettel daraus hervor. „Der Nachtwächter hat das Opfer gefunden. Thomas Drighton, vierunddreißig, ein aufstrebender Anwalt aus Knightsbridge, unauffällig und mit tadelloser Akte. Mehr wissen wir momentan nicht." Er machte eine kurze Pause und deutete auf die von den vereinzelt aufgestellten Lampen erhellten Kisten an den Wänden der Lagerhalle. „Schwarzer Tee. Nicht mehr, nicht weniger. Kein Motiv für einen Mord. *Außerdem* hatte der Mann keinen Grund, hier zu sein."

„Anscheinend schon", versetzte ich.

Lestrade zuckte vielsagend mit den Schultern. „Der Besitzer des Lagerhauses wird jeden Moment erscheinen. Sehen Sie sich ruhig um, bis ich wiederkomme." Mit diesen Worten eilte er zurück in den Gang und schloß die Tür hinter sich. Ein leichtes Frösteln suchte mich heim, als Holmes und ich mit der von der Decke herabbaumelnden Leiche in der weiträumigen Lagerhalle alleine waren – alleine bis auf ein paar gestapelte Holzkisten mit Tee, allesamt in ein unheimliches Flackern getaucht, das vom Luftzug der Tür herrührte. Als sich die Lampen wieder beruhigt und sich meine Augen an das schummrige Licht der am Boden stehenden Gaslaternen gewöhnt hatten, sah ich mich in der Halle um, während Holmes näher an die Leiche herantrat.

Es war eine der typischen Londoner Lagerhallen nahe der Themse, von denen es wahrscheinlich hundert weitere auf beiden Seiten entlang des Ufers gibt. Neben den Heerscharen von hier lebenden Nagetieren lagern an Orten wie diesem kurzzeitig meist Güter, die am nächsten Morgen – oder schon wenige Stunden nach Ankunft mit dem Schiff am Hafen – zu ihren Endhändlern in der Innenstadt gebracht werden. Die Lagerhalle, in der wir uns an diesem regnerischen Abend befanden, war bis auf die von Lestrade erwähnten Kistenstapel an der rückwärtigen Wand leergeräumt, was bedeutete, daß ihre Fracht entweder noch kommen mochte oder bereits schon wieder auf dem Weg zu ihrem Bestimmungsort war. Sollte dies nicht der Fall gewesen sein, so würden in dieser Lagerhalle heute sicher keine Waren mehr abgestellt werden. Dagegen sprach das schreckliche Bild, das der drei Fuß über dem Boden hängende Leichnam des Mannes abgab, dessen Arme schlaff an seiner Seite baumelten und dessen verhüllter Kopf mit dem Kinn auf der Brust ruhte. Das von einem hellen Stoffsack verhüllte Gesicht bot den von all diesen Dingen bizarrsten Anblick, waren doch nur die Umrisse – Augenhöhlen, Nase und Mund – leicht gegen das Tuch abgezeichnet.

Es war ein grausiger Anblick, selbst für jemanden wie mich, der ich seit meiner Zusammenarbeit mit Holmes und auch schon davor, auf den Schlachtfeldern Afghanistans, Furchtbares gesehen habe. Denn es sah so aus, als ob hinter dem Stoff ein verzerrtes, schockiertes Gesicht stumm Wehklage und schreckliches Entsetzen zur Schau stellen wollte.

Ich trat neben Holmes, der schweigsam und mit vor der Brust verschränkten Armen vor dem aufgeknüpften Leichnam stand und ihn wie ein Museums-Kunstwerk betrachtete.

„Was denken Sie, Holmes?“ fragte ich ihn leise. Ich wollte an diesem geräumigen Ort, wo jedes allzu laute Wort von den Wänden widerhallte, nicht lauter sprechen als unbedingt notwendig.

„Was denken *Sie,* Watson?“

Ich überlegte einen Moment und deutete auf den verhüllten Kopf. „Sieht mir nach einem Ritualmord aus“, mutmaßte ich. „Irgendeine Sekte vielleicht, oder eine religiöse Gesellschaft mit abartigen Praktiken. Vielleicht aber auch eine Hinrichtung.“

„Was auf das Gleiche hinausliefe“, erwiderte Holmes gedankenverloren und sah zum Gebälk. „Wir werden nicht darum herum kommen, uns das da oben genauer anzusehen, Watson“, sagte er und eilte zielstrebig auf die Feuerleiter zu.

Es war grotesk, wie dieser intelligente Mann von den Schattenseiten des Lebens zehren konnte – wie seine Laune ob eines grausamen Mordfalles dergestalt umschlug. Eine erschreckende und abstoßende Tatsache zugleich, daß ihn das Leid anderer aus dem seinen erlöste und immer wieder beflügelte.

Und dennoch folgte ich ihm, ohne zu zögern.

Die Feuerleiter führte zu einer Art Galerie, die sich mit verschiedenen, von Holzgeländern gesäumten Stegen über der gesamten Halle und einige Yards unter deren Dach erstreckte. Genau über der Mitte, wo sich zwei dieser schmalen Verstrebungen in einer kleinen Plattform trafen, war das Seil an einem hölzernen Dachbalken festgemacht worden.

Holmes und ich standen eine Weile am Geländer der Galerie und besahen uns die Szene von oben. Holmes‘ Blick ruhte nachdenklich auf dem schlaff hängenden Körper des Anwalts.

Wortlos stieß sich mein Begleiter plötzlich vom Geländer ab und strebte über den schmalen Steg auf die Plattform in der Mitte zu, wobei seine geduckte Haltung verriet, daß er sich den Boden des Stegs gründlich besah.

Auf der Plattform angekommen, stieg er zu meiner Überraschung auf das runde Holzgeländer, das die Plattform wie eine Balustrade umgab, und streckte sich nach dem Dachbalken. Er schwankte einige Momente gefährlich, ehe seine Hände das Holz zu fassen bekamen und er sich daran festhielt. Die schwindelnde Höhe mißachtend, zog

er sich ein Stück nach oben, bis nur noch seine Schuhspitzen das Holz berührten und er einen guten Blick auf das festgeknotete Seil hatte. Er verharrte ein oder zwei Minuten in völliger Starre, ehe er sich wieder auf festen Boden begab und über den Holzsteg zu mir zurückging. „Hier oben wären wir fertig“, sagte er schlicht und betrat die Feuerleiter, um wieder hinunter in die Halle zu gelangen. Ich runzelte die Stirn, sah noch einmal vom Gebälk zum Toten und folgte Holmes kurz darauf nach unten.

„Mr. Cassady, dies ist Mr. Sherlock Holmes. Ah, und dort kommt Doktor John Watson!“ Lestrade war an der Seite eines geschäftig wirkenden Mannes mit Zylinder, schwarzem Mantel und buschigen, grauen Koteletten in die Lagerhalle zurückgekehrt.

„Meine Herren, Mr. Cassady, der Besitzer des Lagerhauses“, stellte er ihn vor.

Der ältere Mann neigte leicht das Haupt. „Es ist mir eine Ehre, daß sich ein so berühmter Mann wie Sie mit dem Fall befassen wird“, sagte er und nickte Sherlock Holmes dankbar zu. „Auch vielen Dank für Ihre Hilfe, Doktor“, sagte er dann und lächelte freundlich. „Ich verfolge Ihre Aufzeichnungen stets mit regem Interesse.“

„Exzellent“, sagte Holmes und klatschte in die Hände. Das Geräusch hallte unnatürlich laut und oft zwischen den Wänden. Ich konnte meinen Freund nicht verstehen, hatte er bis dahin meine schriftstellerischen Ausflüge doch nur selten gewürdigt oder gar geschätzt. Im Gegenteil, oftmals verbot er mir sogar, über Fälle zu schreiben oder hielt mir vor, sie nicht nüchtern und sachlich genug zu betrachten. Woher dieser plötzliche Sinneswandel?

„Haben Sie schon eine Spur?“ fragte Mr. Cassady erregt und unterbrach meinen Gedankengang. „Dies ist ein bedauerlicher Vorfall, und es tut mir leid um den jungen Mann, doch muß ich auch an mein Geschäft denken.“ Holmes bedachte den Lagerhallenbesitzer mit einem strengen Blick, was diesem eine etwas verlegen wirkende Erklärung abrang. „Sehen Sie, Sir: Solange hier die Ermittlungen laufen, kann ich keine Waren lagern und komme bei meinen Kunden in Verzug, was meinen Ruf und auf Dauer sicher auch mein Geschäft schädigt."

„Mr. Holmes wird ebenso wie meine Männer sein Möglichstes tun", versicherte Lestrade. „Wenn Sie nun mitkommen würden, um die Formalitäten zu klären, Mr. Cassady?"

„Natürlich, Inspektor."

Nach einem neuerlichen, unheimlichen Flackern der Lampen waren Holmes und ich wieder alleine in der Lagerhalle. Holmes musterte den Toten schweigsam, und ich tat es ihm gleich. Mein Blick wurde immer wieder von der weißen Verhüllung des Gesichtes angezogen und blieb daran hängen.

„Was denken Sie, Watson", fragte Holmes nach kurzer Zeit. „Hatte Mr. Drighton einen angenehmen Tod?"

„*Angenehm*? Kein Tod ist angenehm, Holmes."

„Meine Frage galt weniger der Ethik, Watson", versetzte mein Freund ungeduldig, „sondern vielmehr Ihrer medizinischen Kompetenz."

Ich schnaubte mißbilligend, antwortete ihm aber dennoch, wenn auch etwas widerstrebend: „Ein kurzer Tod. Panik während des Falls, doch dann dürfte es durch die Höhe immerhin recht schnell gegangen sein." Ehe Holmes etwas erwidern konnte, flog die Tür auf. Zwei der Gasleuchten erloschen aufgrund des heftigen Luftzuges. Ein Beamter von Scotland Yard stand in der Tür und rang nach Atem. „Wir haben den Mörder, Mr. Holmes!" stieß er keuchend hervor. „Der Inspektor meinte, daß Sie ihn vielleicht sehen möchten." Holmes Gesicht nahm einen merkwürdigen, fast schon verwirrten Ausdruck an, als wir Seite an Seite in den dunklen Gang traten.

„Da drinnen ist er!" verkündete Lestrade stolz und deutete auf eine Tür, die zu einer kleinen Kammer – wahrscheinlich der Räumlichkeit des Nachtwächters – gehörte. „Zwei meiner Männer haben ihn in einer Querstraße erwischt. Sie wollten ihn fragen, ob er etwas Ungewöhnliches gesehen hat, da er bei diesem Mistwetter die einzige Person in der Nähe war, und haben ihn daher angerufen. Ohne

Vorwarnung ist er jedoch weggerannt – direkt in eine Sackgasse, ha!“

„Damit dürfte der Fall wohl gelöst sein“, sagte Mr. Cassady erleichtert, der über diese schnelle Abwicklung des Ganzen sehr froh zu sein schien.

„Möglicherweise“, räumte Sherlock Holmes nachdenklich ein. „Ich darf doch, Lestrade?“ fragte er den Ermittler des Yards und griff im selben Moment nach dem Türknauf.

Mit Handschellen gefesselt und von zwei Beamten flankiert saß ein hünenhafter Mann auf einem für ihn viel zu kleinen Stuhl. Er hatte kurzgeschnittenes Haar und trug für Seemänner typische Kleidung aus festem Stoff, die vom Regen durchnäßt war. Seine Hände waren groß wie Schaufeln, das Gesicht vom Wetter gegerbt und faltig, die Augen stechend und wild. „Ich bin unschuldig!“ sagte er mit bassiger Stimme, kaum daß wir eingetreten waren.

„Und mein Name ist Holmes“, sagte mein Freund und trat bis auf drei Schritt an den Mann heran.

„*Sherlock* Holmes?“ Das finstere Gesicht des Mannes hellte sich kurz auf. „Ein Glück, Sir! Ich habe von Ihnen gehört – wenn einer meine Unschuld beweisen kann, dann Sie.“

Lestrade lachte verächtlich. „Holmes ist ein guter Ermittler, Mr. Bissette, aber kein Zauberer.“

„Ich bin unschuldig!“ rief der Mann erneut und bäumte sich auf – zumindest versuchte er es, doch die beiden Polizisten drückten ihn mit vereinten Kräften zurück auf die hölzerne Sitzfläche. Holmes schenkte dem Seemann ein oder zwei forschende Blicke, ehe er sich abrupt umdrehte und den Raum verließ.

„Ein Glück, daß die Männer nach Zeugen gesucht haben“, sagte Lestrade fröhlich und schloß die Tür hinter sich. Bissettes tiefe

Stimme drang nur noch schwach durch das dicke Holz, doch konnte man das Wort *unschuldig* bei genauem Hinhören weiterhin wahrnehmen.

„Glück?" Holmes hob eine Augenbraue. Beinahe beiläufig erklärte er: „Ich würde ihn gehen lassen, Lestrade."

„Wieso denn das, Mr. Holmes?" fragte Cassady skeptisch und tupfte sich die Stirn mit einem blütenweißen Taschentuch ab.

„Weil er *tatsächlich* unschuldig ist."

„Wie kommen Sie darauf, Holmes?" fragte Lestrade nun seinerseits recht säuerlich.

„Nur weil er weggerannt ist, als Polizeibeamten ihn anriefen, muß er noch nicht schuldig sein."

„Aber das macht ihn verdächtig!"

„Sehr richtig, Lestrade, doch nicht jeder *Verdächtige* ist auch *schuldig.*" Er deutete zum Gang. „Folgen Sie mir, meine Herren, und wir werden das Rätsel um den Tod von Mr. Drighton lösen. Ich hätte es schon vor einigen Minuten getan, als ich mit Watson alleine war, doch Ihr Mann kam mir mit der Meldung von der Verhaftung des *mutmaßlichen* Mörders dazwischen." Holmes machte eine kleine Pause. „Ich hatte bereits nach dem Gang zur Galerie einen Verdacht, doch nun bin ich mir vollkommen sicher, womit wir es zu tun haben – und Mr. Cassady, mit Verlaub, Sie sollten es ebenso wie Watson und auch unser werter Lestrade hier erkennen." Nach diesen irritierenden Worten betrat er den Gang und bedeutete uns mit einem Wink, ihm zu folgen.

Lestrade und ich entzündeten die erloschenen Gasleuchten wieder, damit man zumindest im näheren Umkreis des Leichnams gut sehen konnte.

Der Inspektor blies sein Streichholz aus und musterte Holmes über den Schwefelkopf hinweg. „Wieso ist Bissette unschuldig?" fragte er ohne Umschweife.

„Es mag verdächtig sein, daß er vor Ihren Männern weggelaufen ist", sagte Holmes bedächtig und ging damit nicht einmal ansatzweise auf Lestrades Frage ein, „doch vielleicht ist es eine Erklärung, daß der Mann Kontakt mit den Behörden vermeiden wollte, um

Ärger mit seinem Kapitän oder der Reederei, die ihn bezahlt, zu vermeiden."

„Und das erklärt seine Unschuld?" fragte Lestrade sarkastisch. Sherlock Holmes ignorierte ihn und hob den Arm, um in Richtung des Gebälks zu zeigen. „Der Knoten", erklärte er, „mit dem das Seil an dem Dachsparren befestigt ist, sieht alles andere als fachmännisch aus, und schon gar nicht wie der Knoten eines erprobten Seemannes, wie Bissette einer zu sein scheint." Holmes fixierte Lestrade und fuhr fort, ehe dieser auch nur an einen Einwand denken konnte. „Unter Umständen genügt Ihnen dies nicht, Inspektor, weshalb ich Ihnen noch etwas zeigen werde. Vielleicht sind Ihnen die Hände des guten Mr. Bissette aufgefallen?"

Als Lestrade nicht antwortete, tat ich es an seiner Stelle. „Sie waren ungewöhnlich groß und kräftig, Holmes."

„Sehr gut, Watson", sagte mein Freund mit dem Anflug eines Lächelns. „Sonst noch etwas?" Ich überlegte fieberhaft, was er meinte, doch fiel mir nichts ein. „Im Moment nicht."

„Dann will ich es Ihnen sagen", fuhr Sherlock Holmes gönnerhaft fort und trat noch näher an den herabhängenden Körper des toten Anwalts aus Knightsbridge. Er streckte den Arm, und sein Zeigefinger verharrte wenige Zoll vor der Verhüllung des Kopfes. „Weiß – so weiß wie Mr. Cassadys Taschentuch."

„Na und?" schnappte Lestrade mit finstere Miene. „Was hat das mit der Unschuld des Seemannes zu tun, Holmes?"

„Mr. Bissettes Hände waren blutig, Lestrade! *Blutig*! Blutig von Salzwasser und scharfem Wind. Eine typische Blessur bei Matrosen. Das naßkalte Wetter heute tut diesem Leiden nicht gut, wie Watson Ihnen sicher bestätigen kann, und so sind die rauhen Hände wieder aufgerissen und blutig."

„Und da der Sack weiß ist, kann er ihn nicht übergestülpt haben!" setzte ich den Gedanken fort.

„Richtig, Watson." Holmes bedachte Lestrade mit einem kühlen Lächeln. „*Vielleicht* hatte er Komplizen, ja, aber wie Sie selbst sagten, war Bissette der einzige Mann in der Nähe, den Ihre Männer ausfindig machen *konnten*."

„Aber wenn Bissette unschuldig ist“, verlangte Mr. Cassady nun zu wissen, „wer ist dann der Mörder dieses armen Mannes hier?“

Mein Freund schaute jedem von uns ernst ins Gesicht und betrachtete dann den Körper des Toten. Sein Blick verweilte einige Augenblicke auf dem verhüllten Kopf. „Der Mörder heißt Drighton“, sagte Holmes mit ausdrucksloser Stimme.

„Selbstmord?“ fragte ich skeptisch.

„In der Tat“, bestätigte Sherlock Holmes.

„Das kann doch nicht –“, begann Lestrade polternd, wurde jedoch von Holmes unterbrochen.

„Doch, Inspektor, es war Selbstmord.“ Er schüttelte traurig den Kopf. „Wir wissen nicht, was einen jungen Menschen auf dem Zenit seiner Schaffenskraft zu solch einem Handeln bewegen mag, doch war es Mr. Drighton selbst, der sich das Leben nahm.“

„Aber die Verhüllung des Gesichtes?“ wandte ich ein. „Vielleicht war es ja doch ein Mord mit rituellem Hintergrund?“

„Es war Selbstmord, Watson“, sagte Holmes fest überzeugt. Er gestikulierte in Richtung der Plattform über unseren Köpfen. „Auf der Galerie dort oben waren vor meinem Erscheinen dort nur zwei Fußspuren – neben Taubenkot und einer Schicht Staub. Eine gehörte dem Schuhwerk nach zweifelsohne dem Inspektor, die andere Mr. Drighton. Bissettes Füße waren größer, und wenn Sie sich die Füße der Leiche betrachten, fallen Ihnen sicher die grauen, dicken Staubflocken an den Schuhleisten und dem Hosensaum auf, ganz zu schweigen von den Flecken, die wir unseren gefiederten Freunden zu verdanken haben. Sehen Sie, Lestrade, auch Ihr Hosensaum weiß ein Lied davon zu singen!“

„Das kann ich nicht glauben“, murrte Lestrade und besah sich sein Schuhwerk. „Der Sack? Der Sack, Holmes, was ist damit?“

„Sie können mir glauben, Inspektor“, entgegnete mein Freund ruhig und wandte sich an den Lagerhallenbesitzer. „Mr. Cassady, Sie sagten, daß Sie Watsons Berichte über manche meiner Fälle mit Interesse verfolgen.“

„In der Tat, Mr. Holmes.“

Mein Freund nickte bedächtig. „Erinnern Sie sich noch an den

Mordfall Drebber?“ Der Geschäftsmann überlegte einige Augenblicke und lächelte entschuldigend in meine Richtung. „Tut mir leid, Doktor“, sagte er und blickte wieder zu Holmes, „aber im Moment –“

„Nicht so schlimm“, meinte Holmes und sah mich erwartungsvoll an. „Wie steht es mit Ihnen, Watson? Erinnern Sie sich?“

„Natürlich, Holmes“, antwortete ich ohne zu zögern und fast ein wenig beleidigt. „Unser erster Fall.“

„Exzellent. Dann erinnern Sie sich bestimmt auch an die Verwirrung damals, die eine mit Absicht falsch gelegte Spur gebracht hatte.“

„Ich erinnere mich, ja.“

„Dies hier ist nichts anderes. Mummenschanz von der billigen Sorte.“

„Sie meinen, daß er sich den Sack selbst und ohne erkennbaren Hintergrund übergestülpt hat?“

„Ebenso, wie er das Seil selbst festgemacht hat und aus eigenem Antrieb über das Geländer gesprungen ist, ja, wenn der Hintergrund für ihn auch subtiler gewesen sein mochte.“ Lestrade blickte verwirrt zwischen Holmes und dem Leichnam hin und her. „Wieso der Aufwand?“ fragte er schließlich.

Holmes zuckte mit den Schultern. „Vielleicht ein gekränkter Liebhaber, vielleicht ein verlorener Fall oder gar Spielschulden, wer kann das schon genau sagen? Das ist nun Ihre Arbeit, Inspektor. Ich kann Ihnen nur sagen, daß Mr. Drighton keinem Mord zum Opfer gefallen ist. Sein Name sollte wahrscheinlich in aller Munde sein, für einige Zeit getragen von Presse und öffentlichem Klatsch – dafür spricht auch die Tatsache mit der allzu leicht gefundenen Brieftasche und allen wichtigen Papieren in ihr. Ein Garant für die Nennung seines Namens, wahrscheinlich vorher dort postiert.“ Er blickte hoch zu Drightons verhülltem Gesicht. „Eine Inszenierung um der zweifelhaftesten aller Ehren willen.“ Holmes nickte den beiden verblüfften Männern zu. „Mr. Lestrade. Mr. Cassady. Gehen wir, Watson.“

Später, auf dem Rückweg zur Baker Street, fragte ich Holmes noch einmal, was den jungen Anwalt wohl zu seinem Selbstmord bewogen haben mochte. „Ich weiß es nicht, Watson“, antwortete mein Freund und starrte aus dem Droschkenfenster in die regnerische Nacht. „Sicher ist nur, daß er mit einem Paukenschlag gehen wollte. Vielleicht hoffte er auf eine romantische Form der Unsterblichkeit, als Inbegriff eines Rätsels. Gestriegelt und mit dieser seltsamen Verhüllung – jeder hätte so wie Sie sofort an einen Ritualmord oder gar an eine brutale Hinrichtung gedacht. Einer der letzten Gedanken wäre wohl der gewesen, daß der Anwalt zugleich sein eigener Richter und Henker war.“

„Und Lestrade hätte der Presse obendrein bereitwillig einen Mörder geliefert.“

„Womit Thomas Drighton auch Bissettes Henker geworden wäre“, erwiderte Sherlock Holmes ernst.

„Womöglich deshalb die Verhüllung des Gesichts“, sagte ich leise, erhielt jedoch keine Antwort mehr. Wie auf dem Hinweg fuhren wir schweigend durch die Londoner Nacht, den Regen als einzig geräuschvollen Begleiter.

Andreas Gruber

GLAUBEN SIE MIR, MEIN NAME IST DR. WATSON!

Glauben Sie mir, mein Name ist Dr. Watson, ich schwöre es bei meiner Ehre. Bis 1904 arbeitete ich als Assistent an der Seite von Sherlock Holmes. Alles endete damit, daß wir unseren Widersacher Professor Moriaty endgültig besiegten, der vor unseren Augen bei den Reichenbachfällen in die Tiefe stürzte. Viele Jahre sind seither vergangen, und um Holmes war es ruhig geworden. Viele Legenden begannen sich um ihn zu ranken, aber nur die Hälfte davon entsprach der Wahrheit. Allerdings werde ich aufgrund der verwirrenden Ereignisse der letzten Woche mit diesem Schreiben an die Öffentlichkeit treten. So lange ich noch klar denken kann, werde ich in diesem Londoner Kaffeehaus versuchen, die jüngsten Erlebnisse zu Papier zu bringen – und glauben Sie mir, sie entsprechen der Realität, so wahr ich Dr. Watson heiße.

27. November 1916

Vor genau einer Woche, an einem Montagmorgen, schlug das Wetter um. Seitdem lag London unter einer schwarzen Wolkendecke begraben, und es nieselte ohne Unterlaß. Als ich unmittelbar nach dem Frühstück aus dem Fenster von Mrs. Hudsons Mietpension blickte, sah ich gerade noch, wie Wiggins, ein Laufbursche aus Covent Garden, mit hochgeschlagenem Kragen die Baker Street hinunterlief, als sei der Teufel höchstpersönlich hinter ihm her. Unsere Haustür stand sperrangelweit offen. Was hatte der Bengel bei uns zu suchen? Als ich hastig über die Treppe ins Erdgeschoß stieg, machten sich meine Blähungen und mein Übergewicht bemerkbar. Herrgott, ich sollte wieder dringend Diät halten!

Keuchend hielt ich vor Holmes′ Arbeitszimmer, wo ich ein verschlossenes Kuvert unter dem Schuhabstreifer fand. Ich wußte, Holmes war nicht zu Hause, und falls doch, kümmerte er sich gewiß nicht um eine Nachricht aus Covent Garden, Londons Vergnügungsviertel. Die Drohungen der Buchmacher und Geldeintreiber nahm er schon lange nicht mehr ernst, zu sehr war sein einst so scharfsinniger Geist in einem Zustand des permanenten Deliriums versunken.

Wider Erwarten befand sich in dem Kuvert aber kein Zahlungsultimatum, sondern die Einladung zu einem Ereignis am selbigen Abend. Ein gewisser Mr. Wale wolle seine Erfindung der Öffentlichkeit präsentieren, und Mr. Sherlock Holmes sei dazu herzlichst in die Räumlichkeiten des Puckwise Museums im Nobelviertel South Kensington eingeladen.

Um Holmes bis 19.00 Uhr nüchtern zu bekommen, machte ich mich sogleich auf den Weg ins Moongate Pub, wo ich ihn wie üblich anzutreffen hoffte. Ich wurde nicht enttäuscht. Holmes, mit zerknittertem Windmantel, fleckigem Hemd, die erkaltete Pfeife in der Tasche, lag rücklings in einer Nische, laut schnarchend auf seinem Tropenhut. Mittlerweile knapp über sechzig Jahre alt, wirkte Holmes eher wie ein klappriger neunzigjähriger Tattergreis, ein armseliger Schatten seiner selbst. Auf dem Tablett neben ihm: eine Injektionsnadel und eine halb volle Morphiumampulle. Zahlreiche Zigarettenkippen lagen umher, der Geruch von Opium hing in der Luft. Gott, wie sollte ich Holmes jemals in einem halbwegs passablen Zustand auf die Beine bekommen?

Walter Jaimeson, der Barkeeper, braute uns eine starke Tasse Kaffee. Anschließend half er mir, Holmes in eine Droschke zu hieven. In der Baker Street verfrachtete ich Holmes kurzerhand in die Wanne und brachte ihn mit einem Eimer kalten Wasser zur Besinnung. Widerwillig und unter lautem Protest wurde er von mir mit Mrs. Hudsons Hilfe eingekleidet. Schließlich blickte mich Holmes aus winzigen, rotgeäderten Augen an. Vorwurfsvoll maulte er, ich solle mich nicht um seine Angelegenheiten kümmern, worauf ich aber keinen Pfifferling gab. Seit Moriatys Tod ließ sich Holmes mehr und mehr gehen, als hätte man ihm den Sinn seines Daseins wie einen Teppich unter den Füßen weggezogen. Das war mir unbegreiflich! Umso verstärkter wollte ich ihn für ein neues Abenteuer gewinnen. Ich hielt ihm die zugegebenermaßen unspektakulär wirkende Einladung zu Wales Vorführung unter die Nase, in der Hoffnung, ihn zu einem abendlichen Ausflug nach Kensington zu bewegen, statt den üblichen Besuchen im Freudenhaus, den Bars und Opiumhöhlen, die Holmes´ Verstand vollends zerstörten.

Möglicherweise war es das kalte Bad, Mrs. Hudsons entsetzte Blicke auf Holmes' jämmerliche Gestalt oder die Einladung zu jener mysteriösen Vorstellung, was Holmes aus seiner Lethargie riß. Jedenfalls schickte er mich um eine kräftige Portion Frühstück, und als ich mit einem Teller Käse, Schinken und Spiegeleier zurückkehrte, starrte er aus dem Fenster auf jenen trüben Novembertag, während er immer wieder murmelnd die Worte von jenem Schreiben wiederholte: *„Die Realität ist relativ – eine Demonstration von Wales Maschine…* Watson, das sehen wir uns an!“

Die Empfangshalle des Puckwise Museums für archäologische Funde war herausgeputzt wie bei einem Staatsempfang. Die Kronleuchter funkelten, schwere Brokatteppiche dämpften jeden Schritt und das Rasierwasser Dutzender Besucher schwängerte die Luft.

„Feine Gesellschaft!“ raunte mir Holmes zu.

„Still!“ mahnte ich ihn.

An jedem Ausgang postiert standen drei Wachmänner und in den Nischen der Halle die diensthabenden Constables von Scotland Yard. Inspektor Lestrade war nirgends zu sehen, womöglich hielt er sich im Hintergrund, von wo er die Szene still beobachtete. Auf einem Tischchen nahe dem Eingang lag ein Silbertablett mit den Visitenkarten von Mr. Allan Wale, seines Zeichens Weltreisender, Wissenschaftler und Erfinder. Eine dieser Karten ließ ich mühsam in meinem Jackett verschwinden. Ich trug meinen feinsten Anzug, dessen Weste mir allerdings um den Bauch spannte, so daß ich kaum tiefer als nötig einzuatmen wagte, aus Furcht, ein Knopf könnte abspringen. Das gute Essen! Ich mußte wieder dringend Diät halten.

Als Holmes und ich die Empfangsräume hinter uns gelassen hatten, betraten wir den Hauptsaal, wo die Vorbereitung bereits im Gange war. Ich zuckte zusammen, als mir ein metallenes Scheppern in den Ohren schmerzte. Die schlechte Luft war kaum zum Atmen. Wie ich diesen ekelhaften Schweißgeruch dichter Menschenmengen haßte. Das konnte was werden!

Auf einem Podest stand ein hagerer Mann mittleren Alters im eleganten, cremefarbenem Anzug, mit einer Habichtnase, kantigen Gesichtszügen und einem messerscharfen Blick, dem nichts fremd war, als sei er mit den abstrusesten Erfindungen vertraut. Solche Menschen waren mir von jeher suspekt gewesen. Selbstsicher hantierte er mit einer Reihe ungewöhnlicher Hebel.

„Das muß Allan Wale sein!" murmelte Holmes schwach, kaum in der Lage, den Kopf für einen umschweifenden Blick zu heben.

Hinter Wale thronte eine mächtige Maschine, in deren Mitte sich ein mit Drähten verkabelter Eisenstuhl befand. Was für eine merkwürdige Darbietung! Zwei Helfer von Scotland Yard befestigten soeben einen jungen Mann mit metallenen Klammern an Hand- und Fußgelenken auf diesem Stuhl. Ein Freiwilliger, vermutete ich, da er sich nicht zu wehren versuchte. Mehr war nicht zu erkennen, denn eine Menschentraube drängelte sich vor dem Podest.

„Ah, Mr. van Weyden!" murmelte Holmes, als er einen Mann abseits der Menge erkannte. Holmes´ Blick erhellte sich für einen Moment. Er ignorierte das Drängen der Massen, packte mich am Hemdsärmel und zog mich, auf seinen Gehstock gestützt, entlang den dorischen Säulen in einen Seitengang, von wo wir einen guten Ausblick auf die Vorführung haben sollten. In dieser Ecke standen wir mit Mr. Humphrey van Weyden, dem jungen Literaturkritiker der *Times*, glatt rasiert und wie aus dem Ei gepellt, sowie zwei weiteren, mir unbekannten Gentlemen.

„Lange nicht gesehen, Mr. Holmes.“ Van Weyden schüttelte Holmes die Hand, der nichts darauf erwiderte.

„Mr. Holmes war in den letzten Monaten unpäßlich“, sagte ich rasch, bevor der Verdacht aufkam, Holmes könne sich in seinen vier Wänden der Opiumsucht hingegeben haben.

„Mein guter Dr. Watson!“ Van Weyden klopfte mir auf die Schulter. „*Ich* war es, der erst kürzlich in London eingetroffen ist.“ Er lächelte amüsiert.

Mir fiel ein Stein vom Herzen.

Wie ich an diesem Abend erfuhr, war Humphrey van Weyden fast ein Jahr lang unterwegs gewesen. Nach einem abenteuerlichen Schiffsunglück in der Bucht von San Francisco war er aufs offene Meer hinausgetrieben, wo ihn die Mannschaft eines auslaufenden Robbenschoners aufgenommen hatte. An der Seite von Kapitän Larsen hatte sich van Weyden rasch dem zähen Drill der Mannschaft untergeordnet und zunächst als Küchenhilfe, später als Steuermann an der Fahrt ins Nördliche Eismeer teilgenommen. Während der Rückkehr des Schoners hatte es van Weyden nach einem weiteren Schiffsunglück nach London verschlagen. Während er sein unglaubliches Abenteuer zu Ende erzählte, umspielte ein süffisantes Lächeln Holmes´ Züge. Falls die Geschichte *nicht* der Wahrheit entsprach, war sie zumindest gut erfunden.

Nach diesem illustren Bericht stellte uns van Weyden die beiden Männer an seiner Seite vor. Peyton Farquhar, ein gramgebeugter, alter Mann mit kraftvollem Händedruck und ernsten Gesichtszügen, überlagert von einem wirren Vollbart, war ein ehemaliger Pflanzer aus Alabama. Seinem Reden und seinem Akzent zu Folge war er ein überzeugter Anhänger der Südstaaten, wie ich mißbilligend feststellen mußte. Zwingende Umstände hatten ihn in den späten sechziger Jahren des vorigen Jahrhunderts gezwungen, seine Farm zu verlassen. Mehr war nicht zu erfahren, da uns van Weyden nun auch den dritten, wesentlich jüngeren Mann vorstellte: Mr. Edwin Drood, ein Bursche mit femininen Zügen, dessen Geschichte nicht minder abenteuerlich klang. Drood – der arme Kerl konnte einem leid tun – war der Neffe des Kantors des kleinen Städtchens Cloisterham. Der junge

Mann machte keinen Hehl daraus, daß es sich bei seinem Vormund um einen opiumsüchtigen Wahnsinnigen handelte, der ihn mit einer gewissen Rosa Bud verheiraten wolle.

Unsere Gespräche wurden jäh unterbrochen, als Inspektor Lestrade von Scotland Yard, hochgewachsen und von bulliger Statur, neben Allan Wale auf dem Podest erschien und die Menge um Ruhe bat. Wale – so hieß es – werde nun mit seiner Vorführung beginnen, die unter dem strengen Auge der Exekutive erfolgen würde.

„Ladies und Gentlemen!" Wale hob ehrfurchtgebietend die Arme. „Ich werde an diesem Constable demonstrieren, wie der menschliche Geist für die Dauer einer Stunde in eine uns fremde Dimension transportiert wird, während für den Rest der hier Anwesenden lediglich der Bruchteil einer Sekunde verstreicht. Zu seiner eigenen Sicherheit ist Constable Finn auf den Stuhl gefesselt."

Ein Tuscheln erfüllte den Raum. Wale schritt zu einer Reihe von Hebeln. Als er den Ersten umlegte, begannen die Transformatoren zu brummen. Der Boden vibrierte unter unseren Füßen.

„Mr. Finn wird uns anschließend von seinen Erlebnissen berichten", rief Wale, während ein Raunen durch die Menge ging. Beim Umlegen des zweiten Hebels stellten sich mir die Nackenhaare auf. Knisternde Elektrizität füllte die Luft.

Das Umlegen der letzten fünf Hebel folgte so rasch, daß Wale wie ein Derwisch über das Podest fegte. Ich fragte mich, wie er das so schnell hinbekam. Plötzlich flackerte das Licht im Saal. Wale schrie unvermittelt auf. Schlagartig roch es nach verbrannten Haaren und versengter Haut. Die Menge kreischte! Doch Constable Finn, mit metallenen Manschetten an den Stuhl gefesselt und Dutzenden Drähten an die Stirn montiert, brüllte noch lauter. Mein Herz begann zu rasen, als ich sah, wie sich sein Körper aufbäumte. Ich mußte dem Mann helfen! Da platzten die Glühlampen. Die Transformatoren krachten, aus einem Draht begannen Flammen zu schlagen. Wie der Blitz huschte das Feuer entlang eines über die Decke gespannten Kupferdrahts. Ich war wie gebannt. Die Flammen rasten auf *uns* zu!

„Gütiger!" Holmes wankte zurück und packte mich am Arm. Direkt über unseren Köpfen zerbarst das Feuer zu einer gewaltigen, glutroten Explosion, die mir den Atem raubte und meine Wangen zu versengen drohte. Ich roch förmlich die Hitze. Holmes und ich wurden von der Wucht zu Boden geschleudert. Ich krachte mit dem Schädel gegen eine Steinsäule, daß mir der Schmerz bis in die Glieder fuhr. Ich hörte Mr. Drood, van Weyden und Farquhar jammern. Wie Marionetten lagen sie um den Marmorsockel verstreut, während die Menge aufschrie und mit vor Entsetzen geweiteten Augen auf uns zeigte. Für einen Augenblick sah ich einen wabernden, purpurnen Schirm, der Farquhar wie eine riesige Glocke umschloß. Die orangeroten Wellenbewegungen spiegelten sich auf seiner Stirn. Er versuchte zu rufen, doch kein Ton kam aus seinem Mund. Nur weg von hier, durchfuhr es mich. Kurz darauf dehnte sich das Gebilde aus, erreichte zunächst van Weyden und zuletzt Drood. Vereinzelt gierten sogar einige feurige Blitze nach Holmes′ und meinen Beinkleidern. Ich begann zu zappeln und um mich zu schlagen. Farquhar brüllte, auch mir raubte die sengende Hitze den Atem. Danach war der Spuk zu Ende.

Keuchend rappelte ich mich auf. Meine Brille war beschlagen, Schweiß lief mir über die Stirn. Was für ein peinlicher Zwischenfall! Gehetzt sah ich mich um: Der Farmer aus den Südstaaten war verschwunden! Vermutlich hatte auch ihn die entsetzliche Panik ergriffen, von der die Menschen in dem Saal mit einem Mal besessen waren. Alle stoben wild durcheinander, jeder drängte zum Ausgang. Binnen Sekunden war die Hölle los. Auch ich wurde von dem Schrecken gepackt. Nur raus hier! Eilig wollte ich Holmes zum Ausgang schieben, doch er zerrte mich in die entgegengesetzte Richtung zum Podest. Verdammt, was wollte er dort? Dutzende Ellbogen wurden mir in die Rippen gestoßen, Holmes mußte sogar einige Schläge ins Gesicht einstecken. Frauen kreischten, und Männer prügelten sich an den Türen, um als erster den Saal zu verlassen. Als wir am Podest ankamen, wurde mir der Grund für die Hysterie bewußt: der junge Constable Finn saß reglos auf dem Stuhl. Sein Körper war zu einer unkenntlichen, schwarzen Masse verkohlt, anstelle von Augen, Ohren, Mund und Nase hatten sich tiefe, dunkle Löcher in den Körper gebrannt.

28. November 1916

Nach dieser ebenso makabren wie schrecklichen Tragödie wurde Mr. Wale noch am selben Abend von Beamten des Scotland Yard abgeführt. In der Morgenausgabe der Dienstag-Times fand sich ein zweiseitiger Bericht über die Ereignisse des Vorabends, darunter ein Artikel über Wale selbst, den mir Holmes beim Frühstück mit belegter Stimme vorlas, und den ich aus dem Gedächtnis wiedergebe.

Wale wurde 1864 als Sohn einer der wohlhabendsten Familien in Southampton geboren. Er verbrachte die Jugend in seinem Elternhaus in Lurkebridge. Bereits im Alter von siebzehn Jahren trat er in die Fußstapfen seines Vaters, eines äußerst fragwürdigen Erfinders, und begann mit eigenen Experimenten. Nach eigenen Aussagen wurde er ein Leben lang von kuriosen Phantasien geplagt, da jedoch niemand an seine Visionen glaubte, baute er nach zahlreichen Reisen in den Orient auf eigenes Bestreben eine Maschine, die einen Zugang zu fremden Dimensionen öffnen solle, wie Wale es bezeichnete. Besser, diese Erfindung wäre nie aus der Taufe gehoben worden, denn Wales jüngstes Experiment, unter der Aufsicht des Yard, forderte im Londoner Puckwise Museum das Leben des jungen Constable Cohen Finn.

Holmes klappte die Zeitung zusammen und begann sich mit zittrigen Fingern die Opiumpfeife zu stopfen. Würde er doch nur endlich damit aufhören! Schlagartig breitete sich der ekelhafte Geruch im Raum aus. Holmes´ Blick zur Injektionsnadel und den leeren Ampullen ließen in mir Angst und Schrecken aufsteigen. „Ich brauche Morphium", konstatierte er knapp.

„Aber Holmes, um Himmels willen!" entfuhr es mir.

Er schnitt mir das Wort mit einer müden Handbewegung ab. „Keine Widerrede! Wir arbeiten an einem neuen Fall." Er deutete auf die Zeitung. „Doch dazu muß ich bei klarem Verstand bleiben… leider ein

Ding der Unmöglichkeit, da ich Morphium mittlerweile bitter nötig habe, wie ich mir eingestehen muß. Daher werden *Sie* mein klarer Verstand sein, mein lieber Dr. Watson! Ich brauche Sie mehr denn je."

„Jawohl", gab ich kleinlaut bei und atmete zunächst einmal tief durch. „Welcher Fall?"

„Einerseits die Vorfälle des gestrigen Abends, andererseits...", Holmes deutete auf ein in vergilbtes Papier eingewickeltes Paket, welches auf der Kommode vor dem Fenster lag, „... habe ich das heute morgen in meinem Zimmer gefunden."

Als ich danach greifen wollte, hob er abwehrend die Hand, so daß ich zurückfuhr.

„Nicht berühren!" Er bedeutete mir, näherzukommen. „Nachdem *ich* es nicht hergelegt habe, ebenso wenig wie Sie, wie ich annehme, und ich die Tür gestern nacht von innen verriegelt habe, ist es ein Rätsel, wie das Paket hierhin gelangt ist."

Ich betrachtete das Bündel, welches die Ausmaße eines mittelgroßen Portemonnaies hatte.

„Was fällt Ihnen daran auf, Watson?"

Nun, mir fiel nichts auf. Das Papier war alt und vergilbt, Staub hatte sich darauf abgesetzt, und es war von Schnüren umwickelt. An der Vorderfront war eine Briefmarke angebracht und mit ausgeblichener Tinte Holmes´ Adresse hingekritzelt worden. Ich teilte ihm meine Beobachtung mit, doch er verdrehte nur die Augen.

„Hören Sie auf!" Holmes erhob sich, während er an der Pfeife paffte. „Erstens: auf der zentimeterdicken Staubschicht befindet sich kein einziger Fingerabdruck, als würde das Paket bereits seit Jahren unberührt hier liegen. Dafür sprechen auch die beiden vergilbten Seiten, die von der Morgensonne angestrahlt werden." Er nickte knapp zum Fenster. „Zweitens spricht die verblaßte Tinte dafür, ebenso die am 11. Januar 1914 abgestempelte Briefmarke aus Chihuahua in Mexiko. Das Paket ist also knapp drei Jahre alt und liegt offensichtlich genauso lang auf diesem Tisch."

„Das ist völlig absurd!" War Holmes verrückt geworden?

Er versuchte zu schmunzeln. „Ich sagte ja, wir haben einen neuen Fall."

Eigentlich mußte ich dringend meine Kleider von der Wäscherei holen, doch Holmes trug mir auf, mich statt dessen auf die Suche nach Mr. Peyton Farquhar zu machen und notfalls van Weyden zu befragen, der uns gestern abend miteinander bekannt gemacht hatte. Mein Besuch in der Wäscherei könne warten! Pah! Wenn Holmes wüßte, wie trostlos leer es in meinem Kleiderschrank aussah.

„Und dann besorgen Sie mir noch eine Ampulle Morphium aus dem Moongate Pub. Jaimeson weiß Bescheid."

Holmes gab mir Geld, und widerstrebend machte ich mich auf den Weg.

Drei Stunden später kam ich, völlig durchnäßt, in der Baker Street an. Eine Zumutung, mich bei diesem Wetter aus dem Haus zu jagen! Gewiß hatte ich mir eine Erkältung geholt – und wofür? Mr. Farquhar, der Farmer aus den Südstaaten, war unauffindbar – übrigens auch van Weyden – doch in einem Pub in der Nähe des Museums hatte man mir mehr über den Farmer erzählen können, da er dort allabendlich bei einem Glas Bier jedem seine Geschichte erzählte, ob er das Garn hören wollte oder nicht.

„Ich dachte mir, daß Farquhar verschwunden ist." Holmes nickte gelassen. „Was haben Sie über ihn in Erfahrung gebracht?"

Typisch Holmes! Ohne zu verstehen, worauf er hinaus wollte, berichtete ich ihm Folgendes: 1865, als Farquhar noch als junger Bursche in den Staaten lebte, besaß er eine Farm in der Nähe der Owl-Creek-Brücke, welche die Yankees besetzt hatten. Es hieß, jeder Zivilist würde sofort gehängt werden, der sich an der Brücke zu schaffen machte. Farquhar beschloß, diese in Brand zu stecken, ging dabei aber in eine Falle der Nordstaatler. Bei dem Versuch, ihn auf der Brücke zu hängen, riß das Seil…

„…er fiel in den Fluß und konnte entkommen, nicht wahr?" vollendete Holmes meinen Bericht.

„Teufel! Woher wissen Sie das?"

„Das war nicht gerade ein Kunststück." Holmes nickte schwach zu dem vergilbten Paket, das aufgeschnürt auf der Kommode vor dem Fenster lag. „Laut dem Begleitschreiben wurde mir der Inhalt des Pakets bereits vor drei Jahren auf Kosten der mexikanischen Regierung zugeschickt. Aber wichtiger ist, *was* sich in dem Paket befindet. Nehmen Sie den Inhalt heraus."

Ich faltete das Packpapier auseinander. Darin befand sich neben dem Brief ein brüchiger, dünner Lederband. Es war eine Sammlung von Texten aus dem Jahre 1891, die den merkwürdigen Titel *In the Midst Of Life* trugen. Als Autor war ein gewisser Ambrose Bierce genannt. Auf dem Buchdeckel stand in Handschrift: *Mr. Sherlock Holmes, Baker Street 221B, London.*

„Lesen Sie den Anfang der Geschichte *An Occurrence at Owl Creek Bridge*, es ist die dritte in diesem Buch", forderte Holmes mich auf.

Als Holmes den Namen der Brücke erwähnte, überkam mich ein mulmiges Gefühl, dennoch tat ich wie geheißen. Meine Brillengläser waren schon seit Jahren zu schwach, und so hielt ich das Buch in einer gewissen Entfernung und kniff die Augen zusammen. Aber bereits auf der ersten Seite der Erzählung legte sich mir eine kalte Hand auf die Schulter. In der Geschichte ging es um einen Südstaatenfarmer namens Peyton Farquhar. Ich war zu verwirrt, um etwas zu sagen.

„Ich kenne den Autor nicht, habe nie von ihm gehört." Holmes deutete auf das alte Buch. „Watson, klappen Sie die erste Seite auf!"

Auch diesmal tat ich, wie mir aufgetragen. Folgende Zeilen fand ich als Widmung auf die erste Seite gekritzelt, die ich ebenfalls aus dem Gedächtnis wiedergebe.

Mein lieber Sherlock Holmes,

weder weiß ich, welcher Tag heute tatsächlich ist, noch wo ich mich befinde. Jedenfalls herrscht Krieg, denn überall wird geschossen. Leider verstehe ich die Sprache der Männer nicht, ich vermute allerdings, sie reden Spanisch. Ich begreife das alles nicht. Noch merkwürdiger ist aber die Existenz jenes Buches. Allein der Gedanke daran treibt mich in den Wahnsinn. Ebenso zerrt das ständige Wetterleuchten an meinen Nerven. Dinge verschwinden darin und tau-

chen nicht wieder auf. Möglicherweise findet das an Sie adressierte Buch seinen Weg zu Ihnen.

Hochachtungsvoll, Peyton Farquhar.

Meine Stimme war staubtrocken. „Die Widmung ist von gestern, Montag, dem 27. November 1916."

„Aber die blasse Tinte, mit der sie geschrieben wurde, ist gewiß drei Jahre alt", ergänzte Holmes. „Genauso alt wie das vergilbte Papier und die Briefmarke."

„Das ist verrückt!"

„Eine interessante Zeitanomalie", lautete Holmes´ einziger Kommentar. Altersschwach erhob er sich und wankte auf mich zu. „Auf uns warten wichtige und dringende Dinge, doch zunächst das Morphium."

Zögernd gab ich ihm die Tasche, die mir der Barkeeper des Moongate Pubs in die Hand gedrückt hatte. Den Rest des Tages war Holmes unansprechbar, und obwohl mir Dutzende Fragen auf der Zunge brannten, wagte ich nicht, ihn gewaltsam aus seinem Delirium zu reißen.

29. November 1916

Ich lag die gesamte Nacht wach, war einerseits um Holmes´ Geistes- und Gesundheitszustand besorgt, andererseits zerbrach ich mir den Kopf über die Ereignisse der letzten beiden Tage. Wie hingen das vergilbte Paket und die merkwürdige Widmung mit Mr. Farquhars Verschwinden zusammen? Hatte etwa alles mit Mr. Wales Experiment zu tun? Unablässig prasselte der Regen ans Fenster, und als der Morgen graute, schlief ich endlich unter einem Berg zerdrückter Kopfkissen ein.

Nur Stunden später mußte Holmes die Treppe zu meiner Wohnung emporgeschlichen sein, da ich ihn mit schwacher Hand an die Tür klopfen hörte. „Watson! So machen Sie doch auf!" krächzte er.

Im Morgenrock öffnete ich die Tür. Holmes stand vor mir, mit wirrem Haar und zerknittertem Gesicht, als hätte ihm die gestrige Dosis Morphium komplett den Verstand geraubt.

„Himmel, was ist mit Ihrer Frisur passiert?“ platzte es aus Holmes heraus, als er mich sah.

Ausgerechnet! Ich glättete mir die Haare und brummte: „Was gibt es?“

Holmes hielt mit zittrigen Fingern ein Kuvert in Händen. „Aus den Staaten, eben angekommen“, kommentierte er.

„Wieder mit einer dicken Staubschicht und ohne Fingerabdrücke?“ murrte ich unausgeschlafen.

„Machen Sie sich nicht lustig!“ Holmes drückte mir das Kuvert in die Hand. „Lesen Sie, Watson!“

Ich suchte meine Brille und öffnete das Schreiben. Darin befanden sich ein weiteres, kleineres Kuvert und ein kurzes Begleitschreiben. Diesmal war das Papier weder fleckig noch vergilbt und mit einer sauberen Handschrift versehen. Es stammte von einem gewissen Joseph Mahoney aus Kalifornien, seines Zeichens Vorstand der Zentralen Postverwaltung aus dem Ort Glen Ellen.

Sehr geehrter Mr. Holmes,

heute morgen wurde ein an Sie adressiertes Kuvert zufällig von Männern der Straßenreinigung entdeckt, welches sich in einem Baum des Glen Ellen Parks verfangen hatte. Da wir den Absender des Schreibens, einen gewissen Mr. Jack London, nicht ausfindig machen konnten, entschloß sich der Vorstand der Zentralen Postverwaltung kurzerhand, Ihnen den Brief auf eigene Kosten zuzustellen.

Wir hoffen, Ihnen mit dieser großzügigen Geste gedient zu haben, und verbleiben hochachtungsvoll,

Joseph Mahoney, Postverwaltung, 23. November 1916.

Ich faltete den Brief zusammen. „Bornierte Affen, diese Amerikaner.“

„Gewiß, gewiß“, pflichtete Holmes mir bei. „Aber das Begleitschreiben tut nichts zur Sache.“ Er wedelte kraftlos mit dem Arm.

„Wichtig ist der Brief von diesem Jack London. Kennen Sie einen Mann dieses Namens?“ Holmes spähte mich von der Seite an.

Ich dachte kurz nach und verneinte. „Wie kann jemand London heißen und in Kalifornien leben?“

„Watson! Keine Scherze!“ ermahnte mich Holmes. „Kennen Sie einen Roman mit dem Titel *Der Seewolf*?“

Wiederum verneinte ich.

„Ich ebensowenig. Lesen Sie den Brief!“ forderte er mich auf.

Ich faltete das schmutziggraue Kuvert auseinander, welches eine Woche zuvor noch im Geäst eines Baumes gehangen hatte. Der Brief bestand aus zwei Seiten engbeschriebenem Text.

Mein lieber Sherlock Holmes, mein lieber Dr. Watson,

ich weiß nicht, ob Sie dieses Schreiben jemals erhalten werden. Falls doch, bitte ich Sie innigst, mir zu glauben. Angeblich ist mein Name Jack London, man sagt, ich sei Schriftsteller und habe einige vortreffliche Romane verfaßt – wie Der Seewolf. *Aber an all das kann ich mich nicht erinnern! Ich weiß, wie merkwürdig das für Sie klingen mag, doch ich mußte die gesamten Lebensdaten jenes Jack London im Zeitungsarchiv der städtischen Bücherei nachlesen, so daß ich einen Überblick darüber gewinnen konnte. In Wahrheit ist mein Name nicht Jack London, wie Sie bereits vermuten werden, obwohl die Menschen in meiner Umgebung das beteuern. In Wahrheit bin ich jemand anders, doch mein bisheriges Leben, das ich zu führen geglaubt habe, ist so verwischt wie Kreide auf einer nassen Schultafel.*

Tatsache ist, daß ich Sie und Dr. Watson sehr gut kenne. Gestern sahen wir uns das letzte Mal, genauer gesagt am 27. November im Puckwise Museum in London, als wir und zwei weitere Gentlemen der Vorführung eines gewissen Mr. Wale beiwohnten. Das Letzte, woran ich mich an diesem Abend erinnere, ist jenes purpurfarbene Wetterleuchten, das mich vollends eingeschlossen hatte, als Wales Maschine außer Kontrolle geriet.

Danach wachte ich im Bett meines angeblichen Landsitzes in Kalifornien auf, umgeben von einem üppigen Frühstück, serviert auf mehreren Tabletts. Nach einigen Gesprächen mit dem Dienstperso-

nal führte mich mein Weg, verwirrter denn je, in besagtes Zeitungsarchiv. Am Abend kehrte ich erschöpft heim. Nach dem Essen klagte ich über starke Übelkeit und Nierenschmerzen, so daß ich eilig die Tafel verlassen mußte. Seit ich mich in meinem Arbeitszimmer befinde, ist wieder jenes heiße, rote Wetterleuchten aufgetaucht, das sich einem Strudel gleich inmitten des Zimmers dreht. Gegenstände, die ich hineinwerfe, wie Federkiele, Tintenfässer oder Brieföffner, verschwinden einfach – möglicherweise dorthin, woher ich gekommen bin.

Jedenfalls werde ich das an Sie adressierte Schreiben ebenso hineinwerfen. Mit etwas Glück findet der Brief den Weg zu Ihnen. Das ist meine einzige Hoffnung, denn in dieser Welt, in der ich mich befinde, glaubt mir niemand, daß Sie existieren, Mr. Holmes. Man hält mich für verrückt. Dennoch sind Sie und Dr. Watson die einzigen beiden Menschen, denen ich mich anzuvertrauen wage. Möglicherweise können Sie das Rätsel lösen, denn etwas Merkwürdiges ist mit mir geschehen. Seien Sie auf der Hut.

Ihr ergebener Humphrey van Weyden, Kalifornien, man sagte mir, heute sei der 22. November 1916.

Damit endete der Brief, der vor exakt einer Woche verfaßt worden war und so lange gebraucht hatte, um von Glen Ellen den Weg über den Ozean zu uns zu finden. Wie konnte darin die Rede von jenem Montag sein, an dem Mr. Wale seine Maschine der Öffentlichkeit präsentiert hatte? Und woher wußte der Verfasser dieses Briefes, daß Holmes und ich der Vorführung in Gegenwart dreier Gentlemen beiwohnen würden? Ganz zu schweigen davon, daß die Maschine außer Kontrolle geriet, was niemand hatte vorhersehen können.

Ich wedelte mit dem Brief umher. „Ein plumper Scherz", vermutete ich. Etwas Besseres fiel mir nicht ein.

„Von *plump* kann keineswegs die Rede sein", widersprach Holmes mir. „Viel eher handelt es sich dabei um eine weitere Zeitabnormität."

Holmes´ Worte verwirrten mich zusehends. Da polterte es an der Tür. Schleunigst ließ ich die beiden Briefe hinter meinem Rücken verschwinden und bat den Besuch herein. Die Tür flog auf, und Inspektor Lestrade vom Scotland Yard trat wie ein schnaubender Bulle ein. Der hatte uns gerade noch gefehlt! Sein Schnauzbart vibrierte nervös, als er Holmes und mich begrüßte. Dabei hinterließ er eine Regenlache um seine Stiefel, da ihm das Wasser über die Hutkrempe und die Schultern lief. Im Hintergrund standen seine beiden Constables wie nasse Wachhunde im Türrahmen.

„Zur Sache, meine Herren“, begann Lestrade ohne Umschweife. „Am Montagabend wurden Sie in Gegenwart zweier Gentlemen im Puckwise Museum gesehen, genauer gesagt handelte es sich um Mr. Edwin Drood und um den Amerikaner Peyton Farquhar.“ Er machte eine Pause, in der mich ein mulmiges Gefühl zu Holmes spähen ließ, der den Besuch des Inspektors allerdings mit einer erstaunlichen Gelassenheit hinnahm. „Die beiden sind wie vom Erdboden verschwunden“, fügte Lestrade hinzu.

„Drood auch?“ entfuhr es mir.

„Warum *auch?* Was wissen Sie darüber?“ Lestrade fixierte mich wie ein Wolf die Beute.

Ich Idiot! Ich war so perplex, daß ich kein Wort herausbrachte.

„Wir haben die beiden Gentlemen am Montagabend zuletzt gesehen“, rette Holmes die Situation. „Gestern wollten wir diesbezüglich mit Mr. Humphrey van Weyden Kontakt aufnehmen, konnten ihn jedoch nirgends finden. Wissen Sie, wo er sich zur Zeit aufhält?“

„In der St. Patricks Nervenheilanstalt“, lautete Lestrades knappe Antwort.

Holmes ließ sich sein Erstaunen nicht anmerken, dennoch legte sich seine Stirn in Falten – wie üblich, wenn sein Verstand auf Hochtouren arbeitete. Hoffnung keimte in mir auf. Was würde ich nur dafür geben, wenn er wieder ganz der Alte wäre!

„Wen besucht er dort?“ fragte Holmes unschuldig wie ein Lamm.

„Niemanden!“ knurrte Lestrade. Plötzlich wandte er mir seine Aufmerksamkeit zu. „Was verstecken Sie da hinter dem Rücken?“

„Ein Schreiben, nichts weiter, nur ein Brief...“, antwortete ich rasch und ließ die Papiere in meinem Morgenrock verschwinden, „... von Mr. London.“

Holmes verdrehte die Augen. Wie ein nasser Sack knickte er ein – im Gegensatz zu Lestrade, der hellhörig geworden war. „Von einem gewissen *Jack* London?“ Der Inspektor hob die Augenbrauen.

Für einen Augenblick stieg mir eine sengende Hitze zu Kopf. Holmes warf mir einen warnenden Blick zu. „Von einem gewissen *Francis* London aus *Newport*“, antwortete Holmes rasch, ehe ich etwas anderes erwidern konnte. „Weshalb fragen Sie?“

„Das lassen Sie mal meine Sorge sein!“ knurrte Lestrade. „Holmes, ich weiß, Sie führen etwas im Schilde. Ich beobachte Sie.“ Drohend hob er den Zeigefinger.

„Tun Sie das, mein Guter, und vielen Dank für Ihren Besuch“, meinte Holmes. „Wir haben zu tun, auf Wiedersehen!“ Er komplimentierte Lestrade und seine Begleiter zur Tür hinaus. Das Einzige, das von diesem eigenartigen Besuch übrigblieb, waren eine große Wasserlache inmitten des Zimmers und eine Menge Fragen. Als wir wieder allein waren sprudelten sie nur so aus mir heraus: „Woher kennt Lestrade diesen Jack London? Weshalb ist Mr. Drood verschwunden, und was sucht van Weyden in einer Nervenheilanstalt?“

„Langsam, langsam.“ Holmes schlurfte müde zum Fenster. „Nachdem Mr. Humphrey van Weyden niemanden in der Anstalt besucht, kommt nur eine mögliche Erklärung in Frage: Er ist als Patient eingeliefert worden.“

„Himmel!“ entfuhr es mir, da ich den jungen Literaturkritiker bereits in den Fängen wahnwitziger Wärter sah.

„Watson, schnell!“ befahl mir Holmes, während er zur Tür schlurfte. „Kleiden Sie sich um Himmels willen endlich an und begeben Sie sich auf die Straße. Erkundigen Sie sich nach jenem Jack London, holen Sie alle Informationen ein, die Sie über ihn kriegen können, und über Ambrose Bierce… und noch etwas“, murmelte er, bevor er aus dem Zimmer trottete.

„Morphium?“

„Nein, schauen Sie bei Bloomsbury vorbei und besorgen Sie mir eine Ausgabe von Jack Londons *Der Seewolf.* Und beeilen Sie sich, in einer Stunde treffen wir uns in der St. Patricks Nervenheilanstalt.“

Ich war todmüde, und mir knurrte der Magen. Zwar ging ich ohne Frühstück selten außer Haus, dennoch machte ich mich sofort auf den Weg, um rechtzeitig beim Sanatorium zu sein.

Ich war pünktlich. Aber wie nicht anders zu erwarten, kam Holmes eine gute Stunde zu spät. Schwach und abgezehrt stieg er aus der Droschke, während ich mir im Regen den Tod holte.

„Was haben Sie über Bierce und London herausgefunden?" fragte Holmes lethargisch, während wir die Stufen zu dem mächtigen Gebäude hinaufstiegen.

Ein Türsteher öffnete uns das Tor, und wir betraten die Anstalt. Muffiger Krankenhausgeruch schlug uns entgegen, so daß sich mir der Magen umdrehte. Ich versuchte durch den Mund zu atmen und hatte augenblicklich einen bleiernen Geschmack auf der Zunge.

„Ich habe rein gar nichts rausbekommen!" zischte ich leise, um nicht die Aufmerksamkeit der Bediensteten auf uns zu lenken, die mit Medikamenten voll gepackte Rollwägen durch die Gänge schoben. „Niemand will die beiden kennen, überall bin ich auf fragende Gesichter gestoßen... als hätten sie nie existiert."

„Und das Buch?"

„Niemand kennt das Buch, nicht einmal Nigel Bennett, der Trödler, und das will was heißen, denn der kennt jeden Fetzen Papier, der jemals geschrieben wurde."

„Interessant."

Holmes und ich gingen schnurstracks zum Büro des Direktors, Dr. Abraham Wilkinson, ein alter Bekannter, der mit mir die Schulbank gedrückt hatte. Als er uns sah, breitete er die Arme aus und empfing uns mit der Herzlichkeit eines Walrosses, wobei sein Bauch wie Pudding hüpfte und die Enden seines aufgezwirbelten Schnurrbarts wie Wimpel hin- und herschlenkerten.

„Mein lieber Dr. Watson, Mr. Holmes, was kann ich für Sie tun?" Wilkinson flüsterte mir hinter vorgehaltener Hand zu. „Na, zugenommen?"

Was für ein Witzbold! Kaum hatten wir Platz genommen, kam Holmes auch schon zur Sache und tischte Dr. Wilkinson eine Geschichte auf, daß mir Hören und Sehen verging. Der Spartenredakteur der *London Times* habe uns aufgetragen, ein Wörtchen mit Mr. van Weyden zu reden, in der Hoffnung, daß der Gute wieder zur Besinnung komme, da die Redaktion von van Weyden einen Bericht über die Vorfälle im Puckwise Museum erwarte...

„... der unbedingt morgen früh gedruckt werden muß." Holmes nahm seinen Hut ab und betrachtete Dr. Wilkinson mit respektvollem, aber dennoch forderndem Blick. Was für ein hinterlistiger Schurke er doch war!

Dr. Abraham Wilkinsons anfänglich freundschaftlicher Gesichtsausdruck wich binnen Sekunden einer bedauernden Miene. „Ich fürchte, ich muß Sie enttäuschen, Gentlemen. Mr. Humphrey van Weyden ist zur Zeit unpäßlich."

„Ist er krank?" entfuhr es mir.

„*Krank* ist untertrieben, er benötigt äußerste Ruhe. Der Schock jener absurden Darbietung im Puckwise Museum hat seinen Geist dermaßen verwirrt, daß er das Gedächtnis verloren hat. Er hält sich für jemand anderen." Bedauernd faltete Wilkinson die fleischigen Hände.

„Möglicherweise für einen gewissen Jack London aus den Staaten, Kalifornien?" mutmaßte Holmes.

„Teufel noch mal!" Wilkinson fuhr wie vom Blitz getroffen auf. „Wie kommen Sie darauf?"

„Unter Umständen könnten wir Ihnen weiterhelfen", sinnierte Holmes. „Lassen Sie uns zu ihm!"

„Unmöglich." Entschieden schüttelte Wilkinson den Kopf. „Aber ich kann Ihnen das Protokoll seiner Einvernahme zur Durchsicht anbieten." Er kramte eine Mappe aus der Schublade und präsentierte uns zwei eng beschriebene Seiten. Humphrey van Weyden sei Montagabend unrasiert, ausgehungert, verschmutzt, geistig verwirrt und laut tobend vor dem Londoner Puckwise Museum von zwei Sergeants aufgegriffen worden. Zwar konnte er sich ausweisen, bestritt jedoch, daß dieser Ausweis richtig sei und behauptete strikt, jemand anders zu sein. In der St. Patricks Nervenheilanstalt wurde folgende Zeugenaussage von ihm zu Protokoll genommen.

Mein Name ist Jack Griffiths London. Ich wurde als uneheliches Kind am 12. Januar 1876 in San Francisco geboren. Zunächst wuchs ich auf dem Lande auf, später in Oakland. Nach meiner Geburt heiratete Flora Wellman, meine Mutter, John London, einen versehrten Bürgerkriegsveteranen, der mich adoptierte.

Als Kind schon arbeitete ich in einer Fabrik mehr als sechzehn Stunden täglich, manchmal sogar sechsunddreißig Stunden ohne Pause. Mein Leben drehte sich ausschließlich um die Konservenfabrik: essen, schlafen, zur Arbeit gehen. Später arbeitete ich in einer Jutefabrik und heuerte schließlich als Schiffsjunge auf einem Robbenschoner an. Als Eisenbahntramp verschlug es mich kreuz und quer durch die USA. Zurück in San Francisco fand ich meine Mutter verwitwet und mußte nun die Position des Ernährers übernehmen. Ich holte das Abitur nach, besuchte die Universität Berkeley und arbeitete gleichzeitig in einer Wäscherei. Daneben schrieb ich nächtelang auf einer klapprigen Schreibmaschine meine ersten Kurzgeschichten, von denen ich allerdings keine einzige verkaufte. Zu diesem Zeitpunkt war ich keine fünfundzwanzig Jahre alt.

Ich war immer bestrebt, mein morgendliches Eintausend-Wörter-Pensum einzuhalten. Im Alter von 28 erschien Ruf der Wildnis, *im Jahr darauf gelang mir mit dem Roman* Der Seewolf *schließlich der internationale Durchbruch*

„Internationaler Durchbruch, pah!" unterbrach Wilkinson das Protokoll. „Nie gehört von einem Jack London!"

Unbeeindruckt las Holmes weiter.

Insgesamt verfaßte ich über fünfzig Bücher, einschließlich Romane und Sachbücher, Hunderte von Kurzgeschichten und zahllose Artikel zu den unterschiedlichsten Themen. Mittlerweile wurde ich von Bessie Maddern geschieden, meiner ersten Frau und Mutter mei-

ner beiden Töchter Joan und Little Bess. Später heiratete ich Charmian Kittredge. Bald rieten mir meine Ärzte, kürzer zu treten, meine Arbeitsgewohnheiten zu ändern, den Alkohol zu streichen, mich an eine Diät zu halten und längere Pausen einzulegen. Aber ich verweigerte jede Änderung meines Lebenswandels und trieb mich, wegen meiner finanziellen Verpflichtungen sowie meines besorgniserregenden Gesundheitszustands, mehr denn je zum Schreiben an, um schneller und härter zu arbeiten.

Zuletzt erinnere ich mich an den Morgen des 22. November 1916, als mich während des Frühstücks im Bett ein merkwürdiger, karminroter Schein in Empfang nahm – seither irre ich verzweifelt durch Londons Straßen.

Als Holmes und ich das Protokoll zu Ende gelesen hatten, lächelte Wilkinson bekümmert. „Seit Mittwoch letzter Woche irrt er angeblich durch London! Pah! Was für ein Unfug. Wurde van Weyden doch diesen Montag von zahlreichen Zeugen im Puckwise Museum in bester geistiger Verfassung gesehen.“

„Gepflegt und rasiert“, ergänzte Holmes. „Auch wir haben ihn so in Erinnerung. Demgegenüber steht diese Protokollaussage zwar im Widerspruch, allerdings würde sie die Tatsache erklären, weshalb man van Weyden am Montagabend *unrasiert* vor dem Museum gefunden hatte.“

„Papperlapapp, Holmes! Ein klarer Fall von Verwirrung und Gedächtnisverlust, nichts weiter. Solche Patienten tauchen alle zwei Jahre einmal auf“, erklärte Wilkinson.

Holmes sah ihn erstaunt an. „*Welche* Patienten?“

„Der Letzte wurde im Winter 1914 in unser Sanatorium eingeliefert“, erläuterte Wilkinson. „Ein älterer Mann mit wildem Vollbart und verruchtem Aussehen. Er behauptete ebenfalls, er käme aus den Staaten. Doch konnten wir seine Geschichte, trotz intensiver Recherchen nicht bestätigen.“ Wilkinson lächelte. „Ein seltsamer Kauz – wie gesagt, so etwas kommt schon mal vor.“

Holmes erhob sich schwach. „Wann genau war das?“

Wilkinson ging zu einem Schrank, wo er einen Stapel Hängeakten durchblätterte. „Der Fremde wurde am 11. Januar 1914 eingeliefert und verstarb in der Woche darauf in einem Zustand vollkommener geistiger Verwirrung.“

„Wie war sein Name?“

„Er klang seltsam. Ja, richtig, hier steht es: Ambrose Bierce.“

Nachdenklich rieb sich Holmes die Schläfen. „Wir haben Grund zur Annahme, daß Mr. van Weydens Geschichte über jenen Jack London der Wahrheit entsprechen... *könnte.*“ Holmes ließ die Worte auf Wilkinson wirken, ehe er weitersprach. „Dazu müßten wir ihn aber kurz sprechen.“

„Er ist mit Medikamenten ruhiggestellt, da er die gesamte Nacht hindurch wie ein Wilder getobt hat.“

„Dennoch könnten wir einen Versuch wagen.“

Dr. Abraham Wilkinson ließ sich schließlich von uns überreden, und gemeinsam schritten wir in das Kellergewölbe, wo sich die Kammern der besonders *schwierigen* Patienten befanden, wie sich Wilkinson ausdrückte.

In einer engen Zelle stießen wir auf Humphrey van Weyden, eingepfercht in eine Zwangsjacke, ein Kissen unter dem Kopf, mit Armen und Beinen auf eine Liege gefesselt.

„Eine reine Vorsichtsmaßnahme“, rechtfertigte sich Wilkinson auf Grund von Holmes′ entsetzten Blicken.

Wir traten an van Weydens Bett. Holmes setzte sich auf die Kante, ich spähte ihm über die Schulter. „Können Sie mich hören, Mr. London?“

Dieser nickte.

„Mein Name ist...“ Holmes hielt inne. „Mein Name tut nichts zur Sache“, korrigierte er sich rasch. „Bitte erzählen Sie mir etwas über Ihr Buch *Der Seewolf.*“

„Sie kennen es?“ Van Weydens Augen öffneten sich einen Spalt.

Holmes warf mir einen kurzen Blick zu. Ebenso wie mir war ihm van Weydens amerikanischer Akzent nicht entgangen. „Natürlich kenne ich es, ebenso *Ruf der Wildnis*, ein vortreffliches Werk, wenn Sie mir die Kritik erlauben“, antwortete Holmes, der natürlich keines der beiden kannte.

In diesem Moment zweifelte ich, daß Humphrey van Weyden vor uns lag, obwohl er es zweifelsohne war, wie man annehmen mußte, da er sich bis auf den einwöchigen Bart nicht verändert hatte. Aber seine Augen sagten etwas anderes, das mich erschaudern ließ. Es war nicht der Blick eines jungen Literaturkritikers, sondern der Blick eines älteren, erfahreneren Mannes.

„*Der Seewolf* war mein ehrgeizigstes Werk“, begann van Weyden zu erzählen. „Ich versuchte, meine Erfahrungen in der Seefahrt zu verknüpfen... mit meinen von Charles Darwin beeinflußten Ideen. Ich...“

„Holmes, was soll das?“ unterbrach Wilkinson. „Wer zum Teufel ist Charles Darwin?“

„Sprechen Sie weiter... über den Inhalt!“ forderte Holmes van Weyden auf.

Dieser nickte, langsam formten sich die Worte auf seinen Lippen. „Wolf Larsen ist die Hauptfigur des Romans. Ein herrschsüchtiger Kapitän. Sein Gegenspieler, der Ich-Erzähler Humphrey van Weyden, ist ein junger Literaturkritiker. Er treibt nach einem Schiffsunglück in der Bucht von San Francisco aufs offene Meer hinaus und...“

„Holmes!“ schrie ich entsetzt. Mir wurde schwindelig. Ich brauchte Riechsalz!

„Schon gut“, beruhigte mich Holmes. Er legte van Weyden die Hand auf die Schulter. „Was wissen Sie über einen gewissen Ambrose Bierce?“

„Holmes, das reicht!“ mahnte Wilkinson.

„Rasch!“ drängte Holmes.

„Bierce...“, wiederholte van Weyden langsam. Er dachte nach. „Bierce ist einer der größten amerikanischen Autoren. Besser gesagt, er *war* es. Vor knapp drei Jahren verschwand er spurlos während des mexikanischen Bürgerkriegs...“ Seine Augen fielen zu.

„Wann genau?“

Ich wurde unruhig. Wie konnte Holmes den armen Mann nur so quälen?

Van Weyden sprach mit geschlossenen Augen weiter, seine Stimme kaum mehr als ein Flüstern: „Am 11. Januar 1914 – ein schrecklicher

Tag. Sein letztes Lebenszeichen kam aus Chihuahua... die Presse war voll davon."

Wilkinsons Kinnlade klappte herunter. Ich selbst mußte ebenfalls wie ein begossener Pudel dagestanden haben, denn Holmes musterte mich mit einem auffordernden Blick.

„Ach ja, natürlich, ich erinnere mich", fügte ich rasch hinzu, um Holmes zu unterstützen, ohne natürlich zu wissen, wovon van Weyden sprach.

„Ich muß dieses Gespräch dringend unterbrechen", keuchte Wilkinson mit heiserer Stimme.

„Gestatten Sie mir noch eine Frage", drängte Holmes aufgeregt – wie immer, wenn er vermutete, des Rätsels Lösung einen Schritt nähergekommen zu sein. „Sagt Ihnen der Name Edwin Drood etwas?"

„Holmes! Hören Sie auf!" brüllte Wilkinson.

„Edwin Drood...", hauchte van Weyden. „Wer immer Sie sind, Sir, Sie haben einen ausgezeichneten Geschmack für Literatur." Er versuchte den Kopf zu heben, um uns näher zu betrachten, doch er war mit Medikamenten so vollgestopft, daß er sich nicht bewegen konnte und die Augen kaum aufbrachte.

„Drood schreibt Bücher?" Holmes war verwirrt.

„Aber nein." Van Weyden lächelte. „Leider ist *The Mystery of Edwin Drood* unvollendet geblieben. Charles Dickens ereilte vor der Fertigstellung des Romans ein Gehirnschlag…"

„Wann ist Dickens gestorben?" drängte Holmes.

„1870... im Sommer", preßte van Weyden hervor, dann sank sein Kopf ins Kissen.

Während Holmes versuchte, van Weyden wachzurütteln, zerrte Wilkinson an Holmes Kleidern. „Lassen Sie es gut sein, Mann! Er braucht jetzt Ruhe!"

„Eine Frage noch!" Holmes neigte sein Gesicht zu van Weydens Ohr. „Worum geht es in dem Buch?"

Van Weyden kam kurz zu sich. „Der Kantor von Cloisterham... er will Drood zur Heirat mit Rosa Bud zwingen", stammelte er, dann versagte ihm die Stimme, und seine Lider begannen zu flattern.

„Raus!“ brüllte Wilkinson. Wie auf Kommando traten zwei Wärter in die Zelle.

„Schon gut!“ Holmes hob schwach die Arme. „Wir sind so gut wie draußen!“

Endlich war es vorüber. Ohne zu murren verschwanden wir aus der St. Patricks Nervenheilanstalt. Ich wußte nicht, was mir peinlicher war, Holmes' Hartnäckigkeit Wilkinson gegenüber oder Wilkinsons grobe Art Holmes gegenüber. Doch wie es schien, war Holmes mit dem Resultat seiner Recherchen zufrieden.

Ich war todmüde und gerade im Begriff, mir eine schreckliche Erkältung zu holen. „Gehen wir endlich nach Hause“, schlug ich vor, doch Holmes schüttelte den Kopf.

„Ich nehme die Droschke in die Baker Street, ich fürchte, ich fühle mich nicht besonders, das kalte Wetter, die Aufregung... aber für Sie habe ich noch einen kleinen Auftrag... kommen Sie, Watson, sehen Sie mich nicht so an.“ Er klopfte mir auf die Schulter. „Finden Sie heraus, was mit Drood passiert ist.“

30. November 1916

Holmes' *kleiner* Auftrag hielt mich die gesamte Nacht auf Trab. Kurz vor Mitternacht, während ich mir in Pollys Imbißstube ein üppiges Nachtmahl genehmigte, hatte es endlich aufgehört zu regnen, und ich war anschließend bis in die Morgenstunden durch die Straßen gelaufen. Zunächst hatte ich von Inspektor Lestrade und seinen Constables erfahren, daß es am Sonntag abend, also einen Tag vor der Darbietung im Puckwise Museum, zwischen Edwin Drood und seinem Onkel zu einem Streit gekommen war. Die beiden Männer hatten sich eine heftige Auseinandersetzung geliefert, bei der Stühle und Weingläser zu Bruch gegangen waren. Am Montagabend wurde Edwin Drood das letzte Mal im Puckwise Museum gesehen, seither galt er als vermißt. In seiner Unterkunft wurden lediglich seine Uhr und eine Krawattenadel gefunden, was den Verdacht erhärtete, Drood könne Opfer eines Verbrechens geworden sein. In einigen Pubs, Wirtshäusern und lausigen Kaschemmen erhielt ich weitere Informationen über Drood, die mir aber nicht sonderlich weiterhalfen.

Da ich im Morgengrauen keine Droschke auftreiben konnte, lief ich zu Fuß durch Kensington. Nach einer Stunde kam ich erschöpft in der Baker Street an – wieder einmal völlig durchnäßt, da es bei Tagesanbruch erneut zu nieseln begonnen hatte. Holmes würde ich später über alles informieren, zunächst einmal schleppte ich mich müde in mein Zimmer, wo ich kraftlos zusammenbrach.

Von Blähungen geplagt, schlief ich unruhig wie schon lange nicht mehr. Als ich mich am späten Nachmittag aus dem Bett erhob und die Treppe zu Holmes´ Wohnung hinunterstieg, lief mir Mrs. Hudson über den Weg, bewaffnet mit einem Putzlappen und einem Eimer Wasser. Himmel! Ich war ihr noch immer die Miete für den letzten Monat schuldig, doch zum Glück hatte sie andere Dinge im Kopf.

„Mr. Holmes hat den gesamten Vormittag im Schaukelstuhl gesessen und nutzlos aus dem Fenster gestarrt, während er an seiner Opiumpfeife rauchte!" keifte die gute Mrs. Hudson.

„Ja, ja, es ist eine Schande", pflichtete ich ihr bei. Als ich in Holmes´ Stube trat, war dieser unansprechbar. Die Morphiumvorräte waren gänzlich aufgebraucht, und Holmes befand sich im Zustand völligen Deliriums, der es mir unmöglich machte, ihn wachzubekommen. Was sollte ich tun?

Auf seiner Kommode lagen der schmale, in Leder gebundene Kurzgeschichtenband mit der Widmung von Ambrose Bierce und daneben der Brief von Jack London. Ich mußte eine Weile auf diese Indizien gestarrt haben, da meine Augen zu tränen begannen. Was wußten wir über diesen Fall? Ambrose Bierce war am 11. Januar 1914 verstorben. Zur gleichen Zeit passierten zwei Dinge: Wir erhielten ein von diesem Tag datiertes, mysteriöses Schreiben von Peyton Farquhar aus Mexiko, und in London war ein Mann namens Bierce aufgetaucht, der in der St. Patricks Nervenheilanstalt landete.

Am 22. November 1916 geschahen wiederum zwei Dinge zur gleichen Zeit: Wir erhielten ein von diesem Tag datiertes, mysteriöses Schreiben von Humphrey van Weyden aus Kalifornien, und in London tauchte ein Mann auf, der sich selbst als einen gewissen Jack London bezeichnete und ebenfalls in die St. Patricks Nervenheilanstalt eingeliefert wurde.

Weiter wußten wir, daß ein gewisser Charles Dickens im Sommer 1870 das Zeitliche gesegnet hatte, und daß Mr. Edwin Drood seit diesem Montag verschwunden war. Noch verstand ich die Zusammenhänge nicht, doch wenn sich aus alldem eine logische Schlußfolgerung ableiten ließ, dann diese: im Sommer 1870 müßte ein Mann in London aufgetaucht sein, der sich Charles Dickens nannte. Ich beschloß, auf eigene Faust am Fall weiterzuarbeiten.

Erkältet und niesend machte ich mich zuerst auf den Weg zu Nigel Bennett, dem stadtbekannten Trödler und Ramschhändler, der seinen Laden neben Brady's Tabakwarenladen in der Pimper Street führte, einer schmalen Gasse in der Nähe der Lexter Street. Zwar war Nigel von kleinem Wuchs und hatte einen verkrüppelten Arm, doch was sein Wissen anbelangte, stand er Holmes um nichts nach. Auf meine Frage, ob er etwas über einen gewissen Charles Dickens wisse, knurrte er nur unverständlich, kratzte sich seinen stoppeligen Bart und schüttelte schließlich den Kopf.

„Haben Sie die Ausgaben der Times vom Sommer 1870?"

Wortlos wandte sich Nigel von der Ladentheke ab und schlurfte in den rückwärtigen Bereich seines Geschäfts, in ein Lager, welches aus Hunderten staubigen Bücherregalen bestand. Dort hinten hörte ich ihn kramen, Kisten schleppen und mit Papier rascheln. Es schien Tage zu dauern, bis er wieder auftauchte, und als er nach vorne kam, trug er ein dickes Bündel Zeitungen im Arm.

„Die Exemplare vom dritten und elften Juni und vom achten und sechzehnten August fehlen, sonst sind die beiden Monatsausgaben komplett", knurrte er und schob mir den vergilbten Packen über den Tisch.

Meine Güte! Der Stapel stank nach Moder, als hätte er seit hundert Jahren in einem feuchten Loch gelegen. Ich wollte nach der ersten

Zeitung greifen, als Nigel seine Hand auf den Papierstoß legte. „Was zahlen Sie dafür, Dr. Watson?"

Erstaunt riß ich die Augen auf. Dieser Nigel war ein Halunke, Schurke und Halsabschneider! Wo er ein Geschäft witterte, langte er zu.

„Ein Pfund", schlug ich vor.

Nigel lächelte. „Zwanzig Pfund scheinen mir eher angebracht."

Mir blieb die Luft weg. Dieser Gauner! Schließlich einigten wir uns auf fünf Pfund, ein Preis, der mehr als angemessen für ein paar alte Zeitungen war. Ich reichte ihm die Geldnote und begann die Ausgaben durchzublättern. Stellenweise war die Druckerschwärze von Wasserflecken aufgelöst, oder die Seiten klebten derart aneinander, daß sie zerfielen, sobald man sie berührte. Was für ein Narr ich doch war! Leichtfertig hatte ich fünf Pfund zum Fenster rausgeworfen. Ich wollte schon aufgeben, als ich auf einen Artikel in der Ausgabe vom 9. Juni 1870 stieß, den ich erneut aus dem Gedächtnis wiedergebe.

Verwirrter Mann im Hyde Park aufgegriffen. Zwei Passanten sowie ein Sergeant mußten den Unbekannten beruhigen, dennoch konnte er entkommen und setzte seine Flucht in der Fleet Street fort, wo er vor einem Schaufenster zusammenbrach. Schließlich wurde er von der Exekutive festgenommen. Der junge Bursche stellte sich als Charles Dickens vor. Wie er behauptete, sei er ein berühmter Schriftsteller, noch dazu der Herausgeber der Daily News, und wohne auf seinem Landsitz in Rochester. Nichts von alldem konnte bestätigt werden. Letztlich führte seine eigene Aussage, er sei bereits achtundfünfzig Jahre alt, dazu, daß er in eine geschlossene Anstalt eingeliefert wurde. Der Unbekannte verstarb kurz darauf an einer schweren Krankheit. Hinweise zur wahren Identität des Mannes sind an den Coroner des Leichenschauhauses zu richten.

Ich hatte den Artikel zu Ende gelesen, als mir die darunter abgelichtete Photographie den Atem raubte.

„Was haben Sie? Ist Ihnen nicht gut, Dr. Watson?“ Nigel starrte mich erschrocken an.

Das Bild zeigte einen jungen, sympathischen Burschen mit femininen Gesichtszügen, der sich allerdings einige Schläge und blaue Flecken eingehandelt hatte, und dessen Haare verwegen zu Berge standen. Ich kannte ihn, es war der junge Bursche aus Cloisterham: Edwin Drood.

Wortlos riß ich die Seite heraus und stolperte aus dem Trödelladen. Alles drehte sich um mich!

„Die anderen Zeitungen…“, rief mir Nigel hinterher, weiter hörte ich ihn nicht.

Draußen empfing mich ein fürchterliches Gewitter. Auf der Straße wäre ich beinahe von einer Droschke überrollt worden, da ich fassungslos auf Edwin Droods Bild starrte, während mir der Wind fast das Blatt aus den Händen riß. Verwirrter denn je trat ich den Heimweg an. Völlig durchnäßt und bibbernd vor Kälte wärmte ich mich zunächst in meiner Stube auf. Holmes war nach wie vor unansprechbar. Ich hoffte auf den nächsten Tag, wo er sich von seinem Morphium- und Opiumrausch erholt haben würde.

1. Dezember 1916

Am nächsten Morgen war es soweit: Ich hatte mir endgültig einen scheußlichen Schnupfen zugezogen, und meine Nase lief wie ein kaputter Wasserhahn. Zudem war mir der Appetit vergangen, woran selbst das opulente Frühstück nichts änderte.

Gegen zehn Uhr trat Holmes in meine Stube, ein Schatten seiner selbst, mit dunklen Ringen unter den Augen, eingefallenen Wangen, unrasiert und schlampig gekleidet. Während er gedankenverloren die Reste meines Frühstücks aß, erzählte ich ihm alles, was sich am Vortag ereignet hatte: meine Recherchen über Mr. Droods Verschwinden und das Auffinden des ominösen Zeitungsberichts.

„Wie kann in einer Zeitungsausgabe, die fünfundvierzig Jahre alt ist, eine Photographie von Edwin Drood abgebildet sein, wo wir ihn doch erst an diesem Montag höchstpersönlich im Puckwise Museum kennengelernt haben?“ schloß ich meine Erzählung.

„Aus demselben Grund, aus dem wir Peyton Farquhar im Puckwise Museum getroffen haben, obwohl er 1914 unter fremdem Namen in die St. Patrick Nervenheilanstalt eingeliefert worden war.“

„Aber warum ist das so!“ schrie ich Holmes an.

„Watson! Watson!“ Holmes schüttelte den Kopf. „Einerseits bringen Sie mir Indizien, wie dieses Zeitungsblatt, andererseits können Sie damit nicht das Geringste anfangen.“ Daraufhin begann er, das Puzzle zusammenzusetzen. „Ich weiß nicht warum, aber anscheinend muß es mit Allan Wales Erfindung zu tun haben.“

„Menschen werden getauscht!“

„Nein, Watson, das ist nicht korrekt!“ Holmes hob den Zeigefinger. „Es werden lediglich die Persönlichkeiten getauscht, *nicht* die Personen selbst! Es scheint, als würde der menschliche Geist samt all seinen Erinnerungen transferiert werden.“

„Doch wohin?“

„Dorthin, woher dieses Buch und dieser Brief zu uns gelangt sind.“ Holmes deutete auf Ambrose Bierces Kurzgeschichtenband. Er massierte sich die Schläfen, als plagten ihn entsetzliche Kopfschmerzen. Der Arme zermarterte sich das Gehirn.

„Es gibt nur eine Möglichkeit, das Rätsel zu lösen“, stellte er schließlich fest.

„Wir statten Allan Wale einen Besuch im Gefängnis ab“, mutmaßte ich, und bei diesem Gedanken war mir gar nicht wohl zumute.

„Wieder falsch, mein guter Watson. Wir befreien Jack London aus dem Sanatorium!“

„Das ist Wahnsinn! Da mache ich nicht mit.“ Nein, da würde er mich nicht mit hineinziehen.

Holmes atmete tief durch. „Ambrose Bierce und Charles Dickens sind tot, und Mr. London ist der einzige Schlüssel zur Auflösung des Rätsels. Wir werden ihn in der Nacht befreien und bringen ihn ins Puckwise Museum. Dort starten wir einen eigenen Versuch mit Allan

Wales Maschine und transferieren Jack London dorthin, woher er ursprünglich gekommen ist."

Mir wurde schwindelig vor Augen, doch Holmes hörte nicht auf zu reden.

„Wie es scheint, ist dieses Gerät in der Lage, die Realität zu verändern. Wenn alles klappt, erhalten wir unseren Humphrey van Weyden zurück."

„Wir sollten die Finger davon lassen. Wenn etwas schiefgeht…", gab ich zu bedenken.

„Watson! Was ist die Alternative?" Holmes raffte sich auf, um mich kraftlos am Kragen zu packen. „Jack London wird im Sanatorium wahnsinnig werden und genauso sterben wie Dickens und Bierce."

Schließlich gab ich mich geschlagen, immerhin war es genau das, was ich in den letzten Jahren insgeheim gehofft hatte: Holmes in ein neues Abenteuer zu verwickeln.

Den gesamten Tag verbrachte Holmes damit, in Ambrose Bierces Buch zu lesen und immer wieder das Schreiben von Humphrey van Weyden aus Kalifornien durchzublättern. Ich nutzte die Zeit, um endlich meine Besorgungen in der Wäscherei zu erledigen, Doktor Thompson wegen meiner Blähungen aufzusuchen und mich wegen meines Schnupfens mit Medikamenten einzudecken. Gegen Abend mußte ich noch einige private Termine absagen, danach war ich bereit.

Als es dunkelte, die Läden schlossen und die Straßenlaternen angeschaltet wurden, machten wir uns mit der Droschke auf den Weg zur St. Patricks Nervenheilanstalt. Holmes´ Plan war einfach: Ich sollte in Dr. Abraham Wilkinsons Büro Jack Londons Protokoll verlangen, was mir Wilkinson selbstverständlich verweigern würde, anschließend sollte ich zu toben beginnen und so lange Radau schlagen, bis mich die Bediensteten gewaltsam aus dem Sanatorium entfernen müßten. In der Zwischenzeit würde Holmes jenen Jack London aus der Zelle befreien. Ein wahnwitziger Plan, doch wider Erwarten gelang er, so daß wir eine Stunde später in einer Droschke nach South Kensington saßen, zum Puckwise Museum für archäologische Funde, an den Ort jenes abscheulichen Verbrechens.

Der Kragen meines Anzugs war zerrissen, meine Wange abgeschürft, und meine guten Schuhe waren von den Schergen der Anstalt zertrampelt worden. Das alles war nicht sonderlich tragisch und mit einem heißen Bad wieder wettzumachen, doch was ich als viel schlimmer empfand: Mein guter Ruf war ruiniert! Ich konnte schon die Schlagzeilen der morgigen Times sehen: *Dr. Watson, ehemaliges Mitglied der ehrenwerten Londoner Gesellschaft, tobte gestern abend wie ein Wahnsinniger in der St. Patricks Nervenheilanstalt!*

Mir gegenüber saß Holmes und neben mir Jack London, gekleidet in eine beigefarbene Zwangsjacke, die ihm Holmes aufgeknöpft hatte.

„Wie ist Ihr Name?“ fragte er uns.

„Sherlock Holmes und Dr. Watson.“

Mr. London lachte für einen Moment auf. „Sie sind verrückt, keine Frage, aber wenn Sie mir tatsächlich helfen, in mein altes Leben zurückzukehren, bin ich Ihnen zu ewigem Dank verpflichtet.“

„Warten wir ab, ob es überhaupt funktioniert“, dämpfte ich die Erwartungen unseres jungen Begleiters.

Die Eingangshalle des Puckwise Museums war menschenleer. Das Mondlicht fiel durch die hohen Fenster, es roch nach kaltem Marmor und abgestandener Luft. Wie nicht anders zu erwarten, hatte die Polizei den Hauptsaal mit einem Vorhängeschloß versperrt. Unser nächtlicher Ausflug hatte ein jähes Ende gefunden! Doch plötzlich schleppte Holmes eine Eisenstange heran und begann die Kette aufzudrehen. Jack London eilte herbei und half ihm dabei.

„Was machen Sie da?“ Mein Herz schlug bis zum Hals.

Da rasselte die gesprengte Kette auch schon mit einem Krachen zu Boden.

„Rasch!“ Holmes und London liefen in den Hauptsaal.

Widerwillig folgte ich ihnen. Es war nicht richtig, was wir hier taten! Auf dem Podest, bedeckt unter einem großen Tuch, befand sich Mr. Wales Maschine. Holmes schaltete nur eine einzige Lampe an. Sogleich wollte er das Podest erklimmen, doch seine Kräfte ließen nach. Schwach und keuchend sank er in sich zusammen. Gemeinsam halfen wir ihm hinauf. Wir zogen das Tuch von der Maschine, und ohne lange zu überlegen, begann Holmes die Hebel umzulegen.

„Wissen Sie überhaupt, was Sie da tun?“ entfuhr es mir.

„Ich setze das Gerät in Gang. Ich habe mir sämtliche Handgriffe von Allan Wale eingeprägt.“ Holmes schien zuversichtlich. „Nehmen Sie auf dem Stuhl Platz“, forderte er Jack London auf, der sich setzte. „Achten Sie jedoch darauf, daß die Handschellen nicht einschnappen!“

„Aber Holmes, was tun Sie?“ fuhr ich ihn entsetzt an. „Erinnern Sie sich nicht? Auf diesem Stuhl wurde Constable Finn regelrecht gegrillt.“

„Wir legen Mr. London die Fesseln nicht um die Gelenke. Bevor es schiefgeht, kann er vom Stuhl springen.“

„Vom Stuhl springen?“ Mr. London schien bestürzt.

Ich zweifelte ebenso daran, daß es klappen könnte, und war mehr um Jack Londons Leben besorgt als um mein eigenes. Da begannen die Transformatoren zu brummen, die Luft lud sich mit Elektrizität auf. Holmes trottete von einem Hebel zum nächsten, bis er alle umgelegt hatte.

Mit einem Knall wurde die Tür zum Hauptsaal aufgestoßen.

„Holmes, Sie verdammter Halunke! Ich wußte, Sie würden hierherkommen!“ Inspektor Lestrade und eine Hand voll Constables des Scotland Yard stürmten in den Saal. „Nehmt die drei fest!“ Die Beamten verteilten sich geschwind und besetzten alle Ausgänge. Lestrade kletterte als Erster aúf das Podest.

„Holmes, beeilen Sie sich!“ rief ich. Ohne zu überlegen stellte ich mich Lestrade in den Weg. Dabei zitterten meine Knie. Noch nie hatte ich mich gegen das Gesetz aufgelehnt. Lestrade packte mich kraftvoll am Kragen und riß mich herum. Himmel! Ich versuchte mich mit meinem gesamten Gewicht gegen ihn zu stemmen, doch gegen diesen Riesen war ich machtlos. Er bog mir den Arm auf den Rücken und warf mich gegen die Hebel der Maschine. In der Zwischenzeit war Jack London vom Stuhl gesprungen, um mir zu Hilfe zu eilen.

„Setzen Sie sich wieder!“ brüllte Holmes. „Es beginnt jeden Augenblick. Das ist Ihre letzte Chance!“

Schließlich stellte sich Holmes an meine Seite, keuchend und ausgelaugt. Trotz seines Alters und Gesundheitszustands ging er mit erhobenem Gehstock auf Lestrade los, was mich neuen Mut fassen ließ.

„Halten Sie ihn, Watson!“ rief Holmes.

Schweiß lief mir über die Stirn. Zu zweit versuchten wir Lestrades Herr zu werden, aber es war ein Ding der Unmöglichkeit. Während des Kampfes stolperten Lestrade, Holmes und ich, untrennbar ineinander verkeilt, gegen eine Reihe von Hebeln, Knöpfen und merkwürdigen Apparaturen, die Blasebälgen nicht unähnlich waren. Einen Teil davon rammte ich mir in den Rücken und brüllte auf. Unser Aufprall schien die Maschine vollends in Gang zu bringen, denn plötzlich leuchteten Lampen, und Funken schlugen aus den Transformatoren. Geblendet schloß ich die Augen. Kabel prasselten, und es roch nach verbrannten Metallspänen. Ich hörte, wie weitere Constables das Podest erklommen. Sie zerrten Jack London vom Stuhl. Da bildete sich wieder jener funkelnde, wabernde Schirm über unseren Köpfen. Schlagartig wurde es heiß.

„Raus hier!“ brüllte Lestrade.

„Mr. London, rasch da hinein!“ rief Holmes, doch es war bereits zu spät. Jack London war von drei Constables vom Podest gezerrt worden. Holmes und ich konnten ihn nicht mehr rechtzeitig zurückbringen.

Da sprangen die Funken auf mich über.

„Watson! Vorsicht!“ Holmes wedelte entsetzt mit den Armen.

Erfaßt von zinnoberroten Wellenbewegungen wurde ich wie auf einem Karussell herumgerissen. Zuckende Blitze gierten nach meinen Kleidern und umschlossen mich zur Gänze in einer gewaltigen Glocke, in der es vor Hitze brodelte. Die Umgebung schien zu verdampfen, ohnmächtig sah ich zu, wie sich die Maschine, das Podest, Holmes und Lestrade auflösten.

Gedämpft wie durch ein Wattekissen hörte ich Holmes´ aufgeregte Stimme zu mir durchdringen. „Watson! Um Himmels willen, Watson! Sie werden an die Stelle von jemand anderen transferiert werden, der vermutlich an diesem Tag stirbt. Wenn Sie ankommen, zögern Sie nicht, mir eine Nachricht zu schreiben. Werfen Sie den Brief in den Strudel, sobald das rote Wetterleuchten…“

Holmes Stimme verklang. Der Spuk, der nur wenige Sekunden gedauert hatte, war vorüber. Danach war die Maschine endgültig verschwunden, ebenso Mr. Lestrade, Jack London, die Constables und mein guter Freund Holmes – wie vom Erdboden verschluckt. Gleichzeitig machten sich unglaubliche Kopfschmerzen in meinen Schläfen breit, die meinen Schädel zu sprengen drohten. Ich wollte vom Podest steigen, doch seltsamerweise befand ich mich bereits auf dem Boden. Da bemerkte ich, wie ich aus Ohren und Nase blutete. Während ich noch versuchte, die Blutung mit einem Taschentuch zu stoppen, wankte ich davon. Autos hupten um mich herum. Ich stand mitten auf der Straße. Unzählige Menschen befanden sich rings um mich, die verstört durcheinander riefen. Der Lauteste von allen, ein Chauffeur mit Kappe, brüllte ständig: „Warten Sie, Mr. Doyle! So warten Sie doch! Soll ich Sie mit dem Wagen zurück nach Crowborough fahren?“

Unerkannt konnte ich in dem Getümmel verschwinden. Mittlerweile dämmerte bereits der nächste Morgen. Ich hatte vor, mich bis zu Mittag in meinen vier Wänden zu verkriechen, bis die unsäglichen Schmerzen nachließen, doch ich stolperte ziellos durch die Stadt und konnte Mrs. Hudsons Wohnhaus nicht mehr finden. Es war fort! Die Baker Street 221B fehlte, die Straße endete mit der Hausnummer 221. Jemand mußte innerhalb der letzten Stunden das Wohnhaus dem Erdboden gleichgemacht haben!

War es Instinkt oder eine böse Vorahnung? Ich weiß es nicht mehr, jedenfalls erinnerte ich mich an Mr. Allan Wales Visitenkarte, seines Zeichens Weltreisender, Wissenschafter und Erfinder, die ich im Museum vom Silbertablett in mein Jackett hatte verschwinden lassen. Er schien der Einzige zu sein, der mir jetzt noch weiterhelfen konnte. Eilig zog ich die Karte heraus, doch auf dem weißen Papier stand nichts zu lesen. Es war ein leerer Fleck, genauso leer wie das Ende der Baker Street, an dem ich mich befand.

2. Dezember 1916

Ziellos lief ich an diesem Morgen durch die Stadt. Holmes blieb verschwunden, ebenso hatte sich Mr. Allan Wale in Luft aufgelöst. Mir wurde übel, immer mehr ergriff mich eine unsagbare Panik. Je mehr Leute ich nach den beiden befragte, für umso verrückter hielt man mich. Bald erntete ich lautes Gelächter. Ich irrte weiter, bis mich meine Verzweiflung schließlich in die Pimper Street führte. Alles schien merkwürdig verändert. Brady's Tabakwarenladen war verschwunden, doch nicht so wie Mrs. Hudsons Miethaus, sondern ein modern anmutender Laden mit Motoren im Schaufenster befand sich in den Räumlichkeiten. Daneben, wo sich bis vor wenigen Stunden noch der Laden von Nigel Bennett, dem stadtbekannten Trödler und Ramschhändler, befunden hatte, war eine geräumige Buchhandlung. Als ich eintrat, glaubte ich meinen Augen nicht zu trauen. Modernes Licht glänzte von der Decke, eigenartige Musik erklang im Raum.

„Ach, was für eine Ehre!" Das Gesicht einer jungen Verkäuferin strahlte. „Was kann ich für Sie tun, Mr. Doyle?" fragte sie, obwohl sich außer uns beiden niemand in dem Laden befand. „Kommen Sie, um die Bücher zu signieren?"

„Welche Bücher?"

Sie führte mich zu einer Regalreihe.

„Oh, Gott, nein!" Ich griff nach einem Band, schlug ihn auf und brach neben dem Ladentisch zusammen, das Gesicht in den Händen vergraben. Welch ein Irrsinn!

„Was haben Sie, Mr. Doyle?"

„Ich bin nicht Mr. Doyle!" brüllte ich. Der Wahnsinn griff nach mir. Mit dem Buch in der Hand stürzte ich aus dem Laden.

„So warten Sie doch!“ rief sie mir hinterher, doch mehr hörte ich nicht, da ich bereits quer durch London lief. Erst jetzt, als die Sonne am Himmel stand, fiel mir auf, daß sich die gesamte Stadt auf eine merkwürdige Art und Weise verändert hatte. Nicht nur, daß es aufgehört hatte zu regnen, die Straßen waren trocken und es schien mitten im Sommer zu sein. Die Bäume, Wiesen und Blumen blühten. Weiters waren fast keine Droschken zu sehen, statt dessen fuhren die Menschen, eigenartig gekleidet, in merkwürdigen Fahrzeugen durch die Straßen.

Da entsann ich mich an Holmes′ letzte Worte. Womöglich hatte ich nur einen einzigen Tag Zeit.

Genauso wie Peyton Farquhar aus Mexiko und Humphrey van Weyden aus Kalifornien in Kontakt mit Holmes getreten waren, mußte ich ihm einen Brief zukommen lassen, in der Hoffnung, daß er ihn irgendwie erreichen würde.

Den Rest des Tages sitze ich nun schon in einem Kaffeehaus am Piccadilly Circus. Meine Notiz an Holmes ist beendet, ebenso diese Aufzeichnung. Ich werde immer öfter als ein Mr. Doyle angesprochen, dabei kenne ich keinen Mann dieses Namens, und ein *Sir* bin ich schon gar nicht. Viel verwirrender als dieser gesamte Bericht, den ich eben zu Papier gebracht habe, ist die Tatsache, daß vor mir auf dem Tisch, neben dem Aschenbecher und den leeren Kaffeetassen, eine Ausgabe der *Times* liegt. Angeblich sei heute der 7. Juli 1930. Die Welt scheint verrückt zu sein! Wohin sind die letzten vierzehn Jahre verschwunden? Genauso vom Erdboden verschluckt wie das Haus in der Baker Street, Mr. Holmes und die Gentlemen van Weyden, Farquhar, Drood, Lestrade und dieser Mr. Wale! Niemand scheint sie zu kennen. All diese Fragen zerren an meinem Verstand, sie drohen mich wahnsinnig zu machen, je länger ich darüber nachdenke.

Immer mehr Menschen sammeln sich vor dem Kaffeehaus und starren durch die Scheibe. Kinder tummeln sich davor und drücken sich die Nase am Glas platt. Um mich abzulenken, lese ich erneut die Notiz an Holmes, die ich in den Bucheinband geschrieben habe.

Mein lieber Holmes,

wir schreiben das Jahr 1930. Angeblich ist mein Name Arthur Conan Doyle, ich wohne im Südosten Englands, in Sussex, an einem Ort namens Crowborough, in einem Hause namens Windlesham Manor, das ich aber nie zuvor gesehen habe. Sollte ein gewisser Doyle in Ihrer Welt auftauchen, so lassen Sie ihn von mir grüßen und überreichen Sie ihm dieses Buch.

Mit besten Grüßen, Dr. Watson

Auf dem Einband des Buches ist die Silhouette eines großen schwarzen Hundes vor dem Glanz des Vollmonds abgebildet. Der Roman trägt den bezeichnenden Titel: *Der Hund von Baskerville*. Merkwürdigerweise erinnere ich mich, daß Holmes und ich einmal den Mord an einem gewissen Sir Charles Baskerville gelöst haben, während wir einem mit Phosphor angemalten Hund begegneten, der ähnlich schrecklich wirkte wie das auf dem Umschlag abgebildete Tier.

Ich muß das Buch nur noch in Papier einwickeln und das Paket an *Mr. Sherlock Holmes, Baker Street 221B, London* adressieren. Danach ist alles erledigt. Ich brauche lediglich auf das feuerrote Wetterleuchten zu warten und das Paket hineinzuwerfen. Falls der Strudel nicht zu heiß und groß genug ist, werde ich es wagen, selbst hineinzuspringen. Wohin auch immer es mich verschlagt, es kann unmöglich schlimmer sein, als hier zu sitzen.

Einzig dieses Schreiben lasse ich auf dem Tisch in dem Kaffeehaus am Piccadilly Circus zurück. Es wird von meinem kurzen Besuch in dieser Welt zeugen, und glauben Sie mir, woher ich komme, schreiben wir das Jahr 1916, und ich bin Dr. Watson, so wahr ich hier sitze.

Hermann Agis

DER VORFALL

Der Vorfall, von dem ich berichten möchte, hat lange auf meiner Seele gelastet. Wie ich mich bemüht habe, ihn zu vergessen, und wie mich die Bilder immer wieder einholten, damit möchte ich den Leser nicht beunruhigen. Vielleicht wäre es besser, die Kette der Ereignisse für mich zu behalten, die zu dem Vorfall führten, von dem ich berichten werde. Nein, ich muß sie zumindest dem Papier anvertrauen, auch wenn ich die Blätter nach Vollendung meiner Beichte im Kamin den Flammen überlassen werde. In Rauch sollen die Alpträume aufgehen und meine Nächte freigeben.

Alles begann an einem regnerischen, für London so typischen Morgen. Der Nebel durchzog die Straßen. Allein ein Blick aus dem Fenster verfinsterte meine Stimmung. Ich hatte gut gefrühstückt und die Zeitung durchgeblättert. Ja, ich war auf der Suche nach Neuigkeiten. Besonderheiten, die einen scharfen Verstand zum Grübeln bringen konnten.

Ich wollte meinem Freund doch etwas bieten können und hatte vor, ihm nach dem Essen einen Besuch abzustatten, ihn aufzuheitern, denn es war eine schwere Zeit für ihn. Der Vorfall mit seinem Bruder bedrückte ihn sehr und das so kurz nach der Geschichte in Bayern. All das hatte sein ohnehin melancholisches Gemüht schwer belastet. Ich fürchtete um seine seelische und körperliche Gesundheit. Schon seit einigen Wochen war er in eine tiefe Depression gefallen. Oft drang aus seinem verrauchten Zimmer der Trauergesang seiner Stradivari. All dies gipfelte gegen Nachmittag – meist gegen 16 Uhr – zu der Stunde des Tages, an der er es sich zur Gewohnheit hatte werden lassen, seine Spritze vorzubereiten. Kokain schien seine einzige wahre Zuflucht geworden zu sein. Seine finanzielle Situation war angespannt, da er seit langem keinen Klienten mehr vorgelassen hatte, und er selbst nur ein Wrack war.

Ich hatte es mir schon länger zur Aufgabe gemacht, ihn aus diesem tiefen Loch zu holen. Schon des Öfteren hatte ich ihn mit kleinen Hinweisen zum Thema Nummer Eins der Times gefüttert. *Der Schlitzer*, so wurde er von den Zeitungen genannt, hielt London in Atem. Holmes hatte aber auf meine beiläufigen Erwähnungen des einen oder anderen Details, das ich aus der Zeitung aufgeschnappt hatte, nicht reagiert. Lethargisch saß er in seinem Sessel, starrte an die Decke und schwelgte in Selbstmitleid. Vor kurzem verschlimmerte sich die Lage. Er ließ mich kaum mehr zu sich. Auch die anderen standen vor seiner Tür, und keinen ließ er hinein. In meiner Verzweiflung hatte ich sogar Lestrade gebeten, Holmes ein wenig aufzubauen. Vergebens. Der Arme tat mir fast leid, als er vor der Tür stehengelassen wurde. Wie ein begossener Pudel mit Bulldoggengesicht stand der Inspektor da. Es ist mir heute noch peinlich.

Mrs. Hudson und ich entschuldigten uns vielmals bei dem Inspektor. Irgendwie werde ich bis heute das Gefühl nicht los, er hat es uns und Holmes nicht verziehen.

An diesem Morgen wollte ich meinem Freund Holmes einen Besuch abstatten. Ich hoffte, daß er wenigstens ein paar Sätze mit mir sprechen würde.

Als ich die Treppe vom 2. Stock hinabstieg, kam mir der Gedanke, ihn und seine Sinne mit etwas Exotischem zu überraschen. Vielleicht konnte man ihn durch den Geruchssinn locken.

Ein besonderer Tee... das war es. Ich nahm mir vor, Mrs. Hudson um einen exquisiten zu schicken.

Als ich so in Gedankten die Treppe herunterschlenderte, stieg mir ein überaus blumiger Geruch in die Nase. Zunächst war mir nicht klar, in welche Richtung ich ihn einordnen sollte. Mir fiel nur auf, daß es wohl einer der Gerüche war, die Holmes als überaus anregend beschrieben hätte. Doch dann wurde mir klar, daß es sich um den Duft einer Frau handelte. Frauenparfum, noch dazu teures, und das in unserem Hause! Mrs. Hudson hätte sich das in ihrer derzeitigen

Lage nicht leisten können oder wollen, ich schloß also: Frauenbesuch. Eine neue Klientin? Ich beschleunigte meine Schritte. Angelangt an der Tür hob ich meine Hand zum Klopfen, denn wie die Monate davor, erwartete ich eine geschlossene Tür. Doch bevor mein Knöchel das Holz berührte, war sie schon geöffnet und Holmes stand vor mir. „Mein lieber Watson, schön, daß Sie mir einen Morgenbesuch abstatten, denn zweifellos lag das in Ihrem Sinn. Ich für meinen Teil will jedoch diesen Tag in der Menschenmenge verbringen. Ich hoffe, Sie verzeihen, wenn ich Sie hierlasse." Er grinste, und bevor ich etwas erwidern konnte, war er auch schon vorbei und die Treppe hinunter. Die untenstehende Mrs. Hudson grüßte er mit einem Handkuß, setzte dann seinen Hut auf und verließ beschwingt die Wohnung.

Ich war verwundert. Bis vor kurzem war er noch unansprechbar gewesen, schaffte es kaum aus dem Bett – und jetzt? Er war gut gelaunt und spazierte umher, als hätte es die letzten Monate nie gegeben. Nicht, daß mich die plötzliche Genesung nicht gefreut hätte, doch kränkte es meine Eitelkeit, nicht selbst den Ausschlag gegeben zu haben.

Ich beschloß trotzdem, an der Idee mit dem Tee fest zu halten. Allein, um sein Interesse an der äußeren Welt festzuhalten und es nicht zu einen weiteren Absturz kommen zu lassen. So schickte ich Mrs Hudson, den besten Tee aufzutreiben, den sie in London finden konnte. Ja, ich ließ ihn mir eine Menge kosten.

Holmes kam spät. Der Tee stand schon seit 5 Uhr bereit, er war kalt, als Holmes kam. Ich hörte, wie er die Stufen hochgeeilt kam und in seinem Stockwerk verschwand. Höchst ungewöhnlich, dachte ich bei mir. Konnte es sein, daß ihn etwas so fesselte? Ich kannte Holmes jetzt schon ziemlich lange. Auch wenn er mich manchmal überraschte, war ich mir sicher, daß er einen neuen Fall bearbeiten mußte. Es gab keinen anderen Grund dafür, daß er so plötzlich derart aktiv war. Ich trank den Tee alleine und beschloß, Holmes mehr Zeit zu lassen. Er würde mich, darin war ich mir sicher, bald in seine Ermittlungen einbeziehen und auch mir, seinem Chronisten, Zerstreuung bieten.

Ich vertiefte mich in einige Berichte, die ich mir zur Lektüre vor dem Wochenende aus der Praxis mitgenommen hatte und ließ so die Zeit verstreichen.

Als sich Holmes auch nicht zur anbrechenden Nacht zu mir gesellte, ließ ich Abendessen bereiten und machte mich danach an die Wiederaufnahme meiner Arbeiten. Zeitig ging ich diese Nacht zu Bett und fiel schon bald in einen traumlosen Schlaf.

Gegen 3 Uhr früh wachte ich auf. Schritte auf der Treppe hatten mich geweckt. Dem Klang und der Frequenz nach zu schließen, waren sie eindeutig einer Frau zuzuordnen. „Das Parfum!" fuhr es mir durch den Kopf. Konnte es sein, daß es die Trägerin dieses Duftes war? Ich sprang aus dem Bett, schlich zum Treppenansatz, ganz vorsichtig, ich wollte ja nicht entdeckt werden. Leider erhaschte ich nur einen kurzen Blick auf die Dame, denn es war eindeutig eine solche. Das Kleid war edel, ein Umhang schützte sie vor der Kälte, der Hut ihr Haar vor dem Wind. Doch mehr als dieses exquisite Ensemble konnte ich nicht wahrnehmen. Sie verließ gerade Baker Street 221B.

Ich beeilte mich, um an das Fenster zu gelangen, welches mir Aussicht auf die Straße bot. Es war eindeutig eine Dame von Welt. Ihre Schritte waren bestimmt, und ihre Erscheinung zeugte von besonderem Geschmack. Eindeutig eine Frau, die das Interesse Holmes' zu wecken mochte. War dies die Klientin?

Mein Verstand begann zu arbeiten. Holmes verschwieg mir eindeutig etwas. Ich war enttäuscht. Wie konnte er die Vertrautheit, die zwischen uns zu herrschen pflegte, so verraten? Ich beschloß, ihn am nächsten Tag zu beschatten und herauszufinden, was dies für ein besonderes Problem sei. Es mußte sich um einen äußerst diskreten oder gefährlichen Fall handeln, wenn er ihn vor mir verbarg, und natürlich um einen überaus interessanten, wenn er es geschafft hatte, Holmes aus dem schwarzen Loch zu holen. Es war mir klar, daß ich ein derartiges Juwel nicht der Vergessenheit anheimfallen lassen konnte. Es mußte aufgezeichnet werden. Mit dieser Gewißheit im Herzen schlief ich ein.

Am nächsten Tag wartete ich gespannt darauf, daß Holmes das Haus verließ. Ich hatte mich fertig angezogen; durch einen tief in die Stirn gezogenen Hut und Kleidung, die Holmes nicht beim ersten zufälligen Anblick mit mir in Verbindung bringen würde, hoffte ich, seinem Scharfblick zu entgehen. Er verließ gegen 11 Uhr das Haus. Recht früh für ihn. Den Hut, seinen Stock, den Ordnung ausstrahlenden Anzug und einen metallenen Koffer tragend spazierte er die Baker Street entlang. Unauffällig hängte ich mich an ihn. Einige Male wäre es fast so weit gewesen, daß ich seine, doch auffällige, Erscheinung in der Menge verloren hätte. Aus irgendeinem mir unerfindlichen Grund war er zu Fuß unterwegs, ich verfolgte ihn bis zum Yard. Ja, Holmes ging, wie es schien, seinen ganz normalen Beschäftigungen nach. Er grüßte freundlich den vor der Tür des Hauptquartiers stehenden Bobby und betrat das Gebäude... Sicher besucht er Lestrade, dachte ich erleichtert. Doch dann erinnerte ich mich an Holmes' gestrigen Ausflug. War er da auch schon hier gewesen? Es konnte gut möglich sein, daß er die ganze Zeit über, als ich in der Baker Street über den Papieren saß, hier im Yard mit Lestrade... ja, es mußte so sein. Er war tatsächlich auf Recherche, und mich hatte er nicht eingeweiht.

In mir kochte es... hatte ich ihm nicht immer treu zur Seite gestanden? Ich gestehe, daß ich ihn damals wegen einer Frau verließ, doch ich kam ja zurück! Wir waren ein wunderbares Gespann, und nun?

Wütend drehte ich mich um, wollte nicht mehr abwarten, wie lange er mit Lestrade diskutierte, nahm mir die nächste Kutsche und fuhr ab. Bei der Heimfahrt fragte ich mich, ob er mir die Sache mit Österreich immer noch übelnahm. Ich hatte ihn mit einem Trick nach Wien, in die Praxis eines der herausragendsten Ärzte unserer Zeit gelockt. Aber schlußendlich war ihm die Behandlung bei Dr. Freud gut bekommen. Als geheilt entließ dieser Holmes – ach, wäre er doch nur nicht rückfällig geworden... Dr. Freud hatte ihn schließlich gewarnt.

Zuhause angekommen, ging ich nach oben, begab mich in mein Zimmer und beschloß, den Deprimierten zu spielen. „Ha, soll er doch alleine den Fall lösen“, dachte ich bei mir. Dann jedoch glitten meine Gedanken wieder ab… was war in diesem Koffer? So vorsichtig, wie Holmes ihn getragen hatte, mußte ein ganzer Schatz darinnen sein, und klein war er auch nicht. Was machte er mit diesem Ding? Ich versuchte, mich zu erinnern, wo ich den Koffer zuletzt gesehen hatte... ja, es war der, in den Holmes die Akten stopfte, wenn ich mich mal wieder über die Unordnung im Arbeitszimmer beschwerte. Vor einiger Zeit hatte er mir, quasi als Beweis der Wichtigkeit dieser Unterlagen, ein Blatt vorgelegt. „Der Katechismus der Familie M.“ Fürwahr, seine Erläuterungen bargen den Stoff für eine hochinteressante Geschichte.

Ich setzte mich also, nicht ganz von Spekulationen befreit, zu meinen Arbeiten zurück und las ein wenig in der Zeitung… Der Schlitzer machte Londen immer noch unsicher…

Gegen 6 Uhr abends klopfte es an meiner Tür. Sie öffnete sich, und ich wußte schon, bevor ich die arrogante Stimme hörte, die ich überall wiedererkennen würde, wer gleich mein Zimmer betreten würde. „Holmes, schön, daß Sie auch noch heimkommen.“

„In der Tat, Watson. Höre ich da etwa Zynismus in Ihrer Stimme? Eigentlich wollte ich Sie zum Abendessen bitten, nach Ihrer langen Wanderung heute muß Ihnen doch schon der Magen knurren.“

Ich war überrascht. Hatte er mich etwa bemerkt? Peinlich berührt stand ich auf und folgte ihm zum Abendtisch.

„Watson, ich dachte, daß Sie mehr von mir gelernt haben. Aber ich will mich nicht darüber beschweren, schließlich üben Sie ja bei jeder Gelegenheit, auch bei den unpassendsten.“

Ich hielt mich zurück und an dem Gedanken fest, daß ich vorhin, als ich eine Pause einlegte, ein kleines Loch in den Boden gebohrt hatte. Just an jener Stelle, wo ich durch den Spiegel an der Wand in Holmes' Zimmer einen guten Überblick haben sollte. Ha! Ich *hatte* etwas von ihm gelernt – mehr, als er ahnte. Mit diesem Gedanken im Hinterkopf blieb ich ganz ruhig.

Wir aßen zu Abend, Holmes führte „Small Talk", ich hörte zu. Er erzählte von seinen Besuchen im Yard, daß er mit Lestrade etwas zu besprechen hatte und sonst ein paar Kleinigkeiten aus seinen Erlebnissen. Ja, er entschuldigte sich sogar dafür, daß er „in letzter Zeit ein wenig abwesend war", wie er es nannte.

Seltsamerweise erwähnte er mit keinem einzigen Wort, womit er, nachdem ich seine Beschattung aufgegeben hatte, beschäftigt gewesen war. Er sparte all das vollkommen aus.

Das Essen endete wie alle mit ihm: in Schweigen. Wie immer war es eine für mich unbehagliche Stille. „Watson, ich werde mich nun zum Geigenspiel zurückziehen." Er erhob sich, ich tat es ihm gleich, und wir verließen das Speisezimmer. Ich kehrte nach oben zurück, setzte mich an den Schreibtisch und holte wieder die Berichte hervor. Melancholisches Geigenspiel war genau das Richtige, dachte ich bei mir und kostete den Sarkasmus aus, den ich in diesen Gedanken steckte.

Ich suchte das Papier, bei dessen Lektüre ich unterbrochen worden war, es war ein Bericht über das gelbe Fieber. Da hörte ich aus dem untersten Stockwerk das zarte Spiel der Geige. Holmes tanzte mit seiner Stradivari. Keine Melancholie, keine Träne schwang in diesen Tönen mit. Es war ein liebliches Spiel, frei von Trauer und Unglück... selten hatte ich etwas so Heiteres von ihm gehört!

Holmes begleitete mich bei meinen Studien, bis sich die Müdigkeit einstellte. Ich bereitete mich fürs Bett vor. Dann kniete ich mich hin, schob den Teppich, den ich über das neue Guckloch gezogen hatte, zur Seite und beugte mich hinunter. Holmes tänzelte, in der Hand seine Geige – und spielte...

Ich stand wieder auf, begab mich zu Bett, noch immer hörte ich Holmes' Musik. Er geigte mich in den Schlaf. Doch kurz, bevor ich in die Traumwelt glitt, meinte ich eine Frauenstimme von unten zu hören.

Es klopfte an meiner Tür. Ich erhob mich, zog meinen Morgenmantel über und öffnete die Tür. Mrs. Hudson war es. „Tut mir leid, Mr. Watson, unten steht ein Junge, er hat ein Päckchen für Mr. Holmes, doch der öffnet nicht."

„Ja, danke, Mrs. Hudson, ich kümmere mich darum."

Mit diesen Worten begab ich mich nach unten zum Haustor.

„Grüß Gott, Junge."

„Mr. Holmes?"

„Nein, aber ein sehr guter Freund von ihm. Um welchen Sachverhalt handelt es sich?"

„Ich soll Mr. Holmes ein Päckchen überbringen. Ja, eines von Henderson & Partner."

„Den Photographen?"

„Ja, ich soll es hier abgeben."

„Junge, Mr. Holmes schläft, aber ich nehme es gern entgegen. Ich bin Dr. Watson."

„Wenn Ihr meint, daß das geht, Herr Doktor. Es ist auch schon bezahlt."

Mit diesen Worten übergab er mir ein rechteckiges, in dunklem Papier verpacktes und mit Spagat verschnürtes Päckchen von geringer Tiefe. Es fühlte sich hart an. Worum handelte es sich? Ein gerahmtes Foto?

Ich gab ihm ein paar Schillinge, und dann verabschiedete ich ihn und ging nach oben.

Bevor ich mich zu Bett begab, lehnte ich das Paket noch an die Wand neben der Tür zu Holmes' Zimmer. Erst nachdem ich mich versichert hatte, daß es nicht durch eine aufgehende Tür beschädigt werden konnte, wagte ich es, mich schlafen zu legen.

Lang blieb ich in Morpheus' Armen. Holmes hatte schon gefrühstückt, als ich mich zu Tisch begab. Er saß zwar noch da, doch las er gerade in der Zeitung. Eine halb ausgetrunkene Tasse Earl-Gray-Tee stand vor ihm. Er hatte also auf mich gewartet. So viel Höflichkeit freute mich. Mein Blick fiel auf das Papier. „Wieder der Schlitzer!“ stand dort zu lesen. Die Schlagzeile weckte meine Aufmerksamkeit.

Als wollte er mir etwas zu Fleiß tun, legte er die Zeitung genau in dem Moment zur Seite.

„Watson, ich möchte Ihnen etwas zeigen.“

Fast hätte ich mich verschluckt. Hatte er mein Tun durchschaut? Hatte er das Guckloch in seiner Decke entdeckt? Vielleicht wollte er mich aber auch endlich in seinen neuen Fall einweihen. Um mich zu beruhigen, hielt ich an letzterem Gedanken fest.

Holmes führte mich in sein Zimmer, wies mich an, mich auf die Couch zu setzen. Mein Blick strich über die Wände. Der Methode meines alten Freundes zufolge, konnten Kleinigkeiten großen Aufschluß bieten. War er mir böse? Ich war doch nur an seinem Wohlergehen interessiert gewesen!

Schließlich hatte er mich aus seinem Leben ausgeschlossen! Mich, seinen Freund und Biographen! Wut stieg in mir auf, Wut und Ärger. Ach, so lächerlich hört es sich jetzt an, wenn ich mich zurückerinnere. Hätte ich ihm und seinem scharfen Verstand einfach vertraut. Doch meine Neugier war zu groß und zerstörerisch.

Ich entdeckte, was ich suchte. Das Foto hing, rechts von dem Schreibtisch, wunderbar gerahmt in edlem Holz und Gold. Selbstsicher, arrogant, lächelte sie mich daraus an. Dreifach verflucht möge sie sein. Sie, die mir meinen Holmes gestohlen hatte!

Bitte verstehe er mich, werter Leser. Die Rachsucht liegt nicht in meiner Natur, doch wie Ihr später noch lesen werdet, war es ein harter Schlag, den sie mir versetzte, ein Schlag, der einen Mann wie mich fast den Verstand gekostet hätte.

Beim ersten Blick, noch bevor ich mich des Kleides erinnern konnte, war mir klar, daß sie es war, die ihn besucht hatte. In ihrem hochnäsigen Gesicht erkannte ich sofort das Persönlichkeitsmuster wieder, das sich schon in ihrem Gang gezeigt hatte. Von ihrer Ausstrahlung her erinnerte sie mich stark an Irene Adler, die Frau, wie sie

Holmes zu nennen pflegte. Das rote Kleid trug zu dieser Assoziation sicher bei.

Ob Frau Adler oder nicht, die Frau auf dem Foto mußte der Quell des Parfumduftes gewesen sein, schoß es mir durch den Kopf. Während mir dies klar wurde, schaute sie von oben auf mich herab.

„Hier, Watson, schauen Sie, was ich da in meinen Händen halte, und starren Sie sie nicht so an!"

Mein Blick wanderte etwas peinlich berührt auf das, was er in seinen Händen hielt.

Es war eine geschwungene orientalische Klinge, die er mir voll Stolz präsentierte. In ihrer Ausführung erinnerte sie mich an mein Chirurgenbesteck, nur viel verspielter. Am Rücken der schmalen, lang gezogenen Klinge waren die Zähne einer Säge eingeschliffen. Im Geiste überlegte ich, welchen Zweck dieses Instrument wohl erfüllt hatte.

„Ein besonderes Stück, nicht wahr, Watson? Ach, ich weiß, daß Sie sich schon so darauf freuen. Na, dann will ich Sie auch nicht enttäuschen: Lassen Sie uns das altbekannte Spiel spielen. Was sagt es uns über den Besitzer, dieses edle Stück?"

Ich nahm das Instrument in meine Hand, und begab mich auf die Suche nach Details.

Die Klinge war schöner verziert, geätzt, als ich mir vorzustellen vermochte. Wahrscheinlich war es die Form der Ornamente, die mich auf den Gedanken brachte, daß es sich hier wohl um eine orientalische Waffe handeln mußte.

Kleine Scharten an der Schneide deuteten auf mehrmaligen Gebrauch hin. Trotzdem machte das Stück einen guten Eindruck. Der Besitzer war anscheinend sehr sorgfältig damit umgegangen. Der Griff verstärkte den edlen Eindruck. Ebenholz, mit Goldeinlagen. Sie stellten eine Variation der Ornamente dar, die den Stahl verzierten. Das Stück verströmte einen interessanten Geruch, der mich schwach an den Duft einiger Öle erinnerte, die ich in Indien kennengelernt hatte. Jeder Sammler hätte sicher immense Summen geboten, um dieses Exemplar in seinen Besitz zu bekommen.

Als ich die Waffe gerade wieder aus der Hand geben wollte, fiel mein Blick auf ein für mich lesbares Zeichen, das in den goldenen Knauf eingraviert worden war.

Es war ein „J“.

Ich erzählte Holmes von meinen Beobachtungen und kam zu dem Schluß, daß es sich bei dem Besitzer des Instrumentes eindeutig um einen kleinen Orientalen dunklerer Hautfarbe handelte. Ein sehr sorgfältiger und ordentlicher Mann, ein wenig über das mittlere Alter hinaus. Er war sicher schon seit einiger Zeit in England ansässig und entstammte gewiß einer höheren Kaste seiner Heimat.

Holmes unterbrach mich während meiner Ausführungen kein einziges Mal.

Er nickte ein wenig abwesend vor sich hin. Als ich geendet hatte, erhob er sich auf der Stelle und meinte: „Mein lieber Watson, es ist durchaus amüsant, zu welchen Schlüssen Sie sich hinreißen lassen. Ich habe noch ein paar Aufgaben nachzugehen, wir sehen uns später“, und verschwand.

Holmes war weg, sein Aufbruch hatte mich derart überrascht, daß ich gar nicht auf die Idee kam, ihn auch diesmal zu beschatten. Als ich mich wieder gefangen hatte, nahm ich Holmes’ Zeitung zur Hand und blätterte darin.

Wie aus der Schlagzeile schon hervorgegangen war, schien der Schlitzer wieder zugeschlagen zu haben. Das war jedoch nichts was mich sehr überraschte, denn der Prostituiertenmörder trieb ja schon des längeren sein Unwesen in unserer Stadt. Diesmal hatte er sich jedoch an einem Mann vergangen. Das war aber nicht alles. Der Journalist, der für den Artikel verantwortlich war, hatte einen Augenzeugen ausfindig gemacht. Dieser hatte ihm, so schrieb er hier, berichtet, wie dem Opfer in einem kleineren Handgemenge von einer Frau die Kehle durchgeschnitten worden war. Die Frau hatte er als Dame in Rot beschrieben.

Sie trug ein teures rotes Kleid, wies edle Züge auf und ging festen Schrittes durch die unsicheren Straßen von White Chapell.

Nach dem Mord, so hieß es weiter, kniete sie sich über das Opfer und begann, den Brustkorb aufzusägen. Dabei bewies sie hohe Geschicklichkeit und entfernte die Leber und das Herz aus dem Körper.

Ich muß gestehen, daß ich mir nicht mehr sicher bin, welche der hier erwähnten Einzelheiten wirklich aus dem Artikel stammen, und welche ich in den Jahren nach diesem Vorfall zusammentragen konnte. Jedoch, und da bin ich mir leider gewiß, entsprechen die hier geäußerten Fakten durchaus der Wahrheit.

Das Opfer wurde als ein kleiner Orientale beschrieben, minderer Herkunft, erst recht kurz in Großbritannien. Er schien die Dame mit Annäherungsversuchen belästigt zu haben.

Das Zusammentreffen der Elemente machte mich stutzig.

„Watson, denken Sie nach... sehen Sie denn nicht, wie die Fakten ein Muster bilden?“

Erschrocken durch Holmes’ Worte, drehte ich mich um. Woher wußte er, was mir durch den Kopf ging? Doch das Zimmer war leer.

„Watson, Sie kennen meine Methode! Wenden Sie sie doch an!“

Im ersten Moment war ich vollkommen verstört. „Holmes, Holmes...“ rief ich „Wo stecken Sie?“

„Ich bin unterwegs, Watson, das wissen Sie!“

„Spielen Sie keine Spielchen mit mir! Wo sind Sie?“

„Wenn Sie es ganz genau wissen wollen, ich bin auf dem Weg zum Scotland Yard.“

„Sie spielen mir einen schlechten Streich, Holmes.“

„Nein, genaugenommen machen Sie das selbst. Zumindest würde das der Wiener sagen, wenn es nach seiner Psychoanalyse geht. Ja, Sie brauchen mich, um diesen Fall zu lösen, weil Sie ja selbst zu durchschnittlich sind. Deshalb bilden Sie sich mich ein! Aber, das wissen Sie ja sicher besser als ich!“

Ja, ich wage es ja kaum zu schreiben, aber der werte Leser wird aus diesen Zeilen selber schließen können, wie zerrüttet ich zu dieser Zeit war. Was sich im Anschluß an diese Halluzinationen begab, möchte ich unerwähnt lassen. Nein, nicht weil es mir peinlich ist, oder ich meinen guten Ruf schützen will. Ich möchte den Leser nicht mit meinem psychischen Zustand langweilen. Nachdem ich also diesen Zusammenbruch durchgestanden hatte, verbrachte ich den gesamten Tag mit der Durchsicht meiner alten Aufzeichnungen und Notizen über Holmes' Meisterleistungen. Ich versuchte, seinen vielseitigen Charakter zu erfassen. Ich ließ die Vergangenheit aufleben. Der Hund von Baskerville, das gesprenkelte Band, Skandal in Böhmen,…

Doch all das konnte mich nicht darauf vorbereiten, was in dieser Nacht noch folgen sollte.

Ich kniete auf dem Boden, mein Auge an das Guckloch gepreßt. Gespannt erwartete ich sie. Holmes schien ihr einen Schlüssel gegeben zu haben.

Schnell, keineswegs unsicher, hatte sie sich durch unser Haus bewegt.

Kein Wunder, Holmes hatte sie hier sicher schon oft genug empfangen.

Ha, dieses Luder, was trieb sie hierher? War Holmes vielleicht doch zu Hause, und sie stattete ihm einen Besuch ab? Hatte ich ihn nicht bemerkt, oder hatte er sie herbestellt, damit sie auf ihn wartete?

Frei und unbefangen, mit einer Frechheit, die schon fast obszön war, erschien sie in meinem Blickfeld. Wie eine Füchsin, feuerrotes Kleid, schlich sie durch das Zimmer. Sie legte den Überwurf ab, hängte ihn an den Haken, an den Holmes seine Kleider zu hängen pflegte. Zog etwas, im Lichtstrahl der Gaslampe Aufblitzendes aus ihrer Handtasche. Ich richtete meine Aufmerksamkeit sofort auf dieses Objekt, als sie es auf die Kommode legte. Diese Verfluchte! Es war der exotische Dolch, oder Skalpell – dieses Instrument, das Holmes mir zuvor zur Untersuchung übergeben hatte. Wie kam sie dazu? Hatte Holmes ihn von ihr geborgt, um bei mir Rat suchen zu können? Was für ein vermessener Gedanke, mir Holmes Rat suchend vorzustellen. Nein, nie würde er sich so plump anstellen.

Ich beobachtete weiter. Sie ging zum großen Spiegel, der im Schlafzimmer hing. Wie sie sich selbst musterte! Ja musterte, denn anders kann man es nicht bezeichnen, wie ihre Blicke aus dem Spiegel sie abtasteten. Ihr Ausdruck, der zuvor noch diese Eitelkeit ausgestrahlt hatte, begann sich zu wandeln, als ihre Hand über das Kleid strich. Ich war doch peinlich berührt, so in ihre Privatsphäre einzubrechen. Auf der anderen Seite strömte die Szene einen Reiz aus, ja, ich würde fast sagen, einen Duft, dem ich mich unmöglich entziehen konnte.

Sie ließ ihre Finger über den Stoff gleiten, als wäre er die Haut ihres Geliebten. Keinen Moment ließ sie sich dabei aus den Augen, beobachtete jede Bewegung ihrer Hand im Spiegel.

Sie flüsterte, für mich unhörbar schlichen sich die Worte über ihre Lippen. Den Bewegungen zufolge, die ihr Mund dabei machte, schien es sich dabei immer und immer wieder um dasselbe Wort zu handeln. Ich konnte ein „H“ erkennen. Diesem folgte ein sehr eindeutiges „O“. Die anderen Laute waren kaum zu erkennen. Nach einiger Zeit der Beobachtung kam ich mit mir überein, daß dieses immer und immer wiederholte Wort mit einem „S“ enden mußte.

„HO...S“ Ich war versucht, mich an die Praktiken mancher geistigen Führer, die ich in meiner Zeit in Indien erlebt hatte, zu erinnern. Auch diese „Gurus“ hatten in ihren Riten immer wieder dasselbe vor sich hingebetet.

Betete sie hier etwa?

Träfe dies zu, gestand ich mir ein, mußte sie einer sehr sonderbaren Glaubensgemeinschaft anhängen. Ich verwarf den Gedanken und sah, wie sich ihre linke Hand in den Ausschnitt schob. Die rechte wanderte ihren Körper hinab und glitt langsam unter ihren Rock. Ihre Stimme wurde lauter.

„Euer Scharfsinn, Euer Geist, ahh....“, sie stöhnte „Holmes, Holmes, *Holmes*.“

Ich erschauderte. Holmes, sie stöhnte und stöhnte immer wieder den Namen meines *Holmes*“?!

Die Bewegungen ihrer Hand wurden langsam stärker, ihre Augen verstrahlten sich steigernde Lust. Sie schürte ihre Glut, heißer und heißer wurde sie.

Alles immer wieder begleitet von „Holmes, Holmes, Holmes...“

Manchmal flehend, auffordernd, manchmal streng, zurechtweisend, dann sanft, aber immer begleitet von ihren sich steigernden Lauten der Lust.

Gefesselt starrte ich durch das Loch auf dieses sündhafte Schauspiel. Was würde Holmes wohl dazu sagen, wenn er das sähe?

Doch halt, ein gräßlicher Verdacht kam in mir auf. Was, wenn Holmes da war? Was, wenn er da unten außerhalb meines Sichtfeldes saß und die Szene beobachtete?

Sofort verdrängte ich diesen Gedanken. Nein, Holmes war kein Mann der Lust, des Weibes, oder sonst eines Übels. Er war Holmes, auch wenn er von Zeit zu Zeit dem Kokain verfiel. Er war logisch, reserviert, kühl, nie könnte er an solch einem Schauspiel Gefallen finden.

Trotz all der Distanz, die mich schützte, konnte ich dem Weg der Lust, den sie da unten beschritt, nicht fernbleiben. Ich spürte, wie sich in mir etwas regte, wie es sich hob vor Lust. Ach, dieses verdammte Weib! Ich sah, daß sich in ihr eine Spannung aufgebaut hatte, die kurz vor der Entladung stand. Wie ein Vulkan würde sie da unten in Kürze explodieren.

Ich zweifelte fast, daß sie all das da unten nur für sich selber tat. Fast kam es mir so vor, als spielte sie all dies für jemand anderen, jemanden, der sie beobachtete, Holmes, oder *mich*?

Ein paar jetzt tiefe Lustschreie wie ein Donnern, dann Stille. Ein Aufbäumen, sie sank in die Knie. Sie war gekommen.

Ein letztes Mal hörte ich leise „Holmes..."

Nur schwer erhob sie sich, ging zum Sofa und ließ sich hineinfallen.

Sie nahm die Perücke ab und vom Tischchen die Pfeife zur Hand. Den Tabak holte sie aus dem persischen Pantoffel, und dann stopfte sie sich die Pfeife, so wie es Holmes immer tat.

Mein Verstand weigerte sich, das einzugestehen, was jetzt so offensichtlich war.

Er war es, dessen Geruch mir da auf der Treppe begegnet war.

Er war die Frau im roten Kleid, und das Foto zeigte ihn! Holmes war es, der den Freier aufgeschlitzt hatte, der ihm zu zudringlich

geworden war, und zu guter Letzt war es er, dem ich da unten bei diesem perversen Treiben zugeschaut hatte.

Er hatte sich an sich selbst vergangen, in Frauenkleidern seine Seele besudelt.

Ja, er hatte mich mit sich selbst betrogen. Nein, ich wollte es nicht wahrhaben und will es bis jetzt nicht, doch sind die Bilder, die ich in meinem Kopf habe, Beweis genug. Es wäre Selbstbetrug, zu sagen, es war nicht so, und war es nicht er, der immer auf der Wahrheit bestand, auch wenn es, wie in dem Fall um seinen Bruder, eigenes Leid bedeutete?

Holmes, dessen Verstand schärfer war als ein Rasiermesser, dessen Logik unbestechlich und unerbittlich arbeitete, hatte die Selbstliebe über das gesunde Maß hinaus übersteigert. Ach, ich armer Hund, warum konnte dies alles nicht vor mir verborgen bleiben? Vielleicht werden andere später milder urteilen, vielleicht werden sie liberaler sein, als ich es kann. Vielleicht werden sie in Zukunft feststellen, daß ein genialer Geist wie jener von Holmes eine derartige Abnormität entwickeln mußte, doch ich bin ein alter Narr, ich kann und will ihm nicht vergeben. Vielleicht wird es wieder Zeit, zu heiraten und auszuziehen aus der Baker Street Nr. 221B.

Anmerkungen des Übersetzers:

Folgende Notiz Watsons befand sich am Ende des Originalmanuskripts:

Die Frage, die bleibt, war Holmes der Schlitzer (englisch Ripper)? Nein, ich will gar nicht daran denken.

Wie ein Frosch klammere ich mich an den rettenden Strohhalm: Er hat den Schlitzer zur Strecke gebracht, als dieser ihm an die Kehle wollte. Ja, den Dolch entwendete er sicher dem Orientalen und schändete ihn mit seiner eigenen Waffe. Ach, wenn es einen Gott gibt... Es muß so gewesen sein, bitte!

Linda Budinger

DER SCHWARZE JOE

Durch die Rauchwolken konnte ich meinen Freund nur schemenhaft erkennen. Aber das scharfe, adlergleiche Profil stach aus dem Dämmerlicht hervor wie ein Lichtstrahl, der auf den feuchten Pflastersteinen der Baker Street spielte.

Das Zimmer wurde vom Pfeifenrauch vernebelt, gnädigerweise, wie ich gestehen mußte. Es war verwüstet. Da Mrs. Hudson die skurrilen und gefährlichen Gegenstände, die einen Großteil des Inventars ausmachten, nicht anzurühren wagte, mußte Holmes selbst das Zimmer in diesen Zustand gebracht haben.

Ich brauchte nicht die analytischen Fähigkeiten zu bemühen, die mein Freund mir immer zu vermitteln suchte, um zu wissen, was geschehen war. Die Erfahrung, eine Wohnung mit ihm zu teilen, hatte mich genug gelehrt. Das war Sherlock Holmes auf der Suche nach Beschäftigung für seinen ruhelosen Geist. Für gewöhnlich wurden die Perioden hektischer Betriebsamkeit abgelöst durch eine Lethargie, in der er stunden-, ja tagelang nur in seinem Sessel saß und entweder auf der Violine spielte – enervierende, immer gleiche Melodien – oder still die Pfeife rauchte und die Hand nur dann und wann müde zu dem türkischen Pantoffel streckte, in dem er den Tabak aufbewahrte. Vom rein ärztlichen Standpunkt aus konnte ich es nicht gutheißen, wenn Holmes das Zimmer in eine neblige Londoner Gasse zu verwandeln suchte. Doch zum einen rauchte ich selbst wie ein Schlot, zum anderen war das immer noch besser, als wenn er zu der siebenprozentigen Kokainlösung griff, die er sich gelegentlich spritzte, um der Eintönigkeit des Daseins zu entfliehen. Wenn kein neuer, geheimnisumwitterter Fall ihn in Atem hielt, war Holmes unausstehlich.

Die Türglocke schlug, und ich staunte über die Veränderung in

Sherlock Holmes' Habitus. Wie bei einem dösenden Hund, der die Schritte seines Herrn gehört hatte, fiel jede Schläfrigkeit von ihm ab.

„Gemach, mein Freund", neckte ich. „Vielleicht ist es ein Lieferant oder nur der Briefträger." Ich hätte es besser wissen müssen.

Holmes hob das Kinn, drehte den Kopf. Ein Jagdhund, der die Nase in den Wind hielt und die ferne Witterung auffing. „Die Post war bereits da und wird frühestens in einer Stunde wieder ausgetragen.[1] Mittags macht Martens vom Postbezirk West Central gewöhnlich Pause im *Dirty Dick's* und speist eine Schweinspastete. Und was den Lieferanten betrifft – Mrs. Hudson sagte mir gerade gestern erst, daß sie mit dem Geld etwas mehr haushalten muß. Daher wird sie zweifelsohne das Trinkgeld für den Botenjungen sparen und die Einkäufe selbst abholen."

Sein Vortrag, so überzeugend er klang, war nur mit halber Aufmerksamkeit vorgebracht worden. Ich beobachtete, wie Holmes während seiner Ausführungen die Stirn runzelte, wieder den Kopf drehte. Die Pfeife schmauchte vergessen in seiner Rechten. „Ein Zwerg, ein Kind? – Ah – ein Junge!" murmelte er, da klopfte es auch schon an der Tür, und auf Holmes' ungeduldiges „Herein" tauchte Mrs. Hudson im Türrahmen auf. Sie schob einen zerzausten Knaben ins Zimmer und schnaufte: „Sie sollten mir wirklich ankündigen, wenn sie einen von *denen* einladen, Mr. Holmes. Ich habe gerade eben den Flur gewischt und jetzt –"

Holmes schlenkerte ihren Einwand mit der Linken fort und die Haushälterin gleich dazu. „Ich habe niemanden eingeladen, Mrs. Hudson. Danke, Mrs. Hudson. Machen Sie die Tür ruhig zu, Mrs. Hudson." Immer noch malte sich Erstaunen auf seinen scharfen Zügen. „Wiggins, was gibt es? Ich kann mich nicht erinnern, nach dem Baker-Street-Freikorps[2] verlangt zu haben."

Der Junge schaute zu Holmes auf. Verlegen drehte er seine Mütze in den Händen. Solch ein Verhalten war ich von dem vorlauten Anführer der Baker-Street-Bande nicht gewohnt. Die Jungen wurden von

1) Die Post wurde in London um 1890 6 - 12 mal täglich ausgetragen, ausgenommen Sonntag.
2) Bakers-Sreet-Freikorps (Baker Street Irregulars) siehe auch A. C. Doyle „Im Zeichen der Vier".

Holmes manchmal angeheuert, um bei Nachforschungen zu helfen. Doch heute war er von Wiggins' Erscheinen und Auftreten ebenso überrascht wie ich.

„Ist schon gut, Junge. Ich sehe, du hast Kummer. Hab deinen Schritt auf der Treppe deshalb nicht gleich erkannt. Also, was führt dich her?"

„Es geht um – Sir, wir brauchen Ihre Hilfe." Wiggins stopfte seine Mütze in die Tasche und breitete bittend die Hände aus. „Einer von uns ist verschwunden. Joe – Joseph steckt wahrscheinlich in großen Schwierigkeiten. Wir können nichts zahlen, doch die Jungs und ich haben beraten, und wir werden Ihnen für ein, äh, halbes Jahr umsonst –"

Holmes ließ ihn nicht ausreden. „Verschwunden? Das will ich genauer hören. Sag mir alles, was du weißt!"

Seine ausdrucksvollen Augen funkelten, als er den Jungen hereinbat, vor eine Tasse Tee setzte und sich selbst wieder der Pfeife widmete.

Wiggins erzählte bereitwillig: „Also, Joseph gehört seit einigen Monaten zur Bande. Seit dem Nachmittag im Covent Garden. Ein Matrose wollte sich vor 'ner Bordsteinschwalbe groß tun. Machte Ärger. Er hat Frankie rumgeschubst und seinen Hund auf den Kleinen gehetzt. Wir anderen waren spät dran und haben's von weitem gesehen. – Dann stand da plötzlich Joe, und eh man sich`s versah, landeten links und rechts zwei Messer neben dem Seemann und seinem Köter. Beide haben schnell das Weite gesucht, und von dem Tag an hing Joe mit uns rum." Wiggins zog geräuschvoll die Nase hoch, verzichtete aber darauf, sie an seinem Ärmel abzuwischen, wie ich es auch schon bei ihm beobachtet hatte.

„Und wieso bekam ich nie das Vergnügen, den wackeren Joseph kennenzulernen?" fragte Holmes liebenswürdig.

„Tja, Sir, ist so, er hatte ein *richtiges* Zuhause und kam nur manchmal, um mit uns ein Paar Schuhsohlen abzuwetzen. Sagte, er wohnte in der Seymour Street 22 und die Köchin des Hausherrn wäre seine Mutter. – Das stimmt. Ich bin ihm eines Abends gefolgt und habe gesehen, wie er in den Stall des Hauses geschlüpft und dort verschwunden ist. Habe von Ihnen gelernt, Mr. Holmes, daß man nicht vorsichtig genug sein kann", meinte der Junge eifrig.

„Wie sieht er denn aus, dieser Joseph?"

„Der schwarze Joe, so nennen wir ihn, denn er ist braun wie ein Kupferpenny und immer schmutzig. Das schwarze Haar kommt ihm unter der Mütze raus, die er dauernd trägt, und so schaut er aus wie ein Kesselflicker." Wiggins schniefte. „Aber dann kam Joe seltener. Zog oft eine Flappe. – Und schließlich ist er gar nicht mehr aufgekreuzt. Nicht mal zum August-Jahrmarkt in Hampstead. Wir dachten, er wäre krank, also bin ich in die Seymour Street und hab beim Personaleingang nach ihm gefragt."

„Ah!" sagte Holmes leise, als wüßte er bereits, was Wiggins zu berichten hatte.

Wiggins schaute meinen Freund mißtrauisch an, ehe er fortfuhr. „Dort sagte man mir, es gäbe gar keinen Sohn im Haus. Die Köchin war empört, sie sei eine ehrbare Frau. Die wollte mir ein paar verpassen. Da hab ich schnell das Weite gesucht."

„Aber –", drängte Holmes den Jungen sanft.

„Aber ich lasse keinen Freund im Stich! Gestern bin ich mit einem Paket Würstchen noch mal hin, die Mütze tief im Gesicht. Ich mußte warten und konnte mich was umschauen. Das ist ein seltsames Haus, Mr. Holmes. Gruselig, wenn Sie verstehen. An den Wänden hängen Masken, Tierköpfe, komische Dinger. Einer der Diener trug einen dicken Verband um den Kopf und ein besticktes Nachthemd mit weiten Hosen. Und ich hab gehört, wie ein Zimmermädchen zum anderen sagte, wie schön es wäre, daß nun endlich wieder genug Geld zum Wirtschaften ins Haus käme. Und –" Wiggins Stimme wurde laut vor Empörung, „daß es das Opfer von Joe dreimal wert wäre. Also *kennen* sie Joe, und irgend etwas Übles ist mit ihm geschehen. Bitte, Mr. Holmes, helfen Sie uns." Wiggins schwankte zwischen Zorn und Tränen.

Holmes beruhigte den aufgebrachten Jungen, wie es eine fürsorgliche Gouvernante nicht besser gekonnt hätte. Dann fragte er noch das eine oder andere und entließ Wiggins mit dem Versprechen, alles aufzuklären.

„Nun, Holmes, was wollen Sie denn nun anstellen?" fragte ich meinen alten Freund, der sich gewiß von der Sorge des Jungen hatte mit-

und zu voreiligen Versprechungen hinreißen lassen. „Es ist klar, man hat Wiggins belogen, wenn dieser Joseph überhaupt je die Wahrheit gesagt hat."

„Wer gelogen hat und warum, das, mein Lieber, bleibt abzuwarten." Vergnügt zwinkerte Holmes, und ich war erleichtert zu sehen, daß seine trübe Stimmung fürs Erste verschwunden war. Nichts besaß so große Macht über meinen Freund wie ein ungelöstes Rätsel. Doch hier sah ich überhaupt keine Anhaltspunkte, und das sagte ich Holmes auch.

„Irrtum, Watson, wir haben eine Hausnummer." Holmes lehnte sich im Sessel zurück und schloß die Augen. Ich wartete, ob er noch etwas zu sagen hatte, doch nach einigen Minuten wurde mir klar, daß ich Holmes vorerst nichts mehr entlocken würde.

Gerade wollte ich mich zu einem kleinen Spaziergange erheben, als Holmes auf das Rascheln meiner Kleidung hin die Augen aufschlug. „Reichen Sie mir bitte den *Standard*, Watson. Den von vorgestern, wenn ich nicht irre." Etwas verärgert wühlte ich im Zeitschriftenberg der letzten Tage. „Wenn Sie sich schon langweilen, Holmes, dann könnten Sie wenigstens Ihre Zeitungen in Ordnung bringen."

„Aber die sind in Ordnung, Watson, sogar sortiert. Ich muß nur noch die interessantesten Teile für mein Archiv vorbereiten."

Ich händigte meinem Freund augenrollend die gewünschte Ausgabe aus, und er blätterte zum Gesellschaftsteil. „Ah, da ist es ja." Schnell las er vor: „Sir William Brook, 22 Seymour Street, und Miß Katherine Sherman freuen sich, ihre Verlobung bekanntgeben zu dürfen. – Sir William, ein ehemaliger Offizier und bekannter Großwildjäger, ist erst vor einem halben Jahr aus Indien zurückgekehrt und wird die Erbin des Sherman-Vermögens vermutlich im Oktober heiraten."

„Meine Glückwünsche für das junge Paar. – Aber was hat das Ganze mit dem Schwarzen Joe zu tun?" wollte ich wissen, doch Holmes winkte ab.

„Wenn Sie ein Garnknäuel auseinanderzupfen wollen, dann müssen Sie an einem Ende beginnen."

„Also gut, Holmes, ich gebe mich geschlagen."

„Zu früh, mein Bester, zu früh. Was wissen wir, Watson?"

Ich überlegte. „Der Junge gibt an, im Hause von Brook zu leben, doch da ist er nicht bekannt. Sir William Brook selbst kam vor sechs Monaten aus Indien, wo er als Offizier und Großwildjäger gearbeitet hat. Die Kleidung des Dieners, die Wiggins beschrieben hat, sowie die Trophäen verraten das, und auch die Zeitung bestätigt diese Angaben."

„Richtig – aber kann ein Offizier im aktiven Dienst gleichzeitig als Großwildjäger arbeiten?"

„Nun..."

„Denken Sie darüber nach, während ich noch einige Informationen einhole."

Holmes verschwand in sein Zimmer, und ich brach zu meinem Spaziergang auf und sah ihn bis zum Abend nicht wieder.

Da allerdings empfing er mich äußerst gut gelaunt.

„Was gibt es, Holmes, haben Sie wieder von einem gräßlichen Mord gehört, oder wieso sind Sie so guter Stimmung?"

Er tat nicht einmal beleidigt. „Watson, Sie kennen mich zu gut", schmunzelte er, „um zu glauben, daß ich mich am Unglück anderer Menschen weiden würde. – Nein, ich habe einiges im Falle des Schwarzen Joes herausgefunden, das Wiggins ohne Zweifel aufs Höchste verblüffen dürfte. Darum habe ich ihn zum letzten Akt des Dramas eingeladen, und auch Sie sind mir morgen nachmittag herzlich willkommen."

„Aber Holmes, wie soll ich denn das verstehen? Was haben Sie erfahren? Ist der arme Junge wirklich in ein Unglück geraten?"

„Ich war heute inkognito in den Stallungen von Sir Brook und habe den Stallmeister nach Arbeit gefragt. Er konnte mir nicht weiterhelfen, deutete aber an, daß sein Herr wohl bald keine Pferde mehr hätte, wenn er nicht diese Erbin heiraten würde. Wir kamen ins Gespräch über seine Zeit in Indien, tranken dabei in der Sattelkammer ein Lager. – Als einer der Stallburschen den Mann für eine Weile beansprucht hat, habe ich die Gelegenheit genutzt und mich umgesehen. Und ich habe so einiges gefunden."

„Spannen Sie mich nicht so auf die Folter, Holmes. Was ist denn nun mit dem Jungen?"

„Dazu möchte ich noch keine Mutmaßungen anstellen. Wie Sie

wissen, führen haltlose Vermutungen selten zum richtigen Ergebnis. Ich kann Ihnen aber verraten, was ich entdeckte."

Mein Blick sprach wohl Bände, denn Holmes erbarmte sich schließlich. „Also, ich fand eine Holzkiste mit den Initialen J. B., sowie einen leichten Sattel mit der gleichen Abkürzung."

„Joseph Brook?" riet ich zweifelnd. „Wohl kaum. Also Holmes, was war in der Kiste?"

„Dreckige Jungenkleidung. Ein Stück Kohle. Und andere Sachen. Aber jetzt müssen Sie sich beeilen." Er sprang auf.

„Wozu?" Hatte Holmes die Auflösung des Rätsels nicht erst für morgen angekündigt?

„Zu einem Konzert in die Royal Albert Hall. Kommen Sie, ich lade Sie ein, alter Freund."

„Da sage ich nicht nein. Es wird ein größerer Genuß und ein weitaus trefflicheres Vergnügen sein, als wenn Sie auf Ihrer Fiedel kratzen, wie Sie es sonst machen, wenn ein Fall kurz vor dem Abschluß steht."

„Für den genialen Geist ist fruchtloses Warten die größte Marter", sagte mein Freund in einem entschuldigenden Tonfall. Er konnte wunderbar Violine spielen, wenn er wollte, doch aus mir unerklärlichen Gründen zog er es vor, die Perioden erzwungener Tatenlosigkeit mit eintönigen Fingerübungen zu verbringen.

Als Holmes und ich am anderen Morgen in die zweirädrige Hansom-Kutsche einstiegen, barst ich beinahe vor Spannung. „Und wo bleibt Wiggins? Er sollte doch mit von der Partie sein."

„Wiggins holt noch etwas für mich am St. George's Place ab. Wie ich ihn kenne, wird er zum rechten Zeitpunkt eintreffen."

Als Holmes dem Kutscher die Adresse nannte, merkte ich auf. „Sie wollen also zum Brook-Haus?"

„Ja, wir werden dort einen Nachmittagsbesuch abstatten." Holmes schwieg, als wüßte er nicht genau, wie sehr mich die Neugier plagte. Wir rollten durch den dichten Londoner Verkehr. Es war viel los an diesem sonnigen Tag, vierrädrige Droschken und Zweisitzer wie unserer folgten dicht auf dicht, Straßenkehrer stürzten sich todesmutig in das Gewühl, um die Hinterlassenschaften der Pferde fortzuräumen. Auf den Bürgersteigen flanierten Paare, Getränkeverkäufer und Schuhputzer boten ihre Dienste an.

Kurz vor der Seymour Street fuhren wir, wenn ich nicht stark irrte, an Wiggins vorbei. Er trug einen unhandlichen Karton. Holmes rieb sich bei seinem Anblick nur zufrieden die Hände und setzte ein geheimnisvolles Lächeln auf. Er lehnte sich in die weichen Polster zurück und wurde plötzlich ungewohnt mitteilsam. „Wir kommen gerade recht. Zu dieser Zeit dürfte sich der Hausherr wie üblich im Travellers Club aufhalten."

„Aber wem wollen Sie dann die Aufwartung machen, Holmes?"

„Der Dame des Hauses natürlich."

Vor dem Anwesen bezahlte Holmes die Droschke und schickte den Kutscher fort. Wir klopften an, und der Diener in indischer Kleidung, den Wiggins uns schon beschrieben hatte, öffnete.

„Mein Name ist Sherlock Holmes, und dies ist mein Freund Dr. Watson. Wir möchten gerne Miß Brook sprechen." Holmes' Name und seine Reputation öffneten uns gewöhnlich so manche Tür. Und so war es auch hier. Der Diener geleitete uns in einen Salon, wo wir warteten.

Die Tür öffnete sich nach wenigen Minuten, und eine bezaubernde junge Dame in einem fliederfarbenen Kleid trat herein. Ihr Gesichtsausdruck war eine einzige Frage. „Meine Herren –"

Holmes stand auf und verbeugte sich. „Sherlock Holmes." Dann schaute er mich an. „Watson, darf ich Ihnen Miß Brook vorstellen?"

„Ich bin außerordentlich erfreut, Ihre Bekanntschaft zu machen, Miß Brook", sagte ich ein wenig stotternd, denn es stimmte. Die junge Dame bot einen prachtvollen Anblick. Sie hatte eine Haut wie Darjeeling mit viel Milch, ihr glänzendes, schwarzes Haar war zu einer aufwendigen Frisur hochgesteckt, und ihre dunklen Augen blickten uns erwartungsvoll an. „Meine Herren, ich verstehe nicht. Das muß ein Irrtum sein. Mein Vater ist nicht da..."

Ein Klopfen an der Tür ertönte, und der Diener mit dem Turban kündigte einen weiteren Besucher an. „Da ist ein Botenjunge, Miß Brook. Er sagt, er kommt von Mrs. Heaths Hutgeschäft.“ Dann setzte er noch hinzu: „Mit einem Geschenk von Miß Sherman.“

Leise seufzte Miß Brook, dann schickte sie den Diener mit einem Wink fort und schaute mit leicht gequältem Gesichtsausdruck zur Tür. Hinein trat Wiggins mit dem runden Paket. Ich sah, wie Holmes die junge Miß aufmerksam beobachtete, und auch mir entging nicht, wie sie die Augen voller Erstaunen aufriß. Sie wich ein Stück vor Wiggins zurück, doch Holmes nahm ihm den Karton ab und reichte ihn ihr. „Öffnen Sie doch das Geschenk Ihrer zukünftigen Stiefmutter.“

Solcherart genötigt, hob Miß Brook den Deckel ab. Ich gebe zu, ich war so neugierig, einen Blick in das Paket zu werfen. Auf feines Seidenpapier gebettet lag dort ein Hut. Die junge Dame nahm ihn aus der Verpackung und drehte ihn unschlüssig in den Händen. Der Hut war aus feinem Samt, doch sein Zuschnitt glich dem einer Ballonmütze, weniger einer damenhaften Kopfbedeckung.

„Probieren Sie ihn aus, Miß Josephine. Ich bin sicher, er wird Ihnen hervorragend stehen.“

Ihr Blick schoß von Holmes zu Wiggins und zurück. Dann schob sie trotzig die Unterlippe vor und zog den Hut auf kecke Art und Weise über ihre Haare. „Sind Sie nun zufrieden, Mr. Holmes?“

Von Wiggins kam ein Laut, ein erstaunter Ausruf. „Joe!“

Bei diesem Wort änderte sich das Gesicht der jungen Dame. Ihre Augenlider sanken ein wenig tiefer und beschatteten ihre dunklen Rehaugen. Die Lippe wurde etwas lockerer, und sie stand plötzlich ganz anders. Und trotz ihres feinen Kleides ähnelte Miß Brook mehr denn je einem frechen Gassenjungen.

„Es tut mir leid, daß ich Ihr Inkognito auf diese Weise lüften mußte, doch unser junger Freund Wiggins hat sich furchtbare Sorgen um Ihr Wohlergehen gemacht.“

„Ich dachte, ich glaubte –“, stammelte Wiggins.

„Solltest doch wissen, Wiggins, daß ich allein auf mich aufpassen kann“, sagte Miß Brook auf ganz undamenhafte Weise. Dann wandte sie sich an meinen Freund: „Wenn das so ist, Mr. Holmes, habe ich nur eine Bitte.“

Holmes nickte bereits, ehe sie zum Ende gekommen war. „Machen Sie sich keine Sorgen, Miß, ich werde über Ihr Geheimnis Stillschweigen wahren. Weder Ihr Vater noch Ihre zukünftige Stiefmutter, die von dem angeblichen Hutgeschenk natürlich nichts weiß, sollen von mir etwas über Ihre heimlichen Ausflüge erfahren. Und auf Ihre Dienerschaft ist in dieser Hinsicht auch Verlaß, wie Wiggins bereits feststellen konnte, als er nach Ihnen gefragt hat."

„Also Wig, ich hätte dich für schlauer gehalten", tadelte sie den fassungslosen Knaben und richtete eine Frage an Holmes. „Wie sind Sie mir auf die Schliche gekommen?"

Das wollte ich auch zu gerne erfahren.

„Es waren mehrere Punkte, die nicht zusammenpaßten. Oder vielmehr zu gut zusammenpaßten. Aber vielleicht möchten Sie uns selbst erzählen, wie es dazu kam, Miß Josephine."

Spitzbübisch lächelte sie ihn an und schüttelte den Kopf. „Nein, Mr. Holmes, das will ich jetzt aus Ihrem Munde hören."

Holmes seufzte. Es war ein zufriedenes Seufzen und ein wenig selbstgefällig, wie ich fand. „Ihr Vater, Miß Brook, diente in der indischen Armee. Aber vor einigen Jahren, ich nehme an, das wissen Sie besser, wurde er unehrenhaft entlassen. Danach arbeitete er als Jäger und lebte von seinen Ersparnissen."

Miß Brook nickte. „Mutter hat in Vaters Haushalt in der Garnison gearbeitet. Sie war indischer Herkunft, doch das hat ihn nicht gestört. Sie heirateten. Als ich ungefähr 6 Jahre alt war, mußte Vaters Regiment Aufstände weit entfernt niederschlagen. Gleichzeitig kam es zu Hause zu einer schrecklichen Epidemie. Da hat mein Vater sein Regiment verlassen, um meine Mutter und mich in Sicherheit zu bringen. Doch es war zu spät, Mutter starb, und er stand ganz alleine mit einer kleinen Tochter da. Er hat sich dann als *Shikari,* als Großwildjäger und Führer einen Namen gemacht. Ich bin sehr frei aufgewachsen. Doch dann –…", ihre dunklen Augen glühten förmlich auf, „hat er bei einer Jagdgesellschaft diese Frau kennengelernt, diese Miß Sherman. Und kurz darauf hat mein Vater alle Zelte abgebrochen, und wir sind nach England umgezogen. Miß Sherman verträgt das indische Klima nicht."

„Dabei ist sie ansonsten als reiche Erbin eine gute Partie“, führte Holmes weiter aus. „Doch für Sie war England eine komplett neue Welt. Sie mußten nicht nur Ihre Heimat aufgeben, sondern auch Ihr ungebundenes Leben. Doch ich glaube, Sie fanden einen gewissen Ersatz, indem Sie sich von Zeit zu Zeit den häuslichen Pflichten entzogen und mit den Rangen der Baker-Street-Bande die Straßen unsicher machten. In Jungenkleidung, mit kohleverschmiertem Gesicht. Als Schwarzer Joe.“

„*Jo*“, hauchte sie, „ich werde von allen im Haus nur Jo genannt.“

Holmes nickte. „Sie haben Wiggins sehr beeindruckt. Als Sie plötzlich nicht mehr kamen, da machte er sich Sorgen um Sie und ersuchte um meine Hilfe. – Ich nehme an, ihre Stiefmutter in spe hat Ihnen zugesetzt.“

„Sie haben recht. Die zukünftige Frau meines Vaters findet keinen Gefallen an meinen Gewohnheiten. Immerzu hält sie mich zu damenhaftem Verhalten an und versucht, meine Freundschaft durch Teebesuche zu gewinnen.“ Das Mädchen verdrehte die Augen. Die Mütze machte sie jünger, doch nicht weniger reizend. „Und jetzt hat sie meinen Vater überredet, mich demnächst auf eine teure Schule zu schicken, damit ich dort gesellschaftlichen Schliff bekomme. Doch ich fürchte, sie möchte mich aus dem Weg haben.“

„Machen Sie sich keine zu großen Sorgen.“ Holmes lächelte fein. „Sie werden sehen, im geschützten Raum einer Schule für Höhere Töchter werden Sie manche Freiheiten genießen, die Ihnen das gepflegte gesellschaftliche Leben in London nicht bieten kann. Und ich bin sicher, Ihren Sattel können Sie mitnehmen.“

Miß Brooks Kopf fuhr herum, ihre Augen wurden groß. Dann nickte sie nur. „Ich danke Ihnen für Ihre Diskretion, Mr. Holmes. Doch nun würde ich gerne mit Wiggins ein paar Worte alleine sprechen.“

Und damit waren Holmes und ich entlassen. Als wir aus der Haustür traten, konnte ich meine Neugier nicht länger bezähmen. „Also wirklich, Holmes, wie zum Teufel haben Sie denn das wieder herausgefunden?“

„Das, mein lieber Watson, war wirklich kein Meisterstück der

Deduktion. Es ist ganz gut, wenn wir beide den Mantel des Schweigens darüber breiten, der burschikosen Miß zuliebe."

„Aber wie sind Sie darauf gekommen, daß Joe in Wirklichkeit eine Josephine war?"

„Erinnern Sie sich an die Kiste in der Sattelkammer? Darin war die Kleidung eines Straßenjungen. Sie duftete zart nach Lavendel. Dort fand ich aber noch etwas gänzlich anderes. Ein Schnürkorsett. Und außerdem war da noch der Sattel. Er mußte eine Sonderanfertigung sein, denn dieser Sattel mit den Initialen J. B. konnte von einem Damensattel mit wenigen Handgriffen in einen Herrensattel umgewandelt werden. Bedenken Sie, Watson, das Mädchen hat nie direkt gelogen. Und auch die Dienerschaft hatte ihrerseits gegenüber Wiggins nur bestritten, daß es einen *Sohn* im Haus gäbe."

Holmes winkte einer Droschke. „Wissen Sie, Watson, Frauen brauchen die Wahrheit nicht zu verdrehen, um zu lügen. Ihr wetterwendisches Wesen prädestiniert sie geradezu für Täuschungen aller Art. Eine meiner gefährlichsten Gegnerinnen war eine solche Frau." Holmes' Blick wurde seltsam schwermütig, und ich wußte, an wen er dachte.[3]

„Doch ich fürchte, den größten Schrecken hat der gute Wiggins zu verkraften", sagte mein Freund dann leichthin.

„Ich frage mich, ob man den Schwarzen Joe noch jemals in Begleitung der Baker-Street-Bande sehen wird", überlegte ich.

„Unterschätzen Sie nie Starrsinn und Findigkeit einer Frau", merkte Holmes an und hob die linke Augenbraue.

Und wieder einmal, wie so oft, mußte ich ihm recht geben.

3) an Irene Adler natürlich aus „A scandal in Bohemia".

Matthias Heyen

DAS GEHEIMNIS DES GEIGERS

Die Natur meines Freundes Sherlock Holmes war von einer ganz und gar ungeheuren Widersprüchlichkeit. In Zeiten, da er an einem Kriminalfall arbeitete, war er voller Energie und besessen von dem Drang, Klarheit über den jeweiligen Sachverhalt zu erlangen. Und je undurchsichtiger ein Fall war, umso verbissener und energischer betrieb er seine Ermittlungen. Trinken und Essen und sogar der für Menschen so notwenige Schlaf wurden ihm zu einer entnervenden Nebensächlichkeit. All sein Tun und Wirken war beherrscht von dem Willen, Licht in das Dunkel zu bringen, ja, ich glaube, sein Lebenssinn reduzierte sich während dieser Fälle einzig auf deren Lösung.

Aber natürlich gab es in den Jahren unserer Freundschaft auch immer wieder Abschnitte, in denen Holmes zur Untätigkeit gezwungen war. Wenn nämlich kein Verbrechen seinen genialen Spürsinn erforderte, dann wurde er rast- und ruhelos, und sein ganzes Wesen schien zu erschlaffen. Sein sonst so forscher Charakter kehrte sich in ein düsteres Abbild des Schwermuts.

In einer eben solchen Stimmung fand ich Holmes vor, als ich ihn an einem warmen Frühlingstag im Jahre 1896 besuchte. Seine Wohnung befand sich in einem Zustand höchster Unordnung, es war bereits Nachmittag, und er trug noch seinen Morgenrock, war unrasiert und übellaunig.

„Mein lieber Holmes“, rief ich, während ich die Fensterläden öffnete, „Sie dürfen doch das fabelhafte Wetter nicht aussperren!“

Er murrte nur leise und ließ sich kraftlos auf seinen Sessel sinken. Ich war fest entschlossen, mich nicht von seiner Lethargie anstecken zu lassen, und freute mich darauf, ihm eine Mitteilung machen zu können, die seine Laune ohne Zweifel verbessern würde.

„Sagt Ihnen der Name Leinad Alexandrow etwas?“ fragte ich ihn scheinheilig, denn ich wußte, daß er ihn kannte und sogar verehrte.

Augenblicklich erschien ein Funkeln in seinen Augen, und man konnte fast beobachten, wie sein Körper – zögerlich noch – wieder erstarkte.

„Sie meinen den russischen Geiger und Komponisten?“ antwortete er.

„Ganz recht, den mein’ ich.“

„Ein Genie“, stellte er fest, „aufgewachsen in Petersburg, begann er bereits mit vier Jahren Geige zu spielen, mit neun gab er erste Konzerte, und die zahlreichen Kompositionen, die er bereits im Jugendalter schrieb, sind ebenso beeindruckend wie anspruchsvoll. Selbst ich habe Schwierigkeiten, einige seiner Variationen zu spielen.“

Holmes war ein ganz vortrefflicher Geiger, der schon einige kleinere, aber beeindruckende Stücke komponiert hatte, und ich konnte seine Begeisterung für Leinad Alexandrow gut nachvollziehen.

„Haben Sie ihn je gehört oder gesehen?“ fragte ich.

„Nein, mein lieber Watson, dieses Glück blieb mir bislang verwehrt. Alexandrow gibt nur sehr wenige Konzerte, ich glaube, in Europa hat er noch nie gespielt. Und mein Wissen über ihn beschränkt sich auf die wenige Zeitungsberichte, die es gibt. Er ist sehr öffentlichkeitsscheu und führt das Leben eines stillen, wortkargen Eigenbrötlers. Die meiste Zeit verbringt er wohl auf einem kleinen Anwesen vor den Toren Petersburgs, wo er die meisten seiner Werke komponiert hat.“

„Ihren Äußerungen entnehme ich, daß Sie die heutige Ausgabe des *Daily Telegraph* noch nicht gelesen haben“, sagte ich und reichte Holmes vergnügt einen Artikel, den ich am Morgen ausgeschnitten hatte:

Leinad Alexandrow auf Europatournee

Der russische Komponist und Geigenvirtuose Leinad Alexandrow wird heute abend im Rahmen einer Europatournee sein einziges Konzert in England geben. Mit großer Spannung wird sein Auftritt erwartet, auch wenn sich die Fachwelt verwundert darüber zeigt, daß Alexandrow für dieses Konzert die verhältnismäßig kleine St. James-Hall ausgewählt hat. Als Begründung ließ er über den Konzertdirektor Mr. Cunnigham verlauten, daß er nur vor einer begrenzten Anzahl von Zuhörern spielen werde und außerdem ganz besondere Anforderungen an die Akustik des Konzertsaales stelle. Die St. James-Hall erwiese sich für ihn in diesen Punkten als überaus geeignet...

„Watson", rief Holmes und sprang aus seinem Sessel auf, „wir werden uns eilen müssen, wenn wir noch Karten bekommen wollen. Ich hoffe nur, daß es nicht schon zu spät ist."

Mein alter Freund Holmes nahm den Zeitungsbericht so auf, wie ich es geahnt hatte. Von Teilnahmslosigkeit und Erschlaffung war bei ihm keine Spur mehr zu erkennen, es war wieder Leben in ihm, und es bereitete mir eine kindliche Freude, zwei Karten hochzuhalten, die ich bereits am Vormittag über einige Beziehungen erstanden hatte.

„Erste Reihe, Mitte", sagte ich und beobachtete, wie Holmes mich mit einem fast zärtlichen, dankbarem Blick musterte.

„Heute ist es umgekehrt", sagte er, „ich staune über Sie."

Gegend Abend schickten wir nach einer Droschke und fuhren gemeinsam zur St. James-Hall. Holmes hatte gebadet und sich rasiert und war ein ganz anderer als wenige Stunden zuvor. Auf den Sperrsitzen in der ersten Reihe des Konzertsaales erlebte ich ihn in stiller Vorfreude; fast ausgelassen summte er vor sich hin, und es wunderte mich ein wenig, daß dieser Mann, der in seiner kriminalistischen Arbeit stets kühl und ernsthaft war, eine so innige Leidenschaft für die klassische Musik empfinden konnte.

Endlich wurde der Vorhang geöffnet; an einem Konzertflügel stand der Pianist – übrigens ein Engländer namens Peter Sutherland –, der ein paar einleitende Worte sprach, bevor er unter stehendem Applaus Leinad Alexandrow auf die Bühne bat. Alexandrow war ein auffallend kleiner, dürrer Mann von vielleicht 35 Jahren. Er wirkte jungenhaft mit seinem krausen Lockenkopf und seiner blassen Gesichtshaut. Fast schüchtern näherte er sich einem Podest, das an dem Konzertflügel stand. Immer wieder verweilte er kurz, um sich zu verbeugen, Geige und Bogen hielt er dabei wie ein Paket vor seiner Brust. Mit einem Handschlag begrüßte er den Pianisten, der sich darauf an seinen Flügel setzte. Durch eine Unachtsamkeit stieß dieser dabei etwas zu heftig mit seinen Knien an das Klavier, denn mit einem lauten Knall schlug der geschwungene Flügeldeckel herunter. Es klang wie ein Schuß, und augenblicklich war Stille; keiner wagte sich zu rühren. Alexandrow, der noch vor seinem Podest stand, taumelte, die Augen weit aufgerissen. Er schaffte es noch, behutsam seine Geige abzulegen, dann brach er zusammen.

Noch ehe ich den Entschluß fassen konnte, meiner selbstverständlichen Pflicht als Arzt nachzukommen, war Holmes schon mit einem tigerartigen Satz auf die Bühne gesprungen.

„Watson", rief er, „kommen Sie!"

Ich kletterte zu ihnen herauf, überprüfte Alexandrows Puls und Atmung und war beruhigt, beides zwar in erhöhter Frequenz, aber doch regelmäßig vorzufinden. Zusammen mit dem Konzertdirektor Mr. Cunningham und dem Pianisten trugen wir ihn in seine Garderobe. Als Arzt habe ich immer ein kleines Fläschchen Riechsalz bei mir, das ich nun Alexandrow unter die Nase hielt. Der strenge Geruch ließ ihn das Gesicht verziehen, dann schlug er die Augen auf und sah benommen um sich.

„Was ist passiert", fragte er in stark russisch akzentuiertem Englisch.

„Ich fürchte, Sie hatten einen Zusammenbruch", erklärte ich, „der Knall des Flügeldeckels muß Ihnen einen derartigen Schock versetzt haben, daß Sie ohnmächtig geworden sind. Ist Ihnen so etwas schon einmal passiert?"

„Ich weiß nicht genau, ich fühle mich so schwach."

Ich sprach ihm etwas Mut zu und versuchte ihn zu beruhigen, und auch wenn ich es aus medizinischer Sicht für nicht notwenig erachtete, riet ich ihm doch, sich einmal gründlich untersuchen zu lassen.

Plötzlich öffnete sich die Tür der Garderobe, und Holmes trat ein; ich hatte in meinem Kümmern um Alexandrow nicht einmal mitbekommen, daß er den Raum wieder verlassen hatte.

„Geht es ihm besser?“ fragte er mich.

„Er ist noch etwas schwach, aber soweit ich das im Moment beurteilen kann, ist es nichts Ernstes.“

„Mr. Alexandrow“, wandte sich Holmes an ihn, „ich habe hier Ihre Geige. Wo darf ich sie hinlegen?“

„Legen Sie sie auf den Tisch, bitte“, antwortete Alexandrow.

Holmes tat wie ihm geheißen, konnte aber wohl nicht umhin, einmal sanft über die Seiten zu zupfen. „Ein wirklich schönes Instrument“, sagte er, „nur gut, daß Sie die nicht fallengelassen haben.“

„Ja, sie bedeutet mir sehr viel; ich spiele ausschließlich auf dieser Geige.“

Zusammen mit dem Konzertdirektor Mr. Cunningham kam man überein, das Konzert in Rücksichtnahme auf Alexandrows Gesundheit abzusagen und auf den nächsten Tag zu verschieben. Als wir uns verabschiedeten, ergriff Holmes Alexandrows Hände und beugte sich dicht zu ihm heran. „Erlauben Sie, daß ich Ihnen noch eines sage?“ fragte er in einer Vertrautheit, die mir äußerst befremdlich vorkam. „Ich bin ein großer Verehrer ihres Genius und hoffe, daß Sie sich bis Morgen abend wieder erholen werden. Geben Sie gut auf sich acht.“

Als Holmes und ich in der Droschke saßen, hatte ich ein Bedürfnis, mit ihm über das Vorgefallene zu reden, aber mit dem Hinweis, daß er nachzudenken habe, bat er mich streng um Ruhe, und wir fuhren schweigsam weiter. An der Baker Street setzte ich ihn ab.

„Watson“, verabschiedete er sich, „Sie haben heute abend ebensoviel gehört und gesehen wie ich. Lassen Sie den gesamten Vorfall noch einmal vor Ihrem geistigen Auge Revue passieren und denken Sie über alles gründlich nach. Morgen sind Sie bitte um die Mittagszeit bei mir. Wir haben einiges zu besprechen.“

„Zu besprechen? Was sollten wir zu besprechen haben?“

„Wenn mich nicht alles täuscht, haben wir ein Verbrechen aufzuklären!“

Ich gebe es gerne zu, die ganze Nacht grübelte ich vor mich hin und so sehr ich mich auch bemühte, Anzeichen eines Verbrechens zu erkennen, es wollte mir nicht gelingen.

Voller Ungeduld und Neugier machte ich mich am nächsten Mittag auf den Weg zu Holmes. War es mir auch nicht gelungen, an dem Vorfall in der St. James-Hall irgendeine kriminalistische Relevanz zu erkennen, so hatte ich doch über einen befreundeten Arzt etwas erfahren, mit dem ich Holmes sicher überraschen konnte. Leinad Alexandrow hatte noch in der vergangenen Nacht einen weiteren Unfall gehabt: Beim Besteigen einer Droschke, die ihn in sein Hotel bringen sollte, rutschte er von der kleinen Trittstufe ab und geriet mit seiner linken Hand in das Räderwerk des Fahrzeugs. Dabei stauchte er sich seine Finger so sehr, daß er das verschobene Konzert gänzlich absagen mußte, denn Geige spielen konnte er mit dieser Verletzung ganz bestimmt nicht.

In der Baker Street fand ich meinen Freund Holmes in einem einzigen Durcheinander: Er saß auf einem Sessel, seine Tonpfeife in der Hand, und der Nebel seines schweren, schwarzen Tabaks umhüllte seine Gestalt. Um ihn herum lagen gut und gerne vier Dutzend Zeitungen auf dem Boden zerstreut.

„Was ist denn hier passiert?" rief ich aus und deutete auf die Zeitungen.

Holmes ignorierte meine Frage, er wirkte ernst und konzentriert. „Nun, mein lieber Watson", fragte er mich, „haben Sie nachgedacht über den gestrigen Vorfall?"

„Bei Gott, das habe ich. Aber beim besten Willen, ein Verbrechen kann ich nirgendwo erkennen."

„Sie beobachten nicht aufmerksam genug, obgleich Sie im Hinblick auf den gestrigen Abend entschuldigt sind. Sie hatten sich um Alexandrow als einen Patienten zu kümmern."

„Wo Sie das gerade sagen, Holmes, Sie erraten nicht, was gestern nacht noch passiert ist."

„Raten soll ich?" fragte Holmes. „Sie wissen, daß ich nicht rate. Aber vielleicht darf ich ja schlußfolgern. Ich nehme an, daß Mr. Alexandrow einen Unfall hatte?"

„Wie können Sie das wissen? Es stand doch noch nicht einmal in der Zeitung?“

„Und weiter nehme ich an, er hat sich bei diesem Unfall die Hand verletzt, höchstwahrscheinlich die linke?“

Manchmal machte er mir Angst, mein alter Freund Holmes, denn er wirkte ein ums andere Mal wie ein Wahrsager, und auch wenn ich sicher war, er würde mir seine Annahmen noch mit einer logischen Kette von Schlußfolgerungen erklären können, verwirrte es mich doch immer wieder.

„Wie gesagt, Watson“, begann Holmes wieder und bemühte sich um ein verständnisvolles Lächeln, „Sie beobachten nicht aufmerksam genug. Aber ich will es Ihnen erklären. Sie wissen, daß ich gestern nach Alexandrows Zusammenbruch seine Geige in die Garderobe gebracht habe. Haben Sie gehört, daß ich deren Saiten kurz habe anklingen lassen?“

„Ja, das ist mir nicht entgangen. Es muß Sie sehr gereizt haben, einmal Alexandrows Geige in Händen halten und zupfen zu dürfen.“

„Nonsens, Watson, solche Sentimentalitäten liegen mir fern. Es diente sehr wohl einem rationalen Grund, und es bestätigte einen ersten Verdacht, den ich bereits hatte. Ihnen wird beim Anklingen der Saiten nichts aufgefallen sein, Sie sind durch und durch unmusikalisch. Ich aber habe, das darf ich bei aller Bescheidenheit sagen, ein absolutes Gehör, und selbst ein mittelmäßig begabter Musiker hätte sofort bemerkt, daß die Geige nicht gestimmt war.“

„Sie war nicht gestimmt?“

„Zumindest war sie so sehr verstimmt, daß ein professioneller Geiger, erst recht also Alexandrow, sie so nicht bespielt hätte. Welchen Schluß ziehen Sie aus diesem Umstand?“

„Ich weiß nicht recht. Vielleicht wollte er sie erst auf der Bühne stimmen.“

„Wieder Nonsens, Watson. Nur eine letzte Feinabstimmung zwischen den verschiedenen Instrumenten wird auf der Bühne vorgenommen. Diese Geige hätte aber zumindest bereits warm gespielt, also vorgestimmt sein müssen, und genau das war sie nicht. Die Wahrheit ist, Alexandrow hatte nie vor, dieses Konzert zu spielen.

Und wären Sie in Ihren Beobachtungen etwas genauer, dann wüßten Sie auch, warum!“

Holmes erhob sich und kratzte den verbrannten Tabak seiner Pfeife in den Kamin. Es war eine Angewohnheit von ihm, in seine Schlußfolgerungen immer wieder kleine Pausen durch alltägliche Handlungen einzubauen. Früher glaubte ich, er tue das, um wie ein Schauspieler oder ein Dramaturg die Spannung zu erhöhen. Tatsächlich aber wollte er mir nur die Möglichkeit geben, seine Schlüsse und Kombinationen nachzuvollziehen.

„Sie werden sich erinnern“, fuhr Holmes fort, indem er an meinen Sessel trat, „daß ich Alexandrow zur Verabschiedung beide Hände geschüttelt habe. Auch das tat ich nicht aus Bewunderung, sondern weil ich seine Hände genauer betrachten wollte. Sehen Sie sich einmal meine Hände an, Watson.“

Ich ergriff die Hände meines Gefährten, wie er es den Tag zuvor bei Alexandrow getan hatte, und besah mir sehr genau seine langen, schlanken Finger, konnte aber nichts Besonderes feststellen.

„Sicher erkennen sie“, half mir Holmes, „daß die Hornhaut auf den Fingerkuppen meiner linken Hand wesentlich stärker ausgebildet ist als bei meiner Rechten. Das kommt vom Geigespielen. Durch das Drücken der Saiten auf den Hals des Instrumentes entwickelt sich mit der Zeit bei Geigern eine festere Hornhautschicht an den Fingerkuppen. Und diese Hornhautschicht fehlte an Alexandrows Fingerkuppen.“

„Aber was kann das bedeuten?“

„Nun, bei eingehender Betrachtung führt es zu zwei Schlußfolgerungen: Erstens, der Mann den wir gestern nach einem Zusammenbruch in seine Garderobe gebracht haben, ist definitiv kein Geigenspieler und das bedeutet zweitens, daß er nicht Alexandrow sein kann.“

„Ein Schwindler“, rief ich erschrocken aus.

„Ganz recht, mein lieber Watson, ein Schwindler, der zudem nicht einmal Geiger ist. Nur befürchte ich, er ist noch etwas Schlimmeres. Aber dazu später. Ahnen Sie bereits, wie ich dem falschen Alexandrow auf die Spur gekommen bin?“

„Wenn ich ganz ehrlich sein soll, nein."

„Als Sie sich gestern in der Garderobe um unseren Schwindler kümmerten, habe ich mir etwas genauer den Konzertflügel angesehen, denn es ist doch äußerst unwahrscheinlich, daß ein Flügeldeckel gerade zufällig zu Beginn eines Konzertes, durch welchen Umstand auch immer, herunterfallen könnte. Ich stellte mir die Frage, was passiert wäre, wenn Alexandrow zum Zeitpunkt dieses Mißgeschicks bereits auf dem Podest gestanden und seine linke Hand auf den Klavierrahmen abgelegt hätte. Er hätte sich eine üble Quetschung zugezogen, die es für die Öffentlichkeit leicht nachvollziehbar gemacht hätte, daß er nicht mehr in der Lage sei, das Konzert zu geben. Denn eines mußte unser Schwindler doch in jedem Fall gewährleisten: Er durfte nicht in die Verlegenheit kommen, spielen zu müssen, sonst wäre sein falsches Spiel aufgeflogen."

„Aber wie kann er das mit dem Flügeldeckel vorbereitet haben? Und Sie sagen ja selbst, er 'hätte' sich verletzt, tatsächlich aber geschah das Mißgeschick mit dem Flügeldeckel doch, bevor es ihm einen Schaden hätte zufügen können."

„Der Flügeldeckel wird durch eine einfache Stütze hochgehalten, die oben und unten in eine kleine Mulde eingesteckt wird. Ich vermute, daß der falsche Alexandrow diese Stütze vor dem Konzert lediglich in ihrer Position derart verändert hat, daß sie bei einer leichten Erschütterung des Klaviers ausgebrochen wäre. Diese Erschütterung wollte er ohne Zweifel durch eine vermeintlich eigene Ungeschicktheit hervorrufen, doch da machte ihm der Pianist, ungewollt einen Strich durch die Rechnung, und ihm blieb kein anderer Ausweg, als einen durch Schock hervorgerufenen Schwächeanfall zu simulieren, der es ihm erlaubte, das Konzert platzen zu lassen."

„Holmes, bei Gott, Sie sind ein Genie! Und weil Alexandrow, oder sagen wir besser, die Person, die vorgibt, Alexandrow zu sein, heute abend wieder hätte spielen müssen, haben Sie vorausgeahnt, daß er einen Unfall erleiden und sich Verletzungen an den Fingern zuziehen würde."

„Ohne Zweifel", erwiderte Holmes, „wird auch dieser Unfall ein fingiertes Unternehmen gewesen sein. Es sollte mich nicht wundern, wenn der falsche Alexandrow in den nächsten Tagen eine bleibende Taubheit in den Fingern beklagen werde. Er werde nie wieder spielen können, wird es heißen. Alexandrows Vermögen wird er sich sicher telegrafisch anweisen lassen, denn nach Petersburg wird er kaum zurückkönnen, dort würde man den Schwindel früher oder später bemerken."

Mühsam, wie mir schien, erhob sich Holmes, stellte sich an das Erkerfenster und sah auf die Baker Street, und ich spürte eine Niedergeschlagenheit.

„Wenn unser Alexandrow nicht der echte ist", fragte ich ihn, „wo befindet sich dann der?"

„Es ist überaus bedauerlich, Watson, aber es war mir bald klar, daß es auf diese Frage nur eine Antwort gibt. Alexandrow ist tot, umgebracht von einem stümperhaften Schwindler, der nur Alexandrows Rolle spielen konnte, wenn dieser von der Bildfläche verschwand."

„Er hat ihn ermordet?"

„Das letzte Konzert, bei dem Alexandrow noch spielte, fand vor etwa vier Wochen in Berlin statt. Presse und Zuhörer waren so begeistert, daß man ihn regelrecht feierte. Zu diesem Zeitpunkt gab es ihn also noch, den echten, den genialen Geiger Alexandrow. Zwischen Berlin und London innerhalb der letzten vier Wochen muß es also passiert sein. Erinnern Sie sich noch an den Fall, dem Sie den treffenden Namen *Der zweite Blutfleck* gegeben haben?"

„Aber natürlich, wie könnte ich einen Fall vergessen, der England und sogar Europa fast in einen Krieg geführt hätte."

„Dann werden Sie sich auch noch an Mr. Trelawney Hope erinnern, den Staatssekretär im Auswärtigen Amt. Weil ihm die ganze Geschichte von damals noch immer ungeheuer peinlich ist, kann er mir kaum eine Bitte abschlagen. Von ihm erhielt ich heute morgen die ganzen Zeitungen hier. Es sind allesamt Tagesblätter der letzten vier Wochen aus Berlin, die im Auswärtigen Amt gesammelt und archiviert werden. Ich war mir sicher, daß ich dort einen entsprechenden Hinweis auf einen Unglücksfall finden würde, der mit der Sache Alexandrow im Zusammenhang steht."

„Und, sind Sie fündig geworden?"

„Es war leichter, als ich angenommen hatte“, sagte Holmes und wies auf eine Zeitung, die aufgeschlagen vor seinem Sessel auf dem Boden lag. Eine Fotografie zeigte das Bild eines Erhängten, der bis in das kleinste Detail dem falschen Alexandrow glich.

„Aus dem Bericht geht hervor, daß es sich bei diesem Mann um einen Berliner Hochschullehrer handelt, der sich selbst erhängt hat. Er war bis über beide Ohren verschuldet. Passenderweise lehrte er Russisch.“

„So ganz will ich das noch nicht begreifen, Holmes.“

„Dabei ist es so simpel: Unser Hochschullehrer wird erkannt haben, daß er Alexandrow wie ein Ei dem anderen glich, und daß in diesem Umstand die Rettung aus seinem finanziellen Desaster lag. So lockte er Alexandrow unter irgendeinem Vorwand in seine Wohnung, wo er ihn kaltblütig umbrachte und das Ganze dann als seinen eigenen, gut nachvollziehbaren Selbstmord darstellte, während er selbst Alexandrows Rolle übernahm. Es wird ihm nicht einmal schwergefallen sein, schließlich dürfte er die russische Sprache beherrschen, und niemand würde seine Scharade bemerken, solange er nicht zur Geige greifen müßte.“

Wieder einmal staunte ich über Holmes` klare Beweisführung; alles mußte genau so gewesen sein, wie er es hier in seiner kleinen Wohnung rekonstruiert hatte. Er hatte winzige Kleinigkeiten als wichtige Fakten erkannt, sie ins richtige Verhältnis zueinandergesetzt und die Schlüsse gezogen, die zu einem zwar bedrückenden, aber doch wahren und um der Gerechtigkeit willen notwendigen Ergebnis führten. Der falsche Mr. Alexandrow hatte sich verraten, weil seine Geige nicht korrekt gestimmt und die Hornhaut auf seinen Fingerkuppen nicht ausgeprägt genug war. Diese für sich genommen so unscheinbaren Umstände genügten, Holmes` Mißtrauen zu erwecken, einen üblen Schwindel zu erkennen und einen als Freitod getarnten Mord aufzuklären.

„Ich schätze, mein lieber Holmes“, sagte ich, „die englische wie die deutsche Polizei wird großes Interesse an Ihren Schlußfolgerungen haben.“

„Beide Behörden sind verständigt, und wenn mich nicht alles

täuscht, dürfte der falsche Leinad Alexandrow bereits in Arrest genommen worden sein. Ursprünglich hatte ich vor, ihn mit den Waffen der Musik zu überführen; ich hätte ihm einige der unbekannten Stücke Alexandrows vorgespielt und sie als meine Kompositionen bezeichnet. Der echte Alexandrow hätte das natürlich bemerkt, nicht aber dieser kleine Betrüger. Allein, Watson, Sie wissen, ich halte nichts von unnötiger Effekthascherei. Zudem dürfte die Last der vorhandenen Indizien und Beweise zu einem umfassenden Geständnis führen."

Das war das Letzte, was Holmes an diesem Tag sprach. Er griff zu seiner Geige, und als wäre ich überhaupt nicht mehr anwesend, begann er zu spielen. Ich wußte, daß der Tod Alexandrows ihn tief berührte, obwohl sie einander nie gesehen hatten. Er trauerte wohl auch weniger dem Menschen Alexandrow hinterher als vielmehr dem Komponisten. Denn wenn Holmes Geige spielte, war es meist ein Ausdruck seiner Schwermut, und in diesem hatte Alexandrow ihn mit seinen Werken offenbar verstanden.

Stefani Hübner-Raddatz

DER TOTE VON BELGRAVE MANOR

Ich war in meiner Jugend wohl das, was man einen Hitzkopf nennt. Ein schnelles Mundwerk und ein Hang zu impulsivem Handeln hatten mich schon häufig in arge Verlegenheit gebracht, und im Rückblick muß ich Gott danken, daß er mich zum Ausgleich für meine mangelnde Besonnenheit mit guten Freunden ausgestattet hat, die mich mehr als einmal vor dem Schlimmsten bewahrten.

Meine Familie, die in erster Linie aus meinem verwitweten Vater und einem älteren Bruder bestand, lebte in ständiger Sorge, meine Eskapaden könnten mich eines Tages Kopf und Kragen kosten. Dennoch wollte ein tragisches Schicksal es, daß nicht ich es war, dessen Leben im Spätsommer des Jahres 1884 unter rätselhaften Umständen ein gewaltsames und viel zu frühes Ende fand, sondern mein Bruder George.

Dieses furchtbare Ereignis hätte am Ende womöglich auch mich im wahrsten Sinne des Wortes den Kopf gekostet, wenn mir nicht ein lieber alter Freund, ein gewisser Dr. John Watson, unter dem ich in Indien als junger Sanitäter gedient hatte, aus höchster Verlegenheit geholfen hätte. Da sich mein Freund nach seiner Rückkehr in die Heimat in London niedergelassen hatte, wohin meine Angelegenheiten mich nur selten führten, beschränkte sich unser Kontakt auf gelegentliche, nichtsdestotrotz herzliche Briefe. Dennoch war mir nicht entgangen, daß Watson seine Junggesellenwohnung mit einem höchst bemerkenswerten Mann teilte. Dieser Mitbewohner, ein gewisser Mr. Sherlock Holmes, erregte bereits seit einiger Zeit mit seinen außergewöhnlichen kriminalistischen Fähigkeiten Aufmerksamkeit. In meiner Verzweiflung über den rätselhaften Tod meines Bruders und die Indizien, welche mich zum Hauptverdächtigen machten, wandte ich mich daher mit einem Telegramm an meinen alten Freund und flehte ihn an, er möge nichts unversucht lassen, seinen Mitbewohner für meinen Fall zu interessieren. Die ungeduldig erwartete Antwort versetzte mich allerdings in einen Zustand höchster Erregung, entnahm ich den mitfühlenden Worten des Doktors doch, daß Mr. Holmes keinerlei Interesse an meinem Fall gezeigt habe. Darüber geriet ich in solch wilden Zorn, daß ich alle Vernunft vergaß und entgegen der ausdrücklichen Weisung der Polizei und ohne auch nur einen Gedanken daran zu verschwenden, welchen Eindruck mein überstürzter Aufbruch erwecken mußte, anspannen und mich zum nächstgelegenen Bahnhof nach Tavistock bringen ließ. Dort bestieg ich den Zug nach London, wo ich noch vor Einbruch der Dunkelheit eintraf. Eine Droschke kutschierte mich in die Baker Street 221 B. Kaum daß ich die letzte Stufe in den ersten Stock genommen hatte, wurde ich dort Zeuge eines recht merkwürdigen Schauspiels. Zwei halbwüchsige Jungen, die einander glichen wie ein Ei dem anderen, und deren Hände zu meinem Befremden über und über mit dunklen Flecken übersäht waren, verließen gerade jene Wohnung, die auch mein Ziel war. Ich hatte mich eben von meiner Verwunderung erholt, als ich auch schon hereingebeten und in ein großes Wohnzimmer geführt wurde. Dort erwartete mich neben meinem Freund Watson eine große hagere Gestalt mit stechenden grauen Augen, welche ich nach den Beschreibungen unschwer als Sherlock Holmes erkannte. Der Detektiv begrüßte mich zu meinem Erstaunen in geradezu überschwenglicher Weise.

„Mein lieber Mr. Belgrave, ich habe Ihr Kommen bereits erwartet. Ich sehe, Sie sind in großer Hast in Dartmoor aufgebrochen, und auch die Zugfahrt konnte Ihrem sorgenvollen Geist keine Erleichterung bringen. Sie werden verzeihen, daß ich Ihnen nicht die Hand reiche.“ Damit hob der Detektiv entschuldigend die Hände, und ich sah nun, daß sie ebenfalls von zahlreichen dunklen Flecken geziert wurden.

„Es scheint“, wandte ich mich an Watson, der mich jetzt auf das herzlichste begrüßte, „daß du deinen Freund bereits über meine Person ins Bilde gesetzt hast.“

„Mitnichten, mein lieber Belgrave“, rief dieser aus. „Es war vielmehr Holmes selbst, der aus deiner Ankunft die richtigen Schlüsse zog.“

Der ungläubige Ausdruck war mir wohl deutlich ins Gesicht geschrieben, denn mein Freund wandte sich nun auffordernd an den Detektiv.

„Wollen Sie meinen jungen Freund nicht über Ihre Schlußfolgerungen aufklären, Holmes?“

„Das will ich gerne tun“, versetzte der Detektiv leise lachend, „obwohl die Meinung meiner Zuschauer über meine wundersamen Fähigkeiten dadurch stets in beträchtlichem Maße abnimmt. Tatsächlich waren meine Beobachtungen in Ihrem Fall sehr einfach, Mr. Belgrave. Da Ihr Telegramm mich bereits über Ihren Fall informiert und Watson Sie mir als höchst impulsiven jungen Mann geschildert hatte, rechnete ich damit, daß Sie meine Absage nicht akzeptieren und sich selbst herbemühen würden. Die Strecke von Dartmoor nach London konnten Sie freilich in der Kürze der Zeit nicht anders als mit dem Zug zurückgelegt haben. Von einem eiligen Aufbruch zeugt Ihr spärliches Gepäck ebenso wie der fehlende Hut und Ihr zerknitterter Mantel, den abzulegen Sie sich im Zug offensichtlich nicht die Mühe gemacht haben. Darüber hinaus würde nur ein sehr nervöser Mann, den schwerwiegende Probleme quälen, während der Zugfahrt den ‚Telegraph‘“, damit wies er auf die unter meinem Arm klemmende Zeitung, „so zugerichtet haben.“

„In der Tat“, rief ich, „hätten Sie es nicht besser beschreiben können, Mr. Holmes, wenn Sie selbst dabei gewesen wären. Ich bitte Sie inständig, lassen Sie mich nun die Reise nach London nicht umsonst gemacht haben.“

„Sie kommen zum rechten Zeitpunkt“, versetzte der Detektiv, „denn gerade heute habe ich meine Studien zu einem höchst glücklichen Abschluß bringen können. Sicher haben Sie die Tinte an den Händen meiner beiden jungen Besucher bemerkt, denen Sie im Treppenhaus begegnet sind.“

„Warum um alles in der Welt“, rief ich und widerstand der Versuchung, meine eigenen Finger vorsorglich in Sicherheit zu bringen, „sollten Sie die Finger Ihrer Besucher in Tinte tauchen?“

„Meine Experimente“, erklärte der Detektiv, „gründen sich auf die Annahme, daß die Fingerabdrücke eines jeden Menschen so einmalig sind wie das Individuum selbst. Sie werden keinen Abdruck finden, welcher mit dem einer anderen Person hundertprozentig identisch ist. Eben heute ist es mir gelungen, diese Hypothese auch in bezug auf eineiige Zwillinge nachzuweisen.“

Damit reichte er mir eine Karte aus festem Papier, welche die säuberlich nebeneinander angebrachten Fingerabdrücke einer menschlichen Hand trug.

„Das ist eine hochinteressante Entdeckung, lieber Holmes“, mischte sich nun mein Freund Watson ein, „ich erkenne allerdings nicht ganz, von welcher praktischen Relevanz diese Erkenntnis sein soll.“

„Versuchen Sie sich doch auszumalen“, entgegnete der Detektiv leidenschaftlich, „von welcher Bedeutung diese Methode für die Verbrechensbekämpfung sein könnte, wenn es gelänge, eine Kartei anzulegen, in welcher die Fingerabdrücke verurteilter Verbrecher erfaßt würden.“

„Aber“, wandte ich nun verwirrt ein, „ein Einbrecher oder Mörder wird sich wohl kaum zuvor die Mühe machen, seine Finger in Tinte zu tauchen um am Tatort taugliche Spuren zu hinterlassen.“

Holmes sah mich einen Moment verblüfft an und brach dann in schallendes Gelächter aus. „Das wäre sicher sehr hilfreich, ist aber mitnichten vonnöten, Mr. Belgrave. Jede Berührung Ihrer Finger hinterläßt Schweißabsonderungen, mit deren Hilfe Ihre Fingerabdrücke unter Verwendung von einfachem Eisenpulver oder Ruß sichtbar gemacht werden können.“

Mit diesen Worten nahm Holmes mir das Papier wieder aus den Händen, wobei er es mit äußerster Vorsicht an den Rändern faßte. Dann zog er aus seiner Tasche ein Röhrchen mit Pulver hervor, das er sorgsam auf dem Karton verteilte. Wie groß war mein Erstaunen, als genau dort, wo mein Daumen auf dem Papier gelegen hatte, ein deutlicher schwarzer Abdruck zum Vorschein kam.

„Das grenzt ja an Zauberei, Holmes!“ rief der Doktor aus, und ich stimmte ihm vorbehaltlos zu.

Holmes’ Ausführungen hatten mich so gefangengenommen, daß

ich zum ersten Mal seit den rätselhaften Begebenheiten in Belgrave Manor meine Sorgen für einen Moment vergessen hatte. Als der Detektiv mich nun aufforderte, den Fall in allen Einzelheiten zu schildern, tat ich dies mit dem Gefühl, die Last auf meinen Schultern sei zumindest für einen Moment ein wenig leichter geworden.

„Meine Familie“, begann ich meinen Bericht, „lebt, wie Sie ja bereits wissen, auf einem Landsitz in Dartmoor, nicht allzu weit von Tavistock. Außer meinem Vater und älteren Bruder George zählt seit vielen Jahren eine verwitwete Verwandte meiner Mutter, Mrs. Margareth Simmons, nebst ihrer erwachsenen Tochter Lizzy zu unserem Haushalt. Meine Mutter verstarb vor einigen Jahren, kurz nachdem der geschäftliche Erfolg es meinem Vater ermöglicht hatte, sich zur Ruhe zu setzen. Der letzte Sonnabend, an dem sich das für uns alle immer noch Unfaßbare ereignete, schien von Anfang an unter keinem guten Stern zu stehen. Sie müssen wissen, daß die Familie am Wochenende das Frühstück gemeinsam einzunehmen pflegt. Ich hatte mich an jenem Morgen verspätet und eine Entschuldigung schon auf den Lippen, da mein Vater, der ein unnachgiebiger Mann ist, nichts so sehr haßt wie Unpünktlichkeit. Sie können sich vorstellen, wie groß mein Erstaunen war, ihn ganz alleine im Salon vorzufinden. Meine Tante, so erfuhr ich, hatte sich bereits zeitig entschuldigen lassen, da meine Cousine mit einem schweren Fieberanfall zu Bette lag. In der Tat hatte Lizzy bereits am Vorabend über Unwohlsein geklagt und sich früh auf ihr Zimmer zurückgezogen. Ich wäre sofort an ihr Bett geeilt, denn wir sind mehr wie Geschwister, denn wie Cousins aufgewachsen, doch mein Vater wollte weder davon hören noch von meinen Anerbieten, nach meinem Bruder zu sehen. Keiner von uns ahnte, daß George zu diesem Zeitpunkt bereits seit Stunden tot war. Ich suchte sein Zimmer eine gute Stunde später auf, um sicherzustellen, daß er mir eine kleine Meinungsverschiedenheit vom Vorabend nicht nachtrug.“

Sherlock Holmes nickte zustimmend. Er saß zurückgelehnt in seinem Sessel, und nur die gegeneinander gelegten Handflächen verrieten die äußerste Konzentration, mit welcher er meiner Geschichte lauschte.

„Sehen Sie“, fuhr ich fort, „mein Bruder und ich standen uns trotz unterschiedlicher Interessen sehr nahe, doch in letzter Zeit schien sich George vor mir zurückzuziehen, was ich ihm an jenem Abend nicht zum ersten Mal vorwarf. Ein Wort gab das andere, und schließlich warf mein Bruder mich regelrecht hinaus, so daß ich verärgert mein Zimmer aufsuchte, welches ich den ganzen Abend nicht mehr verließ.“

„Neigte Ihr Bruder“, erkundigte sich Holmes, „auch sonst zu aufbrausendem Verhalten?“

„Das ist es ja gerade“, erwiderte ich, „was mich so erstaunte. George war von jeher der Besonnenere von uns. In letzter Zeit plagten ihn jedoch heftige Stimmungsschwankungen. Mit meiner Cousine, mit der ihn stets ein herzliches Verhältnis sowie die gemeinsame Liebe zum Theater verbunden hatte, lieferte er sich derartig heftige Wortgefechte, daß es mir schien, mein Vater und meine Tante wünschten bereits den Tag von Lizzys Hochzeit herbei, um diese Fehde zu beenden. Meine Cousine“, setzte ich erklärend hinzu, „ist seit einiger Zeit mit einem jungen Mann aus Tavistock, einem gewissen William Butler, verlobt.“

„Sie mögen den jungen Mann nicht?“ erkundigte sich Holmes, dem mein Gesichtsausdruck offenbar nicht entgangen war.

„Ich halte ihn für einen humorlosen Langeweiler“, gab ich zu – ein wenig widerstrebend freilich, wäre ich doch nur zu gerne bereit gewesen, meine Cousine von seiner lästigen Gegenwart zu befreien, hätte sie nur ein wenig mehr Interesse an meiner Person gezeigt.

„Der Gedanke, die lebhafte Lizzy mit jemandem wie ihm verbunden zu wissen, widerstrebt mir zutiefst. Dennoch ist Mr. Butler eine gute Partie, was für meine Cousine, die über kein eigenes Vermögen verfügt, nicht ohne Bedeutung ist.“

„Fahren Sie bitte fort.“

„Um es kurz zu machen“, nahm ich meine Schilderung jenes schicksalhaften Tages wieder auf, „ich fand an jenem Morgen Georges Zimmer verlassen und das Bett offenbar unberührt vor. Noch ehe wir eine Suchaktion organisierten konnten, erreichte uns die Nachricht, daß ein junger Bursche aus dem Dorf meinen Bruder bei einer Abkürzung durch den Wald, von Tavistock her kommend, tot am Ufer des kleinen Sees aufgefunden hatte. Mein Bruder, der mit dunkler Regenbekleidung angetan war, ist nach Ansicht des Arztes bereits im Laufe der Nacht an einer Wunde am Hinterkopf, die ihm anscheinend mit einem stumpfen Gegenstand zugefügt wurde, verstorben."

Holmes beugte sich aufmerksam vor.

„Wurde die Tatwaffe gefunden?"

Ich schüttelte den Kopf. „In der Nähe des Tatortes fand sich allerdings, verfangen in den Zweigen eines Strauches, ein Schal, den ich ohne Zweifel als mein Eigentum identifizieren konnte. Dieses freimütige Eingeständnis lenkte, fürchte ich, zuallererst den Verdacht der Polizei auf meine Person. Weiterhin wurden am Tatort Fußspuren entdeckt, die zu einem mir gehörenden Paar Gummistiefel passen, obwohl ich diesen Ort seit Wochen nicht aufgesucht habe. Daß ich bisher nicht verhaftet wurde, verdanke ich vermutlich allein der Tatsache, daß besagte Fußspuren seltsamerweise wohl zum Tatort hin-, nicht aber wieder zurückführen, es sei denn, ich wäre geflogen. Dieser Umstand und die Schilderung eines hysterischen Dienstmädchens, welches in der selbigen Nacht ein riesiges vogelähnliches Wesen mit ausgebreiteten Flügeln den Wald verlassen gesehen haben will, leisteten im Dorf den wildesten Gerüchten Vorschub. Ich wurde gar verdächtigt, mit übernatürlichen Mächten im Bunde zu stehen. Auch meine Tante, welche mit ihrem verstorbenen Gatten viele Jahre im Ausland verbracht hat und gelegentlich Bräuche pflegt, welche Außenstehenden merkwürdig erscheinen mögen, wurde Objekt absurdester Verdächtigungen. Nun", schloß ich meinen Bericht, „werden Sie vielleicht verstehen, warum ich Ihre Absage unter keinen Umständen akzeptieren konnte."

„Ich vermute", entgegnete Holmes gedankenvoll, „man wird sich inzwischen schon ernste Gedanken über Ihren Verbleib machen."

Ich blickte ihn erstaunt an, dann schlug ich mir mit der Hand vor den Kopf. „Sie haben recht. Ich habe völlig vergessen, jemanden über mein Vorhaben zu benachrichtigen. Mein Vater muß inzwischen krank sein vor Sorge oder zumindest vor Ärger, und ich kann vermutlich von Glück sagen, wenn Scotland Yard mich nicht bereits auf dem Bahnsteig verhaftet."

„Ich hoffe", entgegnete Sherlock Holmes lächelnd, „daß ich das verhindern kann, doch schlage ich vor, daß Sie nun Ihrem Vater rasch unsere baldige Ankunft telegrafieren."

„Heißt das, Sie begleiten mich zurück?"

Auch meinem Freund Watson war die Überraschung über den plötzlichen Sinneswandel am Gesicht abzulesen.

„Schauen Sie nicht so erstaunt, lieber Watson", versetzte der Detektiv fröhlich, „nun, da meine Studien abgeschlossen sind, werden mir eine kleine Reise und die gute Luft in Dartmoor eine willkommene Abwechslung sein. Ich würde mich freuen, wenn Sie uns ebenfalls begleiteten. Wenn wir uns eilen, können wir noch den Nachtzug nach Tavistock erreichen."

„Um nichts in der Welt", erklärte der Doktor und klopfte mir dabei auf die Schulter, „würde ich meinen Freund Charles in dieser mißlichen Lage im Stich lassen."

So kam es, daß ich mich nur wenig später, aber diesmal in Begleitung und wesentlich entspannterer Stimmung erneut in Paddington auf dem Bahnsteig fand. Ich verbrachte den größten Teil der Fahrt nach Dartmoor im Halbschlaf, hatte ich doch in der vorherigen Nacht kaum Ruhe gefunden. Als ich die Augen wieder öffnete, hörte ich, daß sich Holmes und mein Freund leise unterhielten.

„Ich erinnerte mich gerade an einen Fall, der uns vor gar nicht allzu langer Zeit schon einmal in diese Gegend führte", erklärte mir der Doktor, als er sah, daß ich wach war, und ich begriff sofort, auf welche Sache er anspielte, denn die merkwürdigen Ereignisse, die sich ebenfalls in der Nähe von Tavistock ereignet hatten, waren in aller Munde gewesen.

Wenig später fuhr der Zug in den Bahnhof ein, wo wir bereits vom Kutscher meines Vaters erwartet wurden, der uns herzlich willkommen hieß. Weit weniger herzlich fiel die Begrüßung, jedenfalls meiner Person, durch den zweiten Wartenden aus. Es handelte sich um einen großen Mann mit einer Fülle blonder Haare, dessen bloßer

Anblick mir all meine Bedrängnis wieder ins Gedächtnis rief, denn Inspektor Gregory war der ermittelnde Beamte von Scotland Yard.

„Ich sehe“, begrußte er mich streng, „daß Mr. Holmes Sie überredet hat, freiwillig zurückzukehren. Es war sehr töricht von Ihnen, einfach das Weite zu suchen.“

„Aber mitnichten“, rief ich entrüstet, „es war vielmehr so, daß ich es war, der Mr. Holmes überredete, mich hierher zu begleiten.“

„Sie können Mr. Belgrave glauben“, mischte sich nun der Detektiv ein, der mit dem Inspektor bereits bekannt zu sein schien, „daß Mr. Belgraves überstürzte Abreise keinesfalls einem schlechten Gewissen entsprang. Vielmehr strebte er lediglich an, das Vorankommen der Ermittlungen durch meine Anwesenheit vor Ort zu fördern.“

Der Inspektor warf mir einen mißbilligenden Blick zu. „Wenn das den Tatsachen entspricht, wäre es wesentlich klüger gewesen, mich vorher ins Vertrauen zu ziehen.“

Ich nickte wie ein begossener Pudel, und erst als der Inspektor keine Anstalten machte, mich vom Fleck weg zu verhaften, lud ich die Herren ein, mich in unserer Kutsche zum Haus meines Vaters zu begleiten.

Holmes nutzte die Fahrt, um sich bei Inspektor Gregory erneut den Stand der Ermittlungen schildern zu lassen.

„Ich fürchte, Ihr Klient, Mr. Belgrave, bleibt weiter unser Hauptverdächtiger, da sich sowohl sein Schal als auch seine Fußspuren am Tatort fanden und er selbst zugibt, am Vortag im Streit mit seinem Bruder auseinandergegangen zu sein. Ich gebe allerdings zu, daß auch ich aus den übrigen Spuren nicht recht schlau werden kann.“

„Wir wollen“, schlug Holmes vor, „uns den Tatort unverzüglich ansehen, sobald Mr. Belgrave Gelegenheit hatte, sich bei seinem Vater zurück zu melden.“

So geschah es. Mein Vater begrüßte mich zu meiner Erleichterung ohne Vorwürfe, schien allerdings seit dem Tod meines Bruders über Nacht um Jahre gealtert. Auf meine Frage nach Lizzys Befinden erklärte er, das Fieber sei glücklicherweise gesunken, doch habe man angesichts ihres Zustandes bisher nicht gewagt, ihr die Nachricht der tragischen Ereignisse zu überbringen.

Wenig später verließen wir das Haus durch den Hintereingang und schritten unter der Führung des Inspektors den schmalen Weg hinunter, welcher nach kurzer Zeit in ein Wäldchen führte und sich von dort bis zu einem kleinen Wasser hinunterschlängelte.

„Der Boden in diesem Bereich“, erläuterte der Inspektor, „ist um diese Jahreszeit stets etwas feucht, was es uns ermöglichte, einige recht brauchbare Fußabdrücke zu finden. Sehen Sie.“

In einer kleinen Senke waren deutlich die Spuren von Gummistiefeln zu erkennen.

„Ich habe darauf geachtet, daß meine Leute die Spuren nicht zerstören, und wir konnten einige der gefundenen Abdrücke entsprechenden Schuhen zuordnen“, fuhr der Inspektor eifrig fort. „Diese Spur hier führt hinunter zum Wasser und konnte anhand der Regenstiefel des Toten eindeutig als die von Mr. George Belgrave ermittelt werden.“

Holmes hatte sich gebückt, um die Spuren näher zu betrachten.

„Ohne Zweifel ist Ihnen aufgefallen, Gregory, daß es eine zweite Spur von ähnlicher Art und Größe gibt, die hinter der von Mr. Belgrave hinunter zum Wasser führt.“

Der Inspektor nickte. „Wir vermuteten zunächst, George Belgrave sei den Weg mehrfach hin- und zurückgegangen, da die Spuren mit denen des Ermordeten beinahe identisch sind.“

„In diesem Falle“, widersprach ihm Holmes, „müßte es Spuren geben, die wieder zum Haus zurückführen. Solche Abdrücke kann ich nicht entdecken.“

„Sie haben recht. Beide Spuren führen hinunter zu der großen Eiche am Wasser, wo wir den Toten fanden. Dort ist der Boden zertrampelt, als seien mehrere Personen erregt umhergelaufen, weshalb wir davon ausgehen, daß der Ermordete dort mit einer weiteren Person zusammengetroffen ist, mit der er in Streit geriet. Dies klärt allerdings nicht die Frage, wie dieser Zweite sich vom Tatort entfernen konnte, ohne Fußabdrücke zu hinterlassen.“

„Vielleicht“, merkte mein Freund Watson an, „hat er einen anderen Weg genommen.“

Er blickte Holmes und den Inspektor fragend an, doch Gregory schüttelte den Kopf. „Der Weg ist hier überall so feucht, daß wir irgendwo Spuren finden müßten. Die einzigen anderen Abdrücke stammen aber von dem Jungen aus dem Dorf, der den Toten gefunden hat."

Holmes war den Spuren inzwischen bis hinunter zum Wasser gefolgt. „Die Schuhe, welche die zweite Fußspur hinterließen, sollten nicht allzu schwer zu identifizieren sein. Sehen sie hier", damit deutete er auf den Boden, „die linke Sohle dieser Stiefel hat einen deutlich erkennbaren Riß."

Der Inspektor nickte grimmig. „Wir fanden ein Paar solcher Regenstiefel lehmverschmiert in der Kammer am Hinterausgang von Belgrave Manor, wo Mr. Belgrave und seine Söhne ihre Regensachen aufzubewahren pflegen."

„Ich habe Ihnen bereits gesagt, daß es meine Stiefel sind", unterbrach ich unwillig, „und ich sage Ihnen ebenso noch einmal, daß ich sie an jenem Abend nicht getragen habe."

„Der Hintereingang", fuhr der Inspektor unbeirrt fort, „wird nach Auskunft von Mr. Belgrave senior abends verschlossen, falls also nicht jemand im Laufe des Tages das Risiko auf sich nahm, die Schuhe zu entwenden, bleibt nur die Möglichkeit, daß ein Mitglied des Haushaltes sie getragen hat."

„Was immer noch nicht das Problem der fehlenden Spur zurück zum Haus löst", warf mein Freund Watson ein. „Wäre es nicht denkbar, daß der Träger der Stiefel den Weg zurück zum Haus rückwärts gegangen und dabei genau in seine alten Spuren getreten ist?"

„Eine vorzügliche Idee, mein Freund", lobte Holmes, und ich sah, wie mein Freund vor Freude errötete. „Leider muß ich Ihre Theorie widerlegen, denn wenn sie zutreffen würde, müßten die Spuren ausgetretener sein, da es niemandem gelänge, beim Rückwärtsgehen genau in die vorhandenen Abdrücke zu treten. Mir scheint jedoch", fuhr Holmes an uns alle gewandt fort, „Sie lassen die Spuren, welche sich hier am Rande des Weges befinden, völlig außer acht."

„Wir wissen bisher nicht einmal, wem oder was diese Abdrücke zuzuordnen sein könnten."

Gregory hob mißmutig die Schultern.

„Wir gehen zur Zeit davon aus, daß es sich um den Abdruck irgendeines Geräts handelt, das einer der Beteiligten mit sich führte, wenngleich wir nichts gefunden haben, das im Entferntesten darauf zu passen scheint."

Watson bückte sich nun ebenfalls, um die geheimnisvollen Spuren zu betrachten, und ich blickte ihm über die Schulter. Am Rand des Weges sah ich einige sehr klare Abdrücke etwa der Art, wie sie zwei schmale längliche Kinderbauklötze oder Kanthölzer von einigen Zentimetern Länge hinterlassen mögen. Jeweils zwei solcher Abdrücke waren etwa zwei Handbreit voneinander entfernt exakt parallel zueinander ausgerichtet. Gregory deutete auf einige weitere Stellen, wo die Abdrücke sich in identischer Anordnung wiederholten.

„In der Tat eine höchst aufschlußreiche Spur", bemerkte Holmes, „ich gehe davon aus, daß Ihnen nicht entgangen ist, daß sie sich etwa in Schrittlänge wiederholt?"

„Wenn es nicht völlig sinnlos wäre", entgegnete der Inspektor, „würde ich vermuten, jemand habe sich Leisten unter die Schuhe gebunden, um diese merkwürdigen Abdrücke zu erzielen. Doch würde sicher niemand, der einigermaßen bei Sinnen ist, eine so seltsame und beschwerliche Art der Fortbewegung wählen."

„Sie ahnen gar nicht, mein lieber Gregory", murmelte Holmes so leise, daß nur Watson und ich ihn hören konnten, „wie nahe Sie der Wahrheit kommen."

Wenig später kehrte die ganze Gesellschaft zum Haus zurück. Bei meinem Eintreffen in Belgrave Manor fand ich Holmes, der mit weit ausgreifenden Schritten vorausgeeilt war, in die Betrachtung der säuberlich neben der Haustür aufgereihten Schuhe vertieft.

„Eine der Angewohnheiten Ihrer Tante, von der Sie bereits sprachen, vermute ich?" erkundigte er sich bei mir.

Ich bejahte erstaunt, kam allerdings nicht dazu, weiter auf die Angelegenheit einzugehen, denn in diesem Moment trat meine Tante selbst aus der Tür. Tante Margaret war trotz ihres nicht mehr ganz jugendlichen Alters immer noch eine stolze Erscheinung, was ihr stattlicher Körperbau und die streng zurückfrisierten Haare noch betonten.

„Ich hörte", meinte Holmes, nachdem ich meine Begleiter vorgestellt hatte, „Sie haben längere Zeit in Japan verbracht, Mrs. Simmons?"

Wenn meine Tante überrascht war, ließ sie es sich nicht anmerken. „Mein Mann", entgegnete sie ruhig, „war bis zu seinem vorzeitigen Tod mit der Ausbildung einheimischer Seeleute in Nagasaki betraut."

Holmes fuhr fort, sich nach dem Zustand meiner Cousine zu erkundigen, und ich sah, wie das Gesicht meiner Tante einen abweisenden Ausdruck annahm und sie die Arme vor der Brust kreuzte. Holmes beugte sich vor und wechselte einige leise Worte mit ihr. Die große, stattliche Frau erbleichte, dann wandte sie sich brüsk um und bedeutete uns, ihr zu folgen.

Als wir Lizzys Zimmer betraten, erschrak ich, denn meine sonst so lebendige Cousine war, vom Fieber gezeichnet, nur ein Schatten ihrer selbst. Als ich an ihr Bett eilte, fiel sie mir mit einer Verzweiflung um den Hals, die mich auch ohne die Fähigkeiten eines Mr. Sherlock Holmes erkennen ließ, daß die Nachricht von Georges Tod sie, auf welchem Wege auch immer, bereits erreicht hatte.

Nachdem ich meine Begleiter vorgestellt und Lizzy gebeten hatte, Holmes' Fragen mit aller Offenheit zu beantworten, kam jener ohne weitere Umschweife zur Sache.

„Gehe ich recht in der Annahme, Miß Simmons, daß es sich bei der geheimnisvollen Person, welche George Belgrave am Sonnabend hinunter zum See folgte, um Sie handelte?"

Derartig überfallen, starrte meine Cousine den Detektiv aus weit aufgerissenen Augen an, und ich wollte eben empört aufspringen, als meine Cousine plötzlich unter Tränen rief: „Wenn Sie so viel wissen, sollen Sie auch den Rest erfahren, Mr. Holmes!"

Wie vor den Kopf geschlagen lauschte ich dem nun folgenden Bericht.

„Sehen Sie, Mr. Holmes, als George und mir vor einiger Zeit bewußt wurde, daß unsere Gefühle füreinander weit über die von Cousin und Cousine hinausgingen, waren wir uns ebenfalls darüber im klaren, daß Georges Vater einer solchen Verbindung niemals zustimmen würde. Ich bin lediglich eine mittellose Verwandte, die auf

Fürsprache der verstorbenen Mrs. Belgrave hier Aufnahme gefunden hat. Da wir beide das Theater liebten, verfiel George auf die Idee, den Rest der Familie mit vorgetäuschten Wortgefechten zu narren, an denen wir beide viel Spaß hatten. Als unsere Eltern allerdings begannen, meine baldige Vermählung mit Mr. Butler zu forcieren, waren wir der Verzweiflung nah. George wiederholte, lieber auf Besitz und Familie denn auf mich verzichten zu wollen, was ich keinesfalls erlauben konnte. George insistierte immer heftiger und bat mich schließlich am Sonnabend, nach Einbruch der Dunkelheit zu der alten Eiche am See, unserem geheimen Treffpunkt, zu kommen. Ich verabschiedete mich daher unter dem Vorwand, mich nicht gut zu fühlen, zeitig auf mein Zimmer und verließ später das Haus durch den Hintereingang. Dort lieh ich Charles' Regenkleidung und Schal, für den Fall, daß mich jemand zufällig das Haus verlassen sah."

„Dann gehörte die zweite Spur, die wir im Wald fanden, also Miß Simmons?" erkundigte sich Gregory.

„Bei genauer Betrachtung der Abdrücke", nickte Holmes, „werden Sie bemerken, daß sie vorne nur schwach ausgeprägt sind, was darauf hindeutet, daß die Schuhe von einer Person getragen wurden, für deren Füße sie etliche Nummern zu groß waren."

Ich hatte Lizzys Beichte, wie erwähnt, wie vor den Kopf geschlagen und mit wachsender Erregung gelauscht, doch nun konnte ich nicht länger an mich halten. „Niemand, der seine Sinne beisammen hat", rief ich hitzig, „kann doch wohl andeuten wollen, daß dieses arme verwirrte Kind meinen Bruder ermordet haben soll!"

„Nichts läge mir ferner", versicherte Holmes, „denn ich halte den Tod Ihres Bruders für einen tragischen Unglücksfall. Entspricht das nicht den Tatsachen, Mrs. Simmons? War es nicht so, daß Sie Ihre Tochter zufällig das Haus verlassen sahen und sie trotz der Regenkleidung erkannten?"

„Wie ahnungslos ich war!" Meine Tante, die Lizzys Beichte mit starrem Gesicht gefolgt war, rang nun sichtlich um ihre Beherrschung. „Wie konnte ich ahnen, daß ich nur einen Streit zwischen Liebenden beobachtete! Ich argwöhnte Schlimmes, als ich Lizzy um so später Stunde Richtung Wald gehen sah. Also warf ich mir rasch einen Mantel über und folgte ihr. In meiner Eile versäumte ich allerdings, wie Mr. Holmes schon vermutete, meine Schuhe zu wechseln."

Damit wandte sich meine Tante zum Schrank und holte eine hölzerne Sandalette hervor, unter der sowohl vorne als auch hinten ein schmales rechteckiges Kantholz befestigt war.

„Die Japaner bezeichnen diese traditionelle Holzsandale als Geta. Mir ist es ein Rätsel, wie Mr. Holmes erraten hat, daß ich ein Paar solcher Schuhe besitze, da ich sie ausschließlich in der Abgeschiedenheit meiner persönlichen Zimmer zu tragen pflege."

„Spätestens als Mr. Belgrave Ihre Angewohnheit, die Schuhe beim Betreten des Hauses abzulegen, erwähnte, vermutete ich, daß Sie diesen Brauch ebenso wie die traditionelle Fußbekleidung aus Japan mitgebracht haben mußten. Hier haben Sie Ihre rätselhaften Spuren."

Damit reichte Holmes die Schuhe an Gregory weiter.

„Als Mrs. Simmons ihrer Tochter in ihrer vermeintlichen Bedrängnis zu Hilfe eilte, hatte sie, wie ich vermute, irgendein Küchengerät bei sich, welches sie dem scheinbaren Angreifer von hinten über den Kopf schlug, habe ich recht?"

„Eine Bratpfanne, die ich im Vorbeigehen aus der Küche gegriffen hatte."

Die sonst so stolze Frau, die ich kannte, bot nun ein beklagenswertes Bild. „Ich traf George nur leicht, doch er fiel so unglücklich, daß er sofort tot gewesen sein muß. Als ich die Wahrheit erkannte, war ich außer mir vor Entsetzen. Mit der Kraft der Verzweiflung packte ich meine ohnmächtige Tochter und trug sie zum Haus zurück. Wie Sie bemerkt haben werden, bin ich eine kräftige Frau, und Lizzy ist leicht wie eine Feder. Die Bratpfanne dagegen finden Sie auf dem Grund des Sees."

„Daher also die fehlenden Stiefelspuren", fiel nun Inspektor Gregory ein, der der ganzen Entwicklung mit wachsendem Erstaunen zugehört hatte.

„Und die wehenden Flügel des geheimnisvollen Vogels, den das Dienstmädchen gesehen haben will…"

„Waren nichts anderes als Mrs. Simmons' offener Mantel, der im

Wind um sie und ihre Last herumflatterte“, fiel nun auch mein Freund Watson ein.

„Gott weiß“, rief die Unglückliche aus, „es war niemals meine Absicht, solches Leid über die Familie zu bringen! Doch ich werde die Konsequenzen meines Handelns tragen.“

Dabei blickte sie Inspektor Gregory an, als erwarte sie, vom Fleck weg verhaftet zu werden.

„Ich bin sicher“, sagte Mr. Holmes leise, „daß niemand in dieser Sache wegen Mordes vor Gericht kommen wird.“

Er sollte recht behalten, die amtliche Untersuchung der Angelegenheit erkannte auf Tod durch Unglücksfall. Bevor sich Mr. Holmes wieder nach London verabschiedete, nahm er mich zur Seite.

„Wenn Sie einen Rat von mir annehmen wollen, Mr. Belgrave, würde ich empfehlen, daß Sie Ihrer Cousine in dieser schweren Zeit zur Seite stehen.“

„Nur einem Trottel entgehen die Blicke, die du ihr zuwirfst“, ergänzte mein Freund Watson.

„Aber ich würde mich niemals erdreisten, in ihrem Herzen die Stelle meines Bruders einnehmen zu wollen!“

„Das, mein Freund“, erwiderte Holmes lächelnd, „sollten Sie vielleicht dem Urteil der jungen Dame selbst überlassen.“

„Woher“, murrte ich später meinem Freund Watson gegenüber, „kommt es, daß ein Mann, der selbst nie verheiratet war, meint, etwas von den Gefühlen der Frauen zu verstehen?“

Watson klopfte mir auf die Schulter.

„Wenn ich Sie wäre, würde ich seinem Rat folgen. Glauben Sie mir, es gibt keine Dinge des menschlichen Herzens, die Sherlock Holmes fremd sind.“

Dominik Irtenkauf

HOLMES UND DAS ABENTEUER UM DEN TINTENKLECKS

„Eine Botschaft ist das, kaum zu entschlüsseln. Holmes, jetzt schauen Sie doch mal!"

Er war spät aufgestanden. Mein Kompagnon pflegte oft bis spät in die Nacht zu arbeiten. Am Vortag hatte er sich seit langer Zeit wieder einmal seinen chemischen Studien gewidmet. Chemie konnte man es eigentlich nicht nennen, da er nicht viel von der akademischen Disziplin hielt. An der Universität sei man nur bestrebt, das behelfsmäßig aufgerichtete Gerüst abzustützen. Das brächte ihn bei seinen Fällen aber nicht weiter.

Holmes untersuchte verschiedene Ascherückstände und schloß aus dem verbliebenen Pulver auf den einstigen Gegenstand. In der Spurenanalyse hatte er es regelrecht zur Meisterschaft gebracht. Ich kannte ihn nun schon seit einigen Jahren und versuchte stets, an ihm noch unbekannte Seiten zu entdecken, doch das Buch des Lebens wollte es, daß er nahezu in allen Dingen perfekt war.

Nahezu, schreibe ich, denn mir wurde die Ehre zuteil, in einen Fall verwickelt zu werden, der ihm mehr als nur Kopfzerbrechen bereitete. Beinahe hätte er seine Berufung aufgegeben und sich statt dessen wieder dem Boxkampf zugewandt. Beinahe, denn wenn Holmes sich an einer Sache bereits die Vorderzähne ausgebissen hatte, wollte er nicht eher ruhen, bis sein ganzes Gebiß zerschunden sei.[4]

Der Fall, von dem ich nun berichten will, hatte einen unspektakulären Anfang. Niemand der daran Beteiligten hätte je zu erraten

* Man vergebe mir die Mißachtung des zeitlichen Verlaufs; nur sei es mir aus Rücksicht auf die Leser verstattet, das Ende des Abenteuers nicht bereits auf den ersten Seiten zu offenbaren. Ich bitte um Geduld.

vermocht, was sich hinter dem *corpus delicti* verbergen könnte. Es erinnert mich unweigerlich an den Fall der tanzenden Männlein, in dem Holmes sein feines Gespür, geradezu möchte ich sagen: seine Intuition, für Geheimschriften bewiesen hatte.

Eines Morgens fand unsere Haushälterin in der Post ein seltsames Zettelchen vor:

Schwarz ist die Nacht, schwarz ist auch die Tinte. Dem Meisterdetektiv sei gesagt: Wer seine Nase ungefragt in fremde Sachen steckt, wird sie verlieren!

Ein Männchen schickt seine bösen Grüße.

Holmes betrachtete die Botschaft in seiner gewohnt kühlen Art. Wir waren noch mit dem Frühstück zugange. Ich hatte mir den heutigen Tag freigenommen und meine Praxis geschlossen, da ich mit Holmes ein Konzert besuchen wollte, Beethovens Neunte. Zuvor wollten wir noch einige Laboratoriumsgeräte für Holmes‘ chemische Studien erwerben.

„Watson, was halten Sie denn hiervon? Ein dummer Jungenstreich, wenn Sie mich fragen."

Ich war erstaunt über seine scheinbare Gleichgültigkeit. Zwar wußte ich, daß er als seltenes Genie unter den Privatermittlern mit seinem Kopf äußerst sparsam haushalten mußte und nicht jeder Besonderheit Eintritt gewähren durfte, doch war ich von der Gefährlichkeit dieser Warnung durchaus überzeugt.

„Also Holmes, ich verstehe Sie nicht. Erkennen Sie nicht die Bosheit, die aus diesem Blättchen spricht?"

„Nun, nun, Watson, gemach. Schauen Sie sich doch mal die ungelenke Schrift an. Können Sie sich denn wirklich vorstellen, daß das ein ebenbürtiger Gegner sei? Es mutet mir eher wie eine direkte Folge Ihrer ausgiebigen Berichterstattung an. Beruhigen Sie sich wieder; ich kann ja nicht leugnen, daß Ihre Nacherzählungen von gewissem Wert für meine Arbeit sind, insofern sie neue Klienten auf mich aufmerksam machen. Nun hat aber unser Schreiberling gedacht, er müsse sich mit dem Meisterdetektiv", Holmes schmunzelte, „messen. Ich denke, wir belassen es dabei und machen uns langsam zum Ausgang fertig.“

Er hatte etwas Herrisches an sich, das mich zeitweise beinahe in Rage versetzte. Der Leser wird erstaunt sein, solche Gemütsregungen bei mir das erste Mal zu erkennen. Aus Rücksicht auf unseren Verleger, Herrn Doyle, hielt ich mich fortwährend mit meinen Ausbrüchen zurück. In letzter Zeit machte mir aber meine alte Wunde, die ich mir seinerzeit in Afghanistan zugezogen hatte, zu schaffen. Sie verlitt mir manche Tage, die sich – unseren Breitengraden entsprechend – in Regenfluten ausnahmen. Kalter Wind gesellte sich der hohen Feuchtigkeit noch hinzu, und mir schmerzte der Arm, als hätte sich ein tollwütiger Hund in ihn verbissen.

Begegnete mir dann mein Kompagnon mit einer gewissen Herablassung, konnte ich mich nur schwer zurückhalten. Seine Fähigkeiten waren begrenzt, doch die Gebiete, die ihn auf die richtige Spur brachten, beherrschte er mit verbundenen Augen. Daran war kein Zweifel. In den letzten Wochen schob sich aber eine dunkle Wolke zwischen uns. Die sonst ungetrübte Freundschaft zog sich gefährliche Risse zu. Jahrelang habe ich mit aller mir zu Gebote stehenden Umsicht seine Abenteuer schriftlich erfaßt und somit der Nachwelt erhalten. Ich mühte mich, jeden kleinen Hinweis an der richtigen Stelle wiederzugeben. Holmes aber maß meinen Berichten nur wenig Wert bei. Ihm war es um den Fall zu tun. Sein ausgeprägtes Hirn der Detektion wollte in Anspruch genommen werden.

In den letzten Wochen hatten wir uns oft gestritten. Es handelte sich dabei zumeist um Kleinigkeiten, zum Beispiel, wer über mehr Erfahrung verfüge. Er, der sich nur mit den Extremitäten des gesellschaftlichen Körpers zufrieden gebe, oder ich, der Patienten behandeln müsse und bereits im Kriege in Mitleidenschaft gezogen worden sei.

Für den heutigen Tag, an dem ich mich von meinen sonstigen Verpflichtungen völlig losgesagt hatte, wollte ich jede Auseinandersetzung meiden. Nun steckte aber Holmes dieses Zettelchen so unachtsam weg, daß ich nicht umhin konnte, alle meine Sinne in bezug auf das sich ankündigende Verhängnis zu schärfen.

Wir nahmen eine Kutsche und gelangten nach einer Viertelstunde an der Metaphor Street an. In Nummer sechzehn befand sich im Untergeschoß ein Apothekerfachgeschäft, in dem Holmes seine recht speziellen Interessen befriedigen konnte. Der Einkauf ging rasch vonstatten, da Holmes genau wußte, welche Gefäße er benötigte und welche Ersatzteile ihm dienlich wären.

„Wünschen der Sir noch etwas?"

Der Verkäufer war ein wenig untersetzt, hatte geschwollene Augenlider und nicht wenig Not, sein Gegenüber zu erkennen. Holmes verneinte dankend und nahm die Tüten an sich. Wir schickten uns bereits zum Gehen an, als von der Straße ein fürchterlicher Knall zu hören war. Der Verkäufer duckte sich erschrocken hinter die Ladentheke. Holmes' Körper war sofort bis aufs äußerste gespannt. Er schnellte auf die Straße, und ich kam ihm gerade noch rechtzeitig nach, um zu sehen, wie sich eine schwarze Dampfwolke über das Pflaster legte. Holmes reagierte in Sekundenschnelle, riß mich zurück und schlug die Tür hinter uns zu. Im letzten Augenblick, bevor die Dampfwolke auch in das Glaswarengeschäft dringen konnte.

Verstört blickte ich ihn an. Er hob die Achseln, suchte sichtlich nach passenden Worten und rang sich schließlich durch: „Watson, man darf nie eine Botschaft, sei sie noch so kindisch, unterschätzen. Nie und nimmer! Sie hatten recht: Hier arbeiten Menschen, die direkt aus der Schule des Teufels zu stammen scheinen. Gift, gasförmiges Gift. Damit ist nicht zu spaßen!"

Holmes schritt an das Schaufenster. Es war von außen mit einer zähflüssigen, gallertartigen Schicht überzogen. Einzelne Bläschen hatten sich gebildet. Inmitten dieser dunklen Masse zuckten Fliegen. Dies sollte ihr letzter Kampf sein. Sie klebten fest, und zugleich fraß sie die Substanz auf. Es hatte etwas unglaublich Tragisches an sich, die Blutsauger an diesem Fenster verendet zu sehen. Hinter der Glasscheibe standen Destillierkolben, Reagenzgläser, aber auch kunstvoll gearbeitete Vasen.

„Was um Himmels willen ist das, Holmes? Das ist... barbarisch!"

„Ich muß doch bitten, Watson. Bleiben wir bei den Fakten. Ein Gift, das sich als Gas nach der Zündung verteilen kann. Schwarzkünstler, die ihr Handwerk verstehen. Hm, hm, hm."

Er versank allmählich in einen Zustand, den man nicht anders als zwiespältig nennen konnte. Tief in sich gekehrt äußerte er nur noch von Zeit zu Zeit seine Hms und Ahs. Beobachter hätten meinen können, er sei abwesend, wiewohl er in eine selten hohe geistige Meditation verfiel. Da er seine Eindrücke vervollständigen wollte, näherte er sich erneut der Glasscheibe. Aufmerksam betrachtete er die Konsistenz der sich bereits verflüchtigenden Substanz. Es schien, als ob er ihre Herkunft durch genauestes Augenmaß zurückverfolgen wollte. Zu phantastisch mutete mir aber eine sofortige Benennung des Attentäters an. Schließlich schnippte er mit seinen Fingern: „Gut, Watson, wir können aufbrechen. Die Gefahr ist verzogen. Wir wollen uns bei dem liebenswerten Herrn für die Unannehmlichkeiten entschuldigen, die wir ihm verursacht haben."

Mit einem kurzen Lächeln legte er nochmals ein paar Schilling in die Kassenschale.

Holmes betrat zielstrebig die Straße, als wäre nichts geschehen, und hielt bereits nach einer Droschke Ausschau. Ich traute der ganzen Sache nicht und setzte jeden Schritt bedachtsam voran. In der Luft lag noch immer ein stechender Geruch.

Auf der Heimfahrt grübelte ich über mögliche Gründe nach, die mein Mentor geliefert haben könnte, Ziel eines Anschlags zu werden:

Seine spektakulären Fälle wurden weithin publiziert. Ganz England und manch anderer Kontinent kannten sein Konterfei. Seit unserer ersten Studie in Scharlachrot hatte sich sein Ruf verbreitet. Mittlerweile konnte er sich vor Aufträgen kaum retten. Er wurde wählerisch, ließ nur noch geheimnisvolle Klienten zu. Das sprach sich darin aus, daß er unsere Haushälterin als Mittlerin einsetzte. Sie nahm körbeweise Kurzdarstellungen an, die möglichst treffsicher die anliegenden Fälle beschreiben sollten. Holmes machte sein Urteil keineswegs von einer Redegewandtheit abhängig; vielmehr pochte er auf Knappheit. Wer die wesentlichen Details erfaßte, konnte das auch entsprechend darlegen. So war Holmes' Überzeugung.

Abgesehen von den Halunken selbst, die in ihm selbstverständlich einen mächtigen Gegner sehen mußten, waren es die unzufriedenen Klienten, denen eine Audienz beim Meisterdetektiv verwehrt wurde, die ein größeres Interesse an seiner Beseitigung haben könnten.

Er galt nicht nur als überlegen, von manchen Menschen wurde er geradezu vergöttert. Manche Leser meiner Berichte wollten nicht glauben, daß er auch nur einen Fall nicht meistern könne. Hätte er nur die notwendige Ruhe zur gedanklichen Ordnung, würden ihm die unzusammenhängenden Fäden jeder Schandtat leuchtend vors Auge treten. Ich sah ein, daß meine Schilderungen nicht unwesentlich zur Legendenbildung beitrugen. Seine scharfsinnige Beobachtungsgabe verdiente Erwähnung – und wie schlecht wäre es um das Schicksal der rechtschaffenen Menschen bestellt, besäßen sie nicht die Kunde von meinem genialen Kompagnon.

Nun holten ihn seine Fälle ein. In den letzten Monaten hatte er sich zurückgezogen. Ja, er schien tatsächlich eine Wandlung seines Charakters durchzumachen. Die Schlußfolgerungen liefen ihm leicht von der Hand; auch das Kokain konnte seine Mißlaune bei ausbleibender Härte der angebotenen Fälle nicht beschwichtigen. Zuweilen vergrub er sich geradezu in seiner Depression, wenn mir dieser bildhafte Ausdruck gestattet sei. Er verlor beinahe die Lust an seinem ‚Geschäft'. Zu Beginn unserer Freundschaft wäre mir solches nie in den Sinn gekommen. Jetzt aber, nach mehreren Jahren der gemeinsamen Abenteuer, wirkte er in meiner Gesellschaft oft überaus gelangweilt, brachte keinen vernünftigen Gedanken heraus. Und kleidete sich in Schweigen.

Das Zettelchen, dem er keine Beachtung geschenkt hatte, faßte meine Bedenken in präzise Sprache. Es war dies ein Beweis für die Dürftigkeit der Welt. Kein Klient wartete mehr bei ihm auf. Holmes verlor sich in nutzlosen Spielchen mit seinem erworbenem Wissen.

Die Lage spitzte sich weiter zu: Es war nochmals ein Zettelchen im Briefkasten aufgetaucht, das exakt dieselben Worte trug, nur in einer veränderten Handschrift.

An Abenden, wenn der Eisregen unerbittlich auf die Gassen Londons prasselte, erzählte Holmes mir historische Kriminalfälle, an denen sich die klügsten Geister der Zeit die Zähne ausgebissen hatten. Oder aber er stocherte mit einem Holzstäbchen in Pulvern.

„Sehen Sie, Watson, das sind alles schöne Gifte, mit denen Sie Ihnen unbeliebte Zeitgenossen vom Hals schaffen können. Haben Sie bereits vom deutschen Gespensterschreiber gehört? Sein Fräulein von Scuderi kam einem verworfenen Künstler auf die Schliche, der sich das Gift in der Luft zunutze machte, sich unliebsamer Kunden zu entledigen. Wissen Sie, dies Zettelchen und der Anschlag auf mein Leben sehen einem verhinderten Dichter stark ähnlich, der es auf mich abgesehen hat... Ich sehe schon, Sie verstehen mich nicht. Es liegt auf der Hand, daß der Übeltäter viel Wert auf seine Sprache legt. Schauen Sie sich mal die penibel ausgeführte Handschrift an. Aus dieser läßt sich mehr entschlüsseln, als der Laie glauben mag. Jeder Buchstabe sitzt an der richtigen Stelle, keine Linie ist zu grob ausgeführt. Der Verfasser dieser Nachricht scheint gar keine Zweifel über die Richtigkeit seines Vorgehens zu haben."

Ich sah Holmes erstaunt an. Was sollte an der Verschriftlichung dieser wenn auch abscheulichen Gedanken falsch sein können? Sah Holmes bereits wieder ein Geheimnis im alltäglichen Schriftgebrauch?

„Die Verwunderung steht Ihnen ins Gesicht geschrieben, mein lieber Watson. Aber Sie müßten doch aus Ihrer eigenen Praxis wissen, daß je nach Gemütslage der Mensch in seiner Schrift variiert. Unser Attentäter stand sichtlich unter Druck. Sehen Sie hier: dieser Buchstabe wollte nicht so recht gelingen. Er schwenkt nach rechts aus, wenn auch nur geringfügig. Es handelt sich um eine Art Erpressung. Das steht fest. Aber warum setzte er seine Warnbotschaft nicht aus anonymen Zeitungsschnipseln zusammen? Aus Angst, wir könnten die Fragmente wieder zusammensetzen? Oder wir fänden die zerstörten Ausgaben in einem beliebigen Papierkorb der Stadt wieder? Nein – er ist ein Ästhet. Er möchte diese Nachricht an mich persönlich halten. Ihm geht es nicht um die Zerstörung meines Rufs. Sehen Sie: Die Schrift ist gut lesbar, die Botschaft umso mehr verschlüsselt. Er will, daß wir sie ernst nehmen. Ich vermute sogar, daß er von Ihren Berichten weiß, daß er unbedingt in Ihre Annalen aufgenommen werden möchte."

„Holmes – das kann doch nicht Ihr Ernst sein. Sie meinen, dieser Schuft schickt Ihnen eine Botschaft, läßt Sie beinahe im Gift schwarz werden, nur daß er einmal in einem Ihrer Abenteuer auftauchen kann? Das scheint mir, bei allem Respekt vor Ihren außergewöhnlichen Fähigkeiten, doch ein wenig an den Haaren herbeigezogen zu sein."

Er wiegelte ab und bat mich zu schweigen. Er wolle den Rest des Tages mit seinem Violinenspiel verbringen und die Vorkommnisse in ihrer Sonderheit betrachten. Ihm sei es inzwischen unerträglich geworden, aus einzelnen Spuren mühsam ein Gesamtbild zusammenzustellen. Was sei er denn? Ein Zuspätgekommener, der lediglich bereits vorgefallene Rätsel entwirren müsse? Eines Tages wolle er selbst etwas hervorbringen.

Verwirrt verließ ich ihn, um in meiner Praxis liegengebliebene Arbeit zu erledigen. Holmes drohte zu entgleisen, sein Leben war stets seiner Arbeit gewidmet gewesen. Nicht mal ich, der ich ihm zum engen Begleiter durch seine Abenteuer wurde, erfuhr etwas von seinem Leben neben der Detektei. Ich war mir sicher, daß etwas Zugang in die Baker Street verlangte, das er mit seinem Kokain verdrängte. Mir kam ein Buch von einem Arzt aus Österreich in die Hände, in dem unsere Kultur bis auf die Grundfesten erschüttert wurde. Er schrieb von Vorgängen, die ohne unser Bewußtsein ablaufen. Das Buch hinterließ einen tiefen Eindruck bei mir. Mit fortschreitender Lektüre bemerkte ich bei meinem Mentor Angewohnheiten, die seine wahren seelischen Vorgänge verdecken mußten. Ich erzählte Holmes nichts von meinen Überlegungen. Zu sehr fürchtete ich seine schroffe Kritik. Er hätte mich gescholten, daß ich Geister sähe, wo keine wären. Kalt war sein Herz, wenn es um Übersinnliches ging.

Für ihn galt nur der logische Zirkelschluß. Mit ihm und Euklids Geometrie gab er sich zufrieden. Mich beschlich aber die Ahnung, daß es damit bald zu Ende sei.

Am nächsten Tag fand ich ihn noch zur Mittagszeit im Morgenmantel. Er schien die ganze Nacht über nachgedacht zu haben, dunkle Ränder umrahmten seine Augen.

„Ah, gut, daß Sie kommen, Watson, ich fühle mich in letzter Zeit irgendwie schlapp. Nun, vielleicht brüte ich auch eine Krankheit aus. Wer weiß? Aber lassen Sie uns nicht so verdrießlich dastehen. Da, das Frühstück ist bereits angerichtet. Lassen Sie es sich schmecken."

Während ich seiner Bitte Folge leistete, nahm er kaum einen Bissen zu sich. Seine Augen verrieten tiefste Konzentration. Sein entrückter Blick war ein deutliches Zeichen für geistige Flüge in die Tiefen des menschlichen Hirns. Seine hageren Finger strichen über das Adlerkinn und von Zeit zu Zeit blinkte ein Funken in seinen Augen auf.

„Gestatten Sie mir die Frage, Holmes, welche Anhaltspunkte Sie bereits verfolgen. Wir kennen doch nichts außer dem Zettelchen und diesem infamen Anschlag auf Ihr Leben."

„Da irren Sie sich. Die Botschaft weckte in mir Erinnerungen, die ich längst verschollen glaubte. Die Explosion beim Apotheker war aufwühlend genug, die fehlenden Stücke zu finden. Es war vor zehn Jahren, als mich eine Frau Wondrash um Hilfe gebeten hatte. Ihr Mann führte eine florierende Druckerei, bis er in Kontakt mit zwielichtigen Brüdern kam. Sie nannten sich Bruderschaft des Schwarzen Blutes. Ihr Sinnen galt allein der Zerstörung festgeschriebener Traditionen. Mr. Wondrash sollte nun den Fehlerteufel mehr als üblich in den von ihm verlegten Schriften auftauchen lassen. Er tat, wie ihm geheißen. Letztlich aber mehrten sich die Klagen von Seiten seiner Kunden, und er unterließ seine Revoltentätigkeit. Der Büchermarkt beruhigte sich, bis eines Tages Pamphlete erschienen, die Gewaltaktionen gegen renommierte Verlagshäuser forderten. Watson,

Sie können sich die Aufregung sicher vorstellen. Womöglich haben Sie etwas von diesen Umtrieben in den Zeitungen mitbekommen. Mr. Wondrash geriet schnell in Verdacht. Seine vergangenen Taten waren immer noch präsent. Frau Wondrash bat mich deshalb um meinen Beistand. Der langen Rede kurzer Sinn: Ich konnte die Bruderschaft ausfindig machen, indem ich selbst als Verleger in Erscheinung trat. Sie fielen auf meine Antworten herein. In ihnen stand keinerlei Sinn. Ein einziger riesengroßer Tintenklecks sprach mehr aus, als sie sich je erhoffen konnten. Sie setzten alle Hebel in Bewegung, mich als Urheber dieser Schrift ausfindig zu machen. Ja, sie begannen, die Konstitution des Tintenkleckses zu analysieren. Sie wurden, selbstverständlich verdeckt, bei den bekannten Papier- und Tintenherstellern in Südengland vorstellig. Mein Spinnennetz zog sich um ihre Hälse. Sie konnten ja nicht aus den von mir gewählten Worten auf die Herkunft schließen. Sie mußten sich am Material vergreifen, das allein Rückschluß auf den Verursacher des Flecks geben konnte. Da war kein Sinn für sie zwischen den Zeilen zu lesen, der Fleck war groß genug, daß er die Spur zu mir zurücklegte."

„Aber Holmes, das wußte ich wirklich nicht. Wie hängt aber all dies mit diesem Fall hier zusammen? Ich sehe keinen Knoten, der die beiden Stränge miteinander verbinden könnte."

„Watson, was ich jetzt sage, legt viel offen, was ich vor Ihnen immer verheimlicht habe. Aus gutem Grund, denn Sie waren geschwätzig. Oft mußte ich Sie dafür tadeln. Mußte denn wirklich jeder Fall veröffentlicht werden? Nun gut, was vergangen ist, soll vergangen bleiben. Ich denke, daß sich noch heute abend ein unerbetener Gast zu uns Zutritt verschaffen wird. Wir werden ihn nicht abhalten können. Er wird Rechenschaft von uns verlangen. Vor allem von Ihnen, Watson."

Mir stockte der Atem. Meine Befürchtungen bewahrheiteten sich just in diesem Augenblick. Holmes schien verrückt geworden zu sein. Ängstlich musterte ich jede seiner Gesten.

„Wundern Sie sich nicht. Es ist kein Mysterium, dem wir begegnen werden. Es ist lediglich eine verborgene Seite, die noch nicht aufgeschlagen wurde. Wer die Weisheit hat, der lese."

Mit diesen Worten ließ er mich allein, schlüpfte in seinen Mantel und verließ die Baker Street 221 B. Nie zuvor war er so mysteriös gewesen, nur Andeutungen aussprechend. Meine Nerven mußte ich erst mal mit einem Glas starken Whiskeys beruhigen.

Ungeduldig verbrachte ich die Zeit bis zum Abend mit der Sichtung einiger Notizen aus früheren Fällen, die ich zu Stapeln anordnete. Je nach Lust und Laune nahm ich ein Blatt aus einem Stapel und schob es in einen anderen. Auf diese Weise versprach ich mir gewisse Einblicke in die Wesensart meines Kompagnons, dessen Genie kaum verstanden werden konnte. Zwar war er berüchtigt für seine messerscharfe Kombinationsgabe, doch war er wie jeder andere Mensch auch aus dem dunklen Schoß seiner Mutter gekrochen. Es mußte ein Geheimnis hinter seinem Talent geben. Ich schaute nochmals auf die Liste, die ich bei der Studie in Scharlachrot angefertigt hatte:

SHERLOCK HOLMES – seine Grenzen

Literarisches Wissen – Keines.
Philosophisches Wissen – Keines.
Astronomisches Wissen – Keines.
Politisches Wissen – Dürftig.
Botanisches Wissen – Schwankend.
Ausgezeichnet in Bezug auf Tollkirsche, Opium und Gifte im allgemeinen.
Hat keine Ahnung von Gartenbau.
Geologisches Wissen – Je nach Bedarf, aber begrenzt.
Chemisches Wissen – Tief.
Anatomisches Wissen – Zufriedenstellend, aber unsystematisch.
Kenntnis der Sensationspresse – Umfassend. Er scheint jede Schreckenstat in der Menschheitsgeschichte zu kennen.
Spielt gut Geige.
Besitzt einen ausgezeichneten Aufschlag, exzellenter Boxer und Fechter.
Hat ein gutes Alltagswissen über britische Gesetze.

Mir kamen Zweifel an meinen Beobachtungen auf. Ich wagte es kaum, meine Befürchtungen auszusprechen: Holmes hatte mich all die Jahre getäuscht. Während er mir Stück für Stück seine Schlüsse vorexerzierte, konnte er dabei nicht bewußt von sich ablenken? Was erfuhr ich von dem Leben abseits seiner Berufung? Nichts. Er schien geradezu in seiner Aufgabe, die seltsamsten Mysterien der Kriminalgeschichte zu enträtseln, aufzugehen. In all den Jahren vermißte ich den Sherlock hinter all dem Holmes. Einen Schlüssel in diesen beinahe hermetisch verriegelten Automatismus hineinzustoßen, kam mir nie in den Sinn, weil ich im Gegensatz zu Holmes stets unterlag.

Es stimmt: Meine Vermutungen entbehrten stets der Grundlage. Holmes eignete sich in jahrelanger Übung eine Treffsicherheit an, die kein anderer Mensch so leicht erreichen konnte. Aber ließ ich mir denn in irgendeinem Fall die Zeit, mir meiner selbst bewußt zu werden? Alles, was sich nicht in das Gesamtbild des Verbrechens fügen wollte, mußte unter den Tisch fallen. Meinen Unmut ließ ich bei meiner Frau aus. Freilich, ohne dem Leser auch nur einen Ton davon mitzuteilen. Wie streng musterte Holmes jeden einzelnen meiner Berichte, wenn er in den Zeitschriften erschien. Es war stellenweise kaum auszuhalten. Ich mußte diesen Eindruck zurückhalten. Er hätte es gelesen, und die Folgen wären unvorstellbar gewesen.

Aufgrund dessen habe ich mir harte Verschwiegenheit verordnet, bis schließlich in dem Ihnen nun vorliegenden Fall um den Tintenklecks alle Rücksicht fahrengelassen werden konnte.

Wenig erpicht auf eine weitere Unterredung am heutigen Tage wollte ich mich bereits nach Hause aufmachen, da klopfte es heftig gegen die Zimmertüre. Die Haushälterin schien bereits die Haustür geöffnet zu haben. Sie war die ungewöhnlichen Gäste zu den unmöglichsten Zeiten seit Jahren gewohnt.

Ich schrie kurz „Ja, hallo!“ – und es trat ein beleibter Mann im besten Lebensalter ein. Er wies starken Bartwuchs auf. Man erkannte kaum seine langgezogene Nase. Aus dem Mund entwich ein tiefer Seufzer, der mich aufschrecken ließ. Trotz der gestiegenen Nervosität versuchte ich, dem Klienten entgegenzukommen. Holmes dürfte nicht mehr sehr lange abwesend sein.

„Sie wollen bestimmt zu Holmes, nicht? Momentan ist er nicht im Haus – er müßte aber jeden Augenblick zurückkommen.“

Der Fremde runzelte die Stirn und versetzte: „Nicht gut, gar nicht gut. Muß ihn dringend sprechen.“ Er griff mit der faltigen Hand in die Tasche seiner abgewetzten Cordjacke. „Ich heiße Mesloh. Es wird Zeit, daß alles, alles langsamer wird.“

Als die Hand wieder zum Vorschein kam, führte sie ein Zettelchen mit sich. Ich riß es an mich, mißachtete impulsiv alle gepflegten Umgangsformen, auf deren Einhaltung ich sonst viel Wert legte – auf dem Zettel standen Worte, deren Sinn ich auf den ersten Blick nicht vollständig auflösen konnte.

Sie sind immer noch drauf und dran, Ihren Ruf nachhaltig zu schädigen. Merken Sie denn nicht, daß Ihnen bald die Feder im Halse stecken könnte? Sie stehen im Schatten eines Meisters; auf den habe ich es abgesehen. Er muß sterben, damit ich leben kann!

„Was...? Wer sind Sie? Halunke Sie! Haben Sie es auf Sherlock Holmes, den weltweit bekannten Meisterdetektiv, abgesehen? Wollen Sie ihn gar ermorden? Warten Sie, Sie Schuft!“

Ich zog bereits meinen Revolver, den ich aufgrund der angespannten Lage in den letzten Tagen stets in meinem Rock trug.

Bevor ich aber handgreiflich werden konnte, ertönte eine mir wohl vertraute Stimme hinter dem Bart hervor: „Um Gottes willen, Watson, halten Sie ein! Ich sehe schon, es wird zu viel für Sie und Ihr schwaches Herz. Ich bin’s, kein anderer als Ihr Holmes. Denken Sie doch nach: Wer konnte allein diese Handschrift erkennen? Ich gebe offen zu, daß man aus dem Verlauf einer Handschrift auf den Charakter des Urhebers schließen kann. Doch seien wir mal ehrlich: sie ist viel zu persönlich, als daß ich darin wirklich etwas erkannte. In den Abenteuern wirken meine Deduktionserfolge immer abgeschmackt; als wäre ich nur ein Verstärker irgendeines idiotischen Dilettanten, der sich an der kleinkrämerischen Beobachtung geringfügiger Details berauscht. Entschuldigen Sie diese klaren Worte. Aber... aber... diese Aussprache war einmal, nur ein einziges Mal notwendig – ich konnte sie nicht länger ertragen, diese maßlosen Übertreibungen. Es war alles gestellt: der Leser wußte nie mehr als Sie. Ja, Sie führten ihn an der Nase herum. Er sollte glauben, ich könne alles aus den kleinsten äußerlichen Anzeigen entschlüsseln. Das hatte etwas für sich. Ja, es stimmt durchaus. Sie aber verklärten meine Fähigkeiten. Was aber kam aus meinem Inneren hervor? Hatte ich denn überhaupt ein Eigenleben? Sie konnten aus Ihrer Haut des Mediziners nicht schlüpfen; Sie wollten einen gesunden Übermenschen, einen, der nicht an Krankheit siecht, der sich mit Kokain das Leben aufs neue injiziert, der wie ein Chirurg den Verbrecher seziert. Mir reicht es. Es dreht sich immer alles um mich. Doch welcher Ihrer Berichte dringt tiefer, entkleidet mich vor den Augen des naiven Lesers?

Es wird Zeit, den Spieß umzudrehen. Denken Sie nicht auch? Was für ein Sohn sind Sie denn, wenn Sie sich nicht von Ihrem Vater lösen können? Wie steht's um Sie? Wären Sie hierzu jemals fähig?"

Holmes riß sich die Verkleidung vom Leib. Seine hagere, drahtige Gestalt kam hervor. Er richtete sich zur vollen Körpergröße auf und schien mir indes noch gewachsen zu sein. Diese Erscheinung jagte mir nicht geringen Schrecken ein. Was nur konnte ihn so entgeistert haben? Konnte er meine Anwesenheit nicht mehr dulden?

Aus einem Leinensack, den er von der Straße mitgebracht hatte, entnahm er ein Stück Kohle und schrieb sich damit auf die Stirn: ICH.

Einige Minuten stand er nur da. Es machte sich ein mulmiges Gefühl in meinem Magen breit. Ich stammelte Worte der Entschuldigung. Er schien mich aber gar nicht zu beachten. Schließlich entwich ihm ein langgezogener Seufzer und er schritt zu seinen chemischen Apparaturen. Er entnahm dem Mörser ein zähes schwarzes Etwas und schmierte es sich über das ICH.

„Ich bin fürs Leben gezeichnet. Ich bekenne mich schuldig. An allem, was ich aufgelöst habe. Sie waren es, der mich wieder in Fesseln legte. So wurde ich zum Wortbrecher, der ein einziges Mal nur in sich selbst schauen wollte, statt nur immer die Spuren ihm fremder Menschen unter die Lupe zu nehmen. Was ich gesehen habe? Das können Sie zu Ihren Annalen nehmen: den Wahnsinn, der in des Menschen Brust haust. Auch in meiner, auch in meiner. Glauben Sie mir. Mit einem Tintenklecks ist nicht zu spaßen – an ihm mußte ich zerbrechen. Das war mein größter Fall, die Ursache meines ganzen Lebens. Wild und unfaßbar! Zu ihr kehre ich zurück. Vergessen Sie mich, bitte! Ich muß jetzt aufbrechen."

Gefaßt stopfte er sich die Pfeife und nahm den Violinkasten unter den Arm. Ohne mich eines weiteren Blicks zu würdigen, schritt er die Treppe der Baker Street 221 B hinab. Ich hörte noch das Hufgeklapper der forteilenden Droschke. Ich sollte ihn nicht wiedersehen.

Noch in derselben Nacht verbrannte ich alle Manuskripte von Holmes' Abenteuern, die bislang zu keiner Publikation gelangt waren. Er hatte recht gehabt: Es mußte ein Ende geben.

Neben meiner Praxis und bezaubernden Frau widmete ich mich in den darauf folgenden Jahren der Fossilienkunde und lernte dabei viel Neues kennen. Besonders faszinierte mich daran die Versteinerung des Lebens und die nachträgliche Rekonstruktion des Niedergangs einer Tierspezies.

Markus Kastenholz

DIE BRENNENDE LEICHE

Dr. John Watson
Baker Street 121 B
London

Verehrter Mr. Fitzpatrick!
Verehrter Herr Kollege!

Zuweilen, nein, sehr häufig, erinnere ich mich an unsere gemeinsame Zeit im Afghanistan-Krieg zurück. Oftmals sogar voller Schwermut und Melancholie, wie ich zugeben muß. Es gab, das werden Sie ebenfalls rückblickend feststellen, auch angenehme Momente innerhalb der Kriegswirren. Kameradschaft, ja – Man lernt, sich aufeinander zu verlassen und dem anderen blind zu vertrauen, wenn nötig. Und der Kamerad kann einem selbst vertrauen wie einem Bruder. Eine andere Wahl hat man gar nicht, als das Leben in andere Hände zu legen, will man überleben.

Dessen ungeachtet empfinde ich es im Nachhinein als schwer, nahezu unmöglich, einen Krieg zu glorifizieren, so notwendig er mitunter auch sein mag. Zu weiteren Kriegen können eigentlich nur diejenigen aufrufen, die sich nicht an der Front befinden.

Auch wir, mein lieber Fitzpatrick, befanden uns in Afghanistan nicht Aug in Aug mit dem Feind, wie Sie sehr wohl wissen. Doch wir begegneten den Folgen des Krieges im Lazarett. Tagtäglich. So viele junge Männer, die verstümmelt oder getötet wurden... So viele weinende Witwen und Waisen...

Sobald ich an jene Zeit denke, erinnere ich mich zudem an meine eigenen Verletzungen zurück, die mir noch immer Probleme bereiten und faktisch einen Invaliden aus mir gemacht haben.

Ich hoffe, Sie befinden sich ebenfalls auf dem Weg der Genesung, und Ihre verehrte Frau Gemahlin liest Ihnen diesen Brief von mir ebenso wie die anderen vor.

Wie ich mir bereits an Sie zu schreiben erlaubte, teile ich mir Räumlichkeiten mit dem Beratenden Detektiv, Mr. Sherlock Holmes. Ich weiß, verehrter Herr Kollege, Sie beneiden mich ein wenig um dieses Privileg, Sie sind von Mr. Holmes' scharfem Verstand sehr angetan, man könnte sogar sagen: begeistert. Wenn Sie mir erlauben, ich muß eingestehen, mir geht es nicht anders. Mehr noch: Daß er mich seinen Freund nennt, erfüllt mich mit gewissem Stolz.

Doch selbst Mr. Holmes ist nur ein Mensch wie wir alle anderen Menschen auch. Zuweilen muß selbst er kapitulieren, denn manchmal ereignen sich Dinge zwischen Himmel und Erde, bei denen sogar seine außergewöhnlichen Fähigkeiten versagen.

Die Geschichte, von der ich Ihnen heute berichten möchte, ereignete sich letzten Montag in der Baker Street. Von Holmes' und meinem Zuhause die Straße hinunter befindet sich eine Bäckerei, in der ich gelegentlich einzukaufen pflege. Sie wird, nein, sie *wurde* von der alten Mrs. Gertrude Jammin geführt. Eine außergewöhnlich herzliche Frau, mit der ich beim Einkaufen gern ein Schwätzchen hielt. Nur Nebensächlichkeiten, nur Banalitäten wie über das Wetter oder die neuesten Gerüchte. Mit ihren fast siebzig Jahren verfügte sie noch über einen wachen Geist, der den Intellekt so manches jungen Menschen in den Schatten stellte.

Wenn auch natürlich nicht den meines Freundes Sherlock Holmes.

Mrs. Jammin war seit einigen Jahren verwitwet, erzählte sie mir einmal. Ihr Gemahl kam bei einem Unfall ums Leben, ihr Sohn fiel letztes Jahr mitten auf der Straße um und war tot. Wahrscheinlich Herzversagen. Gertrude Jammin und ihre ledige Tochter Dorothy verkauften meist im Laden, sie haben einen Bäcker und zwei Lehrlinge angestellt, die für das Handwerkliche zuständig sind.

Kaum betrat ich an eben jenem diesigen Montag den Laden, vernahm ich bereits lautes Rufen.

Miß Jammin schrie unüberhörbar aus der Backstube um Hilfe. Ihrer erstickten, heiseren Stimme war deutlich anzuhören, wie aufgeregt sie war und daß sie hin- und hergerissen war zwischen Weinen und Entsetzen.

Außer mir befand sich niemand im Laden, es hatte den Anschein, als seien auch die Angestellten nicht mehr dort. Immerhin, es war früher Nachmittag, vermutlich waren sie nach getaner Arbeit, die mitten in der Nacht ihren Anfang fand, bereits nach Hause und zu Bett gegangen.

Ein Gentleman kommt einer Frau natürlich zu Hilfe, wann immer es nötig erscheint. Demzufolge zwängte ich mich hinter die Theke und ging weiter nach hinten, wo sich zunächst ein kleiner Lagerraum befand, der sich an die Backstube anschloß. Dort türmten sich mehrere Behälter mit Broten und Gebäck auf, sowie Säcke mit Mehl und andere Zutaten, die für dieses Gewerbe tagtäglich benötigt werden. Es roch angenehm nach frischem Backwerk.

Doch dafür hatte ich momentan weder Auge noch Nase, ich folgte nur den erregten Rufen, immer weiter in die hinteren Räumlichkeiten.

Dann, plötzlich, schlug der Geruch abrupt um. Nicht das Aroma des Frischgebackenem herrschte vor, sondern ein widerwärtiger Gestank. Die Pestilenz drang ungehindert in meine Nase vor und ließ mich würgen. Dennoch hielt ich tapfer durch und ging weiter. Ich hatte keine Ahnung, was hier geschehen sein mochte, ich ahnte allerdings, es würde etwas Fürchterliches sein. Man muß kein deduktives Genie sein, um das anhand des Gestanks und der aufgeregten Stimme zu folgern.

Erneut stieg ein Würgereiz in mir hoch. Rasch griff ich nach meinem Taschentuch und hielt es wie eine Atemmaske vor Nase und Mund. Ob es viel half und den Gestank wirklich daran hinderte, in mich einzudringen, wage ich zu bezweifeln, doch immerhin bildete ich es mir ein.

Miß Jammin ist ein zierliches Geschöpf von Anfang, Mitte zwanzig mit dunklem Haar, in dem sich bisweilen ein tizianroter Schimmer Bahn bricht. Völlig entsetzt und hysterisch stand sie vor einem der beiden mächtigen Backöfen. Sie trug ein einfaches, dunkles Kleid und darüber ihre blütenweiße Schürze. Ihre Augen waren groß aufgerissen, vor Bestürzung hatte sie beide Hände zu ohnmächtigen Fäusten verkrampft, so fest, daß ihre Knöchel durch ihre ohnehin sehr helle Haut weiß durchschimmerten. Ohnmächtig hielt sie die Hände vor ihr Gesicht, als brächte sie es dadurch eher fertig, ihre Gefühle im Zaum zu halten.

Natürlich gelang ihr das nicht. Sie war kreidebleich, fast wie ein Leichnam. Ihr Herz schien bis in ihre Schläfen zu pochen, und die Augen wollten vor Grauen aus den Höhlen springen.

Jetzt erst erkannte ich den Grund für ihre Bestürzung, und, mein lieber Fitzpatrick, ich scheue mich nicht, mir einzugestehen, es ging mir bei diesem Anblick nicht besser als Miß Jammin. Noch jetzt, während ich diese Zeilen schreibe, stellen sich mir vor Grauen die Nackenhärchen auf. Es fällt mir schwer, Ihnen überhaupt davon zu berichten, denn während ich diese Zeilen schreibe, verdichtet sich unweigerlich in mir erneut dieses schreckliche Bild:

Neben einem großen Bottich, in dem offenbar Teig angerührt wird, lag ein Körper. Ich konnte nicht genau bestimmen, um wen es sich dabei handelte, doch das lag nicht zwangsläufig daran, daß ich diesen armen Menschen womöglich nicht gekannt hätte, es war lediglich zu erkennen, daß es sich um einen Körper handelte – nicht um wen.

Die Person war nahezu gänzlich verkohlt. Ein mächtiges Feuer oder was auch immer mußte sie erfaßt und verbrannt haben. Kaum mehr als Asche und eine schwarze Silhouette auf den hölzernen Dielen waren von ihr geblieben. Selbst der Schädel hatte sich aufgelöst, das erkannte ich mit einem Blick, so entsetzt ich auch war.

Lediglich beide Unterschenkel sowie die Füße wirkten unversehrt. Nur dadurch konnte ich feststellen, daß sie auf dem Bauch gelegen haben mußte. Es sah fast aus, als habe dieses arme Geschöpf vor einem riesigen Flammenwerfer gestanden und sei von ihm völlig eingeäschert worden.

Daß dieser Vergleich hinkt, mein lieber Kollege, muß ich Ihnen gegenüber nicht erwähnen. Als Chirurg und praktischer Arzt wissen Sie so gut wie ich, es gibt vermutlich kein unkontrolliertes Feuer, das einen Körper komplett zersetzt und Teile davon nicht ebenfalls angreift. Jedenfalls kenne ich keines, das dazu in der Lage wäre. Selbst in einem Krematorium mit sehr großer Hitze vergeht ein Körper nicht völlig, es bleiben zumindest Teile des Schädels und der Beckenknochen übrig.

Teils überrascht, teils konsterniert eilte ich zu Miß Jammin. Sie schwankte bereits; was sie erleben mußte, brannte sich mit Sicherheit unauslöschlich in ihr Gedächtnis ein – wie mit einem Brandzeichen. Ihr Bewußtsein wollte sich offensichtlich davon abwenden und ihr gnädige Dunkelheit schenken, in der es diesen Anblick nicht gab. Dazu der grauenerregende Gestank! Sämtliche inneren Organe, zu denen er vorzudringen vermochte, rebellierten dagegen. Die Hand samt dem Taschentuch, die ich mir vor Nase und Mund hielt, nutzte nicht im geringsten.

Gerade noch rechtzeitig gelang es mir, sie zu halten, bevor sie zu Boden sank und ohnmächtig werden konnte. „Was ist hier geschehen?“ wollte ich von ihr wissen, während sie unablässig schluchzte; sie mußte ihren aufgestauten Gefühlen einfach ein Ventil verschaffen. Zugegeben, es war keine sehr gute Frage, die ich ihr stellte, doch eine bessere fiel mir aufgrund meiner eigenen schlechten Verfassung nicht ein.

„Mom –“, keuchte sie mit erstickter Stimme. Mehr brachte sie momentan nicht zustande, während sie fassungslos auf den verkohlten Leichnam neben uns starrte und ihren Blick keinen Moment davon abwenden konnte. Die Faszination des Grauens ist mitunter stärker als die Macht des Verstands.

Auch ich mußte wieder dorthin sehen und erkannte mit dem zweiten Blick, anhand der Schuhe, es mußte sich tatsächlich um eine Frau gehandelt haben. Die alte Mrs. Jammin... Kein sehr schönes Ende.

Vom Laden aus erklangen nun Stimmen. Außer mir hatten also noch andere die hysterischen Schreie vernommen und forschten ihnen nach. Ich konnte nicht erkennen, um wen es sich dabei handelte, ich wandte dem Einlaß zur Backstube den Rücken zu und war vollauf damit beschäftigt, Miß Jammin zu stützen, so daß sie nicht stürzte. Doch ich vernahm die raschen, wuchtigen Schritte von mehreren Personen, die unaufhaltsam näherkamen. Als die erste dieser Personen in der Tür zur Backstube stehen mußte, sagte ich, ohne mich umzudrehen:

„Holen Sie die Polizei. Und vor allem: Holen Sie Sherlock Holmes!“

Keine zehn Minuten später war Sherlock Holmes am Ort des Verbrechens erschienen. Ob es sich tatsächlich um eines handelte, das hier geschehen war, vermochte ich zum damaligen Zeitpunkt noch nicht zu sagen. Andererseits: Worum hätte es sich sonst handeln sollen?

Von einem Inspektor fehlte noch jede Spur. Lediglich ein Streifenpolizist, der zufällig in der Baker Street patrouilliert hatte, trottete einigermaßen selbstverloren umher, während sein Kollege zum Polizeirevier unterwegs war, um Verstärkung zu holen. Gelegentlich blieb er stehen und betrachtete sich den einen oder anderen Gegenstand, als suche er dort nach Spuren. Tatsächlich wollte er mit diesem Verhalten nur vertuschen, daß er heillos überfordert war und nicht den blassesten Schimmer einer Ahnung hatte.

Vermutlich drängte alles in ihm danach, Miß Jammin an Ort und Stelle zu verhaften, sie in eine Zelle zu stecken und den Schlüssel dazu in die Themse zu werfen, auf daß er nie wieder gefunden werde. Das verkniff er sich natürlich. Er war nicht nur geistig mit diesem Fall überfordert, er überschritt auch eindeutig seine Kompetenz.

Währenddessen hatte ich die drei Fenster zum Hinterhof geöffnet, um zu lüften. Die Luft war dadurch einigermaßen erträglich geworden, falls nicht, wäre ich vermutlich längst erstickt.

„Ich war draußen im Laden und kam hierher in die Backstube“, erklärte Miß Jammin dem Detektiv.

Noch immer war sie aschfahl; mühsam preßte sie mit tränenerstickter Stimme jedes Wort aus sich hervor. Zu einem Verhör war sie noch längst nicht in der Lage, doch es schien ihr bewußt zu sein, daß sie, wenn sie ein reines Gewissen besaß, von Sherlock Holmes nichts zu befürchten hatte. Im Gegensatz zur Polizei würde er niemanden aufgrund von hanebüchenen Indizien vorverurteilen, sondern diese Indizien vielmehr entwirren und sich auf die Seite der Unschuldigen schlagen.

„Plötzlich sehe ich Mom da auf dem Boden liegen“, fuhr sie fort. „Sie – sie brannte noch. Doch sie schrie nicht, bewegte sich auch nicht. Sie – sie muß bereits tot gewesen sein.“

Keine Reaktion. Holmes' Gesicht war eine Maske, durch die er keinerlei Gefühle hindurchsickern ließ.

„Natürlich wollte ich löschen", stellte Miß Jammin fest. „Irgend etwas tun, einfach nur helfen – ich weiß es nicht. Aber plötzlich gingen die Flammen aus und –"

Fragend sah mich Holmes von der Seite an.

„Das ist richtig", bestätigte ich ihre Aussage. „Als ich herkam, brannte die Tote nicht mehr."

„Mhm."

Nachdenklich rieb er sich die hervorspringende Nase und sah sich weiter um, wie er es getan hatte, seitdem er hier eingetroffen war. Sein Blick schien überall zu sein. An den Öfen, den Trögen, den Regalen – und nicht zuletzt auf und um die Leiche. Im Gegensatz zu dem Polizisten hatten seine suchenden Blicke jedoch Methode.

Holmes ging einige Schritte umher und nahm vor allem den Holzboden in Augenschein, ging in die Hocke und schüttelte unwillig den Kopf. Dann wandte er sich zu mir um, ohne Miß Jammin anzusehen, er ignorierte sie in voller Absicht.

„Was meinen Sie, mein lieber Watson?" stellte er die Frage aller Fragen, über die ich mir selbst den Kopf zerbrach: „Liegt hier ein Verbrechen vor?"

Ich erwiderte nichts, weil ich keine Antwort darauf kannte. Einerseits traute ich Miß Jammin nicht zu, ihre Mutter ermordet zu haben, es lag meines Wissens auch gar kein Motiv vor. Geld spielte keine Rolle; in einigen Jahren, wenn Gertrude Jammin für immer die Augen geschlossen hätte, wäre ihr bescheidener Besitz ohnehin ihrer Tochter zugute gekommen. Und gab es noch andere Motive?

Darüber hinaus fragte ich mich, wie ein zartes Geschöpf wie Miß Jammin einen derart bestialischen Mord durchführen sollte? Sie ist gewiß nicht sonderlich stark, man vermag ihr nicht zuzutrauen, einer Fliege etwas zuleide zu tun, auch wenn ich weiß, daraus spricht eher der Wunsch des Gedankens als die Realität.

Ein wissendes Lächeln tauchte in Holmes' Mundwinkeln auf, halb amüsiert, halb triumphierend. Vermutlich hatte er diesen Fall bereits gelöst. „Sehen Sie sich die Position der Gliedmaßen an!"

Eben jene Gliedmaßen, zumindest die Arme, waren vollkommen zu Asche geworden; als die Feuersbrunst über sie gekommen war, mußten sie weit ausgestreckt gewesen sein.

„Die Haltung läßt darauf schließen, daß Mrs. Jammin nicht tot war und hergebracht wurde, um angezündet zu werden."

„Mr. Holmes!" widersprach Miß Jammin. „Ich sagte Ihnen bereits, ich habe Mom nicht –"

Sein erhobener Zeigefinger ließ die junge Frau sofort verstummen; er fuhr fort: „Sie muß vornüber gefallen sein und wollte sich im Sturz noch abstützen, den Kopf vor dem Aufprall schützen. Vielleicht fiel sie aufgrund der Flammen, die plötzlich von ihr Besitz ergriffen. Es gelang ihr nicht, das Feuer war schneller."

Außer mit offenem Mund dazustehen fiel mir nichts ein, was ich dazu sagen sollte.

Holmes war in seinem Element, als er fragte: „Kennen Sie das Phänomen der spontanen Selbstentzündung, mein werter Watson?"

„Ich habe davon gehört", nickte ich. „Aber soweit ich weiß –"

„Soweit Sie wissen, sind die Berichte darüber Humbug, nicht wahr?" Wie ein hungriger Wolf in der Steppe streifte er weiter durch die Backstube. Überall schienen seine scharfen Augen zu sein, saugten begierig jedes Detail ein, während sein Gehirn sie miteinander verknüpfte und daraus ein Ergebnis zu ziehen versuchte.

Der Polizist war inzwischen stehengeblieben und entschied, nicht weiter Geschäftigkeit vorzugeben, sondern dem Meister der Deduktion zu lauschen.

„Erste Berichte über SHC, die Spontaneous Human Combustion, stammen bereits aus dem Jahr 1671. Ein Trinker aus Paris soll bis auf Kopf und Fingerkuppen vollständig verbrannt sein, ohne daß dabei sein Lager aus Stroh entzündet wurde."

Am liebsten hätte ich ihm widersprochen. SHC ist für einen rational denkenden Menschen wie mich ebenso eine Legende wie die Geschichte von der jungen Braut, die während ihrer Hochzeit stirbt, weil ihr Kleid mit Leichengift getränkt ist. Das Kleid gehörte angeblich einer Toten, die darin bestattet wurde, und das Kleid wurde ihr von einem Totengräber ausgezogen, der es verkaufte.

Andererseits: Wenn mein Freund Holmes SHC für möglich hielt, war ich gerne bereit, meinen Standpunkt zu ändern.

„Ich sehe die Skepsis in Ihrem Gesicht, Watson“, erwiderte er, „doch dieses Phänomen gibt es tatsächlich. Und auch hierzulande. Vor einigen Jahren sind besonders in Whitechappel mehrere Personen auf mysteriöse Weise verbrannt, selbst die Knochen – genau wie hier. Dabei würden selbst nach einem stundenlangen Hausbrand wenigstens die Knochen übrigbleiben. Es muß also eine außergewöhnlich heiße Flamme gewesen sein.“

„Sind auch dort Teile übriggeblieben?“ erkundigte ich mich, weil ich mich längst mit der Rolle des Stichwortgebers abgefunden hatte, nicht erst seit jetzt.

„Genau wie hier. Von einigen blieb ein Arm übrig, von anderen wiederum der Torso.“

„Und das Feuer ist ebenfalls nicht auf die Umgebung übergesprungen?“

„Genau wie hier“, bestätigte Holmes erneut, ohne seine scheinbar ziellose Wanderung durch die Backstube zu beenden. „Sehen Sie sich den Fußboden an: Er müßte eigentlich lichterloh in Flammen stehen und ebenfalls verbrannt sein, dieser ganze Raum hier hätte brennen müssen, wäre Mrs. Jammin beispielsweise mit Spiritus übergossen worden.“

Jetzt erst setzte sich Holmes auf einen Stuhl. Er lehnte sich weit nach hinten, die Beine übereinandergeschlagen. Die Fingerspitzen der einen Hand berührten nachdenklich die der anderen.

„Aber die Bohlen sind nur angesengt“, erklärte er, und seine Stimme schien aus einer modrigen Gruft zu kommen. „Mrs. Jammin kann also gar nicht mit Spiritus übergossen worden sein.“

„Man hätte sie bewußtlos schlagen und –“

„Nein!“ widersprach er mir energisch. „Wie ich schon sagte: Sie ist gestürzt, vornüber hingefallen. Außerdem, mein lieber Watson: Wer hätte das tun sollen? Miß Jammin?“

Die Angesprochene blickte mich erschrocken an. Erst jetzt verstand ich, außer ihr kam niemand sonst als Mörder in Frage.

„Haben Sie eine Theorie, Holmes?“

„Mehr als das“, antwortete er mit einem Nicken. „Man sagt sich, dieses Phänomen trete durch zu hohen Alkoholgenuß über Jahre hinweg auf. Daß die menschlichen Zellen von Alkohol geradezu getränkt sind und es dann nur noch eines Streichholzes, wenn man sich eine Zigarette anzündet, bedarf, um in Brand zu geraten. Sie als Arzt wissen, wie unsinnig das ist. Man kann ein Stück Filet mit reinem Alkohol marinieren und es dann flambieren, ohne daß es verkohlt. Viele behaupten, es sei eine Strafe Gottes für Säufer, doch ich halte mich lieber an die Fakten."

„Ein menschlicher Körper besteht zu mehr als siebzig Prozent aus Wasser", räumte ich ein. „Wie sonst kann er verbrennen? Nur durch den Fettanteil des Körpers? Der dürfte zu gering sein. Mrs. Jammin war – nun, nicht sehr füllig..."

„Und sie trank auch nur gelegentlich nach dem Essen einen Whisky", fügte ihre Tochter hinzu. „Und auch nur einen ganz kleinen für die Verdauung!"

„Professor Blauschmidt von der Universität Wien hat zu diesem Thema Versuchsreihen durchgeführt", knurrte Holmes ein wenig ungehalten. Ihm war anzusehen, er wäre hier liebend gern mit einem Verbrechen konfrontiert worden, das er unter Zuhilfenahme seiner brillanten Deduktion aufgeklärt hätte. Doch wo kein Verbrechen war, ließ sich auch keines entlarven. „Er entwickelte dabei den sogenannten Docht-Effekt."

Er machte eine Kunstpause und genoß es sichtlich, sowohl Miß Jammin als auch mich unwissend im eigenen Saft schmoren zu lassen. Im wahrsten Sinne des Wortes.

„Die Versuche führte er mit Leichen aus der Pathologie durch. Er träufelte nur geringe Mengen Brandentwickler über den toten Körper, so daß gerade genügend Hitze entstehen konnte, um das Körperfett zum Brennen zu bringen. Die Kleidung fungierte dabei als langsam dahinbrennender Docht, daher der Name ‚Docht-Effekt'. Der Körper wird mit kleiner Flamme über Stunden hinweg vollständig verbrannt. Professor Blauschmidt hat herausgefunden, daß dabei Temperaturen von über 800 Grad Celsius entstehen können. Die lange Dauer des Brandes kann sogar die Knochen vollständig einäschern. Damit könnte man SHC erklären, aber –"

„Mom ist nicht mehrere Stunden –"

„Ich versuche nur, die Fakten darzulegen, Miß Jammin", brachte Holmes die aufgebrachte junge Frau abermals mit einer Handbewegung zum Schweigen. „Sie müssen sich nicht verteidigen, ich glaube Ihnen, daß Sie Ihre Mutter nicht ermordet haben. Ansonsten würde man hier in der Backstube nämlich immer noch den Brandbeschleuniger riechen, außerdem auch Sie selbst. Der Holzboden wäre verbrannt, was er nicht ist. Außer daß Sie Ihre Mutter finden mußten, haben Sie nichts damit zu tun. Nein!" Er machte eine energische Geste. „Es muß hier einer der seltenen Fälle von spontaner Selbstentzündung vorliegen, auch wenn ich nicht sagen kann, wodurch er ausgelöst wurde."

„Womit Sie mich überraschen, Holmes."

Er grinste mich schal an. „Immerhin ziehe ich es vor, mein Unvermögen zuzugeben, anstatt mich in irgendwelche kruden Spekulationen zu verrennen."

„War's das? Können wir jetzt unsere Arbeit machen?" Inspektor Lestrade war derweil in der Tür zur Backstube erschienen, meldete sich allerdings jetzt erst zu Wort. Ich hatte weder ihn bemerkt, noch das etwa halbe Dutzend weiterer Polizisten in seinem Schlepptau, die sich darauf beschränkt hatten, fasziniert Holmes' Ausführungen zu lauschen.

„Ja, das war es, Inspektor." Holmes grinste sichtlich amüsiert und erhob sich von seinem Stuhl. Aufmunternd klatschte er in die Hände und sagte, an mich gerichtet: „Kommen Sie, mein werter Watson. Wir sind hier fertig!"

Aus dieser Anekdote erkennen Sie, mein sehr verehrter Mr. Fitzpatrick – selbst Sherlock Holmes, den ich die Ehre habe, meinen Freund zu nennen, steht manchmal vor einem Rätsel, das selbst er nicht aufzulösen vermag. Aber immerhin gelingt es ihm auch damit, mich ständig aufs neue zu überraschen.

Mit vorzüglicher Hochachtung
Ihr
John Watson

Stephan Peters

EIN FALL VON NEKROPHILIE

Wenn mir jemand an diesem trüben Novemberabend des Jahres 1904 erzählt hätte, daß mein Freund Sherlock Holmes, der sich zu diesem Zeitpunkt wieder einmal kokain-träge und melancholisch auf der Couch herumdrehte, und der in über tausend Fällen dem Guten zum Siege verholfen hatte, zum Mörder werden sollte, dann hätte ich diesen Jemand schallend ausgelacht.

Doch etwa vier Stunden später trat das Unfaßliche tatsächlich ein – der größte Detektiv aller Zeiten streckte mit sechs Schüssen aus seinem Revolver ein Mädchen nieder.

Beinahe noch ungeheuerlicher sind die Geschehnisse, die dazu geführt haben, und voll Abscheu und Unglauben blicke ich auf die mysteriösen Verstrickungen zurück, die diese Bluttat ausgelöst haben. Ein Miasma von Vermutungen, Ehebruch, Obsessionen – und, ich scheue mich, dieses Wort zu gebrauchen: Nekrophilie!

Doch ich greife vor, eine Untugend, die einem Chronisten nicht ansteht. Aber je mehr ich diesen Fall rekapituliere, desto mehr neige ich dazu, das Geschehen als den Alptraum zweier nicht mehr ganz junger Gentlemen zu betrachten. Denn ich war noch zu sehr mit dem frühzeitigen Tode meiner geliebten Frau Mary, geb. Morstan, beschäftigt, und eine neuerliche Vermählung ging mir durch den Kopf.

Holmes litt wieder einmal an Depressionen, wie immer, wenn kein neuer Fall in Sicht war. Selbst Geigenspiel und eine siebenprozentige Kokain-Lösung vermochten ihn nicht aufzuheitern.

Der Abend war naß und trübe, welkes Laub bedeckte die Baker Street, und durch den trägen Nebel eilten frierende Menschen nach Hause. Mein Blick fiel gelangweilt auf die burgunderfarbene Seidentapete, dann auf den mittlerweile fünfzigjährigen Freund und Partner, der mir nun gar nicht gefallen wollte. Sein scharf geschnittenes Gesicht war gelblich und seine Augen noch trüber als der Smog draußen. Er starrte mit leerem Blick ins Kaminfeuer und sog an seiner Pfeife. Der Shag-Tabak bedeckte seinen roten Morgenrock aus Brokat, auf dem chinesische Drachen eingestickt waren, die mich böse fixierten, als wollten sie Holmes vor meinen Blicken schützen. Neben der Couch lagen wahllos und aufgeschlagen Magazine und Bücher herum, ein Zeichen seiner Desorientierung und Langeweile. Eine Gaslampe warf seltsame Schatten auf Reagenzgläser, und ich war froh, daß diese Erfindung, die seit über zehn Jahren in den Haushalten Einzug hielt, das garstige Petroleum ersetzt hatte. Aber ich durfte mich von dieser bleiernen Stimmung nicht anstecken lassen. So überlegte ich mir krampfhaft einen Grund, dieses Mausoleum für ein paar Stunden verlassen zu können. Vielleicht sollte ich mit Mrs. Hudson, unserem guten Geist, spazierengehen. Doch angesichts des trüben Wetters würde sie mich für übergeschnappt halten. Beinahe hätte die Resignation meine Knochen völlig erstarren lassen, als ich einen jungen Mann im Ulster zielstrebig auf die Baker Street 221 B zueilen sah. Mir fiel ein Stein vom Herzen, und meine Muskeln entkrampften sich. Es war wohl ein neuer Klient, und inzwischen war es mir völlig gleichgültig, was er von uns wollte, denn ich ahnte nicht, in welchen Strudel von Schrecken und Wahnsinn wir durch diesen jungen Mann gerissen werden sollten.

Holmes, der von seiner Liege aus natürlich nicht das Geschehen auf der Straße verfolgen konnte, griff in die Zigarrenkiste und sagte: „Ich bin gespannt, was uns der junge Mann mitzuteilen hat."

„Woher, um alles in der Welt, wissen Sie, daß es sich um einen jungen Mann handelt? Es könnte ja auch eine ältere Lady oder ein alter Mann sein. Oder eine junge Frau und..."

Holmes paffte gelangweilt blaue Wolken in den Kamin. „Beobachtung, Watson! Beobachtung! Wie oft muß ich Ihnen das noch sagen? Ich habe Sie beobachtet, und die lange Zeit unserer erquicklichen Partnerschaft belehrte mich, daß Sie siebzehn verschiedene Mienen zur Verfügung haben, wenn Sie Menschen beobachten. Ein älterer Gentleman konnte es also nicht sein, denn dann hätten Sie Ihr Gesicht nicht bewegt, sondern zur Zigarre gegriffen. Bei einer alten

Lady hätten Sie die rechte Braue emporgehoben, bei einer jüngeren beide und zur Zigarette gegriffen, wobei Sie mit dem rechten Nasenflügel geschnuppert hätten."

„Ich bin kein Kaninchen!"

„Wissen Sie eigentlich, wie viele Mienen *mir* zur Verfügung stehen?"

Ich hielt den Atem an und dachte verlegen und angestrengt nach. Eigentlich keine, fiel mir erschrocken auf. Vielleicht zwei oder drei. Der Mann schien äußerlich keiner Gefühlsregung fähig, aber seine langsame oder hektische Art zu rauchen, die Nuancen seiner Stimme, das nervöse Spiel seiner feingliedrigen Finger sagten doch etwas anderes aus.

Bevor ich antworten konnte, klingelte es. Mrs. Hudson, deren Gleichmut gegen die Schrullen von anderthalb Junggesellen ich stets bewundert habe, öffnete dem späten Gast die Tür. Er hastete die Stufen hinauf und stellte sich Sekunden später vor.

„Ozias Midwinter, mein Name", sagte der gut gekleidete Gent und verbeugte sich linkisch. Holmes, der wie ich über diesen seltsamen Namen grinsen mußte, stellte uns kurz vor, ohne sich von seinem Lager zu erheben. Ein seltener Mangel an Korrektheit, den ich auf seinen Drogenkonsum zurückführte. Trotzdem mochte ich wetten, daß er binnen dreier Sekunden wüßte, welchen Beruf und welche Passion unser Klient ausübte. Doch auch mir als Arzt fielen sein wächsernes Gesicht und das Zittern seiner Hände auf, das mir ebensowenig gefallen wollte wie das ständige Zucken seiner Augen in Richtung Fenster, als erwarte er, einen Dämon hereinfliegen zu sehen. Ich bot ihm einen Sherry an, den er hastig hinunterstürzte. Erst dann entspannten sich seine Glieder, und er streckte die Beine vor dem Kaminfeuer aus.

„Meine Herren, der Grund meines Hierseins wird Ihnen gewiß so erstaunlich erscheinen, daß Sie mich sofort in ein Sanatorium einweisen werden."

„Beruhigen Sie sich", sagte Holmes lächelnd. „Von uns wurde bisher noch niemand dorthin geschickt. Und selbst wenn Ihr Bericht nicht stimmen sollte, wovon ich nicht ausgehe, stört uns das nicht weiter. Hauptsache, die Story ist spannend!"

Ich schenkte dem verblüfft dreinschauenden Besucher nach, und leichte Röte stieg in sein nervöses Gesicht.

„Ich leite eine Bank in Paddington", begann er seine Erzählung, „und bin gewiß schon deshalb allem Mysteriösen, Unbegreiflichen abhold." Er räusperte sich beklommen.

„Die Visionen des Mr. Leeds zum Beispiel, der seinerzeit Königin Victoria beraten hat, halte ich für baren Unfug. Ich bin seit sieben Jahren glücklich verheiratet, das heißt, wenn man von dem schrecklichen Zeitpunkt der Geschehnisse absieht, aufgrund derer ich hier bin.

Es war in Brighton, vor genau einem Jahr. Da Susan, meine Frau, wegen einer Influenza bettlägerig war, verbrachte ich ein paar Tage in diesem Seebad, um mich von anstrengenden Geschäften zu erholen. Mein Arzt hatte mir dazu geraten, und es fiel mir schwer, mich von meiner Frau zu trennen."

Ich konnte beobachten, wie Holmes verhalten gähnte.

„Nun, wie Sie sich sicher vorstellen können, ist Brighton um diese Zeit alles andere als gut besucht, der Strand ist leergefegt und die Hotels verlassen. Man sehnt sich nach einem guten Gespräch. Als ich abends im *Strand* saß und bei einem Grog den Möwen nachsah, die im Nebel des Meeres verschwanden, setzte sich eine junge Dame zu mir an den Tisch. Wir waren die einzigen Besucher des Lokals. Ich muß Ihnen gestehen, daß mir beim Anblick des zarten, engelsgleichen Geschöpfes, dessen blonde Haare vom Wind zerzaust waren und ihm wild ins Gesicht hingen, der Atem stockte. Die Dame legte ihr schwarzes Cape ab und sagte: ‚Ich hoffe, mein Herr, ich störe Sie nicht?' Ihre Stimme war zaghaft, aber klar. Ich verneinte vehement, und sie bestellte sich zu meiner Verblüffung Soda mit Eis! Wissen Sie, es gibt Menschen, die nur von dem leben können, was sie sind. Ich bevorzuge daher etwas Kühles."

„Können Sie Ihren Bericht nicht etwas forcieren; wir haben heute noch einen wichtigen Termin", log Holmes ungeduldig.

„Wie Sie wünschen." Ozias Midwinter sah auf seine Uhr und dann wieder gehetzt zum Fenster.

„Aber jedes Detail ist wichtig, und Sie werden mir vielleicht mehr

Aufmerksamkeit schenken, wenn ich Ihnen sage, daß dieses Mädchen, das sich zu mir setzte, eine Tote war."

Sogar der hartgesottene Holmes zuckte bei dieser Bemerkung zusammen, und sein Blick in meine Richtung verriet mir, daß unser Klient vielleicht der erste Fall wäre, dem wir die Behausung der Irrsinnigen anempfehlen würden. Zumindest hatte Midwinter es erreicht, daß wir beide auf einmal sehr wach wurden. Im Nachhinein muß ich allerdings gestehen, daß es im weiteren Verlauf der Ermittlungen fast dazu gekommen wäre, daß Holmes und ich uns in einer solchen Anstalt wiedergefunden hätten.

Ozias Midwinter griff dankbar in die von Holmes angebotene Zigarrenkiste. Wir drei rauchten, so daß es im Zimmer dadurch noch nebeliger als draußen wurde. Die Lampe warf unsere Schatten gespenstisch an die Wände, und Regen prasselte gegen das Fenster. Ich legte gedankenversunken ein paar Holzscheite ins Kaminfeuer. Vielleicht war Mr. Midwinter gar kein Klient? Vielleicht fielen wir gerade auf einen seltenen Streich von Holmes' Bruder Mycroft herein? Egal. Ich war dem Mann dankbar, daß er uns aus der Lethargie gerissen hatte.

So fuhr Ozias Midwinter fort: „Um es kurz zu machen: ich verliebte mich Hals über Kopf in die Lady, wohlwissend, daß mich eine liebende Gattin zu Hause erwartete. Einmal berührte ich die Hand meines Gegenübers kurz und nahm sie schnell wieder zurück, als ich ihre eisige Kälte spürte. Meine Schönheit sprach über Kunst, Literatur, Politik und Liebe. Aber nicht wie ein Mensch ihres Alters – ich schätzte sie um die zwanzig -, sondern wie jemand mit sehr viel Lebenserfahrung, was mich stutzig machte. Sie plapperte nichts nach, wie es in diesem Alter oft der Fall ist. Immer wieder mußte ich auf ihren sinnlichen Mund blicken, in ihre abgründigen, tief-dunklen Augen, die irgendwo aus der Tiefe des Universums zu glimmen schienen wie zwei sterbende Planeten."

„Sollte Ihre Bank in Paddington einmal nicht mehr liquide sein", frotzelte Holmes, „könnten Sie sich als Dichter einen Namen machen!"

Mr. Midwinter verzog ärgerlich den Mund. „Ich wußte, Sie würden mir nicht glauben..."

„Nein, nein. Fahren Sie nur fort", ermutigte ich ihn. Aber Holmes hatte schon recht. „Sie haben uns noch nicht den Namen der Lady verraten", versuchte ich die Peinlichkeit zu überbrücken.

„Oh, natürlich. Wie dumm von mir! Ihren richtigen Vornamen habe ich bis jetzt noch nicht erfahren. Sie sagte seltsamerweise später zu mir: *Du kannst mich nennen, wie du willst.* ‚Ich nenne dich Nona!' sagte ich. Gewiß ein seltsamer Name, er fiel mir plötzlich so ein. Doch schauen Sie sich nur *meinen* Namen an."

„Ohne Ihnen nahetreten zu wollen", unterbrach Holmes wieder. „Aber so seltsam kommt mir Ihre Geschichte bis jetzt gar nicht vor, wenn man davon absieht, daß Ihre Begleiterin angeblich tot war. Ein Urlaubsflirt, wie viele. Und eine junge Dame, die Ihnen imponieren wollte, indem sie sagte, sie sei tot. Kennen Sie wenigstens ihren Nachnamen?"

„Oh ja. Und sogar den ihres Bruders! Er hieß Trevor. Victor Trevor aus Donnithorpe, Norfolk!"

Holmes sprang mit solch einer Gewalt von seinem Sofa auf, wie ich es zuvor noch nicht erlebt hatte. Sein ohnehin schon bleiches Gesicht wurde aschfahl, und um ein Haar wäre ihm die Zigarette aus dem Mund gefallen. Er wankte leicht, als er zum Kamin ging.

„Guter Gott!" sagte er.

Und ich: „Was ist mit Ihnen, mein Freund? Sie sehen aus, als müßte ich standesgemäß eingreifen."

„Schon gut, Watson, schon gut. Schnell einen Whisky, und nicht zu knauserig eingeschenkt. Denn ich befürchte, unser ehrenwerter Besucher spricht mit jedem Wort die Wahrheit. Der Himmel sei mir gnädig..."

„*Ihnen*, nicht – uns?" fragte ich zögernd.

„*Mir*, Watson. Mir."

Mr. Midwinter sah uns verblüfft an, fuhr aber fort: „Das Unfaßbare geschah, Gentlemen, denn ich verbrachte mit Miß Trevor eine Liebesnacht. Und keinen Augenblick lang dachte ich dabei an Susan, die mir täglich Liebesbriefe ins Hotel schickte. Bitte fragen Sie nicht nach den Einzelheiten dieser Nacht, so schön und entsetzlich zugleich sie waren." Holmes winkte theatralisch ab, mit der Geste eines Dirigenten, der einen Moll-Akkord begleitet. Nun war es an mir, einen Whisky zu trinken und mir eine Pfeife anzuzünden. Viermal fiel mir dabei das Streichholz aus der Hand.

„Nach dieser Nacht wußte ich alles über die Liebe – und alles über den Tod. Ich blickte in wollüstige Paradiese und finstere Höllen. Nur eines lassen Sie mich Ihnen noch verraten: Nonas Körper war zu keiner Sekunde warm, und ich glaubte, auf unserem Liebeslager aus Samt, Moschus und Weihrauch den pestgetränkten Hauch des geöffneten Grabes zu spüren. Und das allerschlimmste war: es hat mir gefallen!“

„Das Ganze hört sich sehr arrangiert an“, meinte Holmes, endlich wieder sachlich.

„So war es auch. Als wir in mein Hotelzimmer gingen, das sich in unmittelbarer Nähe des Strandes befand, in völliger Einsamkeit und hoch auf den Dünen, stellte ich fest, daß mein Zimmer in ein orientalisches Chambre separée verwandelt worden war. Erlesene Speisen und süßliche Weine umrahmten das Bett, und schwarze, parfümierte Kerzen erhellten den Raum.

Als ich am nächsten Morgen erwachte, lag Nona stocksteif neben mir. Ihr nackter, weißer Körper schien aus Marmor zu sein, der mit regennassen Spinnweben im Herbstnebel überzogen war. Ich schrie sie an: *Nona! Nona! Was ist mit dir? Wach auf!!* Da erwachte sie, träge und matt, wie aus einem Opiumrausch.

Holmes zuckte zusammen. Unser Klient hatte genau den Zustand beschrieben, in dem er selbst häufig war.

„Als sie sich langsam anzog, bewegte sie sich wie eine Marionette. Ich wollte wissen, ob sie krank sei, doch sie schüttelte nur müde den Kopf. *Ich bin tot,* antwortete sie. *Ich bin tot.*

‚Du bist vollkommen verrückt!’, entfuhr es mir, doch sie erwiderte:‚Nein, glaub es mir, mein Schatz. Es gibt nur wenige von uns, Gott sei Dank. Und ich kann dir auch nicht sagen, warum das so ist; ich weiß es selbst nicht. Es gibt böse Geheimnisse auf dieser Welt...’ Unwillkürlich tastete ich meinen Hals ab. Da lachte sie:‚Nein, nein. So geht das nicht. Ich bin kein Vampir. Aber ich bin tot, und somit vielleicht schlimmer als ein Vampir. So möchte ich dich bitten, auch in Hinblick auf deine Ehe, daß wir uns nie wiedersehen werden. Du hast wenigstens eine Frau, die auf dich wartet. Mir bleibt nur das Grab, dem ich ab und zu entsteige, um der ewigen Einsamkeit und Kälte zu entgehen. Ab und zu verliebt sich ein Mann – oder eine Frau – in mich, doch ich bringe ihnen nur Unglück. Sie werden allmählich gefühlskalt, kapseln sich völlig von der Außenwelt ab, um dann irgendwann im Wahnsinn zu enden. Wenn sie Glück haben, begehen sie Selbstmord. Wenn nicht, werden sie wie ich. Denn sie haben das Unfaßbare kennengelernt. Jenseits der Realität und jenseits des Traums. Sie vegetieren in einem seltsamen Zwischenreich und sind nirgends zu Hause. Ich bitte dich, Ozias, verlaß mich! Und trotzdem liebe ich dich. Wir können uns nie wiedersehen. Es gibt keine Sicherheit auf dieser Welt.'

‚Wenn du so fest daran glaubst', antwortete ich sarkastisch, ‚wie kannst du da so sicher sein? Solche Sätze plappern nur Menschen ohne Willen und Macht nach; das ist eine Sklavenmoral, die jeder zweite auf sein Panier schreibt. Aber du, Nona, du und ich, wir sind mächtig, weil wir wissen, *was genau* wahre Liebe ist. Nicht das, was der Plebs sagt. Und noch mehr: wir wissen, was der Tod ist! Du hast es ja eben selber gesagt: *jenseits der Realität und jenseits des Traums liegt das Unfaßbare!*'

Sie zuckte resignierend mit den Schultern. Dann sagte sie matt: ‚Eigentlich ist es *doch* schade, daß wir keine Vampire sind. Vampir sein bedeutet, dem Gegenüber ein Mögliches an Unsterblichkeit zu schenken.'

So kam sie in jeder Nacht meines Urlaubes zu mir. Am Abend vor meiner Heimreise nach London wollte ich endlich Gewißheit haben. Zwei Stunden vor unserem letzten Zusammensein, in jenem abgelegenen Hotel an der Küste, ging ich zum Friedhof. Ich zweifelte an meinem Verstand.

Der Friedhof befand sich in einem kleinen Wald hinter den Dünen. Es war so finster, daß ich des öfteren hinfiel – beinahe wäre ich in einem Morast versunken, der den Friedhof wie ein Burggraben umgab. Der Küstenwind pfiff mir um die Ohren, und ich zog meinen Schal fest um den Kopf. So hastete ich wie ein Ghoul zwischen vermoderten Gräbern und umgefallenen Kreuzen, um das angebliche Grab meiner Geliebten zu finden. Jedesmal, wenn das Friedhofstor scheppernd zufiel, zuckte ich zusammen. Ein mit Moos bewachsener Marmorengel schien jeden meiner Schritte zu verfolgen. Ich glaubte sogar einmal, er hätte seine Flügel bewegt, um auf mich zuzufliegen, damit er mich ins Reich der Toten tragen könne.

Da sah ich ihn: den Grabstein von Lady Trevor! Geboren 1835, gestorben 1854, also vor etwas über dreißig Jahren. Schnecken krochen über die Inschrift, und ich hastete zurück, als sich die Erde vor mir bewegte. So, als seien Armeen von Wühlmäusen am Werk. Mir zitterten die Knie, aber eine morbide Lust hielt mich davon ab, ins Hotel zurückzufliehen. Ich weidete mich förmlich an meinem eigenen Grauen, ein Gefühl, das beinahe noch intensiver war als die Liebesnächte mit Nona. Meine Lippen zuckten nach oben, meine Nase kräuselte sich wie die eines Wolfes. Da sah ich ihre liebliche, weiße Hand, wie sie sich im Grabstein festkrallte und ein paar Schnecken zerquetschte. Nona kroch aus dem Grab wie aus dem Mutterschoß: feucht und verschmutzt. Sie war gar nicht sonderlich erstaunt, mich zu sehen. Lächelnd sagte sie:‚Nun, glaubst du mir jetzt, *mon petit prince carneval*?', wobei sie sich Erde, Lilien und feuchtes Laub vom Cape strich, an dem noch ein paar Schnecken hingen. Ich starrte sie mit der Wollust eines Vampirs an. ‚Nona, bis zum Hotel halte ich es nicht mehr aus...' Ich riß ihr das Cape von den bleichen, süßen Schultern, und wir warfen uns auf das Grab, das köstlicher war als jedes Liebeslager.

Sie lachte den abnehmenden Mond an, biß in mein Ohr und sagte:‚Ich will dir Dinge zeigen, die du noch niemals sahst; und ich will deine Seele aus deinem Körper herausrinnen seh'n...'

Ich biß in die Graberde, als sei es die köstlichste Speise...

Ozias Midwinter unterbrach seinen fantastischen Bericht, um sich erneut einen Sherry zu genehmigen. Das Kaminfeuer war fast zur Gänze heruntergebrannt, und mich fröstelte, obwohl es sehr warm im Zimmer war. Unsere Schatten sahen wie die von riesigen Fledermäusen aus. Der Regen hatte zugenommen und prasselte gegen die Scheibe.

Wie kann Holmes so etwas Verrücktes glauben?, dachte ich. Er, der zynische Analytiker, der jeden Humbug sofort durchschaut. Nicht er war für Mr. Midwinter zuständig, sondern ein gewisser Dr. Freud, der in Wien die abenteuerlichsten Thesen über die menschliche Seele von sich gab und sogar seit zwei Jahren eine Professur innehatte. Ungeheuerlich!

Doch Holmes stopfte sich die Lesepfeife, und ein paar Tabakkrümel fielen auf seine persischen Hausschuhe. Ich nahm mir noch eine parfümierte Zigarette aus der fast leeren Tabatiere und legte meinem Freund die Hand auf die Schulter. Für ein paar Sekunden erwiderte er die Geste.

Die verkohlten Holzscheite gaben knackende, explodierende Laute von sich. Irgendwie kam ich mir vollkommen überflüssig vor. Endlich unterbrach Holmes das Schweigen: „Ich nehme an, Miß Trevor hat Sie auch in London heimgesucht?"

„So ist es. Aber auf eine schreckliche Art und Weise, und ich befürchte, meine Frau wird sich von mir trennen. Die ersten Tage zu Hause überlebte ich mehr tot als lebendig, und Susan schüttelte den Kopf, als sie in mein ausgemergeltes Gesicht blickte. Wenigstens war sie wieder genesen. Und da sie sozial sehr engagiert ist, hat sie im Londoner East-End so manche Verpflichtung wahrzunehmen. Von Nona hörte ich nichts mehr, was mich glücklich und unglücklich zugleich machte. Inzwischen glaubte ich, ein Fiebertraum habe mich in Brighton heimgesucht. Vielleicht hatte Susan mich angesteckt? Vor ein paar Wochen kam sie zu mir nach Hause – ich war seit Tagen krank, liebeskrank, und ging nicht zur Arbeit. Ich hockte mißmutig im Wohnzimmersessel und sah trübsinnig ins Kaminfeuer. Auf einmal stürmte Susan wie von Furien gehetzt aus dem Schlafzimmer. Mit zitternder Hand wies sie auf unser Bett. ‚Kannst du mir das erklären?'

Ungläubig blickte ich auf die Kopfkissen, auf denen lange, blonde Haare lagen. Und Susan ist brünett. Und der Duft im Zimmer, gütiger Himmel! So wie auf unserem Liebeslager in Brighton: Sandelholz, Parfüm und Weihrauch; dann ein Gemisch aus Tod und Verwesung. Susan machte mir eine schreckliche Szene, bei der ich alles abstritt, denn in London war ja tatsächlich nichts vorgefallen.

Sie warf mir Untreue vor, drohte mit Scheidung und verließ kurz darauf das Haus, um bei ihrer Cousine Unterschlupf zu finden. Ich möge mich innerhalb von drei Wochen entscheiden, sonst wolle sie bei unserem Anwalt vorstellig werden.

Wieder mal zweifelte ich an meinem Verstand, wobei mich die Leere des großen Hauses noch mehr hinabzog. Ich ging verstört ins Wohnzimmer, da hörte ich eine klare, aber brüchige Stimme aus dem Schlafzimmer:,Guten Abend, mein Liebling. Ich bin zu dir gekommen!' Sie lag nackt auf dem Bett und rauchte eine Zigarette. Nona streckte mir ihre bleichen Hände entgegen.,Nun sind wir für immer vereint', sagte sie, und ich warf mich wie von Sinnen in ihre Arme.

Mr. Holmes! Morgen läuft Susans Ultimatum ab. Und ich glaube, ich verliere den Verstand, denn ich liebe Nona und denke ununterbrochen an Susan. Dabei geht es mir immer schlechter, und wenn Sie mir nicht helfen, bringe ich mich um. Befreien Sie mich von Miß Trevor! Ich zahle Ihnen jeden Preis. Sogar mit *carte blanche*, wenn Sie es wünschen."

Holmes nickte. „Ist Miß Trevor jetzt bei Ihnen und schläft?"

„So ist es." Holmes sprang auf.

„Dann wollen wir keine Zeit verlieren! Watson, holen Sie einen großkalibrigen Revolver! Und vergessen Sie Ihre Arzttasche nicht. Sie ist vielleicht noch wichtiger als die Waffe."

„Mr. Holmes, ich weiß nicht, wie ich Ihnen danken soll... Aber was um Himmels willen wollen Sie mit einem Revolver?"

Holmes ging gar nicht darauf ein, sondern bedeutete Midwinter mit seiner berühmten, herrischen Geste zu schweigen.

Der wäßrige Morgennebel verschlang unseren Landauer, und der Kutscher zog fröstelnd den Kragen hoch. Das holprige Pflaster führte durch eine Kastanienallee, die Hufe der Pferde wirbelten verwelktes Laub auf.

„Holmes, was zur Hölle haben Sie vor?"

Doch er blickte finster in den trüben Himmel. „Mein lieber Watson, es gibt Grenzen, wo jede Analyse aufhört", sagte er hohl. „Dann zählt nur noch Handeln, egal, welche Konsequenzen man zu erwarten hat. Das Leben, mein Lieber, hat mit Büchern und Wissen nicht das geringste zu tun. Das bilden wir uns nur ein. Und ich befürchte, ab heute werde ich überhaupt kein Buch mehr lesen. Vielleicht widme ich mich sogar der Bienenzucht und ziehe mich aufs Land zurück; ganz still, ganz stumm."

Ich mußte lächeln. Holmes ohne Aktivität und Studium – unmöglich. Doch das Unglaubliche trat tatsächlich ein, als er 1912 seinen letzten Fall löste. Von da an tat er das, was er mir in jener unheilvollen Stunde, als sich die Nacht dem Morgen ergab, prophezeite. Und ich selber trat tatsächlich noch einmal vor den Altar.

Der Landauer hielt vor einer beachtlichen Villa, und Ozias Midwinter, der inzwischen um Jahre gealtert schien, hastete die Treppe hinauf.

„Holmes, beeilen Sie sich! Meine Frau wird in wenigen Stunden zurückkommen."

Dann öffnete er mit zitternder Hand die Schlafzimmertür. Mir war ebenso beklommen zumute, und ich sagte zu Holmes: „Wie schrieb Shakespeare noch mal? *A faint cold fear thrills through my vains.*"

„Genauso fühle ich mich jetzt, lieber Watson: *ein kalter Schauder fährt durch meine Adern...*"

„Das ist sie, meine Herren: Nona Trevor!" Auf dem Bett lag ein tatsächlich wunderschönes Geschöpf. Nicht mehr ganz Mädchen, aber noch keine Frau. Ein grünes Seidenlaken bedeckte ihre Blöße.

Holmes erstarrte. „Sie ist es! Gütiger Himmel, sie ist es – Nona Trevor."

„Sie kennen sie?" fragte ich vorsichtig.

„Und ob ich sie kenne. Watson, ich brauche Sie jetzt als Arzt. Bitte sagen Sie mir, ob diese Person lebt."

„Natürlich lebt sie. Da brauche ich gar nicht in meine Arzttasche zu greifen... Sehen Sie nicht, wie sich die Seide über ihrem Busen bewegt?"

„Tun Sie, was ich Ihnen sage!"

So fühlte ich ihren Puls und hörte ihr Herz ab, wobei mein eigenes fast stehenblieb vor Grausen. „H... H... Holmes, diese Frau ist tot! Aber sie atmet doch. Ich glaube, ich werde wahnsinnig!"

Ozias Midwinter saß zusammengekauert in einem Sessel und blickte auf den Rasen, auf dem ein paar Krähen fast bewegungslos standen und uns anstarrten.

„Noch etwas sehr Wichtiges, Watson. Vielleicht das Wichtigste überhaupt: Wie alt, schätzen Sie, ist das Mädchen?"

„Hmm, schwer zu sagen. Siebzehn, achtzehn. Aber noch keine zwanzig."

„Das genügt. Ich danke Ihnen."

Zu meinem Entsetzen sah ich, daß Holmes den Revolver nahm, mit dem ganzen Magazin Nora Trevors Kopf vom Rumpf trennte und sogar mit einem Messer nachhalf. Er fiel polternd auf den Boden, und eine Blutlache tränkte Bett und Teppich.

Ozias Midwinter sagte weinend: „Danke, Mr. Holmes. Danke."

„Ich glaube, ich habe Ihnen zu danken", antwortete er. Rauchschwaden aus dem Revolver kletterten an seiner hageren Gestalt hoch, und er sah wie ein deus ex machina auf irgendeiner englischen Provinzbühne aus.

„Ich verstehe nicht..."

„Brauchen Sie auch nicht. Ich verstehe es ja selber nicht ganz. Wir müssen die Tote schleunigst verschwinden lassen. Watson, packen Sie an!"

Ich konnte nur noch mechanisch reagieren. Wir legten den Leichnam in einen Teppich. Während unser Klient das Schlafzimmer säuberte, sagte er: „Sie können sie in das Loch neben der Statue im Garten legen – dorthin kommt ein kleiner Teich. Daneben liegen ein paar Planen und Balken..."

„Habe ich schon gesehen." Als wir die sterbliche Hülle auf diese Art und Weise beseitigten, ging hinter den Platanen die Wintersonne auf.

Mr. Midwinter sagte: „Holmes, ich weiß nicht, wie ich Ihnen..." Dann zog er ein Lederetui aus der Jackentasche.

„Schon gut. Mein Honorar habe ich bereits." Holmes wies mit seinem spitzen Kinn auf das Grab. „Mehr kann ich Ihnen dazu nicht sagen. Ich weiß nur, daß wir diese Stadt vor einem großen Unheil bewahrt haben. Und Ihnen und Ihrer Gattin wünschen wir einen guten Neuanfang! Möge alles gutgehen."

Wir verabschiedeten uns und fanden uns wenig später in der Baker Street 221B wieder.

Mrs. Hudson hatte bereits das Frühstück gedeckt. Holmes hatte lange nichts gesagt, nun schlang er Porridge, Schinken und Eier wie ein Fuhrknecht hinunter. Mir fehlte jeder Appetit.

Anschließend saßen wir in unseren braunen Hausjacken vor dem Kamin und rauchten Zigarren. Ein starker Mokka vertrieb die entsetzliche Müdigkeit.

„Watson, Sie sind ein trübsinniger Tischgenosse! Sie sind langweiliger als die *Times* von letzter Woche."

Endlich! Holmes nahm mich auf den Arm; ein Zeichen wiedergewonnenen Lebens. Von mir aus hätte er den ganzen Vormittag über mich herziehen können.

„Aber ich verzeihe Ihnen großmütig! Sie haben hervorragende Arbeit geleistet. Nun will ich Ihre prätentiöse Neugier befriedigen: Sie entsinnen sich, was ich Ihnen vor langer Zeit geantwortet habe, auf Ihre lästige Frage hin, ob ich nicht in der Lage sei, eine Frau zu lieben."

„Natürlich entsinne ich mich. Sie antworteten sinngemäß, daß Sie nie geliebt haben und keine Zuneigung und Vertrauen zum weiblichen Geschlecht hegten. Zudem trübe die Liebe Ihr Urteilsvermögen. Aber, unter uns, mein Lieber. Es gab eine Frau, die Sie über die Maßen verehrten, weil sie Ihnen im *Skandal in Böhmen* haushoch überlegen war und Sie an der Nase herumführte. Das Bild der Lady steht seitdem wie eine Ikone auf dem Kaminsims; bringen Sie ihr schon Devotionalien dar?"

„Sie sind albern, Watson. Aber tatsächlich: Irene Adler ist seitdem meine Alibi-Frau." Er beugte seinen hageren Körper gebieterisch nach vorn und blickte mich hypnotisch an. „*Die* Frau, die ich wirklich liebte, nicht nur verehrte, weil sie meine Eitelkeit verletzte, und die mich – wie weiland Ozias Midwinter – beinahe um den Verstand gebracht, ja, sogar fast in den Selbstmord getrieben hat, ist Nona Trevor!“

Ich verschluckte mich beinahe an dem Mocca.

„Der Bruder von Miß Trevor, Victor, war ein Freund von mir. Er hatte sich mit Okkultismus und Nekromantie befaßt, etwas, worüber ich vor fast sechs Stunden noch gelächelt hätte. Bei ihm lernte ich Nona kennen und lieben, und auch mir nannte sie nie ihren Vornamen. Und – nun verschlucken Sie sich nicht wieder – auch ich nannte sie Nona! Sie gab vor, mich zu lieben, doch ihre Liebe war so kalt wie ihr Körper. Wichtige Geschäfte zwangen mich, für ein paar Wochen nach London zu reisen, und bald danach berichtete mir ihr Bruder von Nonas plötzlichem Ableben. Ich glaubte, vor Gram wahnsinnig zu werden. Seitdem nehme ich Kokain und verfalle zeitweise in völlige Melancholie. Aber nach dem, was in den letzten Stunden geschehen ist, vermute ich, daß Miß Trevor schon tot war, als ich sie kennengelernt habe.“

Ich sah Holmes an, als habe er den Verstand verloren.

„Ich weiß, was Sie nun denken, mein lieber Doktor. Und vielleicht gibt es alsbald eine vernünftige Erklärung dafür. Aber ich habe meine Zweifel...“

„Holmes, seit Jahren bin ich an Ihrer Seite und kenne als Ihr Chronist fast jeden Ihrer Schritte. Aber von einer Miß Trevor habe ich noch nie etwas gehört. Oder war es in der Zeit, als ich geheiratet habe?“

Er schüttelte nachdenklich den Kopf. „Nein, mein Lieber. Das war auch der Grund, weshalb ich Sie vorhin mitgenommen habe. Sie sollten mir als Arzt sagen, ob das Mädchen noch lebt, und vor allem, wie alt Sie sie schätzen.“

„Ich sagte es bereits; sie war keine zwanzig.“

„So ist es. Und ich habe sie im Jahre des Unheils 1870 kennengelernt“

„Gütiger Himmel! Holmes, das war vor über dreißig Jahren...“

Anmerkung:

In dem sehr lesenswerten Büchlein von Zeus Weinstein: *Companion 1* schreibt der Verfasser sinngemäß, daß Sherlock Holmes um 1854 einen Freund namens Victor Trevor aus Norfolk hatte. Mit dessen Schwester, die nicht mit Vornamen genannt wird, war der Detektiv zeitweilig zusammen. Da Holmes sonst in Details sehr akribisch ist, geht Weinstein von der Vermutung aus, daß Holmes mit Absicht den Vornamen weggelassen hat, da es vielleicht *die* Frau seines Herzen war.

Diese kurze Vermutung, in wenigen Sätzen dargestellt, gab mir die Idee zu dieser Geschichte.

Martin Barkawitz

DER ÄGYPTISCHE GNOM

Es war ein kalter Oktoberabend. Der Nebel zog in derartig dichten Schwaden durch die Londoner City, daß selbst das Licht der Gaslaternen kaum dagegen ankam.

Ich befand mich auf dem Heimweg. Mit einigen ehemaligen Regimentskameraden hatte ich mich für eine Partie Whist in meinem Klub getroffen. Auf Grund der zutiefst unerfreulichen Witterung schritt ich kräftig aus, zog die Hutkrempe tief ins Gesicht und schlug den Kragen meines Tweedmantels hoch.

Vielleicht war das der Grund dafür, daß ich das aus einer haltenden Droschke springende Individuum erst im letzten Moment bemerkte. Ich wollte gerade das Haus von Mrs. Hudson an der Baker Street 221 B betreten, wo ich mit meinem Freund Sherlock Holmes eine Wohnung zu teilen das Vergnügen habe.

Da rannte mich doch dieser mir unbekannte Droschkenpassagier beinahe über den Haufen!

„Beim Zeus, alter Knabe!" rief ich gelinde ungehalten. „Können Sie nicht ein wenig aufpassen?"

Im nächsten Moment bereute ich bereits meine harschen Worte. Denn trotz des spärlichen Lichts von der nächstgelegenen Gaslaterne konnte ich die Panik und Todesangst auf den Gesichtszügen des Gentlemans ablesen.

Ich hätte meine ärztliche Zulassung gegen eine 1-Penny-Zigarette gewettet, daß dieser arme Tropf dringend der Hilfe meines Freundes bedurfte.

Und da begann der Fremde auch schon mit zitternder Stimme zu sprechen. Trotz seines bemitleidenswerten Zustandes hörte ich an seinem Upperclass-Akzent, daß er eine der guten Public Schools unseres Landes besucht haben mußte.

„Verzeihen Sie bitte meine Unachtsamkeit, Sir! Aber habe ich die Ehre mit Mr. Sherlock Holmes?“

„Zu viel der Ehre“, scherzte ich, um die Situation für den Unbekannten etwas angenehmer zu gestalten. „Ich bin John Watson, Doktor der Medizin. Und außerdem der Mitbewohner des unvergleichlichen Sherlock Holmes, wenn ich es so forsch formulieren darf. – Ich nehme an, Sie möchten mir ins Haus folgen?“

Der Gentleman nickte. Wieder flackerte die Panik in seinen Augen auf. „Sehr gerne, Dr. Watson. Darf ich mich vorstellen? Ich bin Ägyptologe, und mein Name ist Goodfellow Carruthers.“

Ich machte eine einladende Bewegung. „Wenn Sie die Freundlichkeit hätten, mir zu folgen, Mr. Carruthers... oder haben Sie schon einmal unser bescheidenes Heim aufgesucht?“

Er schüttelte den Kopf. „Keineswegs, Dr. Watson. Es ist mein erster Versuch...“ Goodfellow Carruthers hielt inne. Und wenn ich mich in ihn hineinversetzte, konnte ich das auch verstehen.

Denn aus der gemeinsamen Wohnung von Holmes und mir drang das Geräusch von Revolverschüssen!

Ich wollte bereits ein paar beruhigende Floskeln sprechen, als uns meine Wirtin entgegenkam. Mrs. Hudson rang verzweifelt die Hände.

„Dr. Watson! Können Sie nicht einmal ein Machtwort sprechen? Unzählige Male habe ich ihn angefleht, seine Schießübungen nicht im Zimmer zu veranstalten. Aber er hört mir nicht zu.“ Sie senkte die Stimme. „Ist... ist er wieder schwermütig?“

Ich zog es vor, aufgrund der Anwesenheit von Mr. Carruthers diese Frage unbeantwortet zu lassen. In Wahrheit hatte ich mir auch schon diesbezügliche Gedanken gemacht. In den letzten Wochen hatte Holmes hauptsächlich in seinem Sessel gehockt, aus dem Fenster gestarrt und auf seiner Geige herumgefiedelt, ohne eine nennenswerte Melodie zustande zu bringen.

Ich kannte diese seelischen Zustände meines Freundes inzwischen.

Und ich nahm sie gelassen hin, denn nichts konnte Holmes so sehr aufheitern wie die Aussicht auf ein neues kriminalistisches Rätsel. Und ein solches schien Mr. Carruthers zweifellos mit sich herumzutragen, und zwar als eine schwere seelische Last.

„Ich werde auf meinen Gefährten einzuwirken versuchen", versprach ich Mrs. Hudson. „Wären Sie wohl einstweilen so freundlich, uns eine Kanne Tee zukommen zu lassen?"

Wie immer konnte die gute Seele sich meinem Wunsch nicht verschließen. Grummelnd, aber offensichtlich schon wieder halbwegs mit der Welt versöhnt, verschwand Mrs. Hudson in ihrem eigenen kleinen Reich.

Und ich öffnete die Tür zu unserer gemeinsamen Wohnung, ohne mich durch die fortdauernden Revolverschüsse irritieren zu lassen.

Nachdem ich die Tür geöffnet hatte, schlug mir ein Qualm entgegen, der zum Teil aus dem Räucherspeckgestank des Pulverdampfs, zum Teil aus der orientalischen Pfeifentabakmischung von Holmes bestand.

Der Meister saß in seinem Lieblingslehnstuhl und feuerte auf die gegenüberliegende Wand. Er wandte uns sein scharfgeschnittenes Antlitz mit der Nase zu, die an jene eines Raubvogels erinnerte, und ließ seine Webley sinken. Der Rauch des letzten Schusses stieg noch aus der Mündung.

Hinter mir trat Carruthers schüchtern in den Raum.

„Guten Abend, Holmes", begrüßte ich meinen berühmten Mitbewohner. „Ich habe einen Besucher mitgebracht..."

„Sie meinen den magenkranken Ägyptologen dort neben Ihnen, Watson?"

Obwohl ich Holmes bereits seit einigen Jahren kannte, war ich wieder einmal verblüfft über seine Schlußfolgerungen.

„Mr. Goodfellow Carruthers ist in der Tat seines Zeichens Ägyptologe. Aber wie haben Sie das herausgefunden? Oder ist Ihnen der Gentleman aus der Presse bekannt?"

„Keineswegs, Watson." Holmes stand auf, klopfte seine Pfeife über dem Kamin aus und begann sie mit dem Tabak aus der Spitze des persischen Pantoffels neu zu füllen. „Ihr Begleiter weist die tiefe

Gesichtsbräune eines langen Tropenaufenthalts aus. Ein Offizier kann er nicht sein, dafür fehlt ihm die soldatische Haltung. Aus ähnlichen Gründen wird Mr. Carruthers auch sicherlich nicht bei der Marine Ihrer Majestät Queen Victoria dienen. Er besitzt einfach nicht diesen typischen Seemannsgang. Die hohe Stirn und die feingliedrigen Hände weisen ihn als Mann von Bildung aus."

Holmes machte eine kurze Pause, um seine frisch gestopfte Pfeife anzuzünden.

„Auf Ägypten deutet die schwer heilende Wunde der ägyptischen Sandfliege an Mr. Carruthers' Hals hin. Ein akademisch ausgebildeter Engländer in Ägypten wird zweifellos ein Ägyptologe sein. Es sei denn, er wäre ein Mediziner wie Sie, Watson. Doch unsere Ärzte im vorderen Orient sind zumeist Chirurgen. Und für einen solchen ist Mr. Carruthers einfach nicht kräftig genug."

„Wenn Sie es so darstellen, klingt es immer ganz einfach, Holmes", stöhnte ich. „Aber was ist mit der Magenkrankheit?"

Der Meister räusperte sich.

„Bedauerlicherweise besitzt Mr. Carruthers den dafür unverkennbaren Mundgeruch."

Zum Glück erschien in diesem Moment Mrs. Hudson mit dem Tee, so daß die Peinlichkeit für unseren Besucher überspielt werden konnte.

Ich bot Mr. Carruthers Platz an. Nachdem er in einem Lehnstuhl saß, mit Tee und einer Sumatra aus meiner Privatkiste versorgt, konnte sich unser Besucher wenigstens ein bißchen entspannen und über den Grund seines Kommens berichten.

„Ein Weggefährte von mir ist ermordet worden. Leider geht Scotland Yard von einem Selbstmord aus."

„Ein wenig präziser bitte", tadelte Holmes, obwohl ich deutlich spüren konnte, wie ihn bereits das Jagdfieber ergriffen hatte. „Wie heißt das Opfer? Wo wurde er ermordet?"

„Der Tote hieß Dr. Kenneth Winterbottom. Er war Ägyptologe wie ich. Und ermordet wurde er in seinem Büro im Britischen Museum. Der Raum hat keine Fenster. Der Schlüssel steckte von innen, und es war abgeschlossen."

„Nicht uninteressant“, räumte Holmes ein. „Und wieso bewegen sich die Ermittlungen von Scotland Yard in Richtung eines Freitods?“

„Ich vermute, weil Dr. Winterbottom mit einem geladenen Revolver in der erstarrten Rechten angetroffen wurde, als einige Wächter die verschlossene Tür aufbrachen“, berichtete Carruthers. „Seine Schläfe wies ein Einschußloch auf. Bei allem Respekt vor Ihrer Profession, Dr. Watson – aber man muß kein Mediziner sein, um darin die Todesursache zu sehen.“

Ich wollte dem Ägyptologen bereits großherzig beipflichten, doch Sherlock Holmes wedelte mit einer unwilligen Geste den Tabakrauch fort.

„Wenn Sie gekommen sind, um meine Hilfe in Anspruch zu nehmen, Mr. Carruthers, so darf ich Sie bitten, die Schlußfolgerungen meiner Wenigkeit zu überlassen. Ansonsten betrachte ich unsere Unterredung als gegenstandslos!“

Der Ägyptologe erschrak. „Das hatte ich auf keinen Fall beabsichtigt, Meister! Ich wollte nur...“

Holmes‘ Geduld war erschöpft. Er erhob sich und griff nach seinem karierten Umhang sowie der Reisemütze. „Ich möchte mir jetzt einen Eindruck vor Ort verschaffen.“

Goodfellow Carruthers konnte seine Erleichterung darüber, daß mein Gefährte den Fall offenbar übernehmen wollte, nicht verbergen.

Zu Dritt machten wir uns auf den Weg. Wir mußten nur kurz an der Bordsteinkante der Baker Street warten, bis sich eine freie Droschke aus dem dichten Nebel schob.

„Zum Britischen Museum, Barks!“ wies Holmes den mit einem langen Schal vermummten Kutscher an. „Aber keine Umwege, sonst sorge ich dafür, daß du eine weitere Ballsaison lang in Dartmoor tanzen darfst!“

„Jawohl, Mr. Holmes, Sir“, erwiderte der Ex-Sträfling auf dem Kutschbock eingeschüchtert. Carruthers klappte vor Erstaunen der Unterkiefer herunter. Ich hingegen konnte mir ein Schmunzeln nicht verkneifen: „Holmes kennt die meisten Droschkenkutscher in London persönlich, obwohl es Tausende sein müssen. Wie mein Gefährte diesen ehemaligen Knastvogel trotz seiner Vermummung erkannt hat, ist mir allerdings schleierhaft."

„Die Bandentätowierung auf dem linken Handrücken", murmelte Holmes unkonzentriert. „Es gibt zur Zeit nur drei ehemalige Sträflinge unter den Londoner Droschkenkutschern. Wilson ist gestern von seiner eigenen Karosse überfahren worden, Mavers hat die Schwindsucht – blieb also nur noch Barks übrig, der uns durch seine Tätowierung einen Hinweis auf seine Vergangenheit gab."

Während dieses kurzen Wortwechsels hatte die Droschke bereits das Britische Museum erreicht. Der ehemalige Sträfling sprang vom Bock, riß den Wagenschlag auf und dienerte eifrig vor uns.

Holmes gab ihm einen Schilling.

Vor dem Hauptportal wachte ein Constable in seiner typischen blauen Uniform. Als der schnurrbärtige Bobby Holmes und mich erkannte, leuchtete Respekt in seinen Augen auf. Grüßend legte er eine Hand an seinen Helmrand und ließ uns hinein.

Kaum hatten wir das imposante Gebäude betreten, als uns Lestrade entgegenkam. Der rattengesichtige Inspektor von Scotland Yard war nicht ganz so begeistert, uns zu sehen. Er fixierte erst Carruthers, dann Holmes mit einem wütenden Blick. „Hol's der Teufel, Mr. Carruthers! Ich habe Ihnen doch gesagt, daß Ihr Kollege eindeutig Selbstmord begangen hat! Es ist absolut unnötig, Sherlock Holmes und Dr. Watson hinzuzuziehen!"

„Das wird sich zeigen", versetzte Holmes kalt. „Wir würden gerne den Tatort betrachten, Lestrade."

Der Kriminalist zuckte mit den Schultern. „Wie Sie wünschen, Mr. Holmes. Sie haben sich ja in der Vergangenheit ein paar kleinere Verdienste um die Kriminalistik erworben, da kann ich Ihnen diesen Wunsch wohl kaum abschlagen."

Die herablassende Art dieses Individuums war unerträglich. Doch Holmes blieb so gelassen, wie man es von einem echten Gentleman erwarten konnte.

Inspektor Lestrade führte uns zum Tatort. Ein weiterer uniformierter Ordnungshüter wartete vor der Tür. „Der Schlüssel steckte von innen und war zwei Mal im Schloß umgedreht, als die Tür von außen aufgebrochen wurde", stellte Lestrade mit unverhohlener Schadenfreude fest. „Wie soll Ihr angeblicher Täter denn da wohl entkommen sein, Mr. Holmes?"

„Durch das Oberlicht", versetzte der Meister ungerührt.

Lestrades Selbstsicherheit bekam einen Schlag. „W... waren Sie schon früher einmal in diesem Raum, Mr. Holmes?"

„Keineswegs."

Wir traten ein. Und wirklich – in zehn Yards Höhe befand sich ein offen stehendes Oberlicht! Ich bekam den Mund vor Staunen kaum zu. Lestrade hingegen unternahm einen neuen Anlauf. „Da ist ein Oberlicht, und wenn schon! Selbst ich mit meiner zugegebenermaßen nicht imposanten Statur würde nicht durch dieses winzige Fenster passen!"

Doch Holmes hörte dem Yard-Beamten bereits nicht mehr zu. Er legte sich der Länge nach auf den Teppich, betastete diesen und steckte auch etwas ein, wie ich zu bemerken glaubte.

Mit deutlich sichtbarer Nervosität sah Lestrade meinem Freund bei seinem Tun zu. Schließlich konnte er nicht mehr an sich halten. „Nun, verehrter Mr. Holmes, haben Sie einen neuen Gesichtspunkt finden können?"

Der Meister erwiderte zunächst nichts. Statt dessen federte er hoch und hielt ein angezündetes Streichholz an seine bereits gestopfte Pfeife.

„Der Fall ist so gut wie gelöst. Allerdings wurde das Opfer nicht erschossen. Vielmehr ist es ertrunken."

Die Glocken von Big Ben schlugen Mitternacht.

Mr. Carruthers, Holmes und ich hatten uns unter dem imposanten Schreibtisch des Ermordeten verborgen. Mir klang noch das Hohngelächter von Lestrade in den Ohren, nachdem mein Freund seine These vom Ertrinken des Ägyptologen geäußert hatte.

Scheinbar großherzig war es uns danach von dem Inspektor gestattet worden, am Tatort auf den wahren Mörder zu warten, wie es Holmes wünschte. Lestrade hatte etwas von armen Irren gemurmelt, denen man ruhig ihren Willen lassen könnte.

Doch ich muß gestehen, daß auch ich dieses Mal Holmes nicht folgen konnte. Ertrunken, gütiger Gott! Es roch hier überall nach Blut, die tödliche Schußwunde an der Schläfe der Leiche hatte ich ebenfalls besichtigen dürfen – und Holmes behauptete, das Opfer sei mitten im Britischen Museum ertrunken!

Andererseits hatte der Kriminalist aus der Baker Street schon viele scheinbar aussichtslose Fälle gelöst... Gerade, als ich mich nach einer guten Zigarre zu sehnen begann, ertönte ein leises Schaben am Glas des Oberlichtes.

Wir saßen natürlich in absoluter Finsternis. Mein Pulsschlag beschleunigte sich. Ich hörte, wie jemand vom Oberlicht aus an der Wand hinabkletterte. Dann wurde ein Licht angezündet – selbstverständlich weder von Mr. Carruthers noch von Holmes oder mir.

Da sprang mein Freund auf. Ich hörte einen kurzen, ekelhaften Schrei. Doch als Nächstes vernahm ich wieder Holmes' ruhige Stimme. „Wenn Sie die Güte hätten, das Gaslicht aufzudrehen, Watson – ich möchte unseren nächtlichen Besucher gerne näher in Augenschein nehmen!"

Der Ägyptologe und ich krochen unter dem Schreibtisch hervor. Ich sorgte für Beleuchtung und erblickte das häßlichste menschliche Wesen, das ich bisher gesehen hatte!

Ein winziger dunkelhäutiger Gnom lag auf dem Teppich. Er war in einen Miniatur-Anzug mit Weste, steifem Kragen und sogar Uhrkette gekleidet. Doch er war nicht größer als ein sechsjähriges Kind. Holmes hatte offenbar seine Hände gefesselt. Der Meister schmunzelte. „Darf ich Ihnen ein Mitglied der ägyptischen Blauer-Nil-Sekte vorstellen – den mutmaßlichen Mörder von Dr. Winterbottom!"

„Eigentlich war alles ganz einfach", sagte Holmes, als wir später wieder in unserem gemütlichen Wohnzimmer saßen – nachdem ein zerknirschter Inspektor Lestrade den Mörder ins Gefängnis hatte schaffen lassen. „Man muß nur wissen, wonach man zu suchen hat."

„Ich muß gestehen, daß ich die Todesart des Ertrinkens schon für abenteuerlich hielt."

„Weil Sie nicht bemerkt haben, daß der Teppich feucht war, Watson. Und zwar nicht von Blut, sondern Wasser. Doch wo ist der Rest des Wassers geblieben? Der Täter hat seinem Opfer einen riesigen Schlauch an den Hals gesetzt, vermutlich mit vorgehaltener Waffe. Das ist die Art, wie die Blauer-Nil-Sekte ihre Feinde hinrichtet. Danach hat der Mörder zur Tarnung eine Kugel in die Schläfe seines Opfers geschossen – um Selbstmord vorzutäuschen. Dann mußte er nur noch durch das Oberlicht entkommen."

„Genial! Aber woher wußten Sie, daß der Täter ein Zwerg war?"

„Erstens konnte wirklich nur ein Gnom durch dieses winzige Oberlicht klettern. Und zweitens habe ich auf dem Teppich einen Manschettenknopf gefunden. Er ist nur halb so groß wie ein normaler Manschettenknopf. Der Täter muß ihn verloren haben. Es gibt in London nur ein Geschäft, das solche Spezialanfertigungen macht, nämlich Lloyd & Barker in Ipswich. Der Täter mußte fürchten, daß wir durch die dortige Kundenkartei auf seine Spur kämen. Also kehrte er zum Ort seines Verbrechens zurück, um die Manschettenknöpfe zu suchen."

Ich faßte mir an die Stirn. „Einfach genial! Aber... warum hat dieses ägyptische Sektenmitglied Dr. Winterbottom getötet?"

„Darüber kann man nur spekulieren", räumte Holmes ein. „Das Opfer war jedenfalls Ägyptologe. Möglicherweise hat er Reliquien oder Kultgegenstände entdeckt, die den dortigen Einwohnern heilig sind – und dadurch das Todesurteil der Sekte über sich selbst gesprochen. Doch das herauszufinden ist Sache von Scotland Yard. Ich habe mir zunächst einmal nur erlaubt, ihnen den Täter zu liefern. – Und jetzt könnte ich eine gute Tasse Tee vertragen!"

Mit diesen Worten griff Holmes zum Klingelzug, um nach unserer Vermieterin zu läuten.

Christian Schönwetter

DER FALL, DEN S.H. NICHT LÖSEN KONNTE

Ich möchte im folgenden einen haarsträubenden Kriminalfall schildern, anläßlich dessen ich die Bekanntschaft von Sherlock Holmes machen durfte. Der Meisterdetektiv war damals in ganz England bestens bekannt. Und so war es auch mir zu Ohren gekommen, daß er Burschen wie mich gut bezahlte – für die eine oder andere Arbeit, wie Zeitungsrecherche oder Beschattungen, oder was immer sonst gerade anfiel. Ich darf natürlich nicht vergessen, mich kurz vorzustellen; Dylan McHale ist mein Name. Ich war zu jener Zeit knapp vierzehn Jahre alt, Kind einer armen Familie und mußte, wie so viele Jungen in der damaligen Zeit, meinen Unterhalt mit kleinen Botendiensten selbst hinzuverdienen.

So kam es, daß sich vier weitere junge Burschen und ich im Vorzimmer der Baker Street 221B wiederfanden. Wir alle waren sehr aufgeregt, aber mir selbst müssen als völligem Neuling am meisten die Knie geschlottert haben. Nach einigen bangen Minuten erschien Dr. Watsons freundliches, weiches Gesicht in der Tür, und er winkte uns herein. Wie Schulbuben betraten wir Mr. Holmes' legendäres Arbeitszimmer. Drinnen herrschte eine dunkle, höhlenartige Atmosphäre, die irgendwie, wenn ich mich zurückerinnere, typisch für jene Zeit schien. Der Boden war mit dicken afghanischen Teppichen bedeckt, die jeden unserer Schritte abdämpften. Wir hatten schon von Mr. Holmes' Geräuschempfindlichkeit gehört, deshalb versuchten wir, gleich einer Herde junger Mäuse, uns geräuschlos voranzubewegen und vor allem keine Gegenstände umzustoßen. Letzteres war indes nicht so einfach, denn der ganze Raum war bepackt mit Memorabilia früherer Fälle, teils vielleicht wichtige Hinweisstücke, teils nur in nostalgischem Spleen aufbewahrter Tand. Da war etwa ein Hundeschädel, ein Spazierstock aus schwarzem Holz, ein grün glühender Karfunkel, wie ihn die Maharadschas an ihren Turbanen tragen; auf einem Holzkopf hing ein amerikanisch aussehender, breitkrempiger Hut, der, soweit ich zu erkennen glaubte, einen Durchschuß aufwies. Dann waren da auch noch diverse Waffen aus aller Herren Länder und mehr Gegenstände, als ich in der kurzen Zeit wahrnehmen konnte. Sehr auffällig war freilich noch ein großer Zahn, etwa einen halben Meter lang, der messerscharf schien. Ich hatte keinerlei Ahnung, von welchem Tier er stammen könnte, und wagte auch nicht zu fragen.

Zwischen all diesen Dingen das weit auffälligste und auch merkwürdigste Spezimen war aber Sherlock Holmes selbst – auch solange er noch abgewandt von uns stand, war er eine außergewöhnliche Erscheinung. Sehr drahtig und energiegeladen, fast wie ein indischer Fakir, den ich auf einer Zeichnung meines Vaters gesehen hatte, schien dieser Mann, wie er über seinen Schreibtisch gebeugt stand und einige Notizen studierte. Uns würdigte er zunächst keines Blickes. Schließlich aber richtete sich der große Mann zu voller Länge auf und wandte sich uns zu. Die langen Arme hielt er über der Brust verschränkt, wobei mir die feingliedrigen Hände auffielen, die wie die eines Musikers aussahen; ein Eindruck, der durch die kurzen Ärmel des an einigen Stellen bereits fadenscheinigen Gehrocks noch verstärkt wurde. Zunächst blickte er uns schweigend an, oder eher durch uns hindurch, als müßte er aus dem weitläufigen Labyrinth seiner Gedanken an die Oberfläche der Alltagswelt zurückfinden. Sein Gesicht war hager und asketisch; zusammen mit der scharfgeschnittenen Nase erinnerte es an einen Raubvogel. Die Stirn war durchschnitten von tiefen Denkfurchen, und seine Augen lagen in tiefen Höhlen, als schlafe er zu wenig. Überhaupt machte der Detektiv den Eindruck eines Besessenen, der sich kaum einmal Ruhepausen zwischen zwei Fällen gönnt oder gar Mußestunden abseits der strengen Deduktion, die sein Markenzeichen geworden war. Dennoch wirkten seine Augen frisch und hell, als er uns akribisch musterte; ein Vorgang übrigens, den ich als sehr furchteinflößend empfand.

Das Eis taute erst ein wenig, als Holmes zu sprechen begann. Denn überraschenderweise war seine Stimme weich und feinsinnig, wie die eines Intellektuellen aus dem Lesesaal des British Museum.

„Meine Herren...“, begann er. Uns Botenjungen gegenüber verhielt er sich sehr gentlemanlike, war immer höflich und korrekt. „Ich darf Sie mit einem Fall bekanntmachen, zu dessen Lösung ich wohl Ihrer Hilfe bedarf. Lieber Doktor, wollen Sie den jungen Herren das Nötigste mitteilen?“ Dabei nickte er seinem Partner zu. Watson stand daraufhin auf und bewegte sich ein wenig schwerfällig zu uns herüber. Er war in jeder Hinsicht das, was man als einen *Mann in mittleren Jahren* bezeichnen würde. Untersetzt, konservativ gekleidet und sehr sanft und angenehm im Auftreten. Wir waren, zugegebenermaßen, sehr froh, dem strengen Blick des Mr. Holmes erst einmal entgangen zu sein, und blickten Watson erwartungsvoll an.

„Ich will mich kurz fassen“, begann er in getragenem Tonfall. „Gestern hatten wir Besuch von einer jungen Dame, die sich, wie ich als Arzt wohl feststellen darf, in sehr schlechter nervlicher Konstitution befand. Sie stellte sich, bereits an der Tür den Tränen nahe, als Miß Hill vor, Dienstmädchen im Hause Rathfarnham. Dort, so berichtete sie uns, hatte es erst vor wenigen Wochen einen tragischen Todesfall gegeben – nach schwerer Krankheit war Lady Rathfarnham dahingeschieden. Miß Hill bestätigte uns weiter, daß seither der junge Lord Rathfarnham nicht mehr ganz bei Sinnen sei, er trauere sehr offen und mit für einen englischen Adligen unüblicher Heftigkeit um seine Frau. Nun war aber jene Miß Hill nach London gekommen, nur um uns eine ungewöhnliche Beobachtung mitzuteilen. Denn sie behauptete mit voller Überzeugung, zwei Tage zuvor durch einen Türspalt im Musikzimmer ein Gespräch beobachtet zu haben, das ihr Herr mit niemand anderem geführt haben soll als mit Lady Rathfarnham, seiner kürzlich verstorbenen Frau.“ Er fügte eine theatralische Pause an dieser Stelle ein, wohl nur, um zu beobachten; wie sich unsere Augen vor Spannung weiteten. Dann fuhr er fort: „Mein Freund Holmes war dem gegenüber sehr skeptisch. Er versicherte ihr, daß er, wenngleich es sicherlich mehr absonderlich erscheinende Vorkommnisse auf der Erde gäbe, als sich das unsere Schulweisheit träumen lasse, doch kategorisch den Glauben an Spukgestalten und Geistererscheinungen ablehne. Eher, so mutmaßte er, leide Miß Hill unter einer nervösen Überspannung, einem milden Fall der Hysterie (deren Anzeichen sie in der Tat allesamt zeigte). Wie zum Beweis dessen brach unsere Miß Hill daraufhin in Tränen aus und flehte Holmes an, ihr zu glauben. Nun gut, er könne sich die Sache ja einmal ansehen, gab Holmes daraufhin zu. Wohl mehr, um die Frau zum Schweigen zu bringen, denn aus echtem Interesse..."

„Danke für die Ausführungen, Watson", unterbrach ihn Holmes brüsk. „Ja ich habe versprochen zu helfen, auch wenn ich weit entfernt von der Überzeugung bin, daß hier überhaupt ein Fall vorliegt. An den abergläubischen Spekulationen des Landvolkes habe ich mich seit jeher nie beteiligt, und das soll auch so bleiben..." Er schwieg und musterte uns wieder mit scharfem Blick. Man konnte förmlich seinen Unmut sehen, in dieser Sache Ermittlungen anzustellen. „Dennoch habe ich beschlossen, das Haus einige Tage lang beobachten zu lassen, um herauszufinden, ob sich dort wirklich ungewöhnliche Vorgänge abspielen; und hier kommen Sie ins Spiel, meine jungen Herren. Ich möchte Sie bitten, rund um die Uhr Posten zu beziehen und das Haus Rathfarnham zu observieren. Keinesfalls aber, das muß ich betonen, sollen Sie Kontakt zu einem Mitglied des Haushalts aufnehmen oder sonstwie tätlich eingreifen. Ich bin überzeugt, daß wir etwaige Unregelmäßigkeiten betreffs des Todes unserer Lady auf diese Weise schnell auf die Spur kommen werden." Er nickte uns beinah wohlwollend zu. „Das wär's erst einmal. Doktor Watson wird sich wegen der Feinheiten mit Ihnen noch auseinandersetzen. Vielen Dank." Damit wandte er sich wieder seinen Papieren zu, was für uns bedeutete, daß es Zeit für uns war, das Studierzimmer zu verlassen.

Wenige Stunden später hatten wir unsere Posten im Park eingenommen und starrten bewegungslos wie die Nachteulen auf das dunkle Haus der Familie. In dem dichten, ungepflegten Park, der das Anwesen umgab, konnten wir uns bestens verstecken. So lag ich auf der Lauer, ohne während der ersten Stunden etwas Auffälliges zu bemerken. Auch die Bewohner des Herrenhauses sah ich bis dahin nur als Schemen hinter den schweren Fensterscheiben.

Nur einmal, es war kurz vor Einbruch der Dunkelheit, und das Tageslicht wurde schon schwächer, näherten sich meinem Unterschlupf Schritte. Ich duckte mich hinter einen Farn und sah eine schmale Gestalt, die ein wenig gebeugt ging. Aus der blassen Haut und dem sehr feinsinnigen Gestus schloß ich, daß ich den jungen Lord Rathfarnham vor mir hatte. Er lief offenbar ziellos auf und ab, ohne mich wahrzunehmen – vermutlich wäre er, auch wenn ich mich nicht so gut verborgen hätte, viel zu sehr in seine Gedanken versunken gewesen, um mich zu bemerken. Ich sah, daß sich seine Lippen bewegten, als spräche er zu sich selbst. Zunächst glaubte ich, er brabble nur wahllose, unzusammenhängende Satzfetzen, als er jedoch näher kam, hörte ich Fragmente eines Gedichtes, die er wie ein Ritual immer wieder wiederholte, als suche er nach den rechten Worten, oder aber er glaubte, seine Worte würden irgendwann beantwortet werden, wenn er sie nur oft genug wiederholte...

Folgende Fragmente schnappte ich auf: „O Eleanor, meine Taube, wo bleibst du nur – die Dunkelheit verschlingt uns alle einmal – der Schnitter Zeit reißt uns entzwei – Oh, heute nacht, ich weiß, wird sie kommen – die weiße Frau, schleierbekränzt... Eleanor, ich warte auf dich –“

Dann setzte er seinen Schlummerspaziergang fort und verschwand aus meinem Blickfeld. Nach dieser Episode war es wieder ruhig. Es schien mir, als stünde ich schon Stunden hier im Park; und wer konnte wissen, wie viele Tage ich hier ohne nennenswerte Ereignis würde zubringen müssen.

Ich begann bereits, die Detektivtätigkeit innig zu verfluchen, als ich jäh aus der Lethargie des Wartens gerissen wurde. Es muß bereits kurz vor Mitternacht gewesen sein, als Licht im Musikzimmer aufflammte. Mich fröstelte bei dem Gedanken an die wärmende und trocknende Kraft, die das Kaminfeuer haben mußte, im Gegensatz zu der feuchten Kühle dieser englischen Nacht. Dann fing ich an nachzudenken, um mich von der unangenehmen Temperatur abzulenken. War es nicht seltsam, um diese Zeit noch das Musikzimmer anzufeuern? Wer wollte so spät musizieren – und war das nicht auch der Raum, in dem Miß Hill die seltsame Erscheinung gesehen haben wollte?

Meine Aufmerksamkeit war nun wieder geweckt, und ich war hellwach. Ich beobachtete scharf, was sich hinter dem erleuchteten Fenster tat, und sah schattenhafte Gestalten, die sich in dem Raum bewegten. Ich glaubte, die schmale Statur von Lord Rathfarnham zu erkennen und eine weitere Person bei ihm. Ich schlich einige Schritte näher an das offene Fenster heran, bis ich mehr sehen konnte. Tatsächlich ging der junge Lord im Raum auf und ab; nicht nervös aber, sondern langsam, mit wiegenden Schritten, seine Lippen bewegend wie im angenehmen Gespräch. Seine ganze Haltung schien mir eher entspannt und wollte so gar nicht zu Trauer und Lethargie des jungen Mannes passen. In diesem Moment stockte mir der Atem, denn mein Blick fiel auf eine Frauengestalt weiter hinten im Raum. Es handelte sich um eine jüngere Frau in einem weißen Abendkleid. Im Schein des frischen Feuers waren ebenmäßige Gesichtszüge und eine helle Haut erkennbar, zweifellos so, wie uns Lady Rathfarnham beschrieben worden war.

Wie war das möglich? War es eine Geistererscheinung? Ich mußte aber sogleich an Holmes' Zurechtweisung denken – ein guter Detektiv sucht das Verbrechen in menschlicher Dimension, nicht im Übersinnlichen. Es mußte also eine rationale Erklärung geben. Ich dachte angestrengt nach. Vielleicht war eine nahe Verwandte zu Besuch; oder war Lady Rathfarnham nicht gestorben, sondern es lag eine bewußte Täuschung vor? Vielleicht war der tote Körper einer anderen in ihr Grab gelegt worden. Möglicherweise ein Skandal in Zusammenhang mit Lord Rathfarnhams Beziehung zu einem Hausmädchen, das schließlich auf grausame Weise den Tod gefunden hatte. Aber hier befand ich mich im Reich bloßer Phantasie. Ich schalt mich sogleich selbst für meine Träumereien. Schließlich arbeitete ich jetzt für Sherlock Holmes! Fakten zählten nun – das hieß, ich mußte herausfinden, was an der Sache dran war. Nun gut, wir sollten nicht eingreifen, aber während ich dies noch dachte, spürte ich schon, wie die

Neugier siegte und sich meine Beine streckten. Gebückt schlich ich näher an das Fenster heran, um vielleicht einen Blick aus nächster Nähe hineinwerfen zu können. Meine Freunde zu verständigen, daran dachte ich in diesem Moment gar nicht – es ging mir nur noch darum, Beweismittel zu sichern.

Auf halbem Weg zum Fenster blieb ich noch einmal stehen, blickte zum Fenster empor und zuckte zusammen. Eine massive Gestalt erschien am Fenster, um die Vorhänge zuzuziehen. Ich duckte mich sofort hinter eine Vase und lugte hervor. Der kräftige Mann, der die Tracht eines Butlers trug, blickte hinaus in die Nacht – vielleicht hatte er ein Geräusch gehört –, sah mich aber nicht. Er zuckte mit den Schultern und verschwand dann wieder in der Tiefe des Raums. Ich wartete einige Sekunden, während derer ich kaum zu atmen wagte, dann huschte ich, so lautlos wie möglich, zu dem Fenster. Ich duckte mich unter das Gesims, lauschte und hörte die Stimme von Lord Rathfarnham.

„Eleanor ist nun ermüdet, Morten, bring sie in ihr Zimmer."

„Sehr wohl, Mylord."

„Ich werde nun auch zu Bett gehen. Gute Nacht, liebste Eleanor."

Kurz darauf schwang die Tür ins Schloß. Dann hörte ich zunächst ein seltsames Quietschen und das Klappen von Scharnieren. Dann wurde es still im Raum; das Fenster aber blieb, sehr zu meiner Freude, angelehnt. Dies war der Moment, in dem ich all meinen Mut zusammen nahm und mich behende auf das Fensterbrett stemmte. Mit einem Mindestmaß an Geräusch stieß ich einen Fensterflügel auf und glitt in den Raum. Vorsichtig lugte ich zwischen den schweren Vorhängen hindurch und vergewisserte mich, daß niemand sonst im Raum war. Dann trat ich hervor und sah mich im Musikzimmer um. Vom nun bereits heruntergebrannten Kaminfeuer ging nur mehr ein schummriges Licht aus. Das Zimmer selbst war sehr aufgeräumt und sauber. Einige Polstersessel luden zum Ausruhen ein, und auf einem Beistelltisch lag ein aufgeschlagenes Buch. In einer Ecke dominierte ein verstaubtes Cembalo, das aussah, als befinde es sich bereits seit langer Zeit im Familienbesitz. Auf der anderen Seite des Raumes standen schwere Bücherregale, die größtenteils unbenutzt wirkende

Notenhefte und Partituren enthielten; zudem reihten sich einige Nachschlagewerke an gebundene Leseausgaben von Zeitschriften. Sonst enthielt der Raum nichts Aufsehenerregendes, das mir einen Hinweis zur Lösung des Rätsels hätte geben können. Nun wurde ich nervös. Was, wenn Morten, der Butler, jetzt hereinkäme? Das würde sicher Ärger geben... Ich beschloß also, schnell wieder meinen Beobachtungsposten zu beziehen, als mein Blick auf eine seltsame Spur in den schweren Teppichen fiel. Es waren zwei parallel zueinander verlaufende Linien, die vom Fenster zum Bücherregal verliefen. War unter dem Teppich eine Unregelmäßigkeit im Boden? Ich untersuchte die Vertiefungen genau und konnte nichts dergleichen feststellen. Vielleicht handelte es sich um die Spuren eines Teewagens? Aber warum endeten sie abrupt in dem Bücherregal? Das ergab keinen Sinn. Es sei denn –

Ich trat näher an das Regal und fand meine Vermutung bestätigt, denn ich entdeckte kaum sichtbare Scharniere, die offenbar zu einer geheimen Tür gehörten. Nun mußte ich nur noch den Öffnungsmechanismus finden. Ich sah mir die Borde genau an, und mir fiel eine ungewöhnlich herausstehende Ausgabe von der *Reise zum Mittelpunkt der Erde* von Jules Verne in die Augen. Ich zog vorsichtig daran, und wirklich – ein Mechanismus setzte sich in Bewegung, und die geheime Tür schwang auf.

Nun überwog die Neugier alle Angst und Vorsicht. Ich zögerte keine Minute, betrat den finsteren Geheimgang dahinter und konnte lediglich unverputztes Mauerwerk erkennen, das nur einige Meter weiter in einer Tür endete. Ich öffnete auch diese, die gut geölt schien, und trat hindurch. Dahinter fand sich völlige Finsternis – der dämmrige Schein vom Musikzimmer drang nicht bis hierher. Ich fröstelte, als ich die modrig-feuchte Luft in diesem Raum einsaugte. Dem Gefühl nach handelte es sich nur um eine kleine Kammer, etwa ein verborgener Abstellraum, in dem die Luft schon lange keinen Austausch mehr gefunden hatte. Vorsichtig kramte ich in meiner Hosentasche und fand ein Streichholz, das ich anriß. Ein kleiner Lichtkreis flammte auf; nun konnte ich meine nächste Umgebung betrachten. Ich sah staubige Regale voller alter Familienchroniken und einige

Weinflaschen. Ich beleuchtete die Mitte des Raumes und sah eine seltsame Silhouette darin – vielleicht eine Statue? –, die mit einem weißen Leintuch bedeckt war. In diesem Moment hauchte das Streichholz in meinen klammen Fingern sein Leben aus. Ich war wieder ganz im Dunkeln. Eine gewisse Beklemmung machte sich in meinem Brustkorb breit, während ich in meiner Hosentasche nach weiteren Hölzern suchte. Ich roch nun die modrigen Ausdünstungen des alten, feucht gewordenen Mauerwerks um mich. Und da war noch ein weiterer Geruch, irgendwie chemisch, doch mir unbekannt. Ich war einer Panikattacke nahe, das spürte ich – dann aber schluckte ich meine Angst herunter und zwang meine Hände, das Zittern einzustellen. Kurz darauf gelang es mir, an dem rauhen Boden ein zweites Zündholz zu entflammen. Vorsichtig kniete ich mich nun hin und zog behutsam an dem Tuch. Es glitt zu Boden und gab einen grauenerregenden Blick frei. Ich erinnere mich in meinem Leben nicht, daß mir der Schrecken jemals tiefer in die Glieder gefahren wäre!

Ich blickte direkt in das starre, wächserne Gesicht einer jungen Frau, die im Leben sicherlich überaus schön gewesen war. Vor mir saß, in einem Rollstuhl zusammengesunken, Lady Rathfarnham! Die Haut war schneeweiß, und die Haare schienen gerade frisch gekämmt worden zu sein. Ihre Augen waren geschlossen, als würde sie schlafen, doch wer würde in einem Raum wie diesem unter einem Bettlaken nächtigen? Ich schauderte. War sie ein Geist? Oder aber... ja sicherlich, ich atmete auf – es mußte sich um eine Wachsnachbildung handeln, von der Art, wie sie seit geraumer Zeit in „Madame Tussaud's Kuriositätenschau" gezeigt wurden... Ich beugte mich näher zu dem puppenhaften Gesicht hin und sah die feine Porenstruktur der Haut, sah das feine Netz blutentleerter Adern darunter. Nein! Dies war keine Wachsfigur – es war ein menschlicher Körper, den ich vor mir hatte. Bei dieser Erkenntnis wurde es mir angst und bange – ich gab unwillkürlich einen erstickten Schrei von mir und stolperte einen Schritt rückwärts, fiel hin und riß im Fallen noch einen alten Folianten mit mir.

Das Zündholz verlosch, und es wurde still in der Kammer um mich, still wie in einem Grab... Ich hielt eine Sekunde den Atem an.

War da nicht das Geräusch von schlurfenden Schritten auf dem Steinboden?

In diesem Moment erhellte sich der Raum; zugleich hörte ich Schritte, blickte mich noch im Liegen um und sah zwei kräftige Beine aufragen, die sicherlich nicht zu einem Gespenst gehörten – Morten, der Butler, stand vor mir!

„Was machen Sie da?“ herrschte er mich an und hob, ohne meine Antwort auch nur abzuwarten, den Schürhaken, den er in der Hand hielt, und ließ ihn mir gegen die Schulter sausen. Ein stechender Schmerz fuhr mir sogleich in den gesamten Oberkörper, so daß an ein Aufstehen nicht zu denken war. Ich war in der Falle – und Mortens Gesichtsausdruck schien zu verheißen, daß er nicht plante, mich, von dem bereits ausgeteilten Hieb einmal abgesehen, ungeschoren davonkommen zu lassen. Er stellte die Petroleumlampe neben sich ab und hob ein zweites Mal den Schürhaken. Ich schloß, das Schlimmste erwartend, die Augen, als ich erneut zaghafte Schritte in dem geheimen Gang hörte. Ich riß die Augen wieder auf und sah in der Tür hinter Morten Lord Rathfarnham stehen, der wiederum erschreckt seinen Bediensteten anstarrte.

„Was... geht hier vor?“ hauchte er, als sein Blick auf das Gesicht seiner toten Frau im fahlen Licht der Abblendlampe fiel. Die Lippen des jungen Mannes zitterten, und sein Gesicht verlor alle Spannung und alle lebendige Farbe, als sei er kurz davor, in Ohnmacht zu fallen. Weder Morten noch ich reagierten, wir starrten ihn nur an. Im Kopf des jungen Lord schien ein Vorgang abzulaufen, den ich erst später vollständig verstehen konnte. Denn sein Blick war fest auf die Totenmaske seiner Frau fixiert, und Tränen begannen sich aus seinen Augen zu lösen, als er begriff, was er sah.

Nach einigen Atemzügen, in denen sich keiner der Anwesenden regte, zuckte Rathfarnham zusammen und wandte sich wortlos um. Seine Schritte verschwanden in der Ferne. Morten reagierte schnell und lief seinem Herrn nach, ohne mich eines weiteren Blickes zu würdigen, und so blieb ich zunächst in der grausigen Totenkammer zurück.

Instinktiv wußte ich aber, daß es keine Zeit zu verlieren galt, damit ich alles mitbekäme. Ich rappelte mich also auf, verließ, ohne mich noch einmal umzusehen, die Geheimkammer und durchquerte das Musikzimmer. Auf dem Korridor draußen blicktc ich mich kurz um und bemerkte am Ende des Ganges einen Lichtschein. Ich lief hin und sah im Arbeitszimmer zwei Gestalten einander gegenüberstehen. Morten, der Butler, stand mit dem Rücken zu mir und versuchte mit erhobenen Händen sein Gegenüber zu besänftigen. Lord Rathfarnham indes stand mit einer Hand an die Kante des schweren Eichenschreibtisches gelehnt, in der anderen hielt er eine kleine Pistole.

„Einen Schritt weiter, und Sie sind tot, Morten“, zischte der geschwächte Hausherr. „Sie haben mich getäuscht – und ich ließ mich täuschen – es gibt nur eine Konsequenz. –“

„Nein!“ Morten schrie heiser auf und machte einen Satz nach vorne, aber er kam zu spät. Es gab einen lauten Knall, und im Pulverdampf brach eine Gestalt zusammen. Lord Rathfarnham hatte ein kreisrundes Loch auf der Stirn, so groß wie eine Pfundmünze. Eine Reihe von Hausangestellten war inzwischen zusammengelaufen und stand um mich herum. Morten aber blickte sich nicht einmal um. Er fiel auf die Knie und umarmte seinen toten Herren, immer wieder bitter schluchzend.

Holmes und Watson trafen gemeinsam mit der Polizei ein. Die Gerichtsmediziner kümmerten sich um die Leiche des Lords; zwei Beamte in Uniform nahmen den völlig aufgelösten Morten in ihren Gewahrsam. Dann ließen sich die Männer von mir die geheime Kammer zeigen, in der sich die präparierte Leiche der Lady Rathfarnham befand, ansonsten würdigten sie mich keines Blickes, was mich ein wenig kränkte, andererseits war ich begierig, kein Wort der anderen zu verlieren.

Der diensthabende Inspektor, ein junger Mann namens Frye, und Holmes führten ein kurzes Gespräch und waren sich, soweit ich es mitbekam, einig: Um dem innerlich zerbrochenen Lord Rathfarnham vorzugaukeln, seine Eleanor sei noch am Leben, hatte der Butler sie in der Jagdhütte, wo ausgestopfte Tiere hergestellt wurden, konserviert, so daß ihr Verfall verlangsamt wurde. Er hatte Erfahrung darin, denn als junger Mann hatte er in einem Leichenschauhaus gearbeitet, wie sich später herausstellte.

„Der junge Lord war in einem psychisch so labilen Zustand, daß sich sein Geist aus Selbstschutz die Illusion vorgaukelte, Eleanor wäre noch am Leben. Eine verständliche Selbsttäuschung. Denn manchmal ist der Irrsinn unser Freund, nicht wahr, lieber Watson?“ schloß Holmes seine wie immer makellosen Ausführungen ab, ohne sich anmerken zu lassen, daß eigentlich ich den Fall gelöst hatte.

Watson schwieg. Dann schüttelte er den Kopf.

„Sie haben recht, Holmes. Aber irgendwann hätte er der Tatsache doch ins Auge sehen müssen. Und so ist es, wenn Menschen die Trauer nicht wahrhaben wollen, sie in den dunklen Schatten ihrer Hirnschale drängen, dann ist die Erkenntnis der Wahrheit unter Umständen so schmerzhaft, daß die geschwächte Person nur noch den Freitod als Ausweg sieht.“ Er schwieg und blickte Holmes an. Dieser deutete mit einer lakonischen Geste an, daß es Zeit für sie war, nach London zurückzukehren.

„Kommen Sie, Watson, der Fall ist wohl gelöst.“ Dabei verriet sein Gesicht aber doch, daß er mit dem Ausgang des Falles mehr als unzufrieden war. Dann wandte er sich noch zu Inspektor Frye um. „Seien Sie nicht zu streng mit Morten, Inspektor. Ich bin sicher, er war ein guter Diener. Er liebte seinen Herrn abgöttisch, und der Wunsch, ihm zu helfen, hat ihn auf diese Abwege geführt.“

„Das glaube ich auch“, stimmte Frye zu. „Aber dennoch wird ihn eine Anklage wegen schwerer Körperverletzung und Leichenschändung erwarten.“

Die Männer trennten sich darauf, und Morten wurde in Handschellen abgeführt. Die Körper von Lord und Lady Rathfarnham bahrte man nebeneinander in der Kapelle auf. Um den Leichnam der Lady in den liegenden Zustand zu bringen, mußte man ihr allerdings die Arm-, Knie- und Hüftgelenke brechen, was der Romantik ein wenig Abbruch tat. Später fuhren wir mit Holmes und Watson zurück nach London. Auf der Fahrt wagte niemand von uns ein Wort zu sprechen, und auch die beiden berühmten Ermittler schwiegen sich aus. Man setzte uns mit einem knappen Gruß an der Victoria Station ab. Bevor er die Droschkentür hinter sich zuzog, drückte Watson mir aber noch mit einem Augenzwinkern ein Kärtchen in die Hand, auf dem in feiner Handschrift geschrieben stand:

„Werter Mr. D. McHale, ich darf Sie um Ihren Besuch bitten.
Ich erwarte Sie morgen um Punkt acht Uhr fünf in meinen Räumen in der Baker Street 221B.
Es bleiben noch Dinge zu bereden.
Regards, Sh. Holmes"

Dann ratterte die Kutsche das Kingsgate hinab und hinterließ uns in der Londoner Nacht.

Zuhause in der kleinen, schmutzigen Wohnung meiner Eltern angekommen, lag ich lange wach. Was wollte Holmes mir noch sagen? Ich war so nervös, daß ich kaum ein Auge zutun konnte. Dennoch verließ ich am nächsten Morgen, kaum erholt von den nächtlichen Erlebnissen, überpünktlich das Haus.

Kurz darauf betrat ich, abermals mit weichen Knien, die Höhle des Meisterdetektivs. Watson öffnete mir die Tür zu jenem Studierzimmer, in dem der Fall erst am Vortag begonnen hatte. Mir schien es, als sei ein Monat vergangen, an all den Erlebnissen und kontroversen Gefühlen des letzten Tages gemessen, als ich von Angst über Schrecken, von Stolz über Schmerz hin-und hergerissen worden war.

Holmes bedeutete mir, Platz zu nehmen. Er saß in seinem Lehnstuhl und beäugte mich mit starrer, undurchsichtiger Miene. Er trug einen blauen Morgenrock mit dem Monogramm S.H., der ihm ein sanfteres, häuslicheres Aussehen verlieh als sein Ausgehmantel aus grobem Tweed. Er sagte zunächst nichts, und ich nutzte die Zeit, um in seinen tief gehöhlten Augen nach einem verräterischen Funkeln zu suchen, um die Stimmung des Detektivs zu erraten. Wer wußte schon, wie er auf diesen Erfolg, der zugegebenermaßen auf meinem Ungehorsam beruhte, reagieren würde? Vielleicht war das nur die Ruhe vor einem stürmischen Ausbruch von Zorn?

Die Spannung löste sich kurz darauf. Holmes' Gesichtszüge entspannten sich, und als er seine knochige Künstlerhand zu mir ausstreckte, zeigte sich sogar ein wohlwollendes Lächeln auf seinen schmalen Lippen.

„Ich beglückwünsche Sie, Master Dylan." Damit drückte er meine Hand, bis sie schmerzte. „Sie haben den Fall durch Ihre Beharrlichkeit und – auch das muß gesagt werden – ein wenig tolldreisten Einsatz aufgelöst, während ich, was ich zum jetzigen Zeitpunkt sehr bedauere, in meinem Federbett lag. Ein schwerer Fehler meinerseits, wie ich zugeben muß."

Es entstand eine peinliche Stille, in die hinein weder ich noch Watson etwas zu sagen wagten. War Holmes nicht doch ein wenig verärgert? Der Meisterdetektiv blickte ernst in die Runde, prüfte unsere Reaktion und schmunzelte dann wieder.

„Wissen Sie, werter Dylan – Sherlock Holmes macht weit mehr Fehler, als ein geneigter Leser seiner von Watson so minutiös aufgezeichneten Abenteuer vermuten möchte." Er strahlte nun echten Humor und eine solchermaßen tiefe Wärme aus, daß ich nicht anders konnte, als ebenfalls ein breites Grinsen aufzusetzen, ohne zu wissen, ob dies nun passend war oder nicht. Holmes fuhr indes fort.

„Aber diese Art Irrwege sind das täglich Brot des Detektivberufs. Daran wächst die Wachsamkeit und schult sich immer wieder das Auge, das nichts übersehen darf – und selbst mir entgeht ab und an ein essentieller Punkt eines Falles, so daß mir der Blick auf die Lösung verstellt bleibt. Unser junger Freund hier aber", er sprach nun mehr zu Watson hin, „hat einen kühlen Kopf bewahrt. Er hat das Zeug zu einem guten Ermittler."

Ich strahlte wie ein Honigkuchenpferd. Solch ein Lob, und dann auch noch vom mutmaßlich größten Detektiv, der in der Geschichte der Kriminalistik bekannt war, und dessen glühender Verehrer ich an jenem Tag wurde.

Dies war also die Geschichte des Falles, den Sherlock Holmes nicht lösen konnte. Nun, sicherlich wäre er früher oder später auch auf die Lösung gekommen – aber dazu kam es nicht, weil ich durch mein Eingreifen die nötigen Hinweise geliefert hatte. Auf dieses Abenteuer war ich, unerfahrener Pimpf, der ich war, mächtig stolz, und bis heute verleiht die Erfahrung mir noch in schwierigen Momenten Kraft und Antrieb. Ich sparte mir das Geld dieses und einiger weiterer Aufträge für Mr. Holmes – die aber weniger spektakulär waren –, um später die Polizeischule in Bolton zu besuchen. In der Tat durchlief ich eine aufstrebende Karriere und arbeite heute als Chefinspektor bei Scotland Yard. In all den Jahren behielt ich das Augenzwinkern des Meisterdetektivs im Gedächtnis, und kaum ein Tag vergeht, an dem ich nicht die Erinnerung an den großen Sherlock Holmes wachhalte!

Klaus Peter Walter

SHERLOCK HOLMES UND DER TOTE VOM SEWER

Ich brauche meine Aufzeichnungen nicht zur Hand zu nehmen, denn erstens hat sich das Jahr, in dem sich der folgende Fall zutrug, unauslöschlich in mein Gedächtnis eingebrannt, und zweitens kann alles in jeder Literaturgeschichte nachgelesen werden. Wir schrieben das Jahr 1897. Gerade war ein heute weltberühmter Roman um ein widernatürliches Scheusal erschienen, einen untoten Blutsauger aus Transsilvanien. Jeder einigermaßen Gebildete weiß natürlich, daß ich von Bram Stokers *Dracula* spreche. Weil ein Teil der Geschichte in London spielt, verschlangen die Londoner das Buch geradezu. Seine Auflagen jagten einander in atemverschlagender Geschwindigkeit. Ich gestehe, auch ich gehörte zu den begeisterten Lesern, die mit rotglühenden Ohren Dr. van Helsings Jagd auf den Grafen verfolgten. Mr. Stoker hatte mir sogar ein Exemplar mit persönlicher Widmung übersandt. Nur ungern unterbrach ich deshalb die spannende Lektüre, als Mrs. Hudson einen Besucher meldete.

„Mr. Lestrade wünscht die Herren zu sprechen", verkündete sie. „Aber er befindet sich in einem äußerst fragwürdigen Zustand, wenn ich das so sagen darf."

„Inspektor Lestrade befindet sich *immer* in einem äußerst fragwürdigen Zustand", antwortete mein Freund. „Wir lassen bitten."

Lestrades Aufzug spottete wirklich jeder Beschreibung. Er trug den Hauch von etwas sehr Peinlichem mit sich ins Zimmer, nach dem zu riechen man sich im Alter von etwa zwei oder drei Jahren abzugewöhnen pflegt, und seine Kleidung war wie sein Gesicht von einer fettig glänzenden Rußschicht bedeckt.

„Aber, aber, Lestrade!" begrüßte Holmes unseren atemlosen Gast.

„Sie werden doch nicht Ihren Jugendtraum wahrgemacht haben und unter die Lokomotivführer gegangen sein. Welch herber Verlust für die Polizei! Sodawasser?"

Lestrade warf erschöpft seinen Donegal über die Lehne meines Sessels, ergriff das Glas, das Holmes ihm hinhielt, und trank es mit einem gierigen Zug leer.

„Ah, das tut gut", stieß er mit einem tiefen Seufzer hervor und setzte sich neben seinen Mantel.

„Schön, Lestrade", begann Holmes, „es hat also am Sewer gebrannt, aber warum glauben Sie, daß es Mord war?"

„Weil ich – Donnerwetter, Mr. Holmes, woher wissen Sie denn das alles schon?" Lestrade ließ sich in die Lehne zurückfallen.

„Daß Sie von einer Brandstelle kommen, würde sogar ein Blinder erkennen. Und wo diese Brandstelle war – nun, auch mein Freund Dr. Watson rümpft bereits die Nase über den zweifelhaften Geruch, der Ihren Kleidern entströmt. Sie sollten sie baldmöglichst verbrennen, sonst können Sie sich in Zukunft in keiner anständigen Gesellschaft mehr blicken lassen."

„Aber wie kommen Sie darauf, daß ich wegen eines Mordes zu Ihnen gekommen bin?"

„Jeder halbwegs aufmerksame Leser der heutigen Morgenzeitung dürfte darüber informiert sein, daß in der Nacht gegen zwei Uhr früh in Barking das Wärterhäuschen in der Nähe des Sewers abgebrannt ist, von wo aus ein Teil der weniger erfreulichen Hervorbringungen unserer fast fünf Millionen Londoner Mitbürger in ein Reservoir gepumpt werden, bis die gute alte Themse den weiteren Abtransport ins Meer übernimmt. Aussehen und Geruch Ihrer Kleidung lassen keinen Zweifel darüber zu, wo Sie ermittelt haben. Und wenn Sie nicht wollen, Lestrade, daß man Ihre Gedanken liest, sollten Sie sich abgewöhnen, Ihnen wichtig erscheinende Passagen in Zeitungen rot anzustreichen. Da, die Morgenzeitung, dic aus Ihrer Manteltasche ragt: DER TOTE IM FEUER steht da, einmal unterstrichen. WAR ES MORD?? Zweimal unterstrichen! Wahrscheinlich nehmen Sie einen solchen an, können es aber nicht beweisen, stimmt's?"

Er lehnte sich selbstgefällig an den Kaminsims, um sich am Staunen des vor ihm Sitzenden zu ergötzen.

„Sie haben ja Adleraugen, Mr. Holmes!“ entfuhr es Lestrade.

„Und in diesem Fall sogar eine Adlernase“, scherzte Holmes, wobei er mit dem Zeigefinger demonstrativ die imposante Krümmung seines Riechorgans entlangfuhr. Der Polizist blickte meinen Freund ratlos wie immer an.

„Ehrlich gesagt, Mr. Holmes“, druckste Lestrade, „ich weiß es nicht. Mein Instinkt, meine Erfahrung, all das ruft ‚Mord! Mord!‘, aber ich könnte nicht sagen, warum. Unter den Trümmern des Wärterhäuschens fanden wir die Leiche des Wärters. Es war ein einfacher Bursche, nicht sehr intelligent, eher weniger, aber zuverlässig und fleißig. Wir konnten ihn ohne weiteres anhand seiner Körpergröße identifizieren, denn er litt an Agrar –, an Agromel –“ Er blätterte verzweifelt in seinem Notizbüchlein nach dem Wort, das ihm der Polizeiarzt zweifellos genannt hatte.

„Agromegalie“, verbesserte ich.

„Wie ich sage, ja!“

„Spuren von Gewaltanwendung?“ Jetzt war mein Freund ganz professionelle Sachlichkeit. „Eingeschlagener Schädel?“

„Nein, Mr. Holmes, nichts. Alles in Butter.“

„Ja, warum denn dann trotzdem Mord?“

Lestrade blickte auf den Boden. „Weil ich auch noch darauf gewettet habe. Fünf ganze Pfund.“ Er sank immer tiefer in sich zusammen, während Holmes mit jedem Wort zu wachsen schien. „Wenn ich verliere und meine Frau dahinterkommt! Fünf Pfund! Ich bin ein alter Esel!“

„Ob Sie ein Esel *waren*, sei dahingestellt“, bemerkte Holmes mit maliziöser Betonung.

„Stellen Sie fest, ob es Mord war“, bettelte Lestrade, „und wenn ja, dann teilen wir den Gewinn, einverstanden?“

„Beim Jupiter! Zwei und ein halbes Pfund! Ein wahrhaft fürstliches Honorar!“

Holmes ließ Lestrade noch einen Moment zappeln, dann lenkte er ein. „Nun gut, wir übernehmen den Fall zugunsten von vier unmündigen Polizistenkindern in Not. Für zwei und ein halbes Pfund!“

Lestrade strahlte über sein ganzes negerschwarzes Gesicht. „Im Leichenschauhaus, Sir!“ rief er, vor Freude ein wenig zu laut, nachdem ihn Holmes gefragt hatte, wo der Tote zu finden sei.

Holmes griff zu einem breitkrempigen Hut, stopfte Pinzette, Lupe sowie einige Papiertüten in die Tasche und öffnete uns die Tür. „*Le jeu commençe*! Nach Ihnen, meine Herren!“

Unterwegs berichtete Lestrade, was wir noch nicht wußten. Der Wärter hieß Peter Lushing, man hatte ihn auch Big Pete genannt. Er habe völlig zurückgezogen in seinem Wärterhäuschen gelebt, denn sein Beruf habe engere Freundschaften ausgeschlossen. Seine geringe Intelligenz und die körperliche Mißbildung hätten seine Einsamkeit zusätzlich vergrößert. Holmes' Frage, ob Lushing mit irgend jemandem Streit gehabt habe oder in dunkle Geschäfte verwickelt gewesen sein könnte, verneinte Lestrade.

„Wir haben alle Leute, die mit ihm zu tun haben oder hatten, vernommen. Ohne Ergebnis!“

Ebenfalls ohne Ergebnis verlief die Untersuchung der Brandstelle. Spuren, die das Feuer noch übriggelassen haben mochte, hatten das Löschwasser vernichtet oder die Nagelstiefel der Feuerwehrleute. Holmes durchwühlte Zoll um Zoll die Gebäudereste, klopfte Balken ab, drehte noch feuchte, rußdurchmischte Erdklumpen um, zerbröselte sie mit den Fingern oder besah sie sich durchs Vergrößerungsglas. Als er seine Frage nach der Lage der Leiche nur äußerst unpräzise Auskünfte erhielt, konnte man aus seinen Worten unverhohlenen Ärger heraushören.

„Es dürfte Ihnen wohl bekannt sein, Lestrade“, schimpfte er, „daß ein von einer einstürzenden Decke Erschlagener anders zu liegen kommt als einer, der vor dem Einsturz der Decke im Rauch erstickt ist. War er aber gar schon tot, bevor man ihm das Dach über dem Kopf angezündet hat, kann seine Lage noch ganz anders sein. Leuchtet das ein?“

Lestrade hob hilflos die Arme. Schließlich gab mein Freund auf.

„Ich fürchte um Ihre fünf Pfund, Lestrade“, schloß er, die Lupe in die Jackentasche schiebend. „Mal sehen, ob uns die Leiche etwas sagt.“

Die Strecke zur Gerichtsmedizin legten wir schweigend zurück. Im Leichenschauhaus schlug uns der vertraute, durchdringende Geruch nach Karbol, Naphthalin und kaltem Kalbfleisch entgegen. Angenehme Kühle umfing uns – eine Wohltat nach der Fahrt durch das sommerlich heiße London. Lestrade verabschiedete sich unter einem Vorwand.

„Ich hole Sie, sagen wir, in einer Stunde wieder ab. Ist das recht?“ Er wartete unsere Antwort kaum ab und war schon verschwunden. Der diensthabende Arzt Dr. Osborne sah ihm erleichtert nach. „Das letzte Mal stand er mit geschlossenen Augen, ein Taschentuch vor den Mund gepreßt, da, blaß wie der Tod persönlich. Ich rechnete jeden Moment damit, daß er kollabiert. Guten Tag übrigens, meine Herren!“

Nach der Begrüßung führte uns Dr. Osborne in den bis zur Decke hinauf gekachelten Obduktionsraum. Überall standen Rollwagen mit mir wohlvertrauten ärztlichen Instrumenten, und auf Tischen, unter Tüchern, drei oder vier Leichen – der Eingang des heutigen Morgens.

Unser Toter war kein schöner Anblick. Das Feuer hatte Nase, Lippen und Wangen weggebrannt, so daß die lückenhaften, kariösen Zähne freilagen. Die Augäpfel waren durch die Hitze verkocht. Die Kleidung, eine grobe Arbeitshose, eine ebensolche Jacke und grobstollige Halbstiefel, waren mit der Haut zu einer schwarzen, unauflöslichen Masse verbacken. Wenn ein Mensch verbrennt, entzieht die Hitze seinem Körper die neunzig Prozent Wasser, aus denen er besteht. Der Verbrennende schrumpft, bis er in extremen Fällen nur noch die Größe eines Kindes hat. Dieser Tote war aber, wie die in die Kante des Obduktionstisches eingravierte Meßlatte anzeigte, noch immer fast sechs Fuß lang. Er mußte zu Lebzeiten ein wahrer Riese gewesen sein. Anzeichen von Gewaltanwendung waren bei der ersten Inaugenscheinnahme nicht zu erkennen.

Holmes untersuchte zunächst den verkohlten Stoff der Arbeitskleidung mit der Lupe und ließ den Toten von Dr. Osbornes anatomischen Assistenten umdrehen. Als er nichts fand, was ihm weitergeholfen hätte, begann Dr. Osborne, der mich um gelegentliche Handreichungen bat, mit der Obduktion. Der Gerichtsmediziner öffnete zunächst den Thorax bis hinunter zum Schambein und übergab den Mageninhalt einem Assistenten zur Untersuchung. In der Lunge fand sich kein Ruß. Das wäre der Fall gewesen, wenn Lushing erstickt wäre, er also rauchgeschwängerte Luft geatmet hätte. Die Lungenbläschen aber waren weiß und wiesen auch keinerlei Schaumbildung auf – dies wäre ein Hinweis auf einen schweren Sturz nach Eintritt des Todes gewesen. Big Pete war aber offensichtlich schon tot gewesen, als er verbrannte. Plötzlich zeigte mein Freund Anzeichen gesteigerter Aufmerksamkeit. Er kratzte mit einem Skalpell am Brustbein herum, untersuchte den Knochen mit der Lupe und pfiff durch die Zähne.

„Wäre einer der Herren bitte einmal so freundlich, einen Arm- und einen Beinknochen zu durchtrennen?“ Er machte mit zwei kurzen Armbewegungen die gewünschte Richtung der Schnitte klar. Der Doktor zuckte ergeben mit den Schultern und sägte einen Arm durch, während ich dasselbe mit einem Bein tat. Weiß und glatt leuchteten die Knochen aus dem schwarzverbrannten Fleisch heraus.

„Wissen Sie, was das bedeutet, meine Herren?“ fragte Holmes.

„Ich nehme an“, antwortete mein Kollege, „daß der Mann dem Feuer nicht lange genug ausgesetzt war. Die Knochen hatten keine Zeit, schwarz zu werden.“

Ich sah Holmes an, daß er mehr wußte, als er sagen wollte. „Vielleicht, vielleicht auch nicht“, meinte er kryptisch. „Ein kleines Experiment wird uns weiterhelfen. Ich teile Ihnen das Ergebnis mit, Doktor.“ Mehr war aus ihm nicht herauszubekommen, und ich mußte mich etwas übereilt von dem Kollegen verabschieden, denn Holmes war nach einem kurzen Gruß schon auf den Flur hinausgeeilt. Draußen wartete bereits Lestrade.

Zu seinen Füßen lagen die Überreste von mindestens einem halben Dutzend Zigaretten, die er während der Obduktion geraucht hatte.

„Halten Sie Ihre zweieinhalb Pfund bereit, Lestrade, mehr kann ich Ihnen nicht empfehlen. Kommen Sie, Watson.“ Er hakte mich unter und zog mich auf die Straße, um eine Droschke anzuhalten.

Beim Abendessen unterhielt mich Holmes mit einem sehr anregenden Vortrag über das Moment des Heldischen in irgendwelchen

Opernchören von Wagner und Verdi. Durch keinen Trick der Welt ließ er sich jedoch dazu verführen, preiszugeben, was ihm aufgefallen war, oder was er vorhatte. Als ich mich eben für die Nacht zurückziehen wollte, sagte er noch etwas Merkwurdiges.

„Weiß, Watson."

„Weiß?"

„Weiß ist der Schlüssel", antwortete er kichernd. „Gute Nacht, mein Lieber."

Im Hinterhof einer Geflügelhandlung irgendwo in einem ländlichen Vorort von London hätte man an dem Morgen, der auf die Obduktion des Toten aus dem Feuer folgte, so man zugegen gewesen wäre, einen seltsamen, ja barbarischen Vorgang beobachten können, aber der einzige Beteiligte, ein unrasierter Mann im Anzug eines Tagelöhners, hatte keine Zeugen – die Folge eines Handgeldes für den Geflügelhändler, das einem Angehörigen dieses Berufstandes geradezu fürstlich erscheinen mußte. Dieser hatte Frau und Kinder ins Haus gezogen und die Tür hinter ihnen versperrt, nachdem er einen Hauklotz in seinen Hof getragen hatte. Gleich darauf war der Tagelöhner auf einem uralten Velociped vorgefahren, hatte letzteres wie einen kostbaren Besitz an den Zaun gelehnt und einen Gepäckbeutel abgeschnallt. Daraus entnahm er einige seltsame Utensilien: ein kurzstieliges Hackebeil, eine Kohlenzange, einen großen Haufen Kleinholz und Sägespäne sowie zwei Wachstuchbeutel. Er legte alles neben dem Hauklotz ab und begann, aus dem mitgebrachten Holz zwei Scheiterhaufen aufzuschichten. Als das geschehen war, trat der Geflügelhändler mit zwei an den Füßen aneinandergefesselten Hühnern aus dem Haus. Die Tiere hingen mit den Köpfen nach unten und gaben keinen Laut von sich. Schweigend hielt er sie seinem Besucher hin, dieser nickte zum Zeichen des Einverständnisses, der Geflügelhändler nickte wiederum und übergab die Hühner, worauf er sich eilends ins Haus zurückzog, weil seine Kinder schon wieder aus den Fenstern zu schauen begannen.

Der Tagelöhner ergriff eines der Hühner, und bevor es auch nur einmal vor Angst gackern konnte, lag sein Kopf schon auf dem Hauklotz und wurde mit einem kurzen Hieb des kleinen Beils vom Rumpf getrennt. Sehr sorgfältig ließ der Mann den Hühnerkörper ausbluten. Nachdem er das Tier gerupft hatte, legte er es zusammen mit dem abgetrennten Kopf, dessen Schnabel noch, einen stummen Schrei ausstoßend, offenstand, auf den einen Scheiterhaufen.

„Koscher“, murmelte er dabei zufrieden.

Dem zweiten Huhn dagegen drehte er mit einem knappen, offenkundig wohlgeübten Ruck den Hals nach hinten, sorgfältig darauf bedacht, dem Tier keine Wunde zuzufügen. Dieses Tier wurde ebenfalls gerupft und auf den zweiten Holzstoß gelegt. Schließlich hockte sich der Mann auf einen umgedrehten Eimer, den er im Hof gefunden hatte, entzündete eine billige, kleinköpfige Tonpfeife, wie sie Leute seines Standes zu rauchen pflegen, und benutzte das dafür verwendete Streichholz, um die beiden Scheiterhaufen in Brand zu setzen. Gleichmütig wartete er ab, bis die Flammen in sich zusammengesunken waren. Dem Duft von gebratenem Huhn, der den Hof erfüllte, schenkte er keinerlei Beachtung. Als die Feuer in sich zusammengesunken waren, kratzte er die Glut auseinander und las mit der Kohlenzange die Gebeine des geköpften Huhnes in den einen Wachstuchbeutel, die des erwürgten in den anderen.

Die Beutel wie auch die Werkzeuge des Mannes wanderten zurück in den Gepäcksack am Velociped. Der aus seinem Haus kommende Geflügelhändler erhielt nochmals ein Geldstück in die Hand gedrückt, dann schwang sich der Tagelöhner auf sein Gefährt und verließ den Hof.

Ich sah Holmes – denn natürlich war er es, der dieses seltsame Experiment durchgeführt hatte – erst wieder, als er schon frisch rasiert und umgezogen an seinem säurezerfressenen Experimentiertisch saß. Vor ihm lagen zwei Häufchen verkohlter Knöchelchen, denen verkrustete Haut, Sehnen und Fleischreste anhingen. Es sah aus wie ein völlig mißlungenes Geflügelgericht. Holmes hielt auch die Geflügelschere aus Mrs. Hudsons Küche in der Hand, mit der er offensichtlich einige der Knochen durchgeschnitten hatte. Holmes machte mit der Schere eine grüßende Handbewegung.

„Guten Morgen“, begann ich. „Sind dies die deplorablen Ergebnisse Ihres ersten Versuches als Koch?“

„Mitnichten, lieber Watson“, gab Holmes zurück, „dies sind die deplorablen Überreste unseres heutigen Mittagessens. Mrs. Hudson ist über den Plausch mit der Nachbarin ein kleines Mißgeschick unterlaufen.“

„Das ist nicht Ihr Ernst!“ antwortete ich. „Nun sagen Sie schon – was ist das Scheußliches?“

„In einer guten halben Stunde wird unser Freund Lestrade hier erscheinen, dann sollen Sie alles erfahren. Wie wäre es bis dahin mit einem herzhaften Frühstück? Ohne Huhn?“

Das ließ ich mir nicht zweimal sagen! Kaum hatten wir die Mahlzeit beendet, da erschien Lestrade, aufgeregt wie immer, aber dieses Mal wenigstens sauber.

„Lestrade!“ begrüßte Holmes unseren Gast. „Zu so früher Stunde! Was verschafft uns die unverhoffte Ehre?“

Lestrades rotes Gesicht wurde erst weiß, dann wieder rot.“Haben Sie, haben Sie etwa meinen Fall vergessen?“ stotterte er. „Meine fünf Pfund?“

Holmes stellte sich überrascht und unwissend. „Fünf Pfund? Ja, richtig, mir war doch so! Der Tote im Feuer! Wie konnte ich das vergessen? Nehmen Sie Platz!“

Während Holmes umständlich seine Pfeife stopfte, rutschte Lestrade von einer Gesäßhälfte auf die andere und zerknetete seinen Hut zu einem unförmigen Knäuel Filz.

Dann endlich hielt Holmes ihm etwas unter die Nase, was einmal ein Hühnerbein gewesen sein mußte.

„Für was würden Sie das halten?“ Triumph lag in seiner Stimme.

„Für ein Hühnerbein.“

„Richtig! Und das?“ Er hielt ihm den gleichen Knochen, aber aus dem anderen Haufen hin.

„Ebenfalls ein Hühnerbein!“

„Wieder richtig. Und nun sehen Sie sich einmal die Knochen genauer an. Was sehen Sie?“

Auf den ersten Blick fiel ihm nichts auf, dann bemerkte er, daß die Schnittfläche des einen Knöchelchens weiß war, die des anderen schwarz, und er teilte Holmes seine Erkenntnis mit.

„Und was schließen wir daraus?“

Er zuckte die Schultern.

„Na schön! Ich habe heute morgen in aller Frühe ein kleines Experiment angestellt, dessen Resultat ich Ihnen nicht vorenthalten will. Kurz gesagt, bleiben die Knochen ausgebluteter Wirbeltiere weiß, wenn der Körper verbrannt wird. Im anderen Falle schwärzen sie sich. Lushings Knochen waren weiß wie Schnee.“

„Dann war es also Mord!“ frohlockte Lestrade. „Ich wußte es!“

„Sie sind um fünf Pfund reicher, mein guter Lestrade. Macht zwei und ein halbes Pfund, wenn ich bitten darf!“

Mit verkniffenen Lippen holte der Polizist Scheine und Münzen aus der Tasche und legte sie auf den Tisch.

„Eins würde mich noch interessieren, Mr. Holmes“, meinte er beiläufig.

„Wer hat’s getan? Und warum?“

„Sie wollten wissen, ob es Mord war“, rief Holmes mit theatralischer Geste aus. „Diesen Nachweis habe ich Ihnen erbracht. Mehr war nicht ausgemacht. Watson, sollten wir einen Mörder suchen?“

Ich schüttelte den Kopf.

„Aber ich will nicht so sein, Lestrade. Ich schlage Ihnen einen Wettkampf vor. Wir suchen beide den Täter. Wenn ich ihn zuerst finde, bekomme ich von Ihnen fünf Pfund. Wenn Sie ihn aber zuerst finden, erhalten Sie von mir zehn Pfund. Und ich lasse Ihnen sogar noch vierundzwanzig Stunden Vorsprung.“

Lestrade strahlte wie ein Kind, dem der Weihnachtsmann zum ersten Mal im Leben Schokolade gebracht hat. Zehn ganze Pfund, die wollte er sich gern verdienen.

„Sie sind ein wahrer Gentleman, Mr. Holmes. Aber die zehn Pfund sind Sie so gut wie los.“

Er schüttelte dem etwas verdutzten Holmes kräftig die Hand und sauste wie ein geölter Blitz zur Tür hinaus. Mrs. Hudson, die er um ein Haar über den Haufen gerannt hätte, sah ihm erschrocken nach.

Mit einigen schnellen Schritten war Holmes an ihr vorbei und rief dem die Stiege Hinabpolternden etwas nach.

„*Cherchez la femme*, Lestrade, *cherchez la femme*! Hören Sie?"

Dann fiel die Haustür ins Schloß. Holmes kam zurück und steckte lachend das Geld ein.

„Ich habe nie mein Honorar mit größerer Genugtuung verdient, Watson, und schlage vor, es sinnlos zu verjubeln. Watson! Darf es ein Mittagessen bei *Simpson's* sein?"

„Mein Dank wird Ihnen stets gewiß sein. Aber auch mich würde interessieren, warum man diesen Pete seines gesamten Blutes beraubt und ihn anschließend verbrannt hat. Wer tut so was?" Ich dachte an meine gestern unterbrochene Lektüre. „Sollte es vielleicht wirklich Vampire geben?"

„Dann sollten wir Lestrade raten, sich einmal unter den Touristen aus Transsilvanien umzutun. Vielleicht hatte jemand von ihnen Appetit auf einen ganz besonderen Aperitif. Unfug!"

„Vielleicht ein Ritualmord? Aus Rußland hört man immer wieder solche Dinge."

Nun zeigte Holmes' Gesicht Anzeichen echten Ärgers. „Drum hüt' dich vor den Juden und wisse, wo sie ihre Schulen haben; daß daselbst nichts andres ist als ein Teufelsnest" zitierte er, wieder auf Deutsch, ich weiß nicht, welchen Dichter.[4]

„Die alte Geschichte von den bösen Juden, die aus Christenblut Mazze backen. Watson, ich bin entsetzt, die Fratze der Judophobie und des Obskurantismus aus Ihren Worten herausgrinsen zu sehen. Ich darf Ihnen jene Stelle aus Mose ins Gedächtnis rufen, in der es sinngemäß heißt: *Es ist euch bei Todesstrafe verboten, das Blut von Tieren zu essen*. Den genauen Wortlaut bitte ich selbst nachzuschlagen. Kein anderes Volk der Welt beachtet so genau einen ausführlichen, umständlichen Kanon von aus den Heiligen Büchern abgeleiteten Speisegesetzen wie die Juden. Nein, ein jüdischer Ritualmord liegt bestimmt nicht vor."

Dem hielt ich entgegen, daß man einen Ritualmord nur vor-

4) Aber wir! Dr. Martin Luther. K.P.W.

getäuscht haben könnte, um ihn den Juden in die Schuhe zu schieben.

Holmes grunzte abfällig. „Dann hätten die Täter es grundfalsch angefangen. Sie hätten dafür sorgen müssen, daß sich irgendein Hinweis auf die jüdische Täterschaft am Tatort findet, eine Menorah, ein Davidsstern, ein paar hebräische Schriftzeichen, was weiß ich. Der Möglichkeiten sind viele. Und die Zeitungen hätten voll sein müssen von Spekulationen über einen jüdischen Ritualmord mitten in London. Wie sonst sollte sich politisches Kapital aus der Sache schlagen lassen? Es gibt genügend gesinnungslose Schreiberlinge in den Redaktionsstuben, die ohne weiteres bereit wären, solche Gerüchte in die Spalten ihrer Blätter zu setzen. Aber schauen Sie doch mal in die Zeitungen: kein Wort, das in diese Richtung ginge. Nein, nein, mein Lieber, das ist es nicht!“

„Vielleicht eine Sekte, ein Satanskult oder so etwas?“

„Sie denken an *Macbeth*?“ fragte Holmes spöttisch: »Mischt und rührt es, daß der Brei tüchtig dick und schleimig sei; kühlt’s mit eines Säuglings Blut, dann ist der Zauber fest und gut!« Nein! Sie müssen das System erkennen, das hinter allem steckt, Watson, das *grand design*, den Plan. Dann fügen sich alle Puzzleteile wie von selbst zusammen.“

„Und wie sieht der große Plan aus? Und welche Frau steckt dahinter?“

Statt einer Antwort lächelte Holmes kryptisch.

„Das, mein Lieber, ist eine andere Geschichte. Sie werden sie sicherlich irgendwann einmal unter dem Titel ‚Der Werwolf von London’ veröffentlichen. Wir werden uns ein anderes Mal um dieses Ungetüm kümmern. Heute nicht mehr, denn man hat uns für die Lösung des kleinen Rätsels um den toten Mann vom Sewer lediglich fünfzehn Manuskriptseiten zugestanden. Und die sind genau jetzt gefüllt. Etwas Musik gefällig?“

Ich nickte und griff zu *Dracula*. Mein Freund stimmte seine Geige, und bald war unser Wohnzimmer von feurigen, nach Balkan und Karpaten klingenden Improvisationen erfüllt.

Kurt Mühle

KANDELABER-DESSOUS

Von außen sah die Villa des Immobilienmaklers Barrow sehr gepflegt und freundlich aus. Bunte Blumen schmückten den adretten Vorgarten. Drinnen in der dunklen, muffigen Halle hingegen bot sich kein so beglückender Anblick. Hoch oben hing ein protziger, sechzigflammiger Messingkronleuchter; einige der Glühlampen schienen defekt. Doch was noch auffälliger war: die beiden weiblichen Wäschestücke intimster Art, die wie Trophäen an den Armen des Leuchters baumelten.

Gab dies allein schon Anlaß zu ausschweifenden Überlegungen, so verwunderte erst recht die männliche Leiche, die am Boden genau unter dem Kronleuchter lag und deren erstarrter Blick exakt auf jene Wäscheteile gerichtet war.

Inspektor Hicks von Scotland Yard hatte sich bald schon ein Urteil gebildet: Vermutlich war der ehrenwerte Mr. Barrow beim Anblick des obszönen Gehänges am Kronleuchter ausgerutscht, mit dem Hinterkopf aufgeschlagen und daran verschieden. Diese blitzblank gebohnerten Parkettböden waren ja immens gefährlich und sollten seiner Meinung nach schlicht verboten werden. Blieb nur die pikante Frage: Was sollten die Dessous am Kronleuchter bewirken? Wie kamen sie dahin, und wem gehörten sie?

Hicks erkannte den zwingenden Erklärungsbedarf für seinen polizeilichen Bericht, druckste ein wenig herum und erkundigte sich dann vorsichtig bei Mrs. Barrow: „Verzeihen Sie, Madam, stammen diese Kleidungsstücke eventuell aus Ihrem Fundus?“

„Inspektor!“ empörte sich die gnädige Frau höchst ungnädig. „Ich darf doch wohl sehr bitten!“ Diese Frage schien sie mehr zu treffen als der Umstand, daß vor ihr der leblose Körper ihres Gatten lag.

Hicks nuschelte eine Entschuldigung, während Mrs. Barrow nach Mr. Styles, dem Butler, rief und ihm auftrug: „Unterrichten Sie Mr. Holmes über diesen Vorfall. Und daß ich ihn umgehend hier erwarte.“

Eilig verschwand der Butler. Im Flur begegnete ihm Jocelyn Booth, der Kompagnon des Immobilien-Maklers. Er habe einen Besprechungstermin mit Mr. Barrow, sagte er und schien sehr betroffen, als er den Grund dafür erfuhr, weshalb diese Unterredung nun leider ausfallen mußte.

Es dauerte recht lange, ehe der Butler in Begleitung von Sherlock Holmes zurückkam, doch dafür hatten sie auch gleich Dr. Watson mitgebracht. „Todeszeit?“ fragte er sogleich stirnrunzelnd. Dr. Watson einigte sich mit dem Polizeiarzt, daß der Tod vor vier bis fünf Stunden eingetreten sein mußte. Zu dieser Zeit war der Butler angeblich – wie jeden Tag zu dieser Zeit – unterwegs gewesen, um Besorgungen zu erledigen. Mrs. Barrow gab an, im Kino gewesen zu sein. „War sonst jemand im Haus?“

„Nur Miriam, dieses schamlose Biest“, schnaubte Mrs. Barrow. „Wahrscheinlich hat sie wieder oben in der Dachkammer faul im Bett herumgelegen. Rauswerfen werde ich das Miststück!“ Und indem sie auf die sterblichen Überreste ihres Mannes zeigte, fügte sie pietätlos hinzu: „Daran kann der da mich nun nicht mehr hindern.“

„Wer ist Miriam?“ wollte Holmes wissen und erfuhr, daß es sich dabei um das Hausmädchen handelte. In Gedanken erweiterte er sogleich deren Rolle um einige Sonderleistungen und fand sich bestätigt, als das hübsche junge Mädchen schluchzend vor ihm stand. Miriam schien die Einzige zu sein, die wirklich erschüttert war über Barrows plötzliches Ableben.

„Und wer sind Sie?“ fragte Holmes urplötzlich den Mann, der stumm und desinteressiert am Fenster stand.

„Mein Name ist Booth. Ich bin der Geschäftspartner von Mr. Barrow und war zu dieser Zeit mit ihm verabredet. Eine turnusmäßige Besprechung. Schrecklich, – das hier alles.“

Dr. Watson machte Holmes auf ein paar farblose klebrige Flecken aufmerksam, die er neben der Leiche auf dem Parkett entdeckt hatte. Holmes legte sich sogleich flach auf den Boden und schnüffelte eine Weile daran herum. „Wein“, meinte er dann, „vermutlich kein guter Tropfen, ekelhaft süßlich. Ich tippe auf billigen Sekt.“

Watson knurrte ärgerlich. Immer diese Spitzen! Holmes liebte guten Wein und trank nicht gern Sekt, während Watson selber ein großer Freund von Sekt und Champagner war. Umso schwerer fiel es ihm daher wenig später, bei einer näheren Inspektion des Raumes gestehen zu müssen, daß er in einer Ecke einen Sektkorken entdeckt hatte.

Holmes nickte nur. „Nun sollten wir noch die dazugehörige Flasche finden...“

Mrs. Barrow beschimpfte währenddessen pausenlos das Hausmädchen Miriam als Schlampe und Hure. Sie solle ihre Sachen packen und augenblicklich verschwinden, aber zuvor ihre unappetitlichen Fummel vom Kronleuchter entfernen. „Diese Person hat sich den makabren Scherz erlaubt! Wer sollte sonst solchen Unfug anstellen?“ meinte sie wütend zu Holmes.

Holmes und Watson betrachteten skeptisch die Wäscheteile. So etwas war ihnen auch noch nicht vorgekommen. Watson zuckte schließlich hilflos mit den Schultern und sah Holmes ratlos an, der nach einigem Überlegen weltmännisch feststellte: „Pariser Dessous – eigentlich zu teuer für ein Hausmädchen. Und etwas zu üppig für dieses Mädchen.“ Er zeigte auf Miriam. „Außerdem wahrlich nicht der letzte Modeschrei! Das trug man vielleicht vor zehn Jahren. Waren Sie damals nicht mit ihrem Gatten in Paris, Madam?“

Mrs. Barrows Gesicht wurde krebsrot vor Empörung. Inspektor Hicks eilte ihr hilfreich zur Seite. „Die gnädige Frau hat bereits erklärt, daß diese Teile nicht ihr gehören.“

„Doch“, widersprach Holmes, „ich behaupte, daß sie ihr gehören. Aber ich behaupte nicht, daß sie die Dessous auch selber an den Kronleuchter gehängt hat.“

„Dann war es diese Schlampe!“ schrie Mrs. Barrow und wies auf Miriam. „Sie hat sich schamlos an meinen Mann herangepirscht, dieses Luder. Hat mich zum Gespött der Leute gemacht.“

Jocelyn Booth kam langsam auf Holmes zu und nickte nur kurz. „Stimmt. Ich kann das bestätigen. Da lief etwas, schon seit Monaten. Aber vor ein paar Tagen hat Mr. Barrow Schluß gemacht. Das hat er mir selbst gesagt."

„Also ein Eifersuchtsdrama – falls das hier kein Unfall war", sinnierte Holmes. In diesem Augenblick fiel ihm eine winzige Kleinigkeit auf, die ihn sehr nachdenklich machte.

„Sieht zumindest danach aus", meinte Booth zustimmend und zeigte auf die beiden Wäschestücke. „Wer macht schon so etwas – außer eben eine vor Eifersucht rasende Frau?!"

Holmes winkte Watson und Hicks zu sich heran und zog sich mit den beiden in einen Winkel zurück, wo niemand ihrer anschließenden Beratung lauschen konnte. Irgend etwas gefiel Holmes nämlich an dieser Sache nicht, aber es dauerte eine ganze Weile, bis er dem Inspektor von Scotland Yard einen Teil seiner Skepsis vermitteln konnte. Doch endlich erteilte Hicks seinen Leuten präzise Anweisungen, während sich Dr. Watson Barrows tödliche Kopfverletzung noch einmal genauer ansah.

Holmes steckte seine Pfeife in den Mund und wanderte gemächlich in der Halle hin und her. Innerlich kochte er vor Ungeduld, ob Hicks' Beamte wohl fündig würden. „Hatte die Firma Barrow & Booth zuletzt größere Projekte, erfolgreiche oder weniger erfolgreiche?" wollte er von Booth wissen.

„Der Verkauf der Häuser im Lessington-Wohnpark läuft hervorragend", erwiderte Booth stolz. „Die Wohnungen im Cappell-Center hingegen verkaufen sich nur schleppend. Das braucht seine Zeit..." Holmes nickte, sah Booth interessiert an, hörte ihm aber gar nicht richtig zu; mit seinen Gedanken war er nämlich ganz woanders.

Mit strahlendem Siegerlächeln kam Sergeant Miller herein und präsentierte seinem Chef Hicks stolz eine leere Sektflasche. „Die haben wir in der Mülltonne vorm Haus gefunden. Lag gleich obenauf."

Watson ließ sich die Flasche geben, ging mit ihr zum Fenster ans Licht und betrachtete sie sehr sorgsam. Endlich fand er, was er längst vermutet hatte: einen matten, handtellergroßen Fleck auf dem Glas. „Ich wette, mit dieser Flasche wurde Mr. Barrow von hinten erschlagen. Dieser Fleck hier dürfte Körperfett sein, Rückstand vom Schlag auf seine – Verzeihung – Glatze."

Holmes betrachte nun ebenfalls die Sektflasche, roch daran und studierte sorgsam das Etikett. „Ein billiges widerliches Zeugs", meinte er dann. „Genau das, was den Fleck auf dem Parkett hinter dem Toten bewirkt hat. Beim Zuschlagen ist vermutlich ein Rest aus der Flasche ausgelaufen. – Nun frage ich mich, wer hat die Flasche zuvor geleert?"

Mrs. Barrow triumphierte förmlich, als sie auf Miriam zeigte und ausrief: „Na – die da natürlich. Die soff dieses billige Zeug! Ein anderer kommt doch gar nicht in Frage! – Mein Mann hat – hatte – ein Leberleiden; er durfte keinen Tropfen Alkohol trinken! – Und ich habe es wahrlich nicht nötig, solche Plörre zu schlucken! Ich trinke höchstens mal ein Glas echten Champagner. Und Mr. Styles, unser Butler, ist überzeugter Abstinenzler. Nur die da, diese Schlampe kommt in Frage..."

„Nein, nein!" rief Miriam entsetzt und bekam einen regelrechten Weinkrampf, während sie sich die Hände vors Gesicht hielt. „Ich habe die Flasche gestern getrunken und auch gestern schon in die Mülltonne geworfen."

„Interessant", brummte Holmes nachdenklich, ging langsamen Schrittes auf das Hausmädchen zu und versuchte, es zu beruhigen. „Der Täter oder die Täterin muß die leere Flasche dann aus der Mülltonne herausgeholt haben, um damit vorsätzlich Mr. Barrow zu erschlagen. Ich will Ihnen helfen, doch tun Sie mir bitte einen kleinen Gefallen..." Holmes reichte Miriam die Flasche und bat Mr. Booth, der etwa die gleiche Statur hatte wie der Ermordete, sich gerade und reglos vor sie zu stellen. Dann forderte er Miriam auf, so zu tun, als wolle sie ihn von hinten mit der Flasche auf den Kopf schlagen. Er mußte dem vor Angst schlotternden Hausmädchen dabei regelrecht die Hand führen.

„Donnerwetter!" rief Dr. Watson, der dem Experiment gespannt zugeschaut hatte. „Dieses schmächtige Wesen hat kaum die Kraft zu einem solch tödlichen Schlag. Außerdem ist sie zu klein, um mit der Flasche den Kopf von oben zu treffen."

Holmes nickte. „Genau. Der Aufschlagwinkel stimmt nicht.“ Und dem Hausmädchen zugewandt, fügte er milde hinzu: „Als Täterin kommen Sie daher nicht in Betracht.“

„Wer denn – bitte schön – dann?!“ ereiferte sich Mrs. Barrow. „Holmes, ich bin enttäuscht von Ihnen! Ich hatte Sie rufen lassen, weil ich Unterstützung von Ihnen erhoffte. Und nun das!“

Inspektor Hicks konstatierte, daß die Dame des Hauses entschieden kräftiger wirkte als Miriam und auch ein ganzes Stück größer war. Von ihr hätte der tödliche Schlag ohne Zweifel ausgehen können. „Ich muß Sie leider bitten, mich zum Yard zu begleiten“, sagte er daher streng. Hatte Mrs. Barrow aus Eifersucht ihren Gatten erschlagen und die Dessous an den Kandelaber gehängt, um den Verdacht auf das Hausmädchen zu lenken? – Hatte sie zuvor heimtückisch aus der Mülltonne die Sektflasche geholt, auf der man ja zweifelsohne die Fingerabdrücke des Hausmädchens finden würde und finden sollte?

Holmes unterhielt sich währenddessen angeregt mit dem Butler, nachdem er dessen berufsbedingte Diskretion elegant umschifft hatte. Dr. Watson gesellte sich dazu. Er vermied es, den zögerlich unsicheren Butler anzuschauen, hörte aber umso genauer zu. Und bald war ihm klar, was sich hier in der Halle vor Stunden wirklich abgespielt hatte.

Mrs. Barrow sank derweil ermattet in einen Korbsessel. Täuschte diese sonst so resolute Frau nun theatralisch einen Schwächeanfall vor? – Hicks wollte sich davon nicht beeindrucken lassen und forderte sie daher auf, sich ihren Mantel zu holen und ihm zur Vernehmung zu Scotland Yard zu folgen.

„Ich denke, Madam hat genug mitgemacht“, mischte sich Holmes ein und wandte sich urplötzlich an Mr. Booth: „Sie haben einen Schlüssel zu diesem Haus, nicht wahr? – Und Sie hatten gestern einen Riesenkrach mit Mr. Barrow – stimmt's? Dabei ging es um Unterschlagungen oder Ähnliches. – Ich weiß das von Mr. Styles, dem Butler. – Was mir aber schon früher aufgefallen ist, das ist der seltsame Fleck auf Ihrer Weste. Ich wette, die Ursache ist ein Rest von Sekt, der auslief, als Sie die Flasche zum tödlichen Schlag auf Barrows Hinterkopf hoben. Der Flüssigkeitsrest lief zu Boden, aber ein

Spritzer davon traf Ihre Weste, – was sich leicht wird feststellen lassen. Und um von sich abzulenken, haben Sie die Wäschestücke aus Mrs. Barrows Kommode genommen und an den Kronleuchter gehängt. Sie wollten damit ein Eifersuchts-Tatmotiv vertäuschen, was Ihnen auch beinahe... Halt! Sind Sie wahnsinnig? Was machen Sie denn da?!"

Blitzschnell hatte Booth ein Messer aufgeklappt und fuchtelte drohend mit der Klinge herum, während er sich langsam rückwärts zur Tür bewegte. „Keiner rührt sich hier von der Stelle, sonst..."

Von hinten ertönte die ruhige sonore Stimme Dr. Watsons: „Lassen Sie das Messer fallen. Das Spiel ist aus."

Als Booth kurz zurückblickte, sah er voller Entsetzen in die schwarze Mündung einer nagelneuen Brownings.

„Watson! – Sie und eine Waffe?!" wunderte sich Holmes. „Ich fasse es nicht."

„Die Zeiten werden immer unsicherer", lautete die etwas verlegene Antwort, während Booth resigniert das Messer zu Boden fallen ließ.

Arthur Gordon Wolf

DIE BLAUE TAUBE

Aus dem Nachlaß von John H. Watson, M.D.:

Meine uneingeschränkte Bewunderung, ja meine Ehrfurcht Sherlock Holmes gegenüber haben mich förmlich dazu getrieben, die Rolle seines Chronisten einzunehmen. Noch heute erfüllt es mich mit Stolz, wenn ich mich zu seinen engsten Vertrauten und zu der weitaus geringeren Zahl seiner Freunde zählen darf. Über die Jahre hinweg habe ich viele Fälle des genialen Meisters für die Nachwelt festgehalten, wobei ich stets darauf bedacht war, nicht das Pompöse, das Sensationelle – an dessen Aufklärung Sherlock Holmes nicht minder selten beteiligt war –, sondern das Unscheinbare, das offenbar Alltägliche in den Vordergrund zu stellen. Nicht zuletzt durch die Beobachtung meines kriminalistischen Freundes war mir nämlich bewußt geworden, daß die großen aufsehenerregenden Fälle meist banale Lösungen verbargen, die unscheinbaren jedoch erwiesen sich oft als ein Labyrinth finsterster Gänge, als ein ruhender See, unter dessen Oberfläche sich die unglaublichsten Abgründe der menschlichen Seele offenbarten.

Viele hundert Fälle habe ich unter dieser Prämisse untersucht und die beispielhaftesten für eine Veröffentlichung ausgewählt. Da Holmes des öfteren in höchsten und allerhöchsten Kreisen ermittelte, konnten viele Begebenheiten nie oder erst viele Jahre später einem größeren Publikum unterbreitet werden. Innenpolitische, ja internationale Konflikte wären unzweifelhaft die Folge gewesen.

Die Ursache dafür, daß ich den ‚Fall der Blauen Taube' erst jetzt niederzuschreiben wage und mit dem Zusatz ‚Erst nach meinem Tode zu öffnen' versehen habe, ist jedoch ein anderer. Die ‚Blaue Taube' behandelt einen Fall, bei dem der Chronist höchstpersönlich in kriminelle Machenschaften verwickelt wurde. Ganz bewußt und ohne jedes Zögern wechselte ich die Seiten, deren Abgrenzung mir zuweilen dünner als ein byzantinisches Pergament scheinen.

Die Aufzeichnung der Geschehnisse soll keineswegs als Rechtfertigung meinerseits verstanden werden, allerdings hoffe ich, daß zumindest die Motive meines Handelns klar zutage treten werden.

Das Jahr 1901 war in vielerlei Hinsicht ein düsteres. Als am 22. Januar die Königin starb, ging mit ihr gleichsam eine ganze Ära zu Ende. Mein Freund Sherlock Holmes, der stets alles daran setzte, daß Gefühle keinen Einfluß auf sein Handeln hatten, vertrieb seine Trauer mit dem einzigen ihm zur Verfügung stehenden Mittel: Mehr noch als je zuvor wühlte er sich in alle nur erdenklichen Kriminalfälle. Seit nahezu acht Jahren hatte der Meisterdetektiv unermüdlich an fast allen bedeutsamen Fällen innerhalb des Königreiches mitgearbeitet – zuweilen führten ihn seine Aufträge auch weit über die Grenzen Englands hinaus –, und nun trachtete er danach, seine Arbeitswut noch zu steigern. Zuweilen wurde ich wankend zwischen meiner Rolle als Freund und der des ärztlichen Beraters. Zwar war ich schon oft Zeuge seiner außerordentlichen Ausdauer- und Rehabilitationskräfte geworden, ich spürte jedoch, daß auch einem Mann wie Sherlock Holmes physische und psychische Grenzen gesetzt waren. Doch immer, wenn ich vorsichtig meine Besorgnis zur Sprache brachte, wehrte er meine Ratschläge lächelnd mit einer Handbewegung oder einem Schulterzucken ab. In der genialen Art, wie er das Rätsel der Holdernesse- Entführung[5] löste, strafte er meine Reden Lügen. Am 18. Mai hatte Holmes seinen vorläufigen Zenit erreicht, und ob er wollte oder nicht, jeder weitere Schritt würde in nur eine Richtung führen können: nach unten.

Die Krise zeigte sich nicht sofort. Die folgenden Wochen verbrachte Holmes damit, akribisch seine Aufzeichnungen über nationale und internationale Verbrechen und seinen Personen-Index zu vervollständigen und die nicht minder umfangreiche Korrespondenz mit diversen Klienten und befreundeten Kriminalisten abzuarbeiten.

5) s. „Die Abtei- Schule“

Von außen betrachtet schien alles in bester Ordnung zu sein. Die ruhige, konzentrierte Hingabe, mit der er nun über den Papieren saß, war genau die Beschäftigung, die ich ihm schon vor Monaten angeraten hatte. Ausreichend viel Schlaf und ein geregelter Tagesablauf vermochten es sogar, sein ansonsten blasses und hageres Antlitz mit einem Hauch von gesunder Farbe zu überziehen.

Trotz all seiner Selbstdisziplin gelang es meinem Freund aber nur bis etwa Mitte Juli, diese Fassade aufrecht zu erhalten. Dann löste sich plötzlich die Larve, die er vor mir, aber auch vor sich selbst errichtet hatte, in nichts auf.

Mein medizinisch geschulter Verstand und die intime Kenntnis vom Wesen Sherlock Holmes' hätten mich eigentlich schon früher warnen müssen. Ich beging jedoch die Dummheit, das Offensichtliche als Tatsache zu akzeptieren, ein Kardinalfehler, der Holmes bei all seinen Ermittlungen niemals unterlaufen war.

Als ich an jenem Tag zum Frühstück erschien, stellte ich verwundert fest, daß mein Gefährte offenbar schon lange vor mir aufgestanden war. Lediglich seine Kaffeetasse schien benutzt worden zu sein. Das Rührei und der Schinken transformierten sich dagegen bereits zu einem unansehnlichen, flüssig-verklumpten Miniaturgebirge. Um den Kamin herum lagen verschiedenste Ausgaben der ‚Times', des ‚Globe' und des ‚Standard' verstreut am Boden.

In der Vergangenheit war es recht häufig vorgekommen, daß Holmes auf der Suche nach der Lösung eines Verbrechens durch halb London gewandert war, bevor ich meine Morgentoilette beendet hatte. Da ihn momentan jedoch kein Fall beschäftigte und er es ansonsten strikt ablehnte, nur zum Zeitvertreib durch die Straßen zu schlendern, schloß ich diese Möglichkeit von vornherein aus.

Ich bemerkte, daß die Tür zu seinem Schlafzimmer nur angelehnt war. Als auf mein Klopfen keine Reaktion erfolgte, schob ich die Tür zur Seite. Sherlock Holmes saß in einen purpurroten Morgenmantel gehüllt auf einem Stuhl und starrte ausdruckslos aus dem Fenster.

„Ah, da sind Sie ja, mein lieber Holmes", rief ich erleichtert. „Welcher Hahn hat Sie denn so früh aus den Federn gerissen?"

Holmes antwortete nicht. Seine hagere Gestalt erweckte den Eindruck, als ob sie eins mit dem sie umgebenden Mobiliar geworden wäre. Kein Muskel, keine Sehne seines Körpers schien sich zu bewegen.

Voller Besorgnis betrat ich den Raum. Erst jetzt nahm ich ein weiteres Indiz für die seltsam beunruhigende Atmosphäre wahr. Im ganzen Zimmer gab es nicht die kleinste Spur von Tabakrauch. Sherlock Holmes war ein passionierter Raucher, und seine Pfeife vor und insbesondere nach dem Frühstück war ein bei ihm fest verwurzeltes Ritual. Selbst eine Krankheit konnte ihn nicht davon abhalten, dem Tabak in Form einer Pfeife oder Zigarre zu frönen.

„Ist alles in Ordnung mit Ihnen?" lautete daher auch meine zweite Frage. Ich war näher an den Stuhl herangetreten und bemerkte nun die eingefallenen, bleichen Wangen meines Freundes. Im fahlen Licht der Morgensonne wirkte sein Gesicht, als habe ihm über Nacht ein Vampir jeden Tropfen Blut ausgesaugt. In meiner Tätigkeit als Arzt waren mir schon die Symptome der tückischsten Krankheiten begegnet, doch nie zuvor war ich Zeuge eines derart schnellen und dramatischen Verfalls geworden. Sherlock Holmes schien um Jahre gealtert zu sein. Alles deutete darauf hin, daß er das Opfer eines seltsamen anämischen Nervenfiebers geworden war.

Mit zittrigen Fingern berührte ich seinen Arm.

„Holmes, so sagen Sie doch etwas! Was ist mit Ihnen?"

Auch jetzt zeigte der Angesprochene keine Reaktion. Ich grübelte gerade darüber nach, mit welcher Medikation die Krankheit am besten bekämpft werden könnte, als Holmes plötzlich sprach: „Ist es nicht obszön, ja geradezu verwerflich, wenn man sich nach der Existenz seiner eigenen Nemesis sehnt?" Seine Stimme war kaum mehr als nur ein leises Stöhnen. „Ist es nicht teuflisch und moralisch verderbt, wenn man sich an der Existenz des Bösen ergötzt? Wenn man seiner bedarf wie der Luft zum Atmen?"

Da die Frage ohnehin nicht direkt an mich gerichtet schien, blieb ich stumm. Das wirre Flüstern war für mich lediglich ein weiterer Hinweis für die körperliche und geistige Zerrüttung meines Gefährten.

„Aber was wäre die Welt ohne das Böse?“ deklamierte Holmes weiter. „Ohne seine Existenz könnte das Gute niemals seine Reinheit und Erhabenheit demonstrieren, niemals seine Triumphe feiern.[6] – Ja, es ist auch ein Geist des Guten in all dem Übel[7], nicht wahr?“

Bei seinen letzten Worten zuckte ich förmlich zusammen. Holmes hatte sich halb zu mir umgedreht und fixierte mich mit glasigen, blutunterlaufenen Augen. Ich konnte es kaum fassen. Binnen eines Wimpernschlages hatte sich das starre, katatonische Marmorgerippe in ein zittrig-nervöses und äußerst angespanntes Menschenwesen verwandelt.

„Mein Gott, Holmes!“ rief ich aus. „Was war das nur soeben mit Ihnen? Ich befürchtete schon, man müßte Sie nach Bethlehem[8] bringen.“

Ein unmerkliches Lächeln huschte über seine Züge.

„Verzeihen Sie, Watson, wenn ich Sie beunruhigt haben sollte, doch ich habe soeben eine besonders tiefe Form der Meditation, wie ich sie in Tibet erlernt habe, praktiziert.“

„Um Gedanken zu ordnen und Probleme zu lösen?“ fragte ich.

„Keinesfalls. Eine derartige Meditation ist ein Eintauchen ins Nichts, ein Loslösen von allem Weltlichen. Das Ziel ist ein zumindest kurzfristiges Löschen aller gedanklichen Prozesse. Meine Bemerkungen, deren Zeuge Sie wurden, beweisen lediglich, wie wenig erfolgreich mein Versuch verlaufen ist.“

So, als sei nichts weiter vorgefallen, begleitete mich Sherlock Holmes zurück zum Frühstückstisch und ließ sich von Mrs. Hudson sogar einen neuen Teller Eier und Schinken bringen. Mißtrauisch beobachtete ich Holmes den Rest des Tages über. Der schreckliche Zustand, in dem ich ihn vorgefunden hatte, war meines Erachtens keineswegs nur auf eine tiefe Meditation zurückzuführen. Allein schon der Versuch, den Denkprozeß abzuschalten, mutete bei Sherlock Holmes geradezu bizarr an. Gleichsam hätte ich danach trachten können, den Schlag meines Herzens anzuhalten. Holmes war eine wandelnde

6) frei nach Buddha
7) frei nach Shakespeare – „König Heinrich V“
8) Irrenanstalt im Süden Londons

Denkmaschine, für die permanentes Deduzieren, Analysieren, Vergleichen und Erörtern den notwendigen Brennstoff lieferten. Kein Wunder also, daß sein merkwürdiges Experiment fehlschlagen mußte.

Holmes, der meinen Argwohn natürlich bemerkte, gelang es jedoch mit Leichtigkeit, wieder vollkommen hinter seiner unsichtbaren Maske zu verschwinden. Es sollte daher auch bis Ende September dauern, bis ich die Bedeutung seiner offenbar im Halbschlaf gemurmelten Worte endlich verstand.

England erlebte in diesem Jahr einen ungewöhnlich heißen und trockenen Sommer. Während ich viel Zeit in den kühlen Räumlichkeiten meines Clubs oder im Schatten der Parks verbrachte, trotzte Holmes der stickigen Hitze unserer Wohnung und arbeitete an einer Abhandlung über die Bedeutung und Analyse von Fußspuren auf unterschiedlichsten Untergründen. Kein noch so verlockendes Angebot meinerseits vermochte es, ihn auch nur für einige Stunden aus dem Brutkessel der Baker Street zu locken.

An jenem besagten Septembertag war ich länger als geplant im Club geblieben; ein unerwartetes Treffen mit einem alten Freund aus Peshawar hatte mich vollkommen die Zeit vergessen lassen. Als ich schließlich die Wohnung betrat, rechnete ich nicht mehr damit, auf meinen eremitenhaften Mitbewohner zu treffen. Das fahle Licht der Straßenlaterne hüllte den Raum in gelbliches Grau. Ohne das Deckenlicht einzuschalten, ertastete ich mir vorsichtig meinen Weg zum Schlafzimmer. Ich wollte soeben an Holmes' Sessel vorübergehen, als ich darauf den dunklen Schemen einer menschlichen Gestalt erkannte. Mit einem unterdrückten Angstschrei wich ich stolpernd zurück.

„Holmes!" keuchte ich. „Wenn es Ihr Ansinnen gewesen sein sollte, meinem Herzen einen Schlag zu versetzen, so ist Ihnen dies trefflich gelungen."

Der Schatten zeigte keinerlei Regung. Ich ging zum Schrank hinüber und entzündete eine Kerze. Hatte mich Holmes etwa wieder einmal mit seiner so täuschend echten Wachs-Attrappe genarrt?[9] Im zittrigen Schein der Flamme sah ich, daß es sich um das Original han-

9) s. „Das leere Haus"

delte. Das bleiche, entspannte Gesicht meines Freundes erweckte den Anschein, als sei er friedlich eingeschlummert; das widerliche Saffian-Etui neben ihm erzählte allerdings eine andere Geschichte. – Ein zweiter, weitaus tieferer Schauder durchfuhr meine Glieder. Die Spritze war eindeutig benutzt worden, und die leere Morphium-Ampulle zeigte mir, welchen Wirkstoff sie in den Körper transportiert hatte. Mühsam versuchte ich, meine Gedanken zu ordnen. Seit mehr als zehn Jahren hatte ich das rote Marokkoleder und seinen Inhalt nicht mehr gesehen. Diese Tatsache war für mich Beweis genug dafür gewesen, daß Holmes seine Sucht gemeistert hatte. Nun allerdings stellte sich mir die Frage, ob der begnadete Detektiv überhaupt jemals den Fängen der Opiate entkommen war.

Mit einer Mischung aus Besorgnis und Verärgerung umfaßte ich seine Schulter und rüttelte den dürren Körper. „Holmes! Wachen Sie auf! Holmes!!“

Die Szene ähnelte auf gespenstische Weise der vor zwei Monaten; diesmal allerdings war dem Meister ein Fehler unterlaufen.

Sherlock Holmes blickte sich verwirrt im Zimmer um, bevor er meiner Anwesenheit gewahr wurde. „Ah, Watson“, murmelte er. „Die Farbe Ihrer Wangen deutet auf einen gesteigerten Blutdruck hin. Weswegen echauffieren Sie sich? Brennt etwa das Haus?“

Als sein suchender Blick auf das Saffian-Etui fiel, zuckte er sichtbar zusammen. Er fing sich jedoch schnell wieder. Mit einer Handbewegung, die einem König der Taschendiebe zur Ehre gereicht hätte, ließ er das verräterische Indiz hinter seinem Rücken verschwinden.

Seufzend schüttelte ich den Kopf.

„Holmes, Holmes… Wen glauben Sie mit dieser Scharade täuschen zu können? Und warum überhaupt dieses Versteckspiel? Ich bin nicht Ihr Vormund. Sie können tun und lassen, was Ihnen beliebt.“

Holmes schob sich in eine aufrechte Sitzposition, hielt den Blick aber auch weiterhin gesenkt.

„Wohl wahr, wohl wahr“, antwortete er nach einem Räuspern. „Sie sind aber nicht irgendwer, mein lieber Watson. Sie sind ein guter Freund. Und da ich wußte, wie Sie über Morphium und dergleichen denken, wollte ich Sie nicht unnötig beunruhigen.“

„Wie überaus fürsorglich", stieß ich gepreßt hervor. „Derlei Gedanken sollten Sie sich jedoch weniger um mich als vielmehr um Ihre eigene Person machen."

Als Holmes nun den Kopf hob, spielte ein trauriges Lächeln um seine Lippen. „Ihr Zorn und Ihre Sorge ehren Sie, Watson, aber ich weiß, wie ich die Stoffe dosieren muß. Morphium am Abend und eine siebenprozentige Kokain-Lösung am Tag. In ereignislosen Zeiten wie diesen, in denen die Windungen meines Hirns zu verkümmern drohen wie der gewaltige, kraftvolle Körper eines gestrandeten Wals, vermögen es nur jene Mittel, meinen Kopf vor dem Zerplatzen zu bewahren. Mein Geist schreit nach Anregung, nach Aufregung und Herausforderung, doch überall um mich herum erstickt die Welt in Banalitäten und Dummheit. Wo nur sind die neuen Morans und Moriartys?[10] Soll ich Ihnen etwas verraten, mein lieber Watson? Das Verlangen nach genialen Verbrechen ist so groß, daß ich ernstlich mit dem Gedanken gespielt habe, mein Wissen und meine Erfahrung in den Dienst des Bösen zu stellen. Nur ein Rest moralischen Dünkels und meine regelmäßige Medikation haben mich davor bewahrt, ein Gesetzloser zu werden. Erschreckend, nicht wahr? Angesichts eines derart positiven Effekts müssen doch selbst Sie die Fortführung meiner Therapie gutheißen, oder etwa nicht?"

Mit der ihm eigenen Eloquenz hätte Holmes problemlos auch Politiker oder Anwalt werden können. Angesichts seiner schlüssigen Argumentation wollte mir nur ein gebrummtes ‚Hhmmtja' über die Lippen kommen. Wie konnte ich etwas gegen einen Mann ausrichten, der, ungeachtet der Tatsache, in flagranti ertappt worden zu sein, seinen einzigen Zeugen und Ankläger innerhalb weniger Augenblicke in einen Komplizen verwandelte?

Meine Niederlage endete immerhin nicht in einer vollkommenen Kapitulation. Zwei Zugeständnisse konnte ich Holmes abringen: Er versprach mir, seinen Körper in Zukunft wieder häufiger dem Sonnenlicht auszusetzen, und zweitens würde ich von nun an genauestens auf die Menge der Gifte achten, die er sich verabreichte.

10) s. „Das leere Haus" u. „Das letzte Problem"

Der September verstrich so monoton wie die Monate zuvor. Sherlock Holmes nahm meine Anregungen aber offenbar ernst und blieb nun recht häufig bis in die Abendstunden außer Haus. Nur in den seltensten Fällen suchte er dabei meine Begleitung oder informierte mich über das Ziel und die vermutliche Dauer seines Ausfluges. Auf seine Stimulantien verzichtete er jedoch auch weiterhin nicht. Viermal am Tag injizierte er sich Kokain oder Morphium. Er hatte mir – aber vor allem sich selbst – gegenüber einen Pyrrhussieg errungen. Von Tag zu Tag schienen die Substanzen eine schwächere Wirkung auf seine Nerven zu haben. Hilflos sah ich mit an, wie Holmes unweigerlich in sein Verderben stürzte. Wollte er nicht in Melancholie und Wahn dahinsiechen, würde er über kurz oder lang die Kokain-Dosis erhöhen müssen und auch damit sein Ende besiegeln.

Die Rettung ereilte ihn am 24. Oktober.

Tags zuvor hatte Holmes eine Ausstellung im Britischen Museum besucht, die neue Grabungsfunde aus Naukratis und Abydos präsentierte. Neben der Kriminalistik gehörte die Archäologie zu den wenigen Dingen, die Sherlock Holmes' erlöschendes Interesse an der Welt und ihren Bewohnern neu zu entfachen vermochten. Die heilsame Wirkung war unübersehbar. Nahezu den ganzen Morgen über begeisterte sich mein Freund über archaisch-griechische Plastiken und die Pharaonen der 26. Dynastie. Ich tat alles, um seinen Enthusiasmus wachzuhalten. Nach dem Mittagessen wollte ich daher unser Gespräch fortsetzen, doch Holmes war von einer Minute zur anderen in einen Zustand tiefster Depression gefallen. „Warum über alte, tote Dinge reden, Watson?" fragte er mich. „Welche Sinnlosigkeit! Ist nicht alles um uns herum tot? Warum dann überhaupt noch reden?"

Mit diesen Worten ließ er sich in seinen Sessel fallen und starrte apathisch vor sich auf den Boden.

Schon früher war ich Zeuge seiner rapiden Gemütsschwankungen geworden; die jetzige Intensität ließ mich jedoch frösteln. Holmes bot einen derart erbarmungswürdigen Anblick, daß ich nahe daran war, wider alle ärztliche Vernunft die Dosis seiner Kokain-Spritze zu erhöhen. Gottlob mußte ich diese Entscheidung nicht treffen.

Es mochte wohl gegen vier Uhr sein, als es an der Tür klopfte. Holmes, der noch immer seine eigene Wachspuppe imitierte, zeigte nicht den Hauch einer Regung. Das Klopfen erklang erneut. Da es sich nicht um das vertraute Pochen von Mrs. Hudson handelte, schlurfte ich schließlich zur Tür. Vor mir stand ein etwa 48-jähriger Mann von breiter, kompakter Statur, dessen Größe ich auf fünf Fuß acht Zoll schätzte. Seine Kleidung war einfach, aber gepflegt. Trotz der immer noch angenehmen Tagestemperaturen trug er einen Anzug aus schwerem Wollstoff und mittelhohe Stiefel. In seinen Händen drehte er einen Bowler, der auch schon bessere Zeiten gesehen hatte.

„Ist das die Wohnung von Mr. Sherlock Holmes?" fragte er mich.

„In der Tat", entgegnete ich und bat ihn einzutreten. „Obwohl. –"

Unser Gast, der die marionettenhafte Gestalt des Detektivs bereits erblickt hatte, drehte sich halb zu mir herum. „Obwohl?"

Ich stieß einen tiefen Seufzer aus und wies auf die bewegungslose Figur im Sessel. „Obwohl ich bezweifle, daß Mr. Holmes momentan in der Verfassung ist, Besuch zu empfangen."

Der Mann zog ein kleines Kärtchen aus seiner Tasche und überreichte es mir. „Oh, wie bedauerlich!" rief er aus. „Nachdem die Polizei mein Anliegen als zu bizarr eingestuft hat, wäre er meine letzte Hoffnung gewesen."

Ich seufzte erneut. „Nun gut, ich will es zumindest einmal versuchen." Bedächtigen Schrittes näherte ich mich dem Sessel. „Holmes, hier ist ein Mr. –"

„Ein Mr. Joseph Duxberry, ich weiß", unterbrach mich Sherlock Holmes in ungehaltenem Ton. „Guten Tag, Mr. Duxberry!" begrüßte er seinen Besuch und kam mit ausgestreckter Hand auf ihn zu. „Wie ich sehe, kommen Sie nicht direkt vom Russell Square, sondern haben zuvor Zwischenstation in Newington gemacht. Die Fahrt mit einer Kutsche wäre allerdings wesentlich bequemer als der überfüllte Omnibus gewesen."

Im Raum hatte sich eine unglaubliche Metamorphose vollzogen; während Sherlock Holmes vor Agilität förmlich sprühte, waren Duxberry und ich zu leblosen Statuen erstarrt. Wir begafften den Detektiv, als habe er sich soeben in die Lüfte erhoben.

Unser Gast benötigte eine ganze Weile, bis er wieder seine Stimme fand. „Guten T– Tag, Mr. – Mr. Holmes“, stotterte er. „Mir war nicht bewußt, daß Sie mich kennen.“ Hierbei warf er mir einen fragenden Blick zu, den ich nur schulterzuckend beantworten konnte.

„Sie kennen?“ erwiderte Holmes. „Keineswegs. Was mich betrifft, so sehe ich Sie heute zum ersten Mal.“

Duxberry gelang das Kunststück, ein noch erstaunteres Gesicht aufzusetzen.

„Aber – ich verstehe nicht – wie –?“ stammelte er.

„Wie ich dennoch wissen kann, wer Sie sind und woher Sie kommen?“ beendete Holmes die Frage. „Reine Deduktion, mein Lieber, sonst nichts. Ich bemerkte einen kleinen blauen Farbfleck am kleinen Finger Ihrer rechten Hand. Es ist keine Tinte, sondern Farbe, wie man sie zum Anstreichen von Holz und Mauerwerk verwendet. Das Blau ist ein ungewöhnliches Türkis, wie ich es so erst einmal beobachtet habe. Als ich gestern nach dem Besuch der Ausstellung über einen kleinen Umweg zum Russell Square spazierte, fiel mir ein Gerüst auf, das in der Southampton Row Ecke Ormond Street stand. Die Front des Hauses war an einigen Stellen in eben jenem Türkis gestrichen, wie ich es an Ihrem Finger entdeckt habe.“

„Wir nennen es ‚Tunesisch-Blau‘“, warf Duxberry ein. „Unser Kunde hat den Farbton extra anmischen lassen.“

„Interessant“, bemerkte Sherlock Holmes. Er ging hinüber zum Kamin und begann methodisch seine Bruyère-Pfeife zu stopfen. „Alles weitere ergab sich dann von allein. Ihr Auftreten und Ihre Erscheinung sprachen nicht für einen einfachen Arbeiter, sondern eher für einen Geschäftsmann; also folgerte ich, den Meister des Betriebes vor mir zu sehen. Den Namen und Ihren Wohnort in der St. Georges Street habe ich der Aufschrift des Leiterwagens entnommen, der neben dem Haus abgestellt war.“

„Das war wirklich keine Zauberei“, mußte Duxberry eingestehen. „Doch woher wußten Sie, daß ich nicht eben jenen Wagen genommen habe, um zu Ihnen zu gelangen?“

Holmes zeigte ein Schmunzeln, wie ich es aus unseren besten Tagen kannte. „Das, mein Lieber, haben mir Ihre Hosen erzählt“, lautete die verblüffende Antwort. „Abgesehen davon, daß ich bezweifelte, Sie würden sich in Ihrem Anzug in ein sicherlich nicht gerade reinliches Arbeitsfahrzeug begeben, zeigten mir die Knautschfalten links und rechts an den Oberschenkeln, daß Sie erst kürzlich recht beengt auf einer Bank gesessen haben. Auf einer Bank, wie sie typisch für unsere Omnibusse ist." Holmes machte eine geringschätzige Handbewegung. Banale Analysen dieser Art unterforderten seinen hungrigen Geist. „Aber genug davon", entschied er resolut. „Schließlich haben Sie nicht die schwüle Enge unserer Verkehrsmittel ertragen, um mich Platitüden deklamieren zu lassen. Was ist die Ursache Ihres Besuchs? Ich nehme an, es hat etwas mit der stockenden Arbeit am Haus in der Southampton Row zu tun."

„Ja, genau!" stieß Duxberry hervor. „Aber wie um alles in der Welt können Sie auch diesen Umstand in Erfahrung gebracht haben? Hat Sie etwa ein Inspektor von Scotland Yard von meinen Problemen unterrichtet?"

Sherlock Holmes entzündete seine Pfeife und stieß einige wohlgeformte Tabakwolken zur Decke.

„Das war nicht notwendig", sagte er paffend. „Als ich gestern das Haus passierte, war es etwa kurz vor zwei Uhr. Das Wetter war ausgezeichnet, und das Tageslicht wäre noch mindestens drei Stunden ausreichend gewesen. Dennoch konnte ich niemanden auf dem Gerüst beobachten. Lediglich der Wagen zeugte von der Präsenz eines Handwerksunternehmens. Da Sie mich heute bereits um vier Uhr besuchen, müssen Sie die Southampton Row um etwa dieselbe Zeit wie gestern verlassen haben. Die Fahrt zurück nach Newington, ein gründliches Bad, vielleicht ein kurzes Mahl, das Umkleiden und der Weg von der St. Georges Street zu mir hinauf dürften in etwa zwei Stunden gedauert haben. Nun, dies alles zeigt mir, daß die Ursache für Ihr Problem auch weiterhin besteht."

Der Malermeister schlug seinen Bowler anerkennend gegen sein Bein.

„Genau. In der Tat. Es ist unglaublich, aber Sie haben vollkommen recht." Auf ein Zeichen von Holmes ließ er sich am Eßtisch nieder, während mein wieder auferstandener Freund schräg gegenüber Platz nahm.

„Worin nun genau liegt Ihr Problem, Mr. Duxberry? Und warum glauben Sie, daß ich Ihnen behilflich sein könnte? Sie müssen wissen, mit arbeitsrechtlichen Dingen befasse ich mich nicht.“

Unser Gast schwieg eine Weile. Offenbar verwirrte es ihn, daß Sherlock Holmes nicht auch diesen Aspekt deduzieren konnte.

„Die Sache hat nur am Rande mit derlei rechtlichen Dingen zu tun“, begann er schließlich. „Die Angelegenheit ist, nun sie ist, gelinde gesagt, recht merkwürdig. Ich besitze einen kleinen Malerbetrieb, Duxberry und Sohn, der nun schon in der sechsten Generation in London ansässig ist. In erster Linie führt mein Betrieb Stuck- und Malerarbeiten durch. Als ich in der vergangenen Woche den Auftrag für das Haus in der Southampton Row erhielt, war ich hocherfreut. Das Geschäft war den Sommer hindurch recht ruhig verlaufen, und daher war ein Projekt dieser Größenordnung sehr willkommen. Wie Sie sicher gesehen haben, Mr. Holmes, handelt es sich um ein dreistöckiges, alleinstehendes Haus mit Dachgiebeln. Da bei mir nur mein Sohn Victor und ein weiterer Geselle fest angestellt sind, benötige ich für ein derartiges Objekt stets Handlanger für den Gerüstaufbau und die gröberen Arbeiten wie Verputzen und Abschleifen. Schnell fanden sich zwei kräftige Männer. Wie vereinbart bauten wir am Montagmorgen das Gerüst auf und begannen mit den Vorarbeiten. Alles verlief ohne jeden Zwischenfall. Der Wind machte uns zwar etwas zu schaffen, doch der Himmel war klar. Ich rechnete also damit, die Front bis Freitag, spätestens Samstag fertiggestellt zu haben. Am Dienstag begannen wir mit dem Vorstrich. Da ich selbst nur noch für schwierige, besonders delikate Arbeiten zum Pinsel greife, kümmerte ich mich um den Nachschub an Farbe und erledigte noch eine kleine Stuckmalerei bei einem Kunden in Fulham. Als ich am Nachmittag zum Haus zurückkehrte, bemerkte ich sofort, daß etwas nicht stimmte. Die frisch gestrichenen Flächen waren weitaus kleiner, als es mein Plan vorgesehen hatte. Auf meine Frage nach dem Grund der Verzögerung erzählte mir Victor eine höchst merkwürdige Geschichte. Gegen Mittag hatte einer der neuen Arbeiter, sein Name war Charles Kellond, dumpfe Klopfzeichen am Dach vernommen. Erst glaubte er, ein anderer Anstreicher würde dort eine kleine Reparatur durchführen, als er jedoch die oberste Gerüstbahn erklettert hatte, war niemand zu sehen. Er nahm an, sich verhört zu haben und setzte seine Arbeit fort. Wenig später hörte er aber erneut das dumpfe Klopfen. Diesmal spürte er sogar die Vibrationen im Gestänge des Gerüsts.“

„Ist das Haus augenblicklich bewohnt?“ fragte Sherlock Holmes.

Duxberry schüttelte den Kopf. „Nein, das ist es ja eben. Der Besitzer, ein Mr. Staplehurst von ‚Staplehurst & Lewis‘, weilt zur Zeit geschäftlich im Ausland. Ihm gehört unter anderem die Seidenmanufaktur in der Wood Street. Staplehurst & Lewis unterhalten Geschäftsbeziehungen mit Ländern wie Ägypten, Indien und sogar China. So weit ich weiß, handeln sie vornehmlich mit Seide und Baumwolle.“

„Hhmmmm“, brummte Holmes. „Hat Ihnen Staplehurst demnach den Auftrag kurz vor seiner Abreise erteilt?“

Wieder schüttelte Duxberry den Kopf. „Nein, nein; den Auftrag erhielt ich von seinem Sohn, William Staplehurst. Sein Vater, Patrick Staplehurst, weilt schon seit über einem Monat im Nahen Osten. Wie ich verstanden habe, soll der neue Anstrich des Hauses eine Überraschung werden.“

„Ich verstehe“, sagte Holmes, wobei sein Gesicht kurzfristig hinter einer Tabakwolke verschwand. Als sich der Nebel wieder ein wenig gelichtet hatte, meinte ich die Spur eines Leuchtens in seinen Augen wahrnehmen zu können.

„Doch fahren Sie fort!“ Er nickte seinem Gegenüber zu. „Ich nehme doch an, daß es nicht allein bei diesem mysteriösen Klopfen geblieben ist.“

„Ganz richtig. Man suchte das ganze Haus ab, doch nirgends ließ sich die Quelle für die seltsamen Geräusche finden. Die Männer nahmen danach zwar ihre Arbeit wieder auf, doch nun hörten auch sie ein Klopfen, das aus unterschiedlichsten Richtungen zu kommen schien. Es erfolgte so rhythmisch, daß auch eine verstopfte Wasserleitung als Ursache ausgeschlossen werden konnte. Erneut machte man sich auf die Suche, aber auch diesmal entdeckte man nichts Ungewöhnliches. Um die vertane Zeit zumindest teilweise wieder einzuholen, ließ ich die Männer bis weit in die Dämmerung hinein arbeiten. Wir waren gerade dabei, Werkzeuge und Farben auf den Wagen zu laden, als vom Dach her ein gräßlicher Schrei erklang. Fast augenblicklich hörte ich einen dumpfen Aufprall am Boden. Sogleich lief ich mit meinem Gesellen und Victor zum vermeintlichen Ort des Unfalls. Wir erreichten die nördliche Ecke des Hauses, die von einer wilden Hecke und anderem Gebüsch begrenzt wurde. Victor entdeckte als erster einen halb vollen Farbeimer, der seitlich neben der Hecke lag. Im weiteren Umkreis fanden sich diverse Pinsel, ein Spachtel und eine Feile, sonst nichts. Von oben gestikulierte wild mein zweiter Handlanger. Sein Name war Aaron Scott. *Was ist mit ihm?* schrie er hinunter. *Was ist mit Kellond??* Wir intensivierten unsere Suche und nahmen schließlich Blendlaternen zur Hilfe, doch niemand konnte den Körper des unglücklichen Kellond finden. Wie Scott uns berichtete, waren er und sein Kollege dabei gewesen, die restlichen Rahmen der Giebelfenster abzuschleifen, als Kellond beschloß, die Werkzeuge einzupacken. *Für heute sollte es reichen*, hatte er stöhnend bemerkt. *Man sieht ja kaum noch, was Rahmen und was Fenster ist.* Scott, der nur noch ein kleines Stück bearbeiten mußte, stimmte ihm zu und versprach, in wenigen Minuten nachzukommen. *Ich hatte gerade wieder mit meiner Arbeit begonnen, als ich den Schrei vernahm*, erzählte Scott. *Der arme Kellond muß beim Überwechseln auf die Leiter das Gleichgewicht verloren haben und in die Tiefe gestürzt sein.* Zu viert suchten wir das gesamte nördliche Gelände ab. Ein Constable, der durch unsere Lichter und Rufe aufmerksam geworden war, bot zusätzlich seine Hilfe an. Kellond aber schien wie vom Erdboden verschluckt. Nicht einmal die kleinste Spur von Blut hatte er zurückgelassen. Auf der Polizeistation nahm man meine Aussage auf, da allerdings weder ein Verbrechen noch ein Unfall vorzuliegen schien, machte man mir wenig Hoffnung. Vermißtenfälle dieser Art konnten Jahre dauern, und meist verliefen sie im Sand. Als wir am Mittwoch zum Staplehurst-Haus fuhren, spürte ich einen Knoten im Magen. Beim Anblick der blau-gesprenkelten

Front lief ein Schauer über meinen Rücken. Aaron Scott war erst gar nicht zur Arbeit erschienen. Bei Handlangern mußte man mit einer mangelnden Disziplin rechnen. Oft vertranken sie abends das Geld, das sie am Tag verdient hatten. Wenn sie dann ihren Rausch ausschliefen, vergaßen sie nicht selten die Erfordernisse eines geregelten Broterwerbs. Bei Scott allerdings war ich mir sicher, daß Alkohol nur eine untergeordnete Rolle spielte. Handwerker sind einfache Menschen; viele sind zutiefst abergläubisch. Das ungeklärte Verschwinden Kellonds wirkte ähnlich verheerend wie der Spuk auf einem Dreimaster. Niemand war mehr dazu in der Lage, sich völlig auf seine Arbeit zu konzentrieren. Jeder – mich eingeschlossen – glaubte mit einem Mal verräterische Geräusche oder Schatten wahrzunehmen. Es war noch vor Mittag, als sich mein Geselle bei mir meldete. Starke Kopfschmerzen, verbunden mit Schwindel, machten es ihm unmöglich, weiter auf dem Gerüst zu stehen. Notgedrungen entließ ich ihn nach Hause. Da stand ich nun; von vormals fünf Männern waren nur noch mein Sohn und ich selbst übriggeblieben. Die Hälfte der Woche war fast vorüber, doch die Front zeigte sich erst zu einem Drittel in neuem Farbglanz. Wir zwei konnten schuften wie die Ochsen, doch ohne Unterstützung war der Zeitplan unmöglich einzuhalten. Ich beschloß kurzerhand, mich zusammen mit Victor auf die Suche nach Aushilfskräften zu machen. Wir durchstreiften zahllose Gasthöfe und andere einschlägige Orte, doch überall, wo ich geeignete Männer ansprach, zeigte man mir die kalte Schulter. Wann immer das Staplehurst-Haus erwähnt wurde, stieß man uns wie Aussätzige fort. Etwa um diese Zeit müssen Sie am Haus vorübergegangen sein, Mr. Holmes. Wir versuchten unser Glück noch eine ganze Weile lang, doch schließlich mußten wir die Sinnlosigkeit unserer Bemühungen erkennen. Das Gerücht vom Verschwinden Kellonds hatte sich in Windeseile herum gesprochen. Niemand wollte etwas mit dem offenbar verfluchten Haus zu tun haben. Ich schickte Mr. Staplehurst junior ein Kabel, um angesichts der Lage einen Zeitaufschub zu erhalten, doch dieser zeigte sich wenig verständnisvoll. Sollte ich den ihm schriftlich zugesicherten Termin nicht einhalten können, würde er bei mir gerichtlich eine hohe Strafgebühr wegen

Vertragsbruches einfordern. Unter allen Umständen müßte die Frontseite bis Samstag beendet und die Rückseite bis Sonntag eingerüstet sein. Er wisse nicht, wann sein Vater von der Reise zurückkehren würde, und wollte unbedingt vermeiden, ihm ein unfertiges Domizil zu präsentieren."

Duxberry strich sich mit zittrigen Fingern eine Strähne aus der Stirn. Sein atemloser Monolog hatte ihn sichtbar Kraft gekostet. „Wie Sie sehen, Mr. Holmes, ist mit der Aufklärung des Verschwindens meines Arbeiters gleichsam die Zukunft meines ganzen Betriebes verknüpft. Ich habe lange gezögert, bevor ich Sie aufsuchte, doch da sich heute mein Geselle erneut krank gemeldet hat, sehe ich keinen Ausweg mehr. Sie sind meine letzte Hoffnung, Mr. Holmes!"

„Und ich werde mich Ihrer annehmen", beruhigte ihn Holmes. „Die Sache hat in der Tat mein Interesse geweckt. Scheinbare Phänomene von Spuk sind mir wohlvertraut. Da sich bislang stets eine natürliche Lösung fand, bin ich gewiß, daß eine selbige auch für das spurlose Verschwinden Ihres Arbeiters existiert." Er warf mir einen kurzen Blick zu. „Was halten Sie von einer Fahrt zum Russell Square, mein lieber Watson? Lassen Sie doch bitte eine Kutsche rufen. Wir sollten das Licht des Tages noch nutzen, um den Tatort zu inspizieren. Und außerdem wollen wir Mr. Duxberry nicht zumuten, nochmals die Enge eines Omnibusses ertragen zu müssen."

Binnen weniger Minuten machten wir uns ausgehfertig und geleiteten unseren erleichterten Gast zur Straße, wo bereits ein Brougham auf uns wartete. Während der Fahrt sprach Sherlock Holmes kaum ein Wort. Die Fingerspitzen seiner langen Hände berührten sich leicht, während er mit gesenktem Kopf und halb geschlossenen Lidern einen schläfrigen Reisenden imitierte. Ich jedoch wußte seine Pose anders zu deuten und freute mich inständig, sie wieder einmal bei ihm beobachten zu können. Nach all der langen Zeit war die sträflichst vernachlässigte Denkmaschine endlich wieder in Betrieb. Ich konnte förmlich spüren, wie der begnadete Detektiv bereits zahllose Indizien und Motive ordnete, verwarf und neu sortierte.

Als unser Wagen nach einer Weile vor dem eingerüsteten Haus hielt, ruckte Holmes‘ Kopf kurz zum Fenster. Nach einem flüchtigen Blick lehnte er sich gelassen zurück und zeigte ein vergnügtes Lächeln. „Sie haben mir gar nicht erzählt, daß das Haus ein Bleidach besitzt, Mr. Duxberry. Bei meinem gestrigen Spaziergang muß mir diese doch beachtliche Besonderheit offenbar entgangen sein."

Der Malermeister starrte ihn mit großen Augen an. „Äh – nein. Wie es scheint, hat Mr. Staplehurst besonderen Wert auf die Dichte und Haltbarkeit des Materials gelegt. Ich nahm nicht an, daß die Beschaffenheit des Daches von irgendwelcher Bedeutung sei."

„Oh, Sie würden sich wundern, wie oft die Lösung eines Problems in den scheinbaren Nichtigkeiten verborgen liegt", entgegnete Holmes. Noch immer machte er keine Anstalten, auszusteigen. Sein Lächeln konnte nur eines bedeuten: Holmes hielt die Erklärung für den seltsamen Fall bereits parat. „Zudem sollte man nicht außer acht lassen, daß alles seinen Anfang am Dach genommen hat, nicht wahr?" fügte er hinzu. „Doch nehmen wir zuerst den Ort des Geschehens genauer in Augenschein. Einige Unbekannte in meiner Gleichung harren noch der Auflösung."

Duxberry führte uns zu der Stelle, an der der verschwundene Kellond offenbar vom Gerüst gestürzt war.

„Was für ein Jammer!" stöhnte Holmes. „Der Boden sieht aus, als sei eine ganze Viehherde darüber getrampelt. Falls es jemals brauchbare Spuren gegeben haben sollte, so sind sie nun unrettbar verloren." Er warf einen Blick nach oben zur höchsten Stelle des Gerüsts und beugte sich dann über die Büsche und die Hecke. „Genau wie ich vermutete", murmelte er. Systematisch begutachtete er abwechselnd die Hauswand, den Boden und die angrenzenden Sträucher. Von dort kehrte er zur Front zurück und starrte auf den Gehsteig, als habe er einen Sovereign verloren.

„Holla!" rief er plötzlich aus und wies auf einen unscheinbaren Farbfleck am Boden. „Was sagt uns dieses Zeichen, mein lieber Watson?"

Ich trat näher heran, konnte aber auch jetzt nichts Auffälliges bemerken. „Zeichen?" fragte ich. „Für mich sieht es wie ein ganz normaler Klecks aus. Wo mit Farbe hantiert wird, tropft zuweilen halt etwas davon zu Boden."

Sherlock Holmes schüttelte energisch den Kopf. „Wo haben Sie nur Ihre Augen, mein Bester? Bei einem Klecks oder Farbspritzer verteilt sich die Farbe entweder konzentrisch oder in Richtung des ausgeführten Schwunges; hier aber wurde klar erkennbar ein Pinsel aufgedrückt. Am unteren Rand sieht man sogar noch die Struktur der Borsten. Der vermeintliche Fleck ist demnach willentlich entstanden und damit ein Zeichen."

„Doch für welchen Zweck?" wollte Duxberry wissen. Holmes rieb mit seinem Daumen über die Markierung und betrachtete dann eingehend das Gerüst.

„Eine berechtigte Frage", kommentierte er. „Eine, deren Antwort wir allerdings in Kürze erhalten sollten."

Mein Freund widmete nun seine ganze Aufmerksamkeit der Holzkonstruktion vor der Fassade. Er untersuchte dabei jede Stange und jedes Brett so minutiös, als sei er auf der Jagd nach Borkenkäfern.

Es dauerte nur wenige Minuten, bis sein Eifer belohnt wurde. „Da ist es!" rief er plötzlich triumphierend und zeigte in Hüfthöhe auf einen Balken. Ich mußte mich bücken, um die blauen Symbole entziffern zu können. Mit derselben Farbe, aus der der Fleck und Teile der neuen Fassade bestanden, war mit ungelenker Hand ein merkwürdiger Satz auf das Holz gepinselt worden: „DIE BLAUE TAUBE FLIEGT IN 2 TAGEN"

Stirnrunzelnd blickte ich zu Holmes hinüber. „Das ist doch nur das Geschmier von Gassenjungen", stellte ich fest. „Oder halten Sie es für eine Art Code?"

„Weder noch", kicherte Holmes. „Mein lieber Watson, Sie täten gut daran, sich zuweilen auch in weniger erlauchten Kreisen als denen Ihres Clubs umzutun. Dann wäre Ihnen nämlich klar, daß es sich hierbei um eine klare Botschaft handelt." Er wandte sich Duxberry zu und legte ihm seine Hand auf die Schulter. „Und was Sie betrifft, so müssen Sie sich wegen Mr. Kellond keine allzu großen Sorgen machen. Der Mann, der sich Kellond nannte, dürfte sich momentan allerbester Gesundheit erfreuen. Mit etwas Glück könnte es am morgigen Tag sogar ein Wiedersehen mit ihm geben. Spätestens dann, so hoffe ich, wird auch Ihr unerbittlicher Auftraggeber ein Einsehen haben. Und das Gerede vom verfluchten Haus wird sich als das herausstellen, was es ist: purer Aberglaube!“

Duxberry schlang seine Arme um den Detektiv und drückte ihn fest an sich. „Das klingt ja wunderbar. Einfach wunderbar, Mr. Holmes! Doch woher nehmen Sie nur die Gewißheit, daß sich auch alles so zutragen wird?“

Holmes zuckte leicht mit den Schultern.

„Wenn Sie etwa glauben sollten, ich besäße das zweite Gesicht, so täuschen Sie sich. Ich habe lediglich alle vorhandenen Indizien in einen logischen Zusammenhang gebracht. So, wie sich mir die Situation zeigt, gibt es nur eine schlüssige Erklärung für die seltsamen Vorfälle. Morgen abend werden wir ein paar interessante Vögel fangen, mein lieber Duxberry. Und es werden ganz sicher keine Tauben sein.“ Er drehte sich zu mir um und sagte: „Ach, Watson, erinnern Sie mich daran, daß wir auf dem Rückweg einen Halt bei Scotland Yard einlegen. Lestrade und seine Leute wären gewiß enttäuscht, wenn sie nicht zu unserer kleinen Jagdgesellschaft eingeladen würden.“

Holmes ging einige Schritte zurück und betrachtete nachdenklich die durch das Gerüst halb verdeckte Fassade des Hauses. Eine siebenstufige Treppe führte zum Eingang, den eine schwere, rotbraune Eichentür mit Kupferbeschlägen bildete. Links und rechts davon erhoben sich weiße Pilaster bis hinauf zum Dach. Alle Fenster bis auf die des Dachgiebels waren mit massiven Eisenstangen vergittert. Mit Ausnahme der Gitter und des Bleidachs war das Staplchurst-Anwesen ein typischer Vertreter des klassizistischen Regency-Stils.

Sherlock Holmes kniff die Augen zusammen und stöhnte. Offensichtlich grübelte er noch immer über einem Detail, das sich nicht ganz in sein Bild einpassen wollte.

„Wo drückt der Schuh?“ fragte ich daher recht ungezwungen. Holmes war so in Gedanken versunken, daß er einige Sekunden benötigte, um meine Gegenwart und die Frage zu registrieren. Seine Antwort war eine Gegenfrage.

„Ist Ihnen schon einmal aufgefallen, daß Häuser ein Gesicht haben, Watson?“

„Nun ja“, stammelte ich verblüfft. „Wenn man die Fenster als Augen und Nase und den Eingang als Mund...“

„Genau“, unterbrach mich Holmes. „Und dieses Gesicht will einfach nicht ganz zu meinen Schlußfolgerungen passen. Es versteckt sich nicht nur hinter diesem Gerüst; es verbirgt noch etwas anderes.“

„Etwas anderes?“ Ich hatte noch immer keine Ahnung, welche „erste“ Lösung Holmes im Sinn hatte, da zerbrach sich mein Freund bereits den Kopf über eine zweite.

Ohne mich weiter zu beachten, marschierte er wieder auf das Haus zu. „Möglicherweise habe ich den Roman bewertet und doch erst drei Kapitel davon gelesen“, murmelte er rätselhaft.

Duxberry und ich schauten einander fragend an, als Holmes erneut wie ein schwarzer Reiher zwischen den Gerüststangen umherstakte.

Da das Licht bereits schwach geworden war, benutzte der Detektiv nun eine kleine Blendlampe, die er vorsorglich von der Baker Street mitgenommen hatte. Holmes erklomm sogar die Außenleiter, um von dort auf die nächsten Ebenen der Holzbretter zu gelangen. An verschiedenen Stellen stocherte er mit seinem Taschenmesser zwischen den vergitterten Fenstern herum und klopfte hörbar gegen das Glas. Wieder unten angekommen, beleuchtete er ausgiebig den Sockel des Gebäudes. Auf allen vieren kroch er schließlich die Stufen zum Eingang hinauf. Ein Passant mußte Holmes unweigerlich für einen delirierenden Trunkenbold halten. Obwohl ich schon oft Zeuge seiner mehr als ungewöhnlichen Untersuchungsmethoden geworden war, stand ich kurz davor, ihn der Übergenauigkeit zu bezichtigen. Zudem hatte ich Mitleid mit meinem Gefährten, wie er dort in kläglicher Pose im Schmutz nach weiteren imaginären Indizien suchte.

Als plötzlich sein mir so vertrautes „Holla!“ aus dem Schatten des Einganges erklang, war ich mir sicher, mich verhört zu haben. Sherlock Holmes konnte unmöglich weitere Spuren gefunden haben! Zu meiner und Duxberrys vollkommener Verwirrung belehrte er uns aber eines Besseren.

Wir rannten zur Treppe und sahen, wie die Lampe einen Lichtfleck auf die linke Seite der siebten Stufe warf. Mit einem spitzen Nagel oder Messer waren vier Zeilen mit unverständlichen Buchstaben in den Zement eingeritzt worden. Das Bild, das sich uns bot, sah in etwa so aus:

„Nun, was halten Sie davon, mein lieber Watson?" schmunzelte Holmes. „Wieder das Geschmiere von Gassenjungen?"

„Es erweckt nicht den Anschein", mußte ich zugeben. „Ich habe allerdings nicht die geringste Idee, welchen Sinn diese Zeilen haben und zu welchem Zweck sie hier eingeritzt wurden."

Sherlock Holmes betastete die Stelle und untersuchte sie dann vorsichtig mit der Spitze seines Taschenmessers. „Das ist hier selbstredend die Kardinalfrage", murmelte er. „Kennen wir erst den Inhalt, so wird sich der Zweck von ganz allein enthüllen." Er zog einen Stift aus der Tasche und notierte sich die Zeilen akribisch genau auf seine Hemdmanschette. „Wie Sie unschwer erkennen, handelt es sich hierbei tatsächlich um einen Code", sagte er.

„Sehr wahrscheinlich!" Ich nickte. „Die Zeilen ähneln allerdings nicht denen des Porlock-Briefs[11] – es fehlen jegliche Ziffern, schon eher könnten sie mit der Chiffre der ‚tanzenden Männchen'[12] verwandt sein."

Holmes richtete sich auf und schritt langsam die Treppe hinab. „Bravo, Watson!" rief er aus. „Sie übertreffen sich heute wirklich

11) s. „Das Tal der Angst"
12) s. „Die tanzenden Männchen"

selbst. Ich fürchte jedoch, daß die Sache noch weitaus komplizierter ist. Die Entschlüsselung des Codes ist nämlich nur die eine Sache, die mir Kopfzerbrechen bereitet."

Ich folgte ihm nach unten, wo Duxberry auf uns wartete. „Und was ist die andere Sache?" hakte ich nach.

Holmes seufzte. „Können Sie sich das nicht denken? Die eingeritzten Buchstaben im Zement sprechen eine vollkommen andere Sprache als die Nachricht von der ‚Blauen Taube'. Keiner der Verfasser weiß offenbar von der Existenz des anderen."

Auf dem Weg zurück zum Russell Square verfiel Holmes erneut in schweigsames Grübeln. Tief in Gedanken versunken, trottete er müde hinter Duxberry und mir her.

Als wir den Platz erreichten, rief ich einen Brougham. Holmes nahm uns gegenüber Platz und musterte kopfschüttelnd meinen Nachbarn. „Respekt, Mr. Duxberry. Sie haben mir da wahrlich eine Nuß zum Knacken gegeben, die mehrere Schalen zu besitzen scheint. Ein verzwickter Fall, doch genau das, wonach ich mich schon seit Monaten verzehrt habe. Ich will aber hoffen, daß sich bis zum morgigen Abend oder in der Nacht einige der Nebel verflüchtigt haben werden." Der Detektiv schloß die Augen, als beabsichtigte er zu schlafen. Seine nächste Frage zeugte vom Gegenteil. „Ich nehme doch an, daß Mr. Staplehurst junior einen Schlüssel für das Haus besitzt, nicht wahr?"

„Ja, sicher", erwiderte Duxberry. „Zumindest, was das Erdgeschoß und den ersten Stock betrifft."

Holmes runzelte die Stirn. „Und was ist mit den übrigen Etagen und dem Dachgeschoß?"

„In diesen Räumen lagern unter anderem Sammlerstücke, die Patrick Staplehurst von seinen zahlreichen privaten und geschäftlichen Reisen mit nach England gebracht hat. Soweit ich informiert bin, ist dieser Bereich besonders abgesichert, und nur ganz selten einmal gestattet es der Hausherr einem seiner Gäste, dort hinaufzugehen. Sein Sohn macht da offenbar keine Ausnahme."

„Ein wirklich außergewöhnlich seltsamer Fall", resümierte Holmes, als wir den Platz in Richtung Westminster Bridge verließen. „Er zeigt mir in aller Deutlichkeit, daß selbst ich zuweilen dazu neige, ein Urteil vorschnell abzugeben. Von Anfang an war mir natürlich klar, daß Spuk nicht die Ursache der seltsamen Vorfälle war. Als ich dann das Haus und vor allem das Dach zum zweiten Mal in Augenschein nahm und daraufhin den Fleck und die Nachricht am Gerüst fand, war der Fall für mich eigentlich schon gelöst."

„Gelöst?" fragte ich. „Aber was haben blaue Tauben mit dem plötzlichen Verschwinden eines Arbeiters zu tun?"

Sherlock Holmes zog ein schwarzes Lederetui aus der Innenseite seines Mantels und bot jedem eine Zigarre an. Als sich das Innere des Wagens in dichten Qualm gehüllt hatte, ließ sich der Detektiv entspannt gegen die weichen Polster sinken und schloß genießerisch die Augen. „Sie erinnern sich doch noch, daß ich Sie ein wenig wegen Ihres erlauchten Freundeskreises aufgezogen habe, Watson, nicht wahr?"

Da er noch immer die Augen geschlossen hatte, bekräftigte ich mein Nicken mit einem „Ja".

„Nun, mein lieber Watson, wenn Sie wie ich in entsprechender Bekleidung des öfteren auch die dunklen und ärmlichen Bezirke Londons frequentierten, so wäre diese Mitteilung kein Rätsel für Sie gewesen. Sprache ist schon eine interessante Sache. Da leben über sechs Millionen Menschen in einer Stadt, sie verwenden meist dieselben Worte, und doch drücken sie damit höchst unterschiedliche Dinge aus. In den Kreisen, die ich meine, spricht man vom ‚Fliegen einer Blauen Taube', wenn man beabsichtigt, das Blei eines Haus- oder Kirchendaches zu stehlen. Das ‚Blau' leitet sich von der Farbe des Bleis ab; die Taube symbolisiert die luftige Sphäre, in der sich die Beute befindet. Der Umstand, daß das Staplehurst-Haus momentan ebenfalls einen blauen Anstrich erhielt, war eher nebensächlich und lenkte von den eigentlich bedeutsamen Indizien ab. Mit größter Sicherheit gehörte unser verschwundener Mr. Kellond zu der Diebesbande."

„Kellond?" rief Duxberry überrascht. „Aber warum sollte er ein derartiges Schauspiel inszenieren? Und wie nur hat er den Fall vom Dach unbeschadet überstehen können?"

„Auch diese Lösung ist höchst simpel“, antwortete Holmes. „Kellond war ein Spitzel, der die Örtlichkeit auskundschaften sollte. Er ließ sich bei Ihnen als Handlanger einstellen, um das Gerüst, das Bleidach sowie das Umfeld des Hauses ungestört untersuchen zu können. Er wußte, wie abergläubisch die meisten Leute sind. Also erzählte er Märchen von Schatten und unheimlichen Klopfgeräuschen, deren Urheber natürlich er selbst war. Die Inszenierung seines mysteriösen Unfalls erfüllte gleich einen doppelten Zweck: Erstens wurde durch sein Verschwinden die Existenz eines Spuks untermauert, was unweigerlich dazu führte, daß sich kaum eine Seele freiwillig bei Dunkelheit in der Nähe des Hauses aufhalten wollte. Und zweitens konnte er erproben, welches Geräusch ein schwerer Gegenstand beim Aufprall am Boden verursachte. Wenn der Diebstahl schnell vonstatten gehen sollte, so würde man die schweren Bleiplatten einfach in den Hof werfen müssen.“

„Gut und schön“, sagte ich. „Das erklärt aber noch immer nicht, wie es Kellond gelang, vom Gerüst zu springen.“

„Indem er natürlich nicht sprang“, entgegnete Holmes.

„Nicht??“ ereiferte sich Duxberry. „Aber ich selbst habe doch seinen Schrei und den widerlichen Aufschlag gehört!“

Sherlock Holmes nickte. „Sie haben genau das gehört, was Sie hören sollten. Zwar hatten Sie und Ihre Männer nahezu jegliche Spur vernichtet, der Zustand der Hecke und des Buschwerks zeigte mir allerdings, daß an dieser Stelle kein menschlicher Körper aufgeschlagen sein konnte. Ein Mensch von mittlerer Statur hätte bei einem Fall vom Dach eine Schneise in das Gebüsch geschlagen. Ich aber fand nur wenige geknickte Zweige und abgerissene Blätter. Kellond hat lediglich einen schweren Eimer mit Werkzeugen und Farbe fallen lassen, eben jene Objekte, die man auch an der vermeintlichen Unfallstelle fand. Jeder, der zuerst einen Schrei und kurz danach einen Aufprall vernimmt, verknüpft beide Geräusche automatisch mit ein und derselben Ursache. Hinzu kommt, daß die mehrmalige vergebliche Suche nach der Quelle der Klopfgeräusche die Arbeiter in einen höchst nervösen und angespannten Zustand versetzt hatte. Niemand wägt in einer derartigen Situation die Stärke des Aufpralls mit dem

Gewicht des tatsächlichen Körpers ab. Wir meinen sogar zu sehen, was wir hören."

„Eine durchaus schlüssige Argumentation", gab ich zu. „Wie aber ist nun Kellond tatsächlich verschwunden?"

„Auf die ihm einzig mögliche Weise", sagte Holmes. „Sie haben doch gesehen, daß das Dach an beiden Seiten von großen Kaminen flankiert wird. Kellond wartete ab, bis sich sein Kollege – Scott war, glaube ich, sein Name – wieder seiner Arbeit zugewandt hatte, und kletterte schnell die wenigen Meter bis zum Kamin hinauf. Er bezog an der hinteren Wand Stellung, schleuderte von dort den Eimer nach unten und stieß einen gelungenen Angstschrei aus. Während die Männer unten nach seiner Leiche suchten, verbarg er sich oben auf dem Dach. Jeder hatte den Unfall akustisch miterlebt, und daher kam auch niemand auf die Idee, auf dem Dach nach Kellond zu suchen. Die einsetzende Dämmerung kam ihm zusätzlich zur Hilfe. Möglicherweise gelang es ihm im Schutz der Dunkelheit, das Gerüst zu verlassen, während die Männer noch suchten. Vielleicht aber hat er auch einfach in seinem Versteck ausgeharrt, bis alle gegangen waren."

„Unglaublich", entfuhr es Duxberry. „Und doch so einfach."

Holmes lächelte nachsichtig. „Wie ich immer zu erklären versuche, sind dies nahezu alle Lösungen. Und wenn Sie sich fragen sollten, warum ich die Polizei bitten werde, das Haus am morgigen Abend zu bewachen, so liegt dies an jenem blauen Fleck am Boden. Die Farbe war noch nicht vollständig eingetrocknet, also hatte Kellond den Fleck und den Hinweis kurz vor seinem Verschwinden angebracht. Man muß kein Hellseher sein, wenn man die Diebe erst nach Einbruch der Nacht erwartet. Der Ruf eines Spukhauses ist für ein derartiges Unternehmen sicherlich von Vorteil, dennoch wird man das Blei erst im Schutz der Dunkelheit entfernen wollen." Versonnen betrachtete er die rote Glut seiner Zigarre. „So weit, so gut. Wie ich zu demonstrieren versucht habe, war die Aufklärung des rätselhaften Verschwindens von Mr. Kellond lediglich eine Fingerübung, eine schlüssige Beweiskette eindeutiger Indizien. Anders verhält es sich jedoch mit den kryptischen Zeichen auf der Treppe. Hier fehlt mir bislang jeder Anhaltspunkt."

Duxberry schlug ihm lächelnd aufs Knie. „Martern Sie Ihr Hirn nicht all zu stark, Mr. Holmes. Immerhin haben Sie meinen Fall binnen weniger Stunden gelöst. Und auf welch unnachahmliche Art! Ich bin Ihnen außerordentlich zu Dank verpflichtet. Die Buchstaben mögen vielleicht ein Code sein, vielleicht sind sie aber auch nur das Gekritzel eines Betrunkenen, der im Eingang ein Nickerchen gemacht hat. Wie auch immer; Sie haben ja bewiesen, daß diese Zeichen nichts mit Kellond und seiner Diebesbande zu tun haben."

„Das schon", bestätigte Holmes, ohne das Lächeln zu erwidern. „Aber sie haben etwas mit dem Haus zu tun."

Wir verließen die Kutsche am Yard und wünschten Duxberry eine gute Nacht. Holmes versprach, ihn so bald wie möglich über den weiteren Verlauf des Falles zu unterrichten.

Lestrade zeigte sich wie immer recht erfreut, uns zu sehen, obwohl er gleichzeitig über die Aktenberge zu beiden Seiten seines Schreibtisches klagte. Holmes berichtete über das seltsame Verschwinden des Arbeiters und die versteckte Mitteilung von der ‚Blauen Taube'. Von den Zeichen auf der Treppe erwähnte er jedoch nichts. Der hagere Inspektor lauschte Holmes mit dem verschlagenen Ausdruck eines Frettchens. Er war ein Mann der Tat, der die theoretischen Konstrukte meines Begleiters in den seltensten Fällen mit spontanem Beifall bedacht hatte. Über die lange Zeit ihrer Bekanntschaft, ja Freundschaft hinweg war Sherlock Holmes allerdings oft als nützlicher Ratgeber in scheinbar aussichtslosen Fällen aufgetreten und hatte die Anerkennung der Öffentlichkeit uneigennützig Lestrade und seinen Kollegen überlassen. Diese Generosität – verbunden mit seinem fast schon legendären Ruf – führten dazu, daß Holmes beim Yard niemals auf taube Ohren stieß. Dennoch erstaunte es mich, als Lestrade Holmes fast augenblicklich zusicherte, das Staplehurst-Haus am kommenden Abend von sechs seiner Männer in Zivil observieren zu lassen.

Als wir die Polizeistation wieder verließen, erweckten wir nicht den Anschein, soeben maßgeblich an der Aufklärung eines Verbrechens beteiligt gewesen zu sein. Schweigsam und mit finsteren Mienen schlenderten wir am Themseufer entlang. Holmes zerbrach sich weiter den Kopf über die Bedeutung des verschlüsselten Vierzeilers, und mir lag aus einem ganz anderen Grunde die ‚Blaue Taube' noch immer schwer im Magen.

Hinter der Westminster Bridge blieb Holmes plötzlich stehen. „Nehmen Sie sich einen Wagen zur Baker Street, Watson", sagte er knapp. „Ich habe noch einige Untersuchungen anzustellen, von denen ich jetzt noch nicht sagen kann, wieviel Zeit sie mich kosten werden. Sollten wir uns heute nicht mehr sehen, so wünsche ich Ihnen schon jetzt eine ‚Gute Nacht'."

Ich war so sehr mit meinen eigenen Gedanken beschäftigt, daß ich auf jeden Einwand verzichtete. Mein Freund wollte mit Sicherheit eines seiner geheimen Verstecke aufsuchen, wo er in die Rolle eines Seemanns, Bettlers oder Taschendiebs schlüpfen würde, um so unerkannt seine Informationen sammeln zu können.

Am nächsten Morgen saß ich bereits beim Frühstück, als Holmes endlich von seinen nächtlichen Erkundungen zurückkehrte. Sein ernster, angespannter Gesichtsausdruck verriet, daß er das Rätsel der zweiten Geheimbotschaft noch immer nicht gelöst hatte. Und dennoch bemerkte ich ein altvertrautes Funkeln in seinen Augen. Sherlock Holmes hatte die Fährte aufgenommen.

„Guten Morgen, Holmes", begrüßte ich ihn und goß sogleich eine Tasse heißen Kaffee für ihn ein. „Wie ich sehe, war Ihr nächtlicher Spaziergang durchaus erfolgreich. Die Neuigkeiten scheinen dagegen alles andere als erfreulich zu sein."

Mein Freund ließ sich schwer in seinen Stuhl am Kopf des Tisches fallen und umklammerte die Tasse mit beiden Händen. Er nahm einen großen Schluck, bevor er mir antwortete.

„In der Tat, Watson", sagte er. „In der Tat." Erst dann stutzte er ob meiner deduktiven Leistung, und ein schmales Lächeln verzog seine Mundwinkel. „In der Tat", wiederholte er, und das Lächeln erstarb. „Ich habe beunruhigende Dinge erfahren, die mich in meiner Annahme bestärkt haben, daß das Geheimnis des Staplehurst-

Hauses mit dem heutigen Abend keineswegs gelöst sein dürfte. Zumindest nicht vollständig. Die endgültige Lösung des Falles – oder sollte ich besser sagen: die Lösung des zweiten Falles – ist unzweifelhaft direkt mit den Schriftzeichen an der Treppe verknüpft. Es muß mir unbedingt gelingen, den Schlüssel zu finden. Ich kenne zwar nicht den Inhalt der Botschaft, doch bin ich mir sicher, daß wir es hier mit einer Sache auf Leben und Tod zu tun haben, Watson."

Vorsichtig versuchte ich, etwas über die genauen Anhaltspunkte für diese düstere Prophezeiung in Erfahrung zu bringen, doch Holmes erklärte mir lediglich, daß die Buchstabenreihen eben jene Bedrohlichkeit offenbarten. Mit dieser rätselhaften Bemerkung zog er sich den Stuhl zu seinem Tisch am Fenster und vergrub sich augenblicklich in Tabellen und Diagrammen, die er diversen Büchern und eigenen Aufzeichnungen entnahm.

Holmes war allerdings nicht der einzige, der sein Frühstück vernachlässigte; auch ich hatte mein Essen kaum angerührt. Um meinen Gefährten nicht weiter zu stören, nutzte ich die Zeit, um einige kleine Besorgungen zu erledigen. Als ich kurz vor Mittag wieder in der Wohnung eintraf, saß Holmes in fast unveränderter Haltung an seinem Tisch. Zahllose beschriebene Blätter bedeckten nun die Arbeitsfläche. Zu seinen Füßen lagen weitere Schriftstücke, die allerdings meist zerrissen oder zerknüllt waren. Vor allem jene Blätter verrieten mir, mit welcher inneren Erregung der Detektiv arbeitete. Er war wie eine Bulldogge, und der Text war sein Knochen. Beharrlich würde er daran herumnagen, bis er endlich zersplittern und das Mark preisgeben würde. In Situationen wie dieser steigerte sich sein Arbeitseifer nicht selten bis zur Selbstaufgabe. Sein unruhiger, suchender Geist beherrschte jede Faser seines Körpers, und nur so war er dazu in der Lage, selbst grundlegendste menschliche Bedürfnisse wie die nach Nahrung oder Schlaf schlichtweg zu ignorieren. Als ich ihn wider besseres Wissen bat, mir beim Mittagessen Gesellschaft zu leisten, erhielt ich nur ein unwirsches Knurren zur Antwort.

Es war bereits nach acht, als Holmes seine Analysen unterbrach.

„Lassen Sie bitte einen Wagen rufen, Watson", sagte er. „Ich schätze, es ist an der Zeit, daß wir Stellung an unserem Beobachtungsposten beziehen."

Keine halbe Stunde später waren wir unterwegs in Richtung Russell Square. Sherlock Holmes wies den Kutscher allerdings an, nicht direkt zum blauen Haus zu fahren. An der Ecke Bedford Place/Bloomsbury Place stiegen wir aus. Wir bogen an der nächsten Ecke in die Southampton Row ein und näherten uns so dem Anwesen aus südlicher Richtung.

In einer von hohen Büschen umrahmten Hofeinfahrt etwa 40 Yards vom Haus entfernt hatten zwei von Lestrades Constables Posten bezogen. Die beiden Männer trugen schlichte schwarze Anzüge und dunkle Kappen. Der größere der beiden, ein stämmiger Mann, der selbst Sherlock Holmes noch um einen halben Kopf überragte, stellte sich uns als Constable Frith vor.

„Guten Abend, meine Herren", begrüßte er uns. „Ich habe Sie noch nicht so früh erwartet. Inspektor Lestrade meinte, Sie würden wohl erst gegen Mitternacht hier eintreffen."

Holmes schüttelte Frith und seinem Kollegen, einem Mann namens Ballock, die Hand und sagte: „Ich zog die Möglichkeit in Betracht, daß die Diebesbande – beflügelt durch den Erfolg ihres Spuk-Theaters – früher als erwartet anrücken könnte. Und ich wollte mir den zweiten Akt einfach nicht entgehen lassen."

Frith grinste. „Wir können zwar nicht mit samtbezogenen Sesseln aufwarten, dafür hat unsere Loge ausreichend Platz. Bislang hat sich jedoch noch kein Akteur auf der Bühne blicken lassen."

Die Polizisten zeigten uns die Positionen der beiden anderen Beobachtungs-Teams, bevor wir gemeinsam wieder hinter den Büschen Deckung suchten. Ein paar alte Fässer und Bretter dienten uns als Sitzgelegenheit.

„Wir haben das Gebäude vom Norden, Süden und Osten her eingekreist", erklärte Frith. „Im Westen bilden die Häuser der Southampton Row eine steinerne Barriere. Wenn die Halunken hier auftauchen sollten, können sie uns nicht mehr entwischen."

Leider konnte ich die Zuversicht des Constables nicht teilen. Seit dem Besuch bei Scotland Yard am vergangenen Abend fühlte ich eine zentnerschwere Last auf meinen Schultern. Ich vermied es jedoch geflissentlich, Holmes oder den Polizisten von meinen Sorgen zu berichten. Es war dies eine Angelegenheit, die ich ganz allein mit mir selbst ausfechten mußte.

Die Zeit schien sich endlos zu dehnen. Wir beobachteten, wie die Zahl der Passanten von Stunde zu Stunde geringer wurde; schließlich kreuzte nur noch ab und an ein Betrunkener unser Blickfeld. Eine endlose Zahl von Kutschen klapperte an uns vorüber, doch keine von ihnen hielt auch nur in der Nähe des Staplehurst-Hauses. Ich spürte, wie sich meine Unruhe auf Sherlock Holmes zu übertragen schien.

„Etwas stimmt nicht", murmelte er immer wieder. „Von Anfang an hatte ich diesen Verdacht. Zwei so verschiedene Botschaften an einem Haus – Nur ein purer Zufall? Ich leugne jeglichen Zufall. Doch was habe ich übersehen? Was?"

‚Einen Umstand, der nicht zu sehen war', hätte ich beinahe geantwortet.

Die vierte Stunde nach Mitternacht war bereits angebrochen, als Holmes die Aktion endgültig für gescheitert erklärte. „Gehen Sie nach Hause, meine Herren", krächzte er mit brüchiger Stimme. „Es tut mir leid, Ihnen derartige Unannehmlichkeiten bereitet zu haben, doch wie es scheint, haben die Diebe ihren Plan geändert."

Constable Frith kratzte sich nachdenklich am Kinn. Holmes besaß keinerlei Verfügungsgewalt über die Polizisten, doch offenbar war auch Frith zu einer ähnlichen Beurteilung der Lage gekommen.

„Tja, ich schätze, Sie haben recht", sagte er schließlich. „Wer weiß, welche Tücke hier ins Spiel gekommen ist. Vielleicht hatten die Kerle auch einen Spitzel abgestellt, der einen unserer Männer identifizieren konnte. So läuft die Sache halt: Mal gewinnt man, mal verliert man."

Niemand erwähnte die Möglichkeit, daß auch die Schlußfolgerungen meines Partners für den Mißerfolg der nächtlichen Observation verantwortlich sein könnten. Sherlock Holmes' Ruf wirkte hier wie ein Schutzschild. Die Blicke, die sich Frith und Ballock zuwarfen, verrieten mir allerdings, daß eine derartige Option nicht vollkommen ausgeschlossen wurde.

Holmes spürte den unterdrückten Ärger, die Enttäuschung und den Zweifel der Polizisten. Auf seine Veranlassung hin hatten sich acht Männer sinnlos die Nacht um die Ohren geschlagen. Eine unverzeihliche Schmach.

Mit einer Leichengräber-Miene suchte er nach einer Lücke in seiner Beweisführung. Er konnte jedoch keine entdecken. Alle Fakten reihten sich nahtlos aneinander wie die Perlen einer Kette; alles gehorchte einer inneren Logik. Und diese stand über allen Dingen. Was aber war, wenn sich die Dinge den logischen Gesetzen entzogen?

Wir saßen bereits wieder in einer Kutsche auf dem Weg zurück zur Baker Street, als Holmes plötzlich vom Sitz aufsprang. „Eine Falle!“ rief er. „Es kann nur eine Falle gewesen sein!“

„Was? Warum?“ fragte ich verwirrt.

Holmes nahm wieder mir gegenüber Platz und starrte mich mit fiebrigen Augen an. „Die ‚Blaue Taube‘,„ antwortete er. „Sie kennen doch meine Methode, Watson. Eliminiert man das Unmögliche, so muß zwangsläufig das, was übrigbleibt, die Wahrheit sein, so unwahrscheinlich sie auch klingen mag. Ich habe alle Szenarien immer und immer wieder durchgespielt, und die plausibelste Erklärung für mein heutiges Versagen ist eine Falle. Nicht wir legten den Dieben einen Hinterhalt, sondern die Diebe uns. Und ich tappte wie ein blutiger Anfänger hinein! Der blaue Fleck und die fast unverschlüsselte Botschaft wurden mir regelrecht auf dem Präsentierteller gereicht. Verstehen Sie, Watson? Ich *sollte* die Nachricht finden. – Ganz anders verhält es sich mit jenen vertrackten Zeilen am Eingang. Hier liegt das eigentliche düstere Geheimnis des Hauses verborgen. Es muß mir endlich gelingen, diesen Code zu entziffern. Vielleicht erfahren wir dann auch, warum ein derart kompliziertes Täuschungsmanöver inszeniert wurde.“ Holmes legte die Fingerspitzen seiner gespreizten Hände aneinander und schloß die Augen. Schweigend, jeder in seinen eigenen Gedanken verloren, legten wir den Rest der Strecke zurück.

Wirre Träume plagten meinen Schlaf. Scharen blauer Tauben stürzten sich wie Falken auf mich herab. Ich versuchte zu entfliehen, konnte aber nirgends ein schützendes Dach entdecken. Der übermächtige Feind schlug Hunderte von spitzen Schnäbeln in mein Fleisch. Ich schrie in höchster Agonie, und überall, wo mich die Tauben verletzt hatten, rann türkisfarbenes Blut aus den Wunden.

Vermutlich war es mein eigener Schrei, der mich endlich aufwachen ließ. Stöhnend blinzelte ich zum Fenster. Zwischen den Vorhängen flutete goldgelbes Licht in den Raum. Ich stutzte. An der Länge und Richtung der Schatten konnte ich erkennen, daß es bereits weit nach Mittag war. Unmöglich, dachte ich. Mein Körper fühlte sich noch so zerschlagen an, als ob ich erst wenige Minuten zuvor ins Bett gestiegen wäre.

Nach einer kurzen Katzenwäsche schlurfte ich immer noch gähnend nach unten, wo ich Holmes über seinen Arbeitstisch gebeugt vorfand. Seine Füße schienen in einem Sumpf aus zerknüllten Papierfetzen zu versinken.

„Guten Morgen", begrüßte ich ihn trotz der vorgerückten Stunde. „Entschuldigen Sie bitte, daß ich Ihnen weder beim Frühstück noch beim Mittagessen Gesellschaft geleistet habe. Die vergangene Nacht hat halt ihren Tribut gefordert."

Sherlock Holmes blickte verwirrt auf. Seine ohnehin schon helle Haut schien über Nacht noch bleicher geworden zu sein. Tiefe Schatten lagen unter seinen Augen.

„Ah, Sie sind's, Watson", lächelte er schwach. „Schön, Sie zu sehen. Auf dem Tisch stehen ein kalter Braten und scheußliche Rote Beete für Sie. Mrs. Hudson bestand energisch darauf, daß Sie zumindest dieses karge Mahl zu sich nehmen."

„Die gute Seele", entgegnete ich. „Und wie geht es Ihnen, Holmes? Sie sehen aus, als ob Sie weit weniger Schlaf als ich gefunden hätten."

„Keine Sorge, mein lieber Watson. Ein kleines Nickerchen habe ich mir schon gegönnt. Aber die Entschlüsselung duldet nun einmal keinen Aufschub. Nach dem gestrigen – oder sollte ich besser sagen, heutigen – Debakel drängt die Zeit mehr denn je. Irgendeine Teufelei ist da im Gange, und ich muß unbedingt erfahren, wo und wann sie stattfinden wird."

Ich machte mich heißhungrig über den Braten her, während mein Gefährte mit ebensolcher Energie fortfuhr, Dechiffrierungs-Tabellen zu studieren.

Ein weiterer, viel zu milder Oktobertag neigte sich seinem Ende zu. Seltsamerweise vermochte es die Witterung nicht, unsere Gemüter zu besänftigen. Zweimal versuchte ich, einen Bericht über Hypertonie im British Medical Journal zu lesen, doch spätestens auf der zweiten Seite verlor ich jeweils den Faden. Immer wieder geisterten die Namen Staplehurst und ‚Blaue Taube' durch meine Gedanken.

Holmes hatte am Mittag wie versprochen Mr. Duxberry ein Telegramm über das Ergebnis unserer nächtlichen Hausbeschattung geschickt. Somit war der Malermeister an jenem Abend sicherlich ein weiteres Mitglied im ‚Club der Ruhelosen'. Duxberrys Grübeln hatte allerdings andere Gründe, als Holmes vermutete, denn auch ich hatte ihm heimlich eine Mitteilung zukommen lassen.

Die bleierne Schwere hatte mich den ganzen Tag über nicht verlassen, und so zog ich mich früher als sonst üblich in mein Schlafgemach zurück. Sherlock Holmes' Suche nach dem Code-Schlüssel verlief in beunruhigenden Wellen enthusiastischster Arbeitswut und Phasen absoluter Lethargie. Als ich ihn verließ, schien jede Faser seines Körpers zu Eis erstarrt. Das einzige, was sich bewegte, waren seine blutunterlaufenen Augen, die gedankenschnell zwischen mehreren Buchstabenkolonnen hin und her huschten. Ich wußte, daß er auch in dieser Nacht keinen Schlaf finden würde.

Der Sonntagmorgen begann mit einer Katastrophe.

Als ich die Augen aufschlug, sah ich Holmes neben meinem Bett stehen. Im Schein einer Öllampe sah ich, daß er ein geöffnetes Telegramm in der Hand hielt.

„Wir haben verloren", hörte ich eine tonlose Stimme. „Zum zweiten Mal verloren."

Ich setzte mich auf und ergriff das Papier mit zittrigen Armen. Der Absender war Inspektor Lestrade. Noch bevor ich ein Wort gelesen hatte, wußte ich, daß der Fall eine unwiderruflich tragische Wendung genommen hatte.

„WILLIAM STAPLEHURST TOT IN EIGENEM HAUS BEI

RICHMOND AUFGEFUNDEN“ lautete gleich der erste Satz. Ein plötzlicher Schwindel ließ meinen Oberkörper schwer gegen das Kopfteil des Bettes prallen. Stöhnend zwang ich mich dazu, weiterzulesen.

„KUGEL AUS NÄCHSTER NÄHE IN DIE BRUST – KEINE EINBRUCHSSPUREN- VERBINDUNG ‚BLAUE TAUBE'? – ZEITPUNKT DES TODES VERMUTL. FREITAG – HALTE SIE AUF DEM LAUFENDEN – LESTRADE“

„Mein Gott!“ entfuhr es mir. „Der junge Staplehurst wurde ermordet??“

Im Zwielicht des Zimmers ähnelte Holmes‘ unbewegliche Gestalt einer Marmorstatue.

„Ermordet“, sagte die Statue. „Und es ist meine Schuld. Mir war längst klar, daß William mit der Sache zu tun hatte. Was ich nicht wußte, war, ob er die Rolle des Täters oder die des Opfers mimte. Dessen ungeachtet hätte ich Lestrade dazu veranlassen müssen, auch das Haus in Richmond zu observieren.“

„Sie trifft keinerlei Schuld!“ widersprach ich. „Nur auf eine Vermutung hin wäre der Inspektor ganz sicher nicht tätig geworden.“

Holmes‘ Seufzen klang mehr wie ein Röcheln. „Dies war allerdings auch meine Überzeugung.“

Hastig kleidete ich mich an, um meinem verzweifelten Freund seelischen Beistand zu leisten. Die bedrückende Stille der Wohnung war in seiner Gemütsverfassung alles andere als förderlich. Überall mahnten beschriebene, zerknüllte und zerrissene Papiere an sein Scheitern.

„Lassen Sie uns einen Spaziergang machen“, schlug ich daher vor. „Die frische Luft wird uns guttun.“

Fast willenlos ließ sich Holmes aus dem Haus führen. Während ich unsere Schritte in Richtung Regent's Park lenkte, plapperte ich unaufhörlich über die unwichtigsten Nebensächlichkeiten. Ich pries den sonnigen Tag, sinnierte über die neue Schuhmode aus Italien, spottete über die Hüte einiger junger Damen, schimpfte über die zunehmende Motorisierung und den Benzingestank und philosophierte über Sinn und Unsinn börslicher Spekulationen. Kurzum, ich versuchte alles, um meinen Gefährten daran zu hindern, in einen Abgrund tiefster Melancholie zu stürzen.

Wir nahmen schließlich auf einer Bank Platz und beobachteten, wie sich die gurrenden Tauben und frechen Spatzen um Brotkrumen zankten.

Holmes hatte bislang kaum mehr als drei Worte gesprochen.

Bei meiner verzweifelten Suche nach Gesprächsstoff kam ich auf die verrückte Idee, von meinem Alptraum zu erzählen. Ich wandelte das Geschehen allerdings so um, daß es nun eher lustig als grauenvoll wirkte.

„Ist es nicht wirklich erstaunlich, welch bizarren Fantasiegebilde dem menschlichen Geist zuweilen entspringen?“ fragte ich meinen Begleiter. Als ich keine Antwort erhielt, überspielte ich die Stille mit einem Lachen. „Ja, genau“, stimmte ich meinem schweigenden Partner zu. „Wäre es nicht allzu drollig, wenn alle Tauben der Stadt mit einem Mal Appetit auf Zylinder und Melonen verspüren würden? Stellen Sie sich nur das Bild vor: Jeder Gentleman zöge einen Schwarm gurrender, fetter Möchtegern-Falken hinter sich her. Zum Brüllen. Ich für meinen Teil –“

Ich brach abrupt ab, da sich Holmes‘ Hand plötzlich schmerzhaft um meine Schulter geklammert hatte. „Was haben Sie soeben gesagt?“ schrie er mich förmlich an.

„Ich habe von fetten Tauben und Zylindern...“

„Nein, nein, nein...“, unterbrach er mich unwirsch. „Wie genau nannten Sie Ihre Traum-Vögel?“

„Äh, ich glaube , ‚gurrende, fette Möchtegern-Falken’. Meinten Sie das?“

Ein Strahlen breitete sich auf dem Gesicht meines Gefährten aus. „Sie sind ein Genie, Watson, wissen Sie das? Seit Tagen suche ich nach dem Code-Schlüssel, und Sie träumen einfach davon! Unglaublich! Einfach unglaublich!“ Er sprang auf und zerrte mich förmlich von der Bank. „Nun kommen Sie schon! Beeilung! Ich muß umgehend versuchen, ob der Schlüssel paßt. Aber was rede ich! Natürlich paßt er. Es war nie die Taube! Es war der Falke! Die Mutter des Falken! – Nun kommen Sie doch! Vielleicht ist noch nicht alles verloren!“

Wir verließen den Park mit vertauschten Rollen. Nun war ich derjenige, der wie eine Marionette hinterhertrottete. Ich war mir nicht sicher, was ich von dem plötzlichen Stimmungswandel halten sollte. Einerseits freute es mich, daß Holmes wieder neuen Mut gefaßt hatte, andererseits erschien mir sein wirres Gerede von Tauben und Falken noch beunruhigender als mein ursprünglicher Alptraum.

Zurück in der Wohnung fegte Holmes fast alle seine Aufzeichnungen vom Tisch, nahm sich ein neues Blatt und begann augenblicklich mit der Arbeit. Ich war kaum dazu gekommen, meinen Mantel abzulegen, als er einen Triumphschrei ausstieß.

„Ich hab's. Endlich. Was für ein Esel ich doch war. Immer habe ich nur an Tauben gedacht und den Falken dabei übersehen. Watson, Sie sind mit Gold nicht aufzuwiegen!"

Er zog einen roten Schal aus einer Schublade und ging damit zum Fenster.

„Der Fall hat bereits ein Todesopfer gefordert; vielleicht gelingt es uns immerhin, die Mörder dingfest zu machen. Aber die Zeit drängt." Bei diesen Worten öffnete er das Fenster, knüpfte das eine Ende des Schals um den Knauf und ließ den Rest im Wind flattern.

„Die Angelegenheit dürfte heikel werden. Ich muß Lestrade unbedingt erneut um Unterstützung ersuchen." Holmes setzte sich wieder an seinen Schreibtisch und begann einen Brief an den Inspektor aufzusetzen.

Er hatte den Federhalter kaum abgelegt, als es an der Tür klopfte.

„Ah, vortrefflich", lächelte Holmes. „Das ist der Bote, den ich erwarte. Lassen Sie ihn doch bitte herein, Watson."

Vor der Tür stand ein blonder Junge von etwa 15 Jahren. Sein Aufzug war mehr als befremdlich. Er trug ausgebeulte Hosen und eine vornehme graue Seidenweste über einem halb zerrissenen Hemd. Seinen Schuhen, die augenscheinlich zwei Nummern zu groß waren, fehlten die Schnürriemen. In der Art jedoch, wie er sein schwarzes Barett vom Kopf nahm und sich verbeugte, hätte er im Buckingham Palace Unterrichtsstunden in Etikette erteilen können. Unzweifelhaft war er ein Mitglied von Sherlock Holmes' Baker-Street-Spezialeinheit.

„Freut mich, Sie zu sehen, Mr. Barker“, begrüßte ihn Holmes. „Wie immer: schnell wie der Blitz.“ Er drückte dem Jungen den Brief und eine Crown in die Hand und sagte: „Bringen Sie diese Nachricht ähnlich schnell zu Scotland Yard. Und lassen Sie sich nicht abwimmeln! Sie ist für Inspektor Lestrade persönlich. Sagen Sie ihm, daß ich umgehend auf eine Antwort warte. Und nun los! Die Angelegenheit ist äußerst dringend!“

Der junge Bote salutierte kurz und eilte dann aus dem Zimmer. Mit einem Mal schien Holmes sehr erleichtert zu sein. Er summte sogar eine leise Melodie, als er daran ging, seinen Schreibtisch wieder aufzuräumen.

Sherlock Holmes war wie verwandelt. Als er schließlich mit einer Pfeife in seinem Lieblingssessel Platz nahm, strahlte er eine beinahe schon unheimliche Gelassenheit aus.

„Heute werden wir uns nicht wieder an der Nase herumführen lassen, mein lieber Watson“, schmunzelte er. „Aller guten Dinge sind drei.“

Gegen halb eins brachte uns Mrs. Hudson das Essen nach oben. Holmes schaufelte sich sogleich einen so großen Haufen Reis und Curry-Huhn auf seinen Teller, daß unsere Vermieterin vor Freude strahlte. Nach den vielen Tagen der Kasteiung gönnte sich der Detektiv erstmals wieder eine vollständige Mahlzeit.

Die Rückkehr des jungen Barker verzögerte sich, doch Holmes zeigte auch jetzt nicht das geringste Anzeichen von Unruhe. Entspannt plauderte er mit mir über die Vorzüge unterschiedlichster Tabakmischungen und guter Pfeifen.

Die Dämmerung hatte bereits eingesetzt, als Holmes‘ Bote erneut unser Zimmer betrat. Die Sache hatte sich verzögert, da Lestrade an diesem Sonntag im Yard keinen Dienst versah. Entsprechend seiner Order hatte der junge Barker den Inspektor kurzerhand in dessen Privatwohnung aufgesucht.

Sherlock Holmes nahm das Antwortschreiben entgegen und schickte den Jungen mit einer weiteren Crown für seine Bemühungen nach Hause. In der Art, wie er den Brief öffnete, konnte ich erstmals wieder einen Anflug von Unruhe erkennen.

Holmes überflog die kurze Nachricht und reichte sie mir dann mit einem Seufzer. „Ich hatte etwas in der Art erwartet. Auch wenn all meine Erfahrungen dagegen sprachen, so hoffte ich dennoch, Lestrade könne die Ablenkung mit der Taube vergessen."

Der Brief enthielt nur zwei Sätze:

Sehr geehrter Sherlock Holmes!

Ich habe momentan alle Hände damit zu tun, einen Mord aufzuklären. Leider versetzt mich dieser Umstand nicht in die Lage, wichtige Arbeitskräfte abzuziehen, um erneut ein leerstehendes Haus zu observieren.

Mit vorzüglicher Hochachtung

Lestrade

Wenn ich nun glaubte, Holmes' Zuversicht hätte durch die Mitteilung Schaden genommen, so sah ich mich getäuscht.

„Wohlan, Watson", grinste mich mein Gefährte abenteuerlustig an. „Wie die Dinge stehen, werde ich wohl höchstselbst auf Mörderjagd gehen müssen. Wären Sie bereit, mich bei diesem tollkühnen Unternehmen zu begleiten?"

„Mit Herz und Hand!"

„Bravo, Watson! Nichts anderes habe ich erwartet. Wir werden sogleich aufbrechen, doch vergessen Sie nicht, Ihren Revolver und ausreichend Munition einzustecken. Wir haben es hier schließlich nicht mit Taschendieben zu tun."

Wenig später saßen wir in einer Kutsche, die uns zum dritten Male innerhalb weniger Tage zum Russell Square beförderte.

„Die Botschaft an der Treppe ist eindeutig", erklärte mir Holmes. „Heute wird der Einbruch stattfinden."

„Und worauf hat man es abgesehen? Auf die Antiquitäten des alten Staplehurst?"

„Ganz genau. Und zwar auf ein besonderes Stück: einen goldenen Vogel."

„Einen Falken?"

„Beinahe, mein lieber Watson. Beinahe."

Holmes wies mir einen Posten am Durchgang zur Ormond Street zu, von wo aus ich die Seitenfassade und die Rückwand im Blick hatte. Er selbst suchte sich auf dem Gerüst ein Versteck. Obwohl mein Freund die vergangenen Wochen hindurch kaum ausreichende körperliche Betätigung gehabt hatte, erkletterte er die Außenleiter mit der Geschicklichkeit eines Affen.

Zwei ereignislose Stunden verrannen, dann ratterte plötzlich ein Kleinlaster die Southampton Row hinauf, bog in die Ormond Street ein und steuerte geradewegs auf die Rückseite des Staplehurst-Hauses zu. Ich vergewisserte mich zum zehnten Mal, daß mein Revolver geladen war, und schlich vorsichtig näher. Der Wagen war im Schatten der hohen Büsche kaum zu erkennen. Ich sah, wie zwei Männer von der Ladefläche sprangen und in Richtung Gerüst verschwanden. Als sich nichts mehr regte, kroch ich in gebückter Haltung entlang der linken Seite zum vorderen Teil des Fahrzeugs. Mit angehaltenem Atem spähte ich durch das geöffnete Fenster der Beifahrertür.

Am Steuer saß ein dickleibiger Mann mit zerzausten Haaren und Vollbart. Der beißende Qualm seiner Zigarre zeugte von Tabak der schlechtesten Sorte.

Langsam richtete ich mich auf.

„Guten Abend. Ist es nicht schon ein bißchen spät für eine Lieferung?“

Der Dicke ließ vor Schreck die Zigarre fallen. Fluchend schlug er mit beiden Händen auf Bauch und Oberschenkel, um die angesengten Kleider vor größerem Schaden zu bewahren. „Verdammt! Was schleichen Sie hier herum?“ fuhr er mich an. „Verschwinden Sie! Ist schließlich meine Sache, wo und wann ich meine Geschäfte tätige.“

„Grundsätzlich schon. Anders sieht die Sache aber aus, wenn sich diese Geschäfte um Raub und Mord drehen.“

Die rechte Hand des Fahrers verschwand blitzschnell in seiner Jacke, doch ich hielt ihm den Lauf meiner Waffe bereits lächelnd vor die Nase. „Was immer Sie mir soeben freundlicherweise zeigen wollten, fassen Sie es nur mit Daumen und Zeigefinger an und lassen es gut sichtbar nach draußen fallen.“ Ich unterstrich meine freundliche Bitte, indem ich den Hahn klickend einrasten ließ.

Der Dicke stieß einen weiteren Fluch aus, kam dann aber meinen

Wünschen nach. Ein schwerer Revolver landete geräuschvoll auf dem Kies. Glücklicherweise hatte ich daran gedacht, auch Handfesseln mitzunehmen. Ich schloß ein eisernes Band um das Handgelenk des Verdächtigen und forderte ihn dann auf, das andere Ende durch die Speichen des Steuerrades zu schieben, bevor es an seiner anderen Hand einrastete. Auf diese Weise würde ihm weder eine Flucht noch das Lenken des Wagens gelingen. Nachdem ich die Schlösser kontrolliert hatte, hastete ich um das Haus herum, um Sherlock Holmes beizustehen.

Ich hatte noch nicht die Vorderfront erreicht, als hinter mir das laute Tröten einer Autohupe zu hören war. Nun war es an mir, zu fluchen. Die Hupe hatte ich natürlich übersehen. Noch schneller als zuvor rannte ich weiter.

Ein kurzer Blick hinauf zum Dach zeigte mir, daß die Komplizen des Fahrers schon seit einiger Zeit die Bekanntschaft mit Sherlock Holmes gemacht hatten. Der dunkle Schemen eines Arms ragte leblos über die oberste Etage des Gerüsts hinaus. Das Poltern und Schreien, das von der anderen Seite her erklang, verriet mir, daß der Besitzer des Arms nicht Holmes sein konnte. Erleichtert und verängstigt zugleich stürzte ich den Kampfesgeräuschen entgegen.

Der Anblick, der sich mir bot, ließ mich das Atmen vergessen. Auf dem schmalen Brettersteg nahe der Dachkante rangen zwei Schatten miteinander. Stöhnen und Schmerzenslaute bildeten die Musik zu einem bizarren Tanz, bei dem jeder falsche Schritt unweigerlich den Tod zur Folge hätte.

In meiner Hilflosigkeit hob ich den Revolver und zielte zum Himmel. Es war sinnlos; selbst wenn es mir gelungen wäre, die Schemen zu identifizieren, so hätte ich aus dieser Entfernung niemals einen sicheren Schuß abgeben können.

Die Finger meiner linken Hand umschlossen plötzlich einen Gegenstand. Erst als ich ihn vor meine Augen hielt, erkannte ich, um was es sich handelte. Eine Polizeipfeife.

Ich blies hinein, als gelte es die Toten zu wecken.

Für den Bruchteil einer Sekunde stockte der tödliche Tanz. Einer der beiden Kontrahenten nutzte die Gelegenheit und holte zu einem fürchterlichen Schlag aus. Plötzlich jedoch duckte sich der Gegner, und der Schwung der Armbewegung beförderte den Angreifer über die niedrige Brüstung hinweg nach draußen. Mit einem gellenden Schrei stürzte er in die Tiefe.

Voller Entsetzen rannte ich auf das menschliche Bündel am Boden zu und blies gleichzeitig unablässig in die Pfeife. Ich blies selbst dann noch, als ich zu meiner unermeßlichen Erleichterung feststellte, daß der Leichnam eines Fremden zu meinen Füßen lag. Dann schwanden mir die Sinne.

Ich kam erst wieder zu mir, als mir Holmes ein gut gefülltes Glas mit Brandy in die Hand drückte. „Trinken Sie, mein lieber Watson. Ich schätze, wir beide haben uns heute mehr als ein Gläschen verdient." Als er mir zuprostete, verbreiterte sich eine häßliche Schramme, die von seinem linken Auge über die Wange bis zum Kinn verlief.

Ich nahm einen tiefen Zug und lehnte mich müde zurück.

„Es ging alles ein wenig schnell am Ende", murmelte ich. „Ich glaube, Sie sollten mich umgehend auf den neuesten Stand der Dinge bringen. Und vor allem will ich wissen, was es nun mit diesen Tauben und Falken auf sich hat."

Holmes füllte erneut unsere Gläser und nahm dann in seinem Sessel Platz.

„Nun, mein lieber Watson", begann er nachdenklich, „wie Sie unschwer bemerkt haben dürften, gab es bei diesem Fall doch unerwartet große Hindernisse. Das Hauptproblem begann, als die vermeintlichen Bleidiebe nicht erschienen. Die Sache mit der ‚Blauen Taube' schien ohnehin nicht zu dem zu passen, was ich erkundet hatte."

„Und das war?"

„Mein Augenmerk richtete sich von Anfang an auf William Staplehurst. Die kompromißlose Art, mit der er Duxberry zur Einhaltung des Termins zwang, erschien mir doch ein wenig seltsam. Noch eigenartiger war die Tatsache, daß ihm der eigene Vater nicht die Schlüssel für alle Räumlichkeiten des Hauses überlassen hatte. Vertraute er seinem eigenen Fleisch und Blut nicht? Meine Nachforschungen ergaben nun, daß der junge Staplehurst beträchtliche Schulden angehäuft hatte. Er spielte gerne und schlecht Karten und wettete auf Pferde. Hier mußte es eine Verbindung geben. Wurde er etwa erpreßt? An dieser Stelle kommt die zweite, weitaus kompliziertere Botschaft an der Treppe ins Spiel. Lange Zeit über fehlte mir der richtige Schlüssel, doch die besondere Ausführung der Zeichen deutete auf mehrere Aspekte hin. Zum einen dürfte Ihnen die unterschiedliche Stärke und Ausführung der Gravierungen aufgefallen sein.“ Bei diesen Worten reichte er mir ein Blatt, auf dem er die Zeichen genauestens kopiert hatte:

„Die erste und die dritte Zeile wurden schwächer ausgeführt als die zweite und vierte Zeile. Auch an der Ausführung des ‚G‘, des ‚S‘ oder des ‚K‘ läßt sich unschwer erkennen, daß wir es hier mit zwei Autoren zu tun haben. Die vier Zeilen bilden demnach einen Dialog. Auch wenn ich den Inhalt lange Zeit nicht kannte, so war ich von seiner Bedrohlichkeit überzeugt. Dies lag an den beiden Zeichen am Ende der dritten und vierten Zeile. Das erste ist eindeutig ein Ausrufungszeichen. Eine Aufforderung oder auch eine Bitte könnte sich dahinter verbergen. Das andere Symbol ähnelt eher einem Plus-Zeichen oder einem Kreuz. Und das Kreuz steht meist als Zeichen für den Tod. – Ich nehme an, daß die Diebe oder deren Auftraggeber den größten Teil von Staplehursts Schuldscheinen aufgekauft haben. Sie drohten ihm jedoch nicht nur mit der Vernichtung seiner gesellschaftlichen Stellung, sondern augenscheinlich mit dem Tod. Leider jedoch ver-

hielt es sich bei diesem Code anders als beim Hudson-[13] oder Porlock[14]-Brief . Sie erkannten zu Recht die Ähnlichkeit mit den ‚tanzenden Männchen', doch schnell stellte sich heraus, daß hier ein noch komplizierteres Muster vorlag. Ich erprobte unzählige Möglichkeiten, aber auch eine Caesar-Verschiebung, bei der die Buchstaben gegeneinander um drei oder mehr Stellen verschoben werden, führte nicht zum Erfolg."
Zur Erläuterung schrieb er mir zwei Reihen von Buchstaben auf:

A	B	C	D	E	F	G	H	I
D	E	F	G	H	I	J	K	L

„Demnach mußte es sich um eine polyalphabetische Verschlüsselung handeln", erklärte er weiter. „Es ist dies eine recht sichere Codierung, die zu den Schriften von Alberti, Trithemius und Porta zurückreicht. Blaise de Vigenère schuf dann mit seinem ‚Traicté de Chiffres' im 16. Jahrhundert die praktikable Vorlage. Mit Hilfe eines Vigenère-Quadrates und eines Schlüsselwortes ist es möglich, daß ein und derselbe Buchstabe unterschiedliche Codezeichen erhält. Ohne die Kenntnis des Schlüssel-Wortes ist eine Auflösung schlichtweg unmöglich." Bei diesen Worten reichte er mir ein Buch mit folgender Abbildung:

	A	B	C	D	E	F	G	H	I	J	K	L	M	N	O	P	Q	R	S	T	U	V	W	X	Y	Z
A	A	B	C	D	E	F	G	H	I	J	K	L	M	N	O	P	Q	R	S	T	U	V	W	X	Y	Z
B	B	C	D	E	F	G	H	I	J	K	L	M	N	O	P	Q	R	S	T	U	V	W	X	Y	Z	A
C	C	D	E	F	G	H	I	J	K	L	M	N	O	P	Q	R	S	T	U	V	W	X	Y	Z	A	B
D	D	E	F	G	H	I	J	K	L	M	N	O	P	Q	R	S	T	U	V	W	X	Y	Z	A	B	C
E	E	F	G	H	I	J	K	L	M	N	O	P	Q	R	S	T	U	V	W	X	Y	Z	A	B	C	D
F	F	G	H	I	J	K	L	M	N	O	P	Q	R	S	T	U	V	W	X	Y	Z	A	B	C	D	E
G	G	H	I	J	K	L	M	N	O	P	Q	R	S	T	U	V	W	X	Y	Z	A	B	C	D	E	F
H	H	I	J	K	L	M	N	O	P	Q	R	S	T	U	V	W	X	Y	Z	A	B	C	D	E	F	G
I	I	J	K	L	M	N	O	P	Q	R	S	T	U	V	W	X	Y	Z	A	B	C	D	E	F	G	H
J	J	K	L	M	N	O	P	Q	R	S	T	U	V	W	X	Y	Z	A	B	C	D	E	F	G	H	I
K	K	L	M	N	O	P	Q	R	S	T	U	V	W	X	Y	Z	A	B	C	D	E	F	G	H	I	J
L	L	M	N	O	P	Q	R	S	T	U	V	W	X	Y	Z	A	B	C	D	E	F	G	H	I	J	K
M	M	N	O	P	Q	R	S	T	U	V	W	X	Y	Z	A	B	C	D	E	F	G	H	I	J	K	L
N	N	O	P	Q	R	S	T	U	V	W	X	Y	Z	A	B	C	D	E	F	G	H	I	J	K	L	M
O	O	P	Q	R	S	T	U	V	W	X	Y	Z	A	B	C	D	E	F	G	H	I	J	K	L	M	N
P	P	Q	R	S	T	U	V	W	X	Y	Z	A	B	C	D	E	F	G	H	I	J	K	L	M	N	O
Q	Q	R	S	T	U	V	W	X	Y	Z	A	B	C	D	E	F	G	H	I	J	K	L	M	N	O	P
R	R	S	T	U	V	W	X	Y	Z	A	B	C	D	E	F	G	H	I	J	K	L	M	N	O	P	Q
S	S	T	U	V	W	X	Y	Z	A	B	C	D	E	F	G	H	I	J	K	L	M	N	O	P	Q	R
T	T	U	V	W	X	Y	Z	A	B	C	D	E	F	G	H	I	J	K	L	M	N	O	P	Q	R	S
U	U	V	W	X	Y	Z	A	B	C	D	E	F	G	H	I	J	K	L	M	N	O	P	Q	R	S	T
V	V	W	X	Y	Z	A	B	C	D	E	F	G	H	I	J	K	L	M	N	O	P	Q	R	S	T	U
W	W	X	Y	Z	A	B	C	D	E	F	G	H	I	J	K	L	M	N	O	P	Q	R	S	T	U	V
X	X	Y	Z	A	B	C	D	E	F	G	H	I	J	K	L	M	N	O	P	Q	R	S	T	U	V	W
Y	Y	Z	A	B	C	D	E	F	G	H	I	J	K	L	M	N	O	P	Q	R	S	T	U	V	W	X
Z	Z	A	B	C	D	E	F	G	H	I	J	K	L	M	N	O	P	Q	R	S	T	U	V	W	X	Y

13) s. „Gloria Scott"
14) s. „Das Tal der Angst"

„Mein Problem bestand nun darin, dieses Schlüsselwort zu finden. Eine fast unlösbare Aufgabe, bedeutete sie doch, daß ich Kenntnis vom Inhalt der Botschaft haben mußte, bevor ich sie decodieren konnte. Als William Staplehurst ermordet wurde, bewahrheiteten sich meine schlimmsten Befürchtungen. Zu spät erkannte ich jetzt, daß er ein Opfer und kein Täter war. Doch wenn er einer der Verfasser der Geheimbotschaft war, wer war dann der andere? Und warum hatte man ihn ermordet? Das Haus seines Vaters mußte eine zentrale Rolle spielen – hier liefen alle Fäden zusammen. Ihnen fielen sicher sofort die schweren Gitter vor allen Fenstern auf. Nur die Dacherker waren unvergittert. Williams Erpresser und Mörder hatten ganz offensichtlich die Idee mit dem Hausanstrich. Auf diese Weise konnte man leicht zu den Erkern und von dort in die oberen Räume gelangen. Doch warum drängte Staplehurst so darauf, das Gerüst unbedingt am Sonntag auf der Rückseite aufzubauen? Nun, ich nehme an, daß die Räuber zwischenzeitlich bemerkten, wie belebt die Southampton Row tatsächlich ist, und bestanden daher darauf, den Diebeszug ungesehen von der Rückseite aus durchzuführen. Auch sie scheinen einen festen Zeitplan gehabt zu haben. Vielleicht wollten sie das Diebesgut mit einem bestimmten Schiff außer Landes bringen. Es mußte also unbedingt der Sonntag sein. Alles wäre glatt gelaufen, doch da ereignete sich der seltsame Vorfall mit Mr. Duxberrys Arbeiter. Die merkwürdige Angelegenheit mit der ‚Blauen Taube' brachte die Malerarbeiten zum Erliegen. William muß verzweifelt gewesen sein und seine Peiniger um einen späteren Termin ersucht haben. Doch diese hielten unerbittlich an ihren Forderungen fest. Als die Diebe bemerkten, daß das Gerüst zum festgesetzten Termin unmöglich an Ort und Stelle wäre, beschlossen sie, William aus Rache zu töten. Zudem wurde dadurch ein gefährlicher Mitwisser beseitigt. Man einigte sich darauf, ob des zu erwartenden Gewinns den Plan dennoch auszuführen. Als Sie mir Ihren seltsamen Traum von den Tauben und Falken erzählten, fiel es mir wie Schuppen von den Augen. Ich erinnerte mich daran, daß Patrick Staplehurst auch viele seltene ägyptische Reliquien besaß. Das kostbarste Stück ist die goldene Statue der Göttin Isis, die mit ausgebreiteten Flügeln dargestellt wurde. Isis ist die Mutter des Falkengottes Horus. Das Britische Museum würde fast jede Summe bezahlen, um in den Besitz dieser Figur zu gelangen."

„Also lautete das Schlüsselwort ‚Isis'?" fragte ich.

Holmes schüttelte den Kopf. „Nein, so einfach ist es auch wieder nicht. Die Figur wurde erst vor einigen Jahren bei Nachgrabungen im Tal der Könige entdeckt. Auf unbekannten, meist illegalen Kanälen gelangte sie schließlich in den Besitz des Kaufmanns. Der Fundort lag in der Nähe des Grabes Sethos' I. In Fachkreisen spricht man daher nur von der ‚Statue des Sethos'. Und SETHOS war das Wort, das ich so vergeblich gesucht hatte. Schreibt man nun den Schlüssel in unendlicher Folge über die Zeilen und sucht die Entsprechungen im Quadrat, so erhält man den ursprünglichen Text." Er zeigte mir ein anderes Blatt, auf dem er die Lösung notiert hatte:

S	E	T	H	O	S	S	E
D	I	E	N	S	T	A	G
V	M	X	U	G	L	S	K

S	E	T	H	O	S	S	E	T	H	O	S	S	E
Z	U	S	P	A	E	T	S	O	N	N	T	A	G
R	Y	L	W	O	W	L	W	H	U	B	L	S	K

S	E	T	H	O	S	S	E	
A	U	F	S	C	H	U	B	!
S	Y	Y	Z	Q	Z	M	F	!

S	E	T	H	O	S	S	E	T	H	O	S	
S	O	N	N	T	A	G	S	O	N	S	T	†
K	S	G	U	H	S	Y	W	H	U	G	L	†

„Hier hielt ich die endgültige Bestätigung in Händen, doch leider erkannte Lestrade die Beweiskraft der Indizien nicht. Glücklicherweise waren wir beide Manns genug, um es allein mit der Mörderbande aufzunehmen. Um ein Haar hätte es mich dort oben erwischt, doch Ihr Pfiff wähnte meinen Angreifer plötzlich in einem trügerischen Vorteil, den ich sofort zu meinen Gunsten nutzen konnte." Sherlock Holmes zündete sich seine geliebte Bruyère-Pfeife an und paffte nachdenklich. „Zwei Dinge lassen den Fall auch weiterhin in einem tragischen und mysteriösen Licht erscheinen. Zum einen ist da der Tod William Staplehursts, den es nicht zu verhindern gelang. Zum anderen ist da immer noch diese vermaledeite Sache mit der ‚Blauen Taube'. Glaubte ich zuweilen, die Botschaft sei nur eine Scharade, ja eine Falle der eigentlichen Diebe gewesen, erkannte ich bald, daß sie nicht damit in Zusammenhang stehen konnten. Warum sollte man ein derart aufwendiges Theater inszenieren, wenn es dem eigenen Zeitplan zuwiderlief? Nein, die wahren Hintergründe bleiben auch weiterhin verborgen. Möglicherweise war hier die einfachste Erklärung auch die richtige. Wir werden es nie erfahren. Schon allein aus diesem Grund werden Sie es sicher nicht in Erwägung ziehen, den Fall der ‚Blauen Taube' in den Kanon Ihrer Geschichten über mich aufzunehmen, nicht wahr, mein lieber Watson?"

Nur zu gerne erfüllte ich Holmes diesen Wunsch. Ich würde niemals über diesen Fall schreiben, da nur drei Menschen das Geheimnis der ‚Blauen Taube' kannten. Und einer von ihnen war ich.

Ja, ich bekenne hiermit, daß ich mich eines Verbrechens schuldig gemacht habe. Doch ist es wirklich verwerflich, wenn man das Leben eines Freundes retten will?

Jener schreckliche Sommer des Jahres 1901 brachte Sherlock Holmes an den Rand des Grabes. Hilflos mußte ich mit ansehen, wie ihn die Drogen und die geistige Leere von innen heraus auffraßen. Jeden Tag ein kleines Stück mehr. Holmes sprach davon, bereits mit der Idee gespielt zu haben, die Seiten des Gesetzes zu wechseln. Nur sein Pflichtgefühl und strenge Moral hatten ihn vor diesem Schritt bewahrt. Mein hippokratischer Eid hinderte mich dagegen nicht, ein Verbrechen zu planen.

‚Die blaue Taube' war genau die Therapie, die ich meinem Patienten verordnete.

Ich kannte Joseph Duxberry schon seit vielen Jahren. Damals hatte ich ihn von einer leidigen Gürtelrose erlöst und angesichts seiner prekären finanziellen Lage nur auf den Bruchteil meines sonst üblichen Honorars bestanden. Als er mir in jenem Oktober zufällig über den Weg lief, bestand er darauf, mir ein Glas Bier zu spendieren. Sein Geschäft hatte sich recht gut entwickelt, und nun wollte er seine Schuld bei mir abtragen. Aus dem einen Bier wurden schnell zwei und drei. Die Themen wurden immer intimer, und schließlich klagte ich ihm mein Leid mit Sherlock Holmes. „Es gibt momentan einfach keine Verbrechen mehr, die Holmes herausfordern", stöhnte ich. „Fast wäre man geneigt, selbst eine Straftat zu begehen, nur um seinen Geist wieder wachzurütteln."

„Ja, warum tun wir es dann nicht?" schlug Duxberry plötzlich vor. Anfangs hielt ich seine Idee für einen vom Alkohol induzierten Spleen, doch als er mir genau erklärte, was er im Sinn hatte, begann auch ich, ernsthaft darüber nachzudenken.

Duxberrys Plan sah vor, ein Verbrechen zu inszenieren, ohne mit dem Gesetz in Konflikt zu geraten. Wir würden ein Theaterstück unter freiem Himmel aufführen.

Duxberry hatte soeben den Auftrag für ein größeres Haus mit einem Bleidach erhalten. Warum sollten die vermeintlichen Diebe nicht das Blei stehlen wollen? An jenem Abend arbeiteten wir gemeinsam jedes noch so winzige Detail unseres genialen Verbrechens aus. Den Part des verschwindenden Arbeiters würde Duxberrys Cousin übernehmen. Phileas Rodik – so sein wahrer Name – hatte sein Kunststück genauso ausgeführt, wie Holmes es erklärt hatte.

Duxberry selbst war es auch, der den Ganovenausdruck von der ‚Blauen Taube' kannte, ich dagegen zeichnete für den blauen Fleck am Boden und die Plazierung der Botschaft verantwortlich. Es sollte alles nur ein großer Spaß werden.

Der einzige bedenkliche Aspekt betraf die Rolle der Polizei. Holmes würde sie sicherlich über kurz oder lang zu Rate ziehen. Wir entschieden, daß die unfreiwillige Mithilfe des Yard als kleine Anerkennung für Holmes' jahrelange Beratertätigkeit durchaus vertretbar war.

Alles sollte lediglich eine geheime Rettungsaktion sein, die niemandem schaden würde. Wir wollten nur helfen. Aber heißt es nicht: „Der Weg zur Hölle ist gepflastert mit guten Vorsätzen?“

Durch unsere Scharade verzögerte sich der Anstrich, wodurch letztendlich William Staplchurst sein Leben verlor. Möglicherweise hatten seine Schuldner von Anfang an geplant, den Mitwisser zu beseitigen, doch ich bin nicht so vermessen, mein Seelenheil auf dieser Annahme zu gründen. Am Ende unseres ‚Spaßes‘ hatten zwei Menschen den Tod gefunden, und mit dieser unumstößlichen Tatsache werde ich vor meinen Schöpfer treten müssen.

Wie konnte es nur einen solch verrückten Zufall geben; habe ich mich oft gefragt. Ähnlich wie Sherlock Holmes lehne ich jedoch das Prinzip des Zufalls ab. Eher glaube ich daran, daß es Menschen wie meinen alten Freund gibt, die das Verbrechen, das Böse, förmlich anziehen, um es dann glorreich zu bekämpfen. Eher will ich daran glauben, daß Gott mir eine Lektion erteilte, als ich in dieses Geschehen eingriff.

Der große Detektiv war ein Agnostiker und glaubte nicht an Gott. Dieser Umstand ist jedoch vollkommen unerheblich. Ich bin mir nämlich sicher, daß Gott an ihn glaubte.

Berndt Rieger

DER DOLCH

Der unvergleichliche Voodoo Holmes, Master Detective

Der Eingang des Shay-Clubs liegt im Innenhof eines eher unscheinbaren Gebäudes in der Holborn Street und hat den Charakter kontinentaler Cafés mit den hohen Fenstern und dem weichen, samtenen Rokokomobiliar, Stuck und goldgerahmten Spiegeln. Draußen im Hof stehen hohe Bäume, die im Sommer üppigen Schatten geben, so daß es im Club nie wirklich hell wird und man selten bei natürlicher Beleuchtung lesen kann. Aber es ist dort auch sehr heimelig, vor allem an Regentagen, mit dem Blick ins Grün und der Abgeschiedenheit und Stille der Gebäudeumrahmung – man wähnt sich irgendwo auf dem Lande. Es gibt keine geeignetere Umgebung – zumindest in London –, um die *Neue Zürcher Zeitung* zu lesen, ein Blatt, das stilistisch und in bezug auf eine gewisse Weltoffenheit einmalig ist in der Welt, vergleichbar ist da höchstens die *New York Times*, ohne aber den kontinentalen Ausblick bieten zu können. Die *Neue Zürcher Zeitung* strömt neben der schweizerisch objektiven Beobachterperspektive und der ungewöhnlich klaren, reichen Sprache noch etwas undefinierbar Anheimelndes aus, in der Art von Zimt, Apfelsinen und Glühwein, vor allem im Winter. An jenem Tag aber, es war ein unnatürlich heißer 12. September, las ich in der *Neuen Zürcher Zeitung* etwas, das mich bis ins Mark erschütterte. Freilich kannte ich die Neuigkeit bereits, etwas wie eine Sucht war es aber dann, was mich trieb, noch Genaueres zu lesen, und so eilte ich nach den Praxisstunden in der ungewöhnlichen Hitze dieses Septemberabends sogleich in den Club, dessen Fenster wegen der schwülen Luft offen standen, wobei man im Gewölk der durchscheinenden Vorhänge in der einsetzenden Dämmerung unzählige

Falter sehen konnte, die gleich Anarchisten den Weg in das Innere des Lesesalons und seiner bereits entzündeten Lichter suchten. Der Schweiß stand mir auf der Oberlippe, und die Seiten klebten zusammen unter meinen feuchten Händen, während ich im elektrischen Schein der grün schimmernden Leselampe Folgendes las:

Eine gewaltige Skala der Gemütsaufregungen machte die Wiener Bevölkerung in den heutigen Abendstunden durch. Es mag gegen sechs Uhr gewesen sein, als die Nachricht hie und da in der Stadt aufflackerte. Doch stieß sie zunächst noch allenthalben auf Mißtrauen. Indessen hielt sich das Gerücht beharrlich, flog aus der inneren Stadt in die entferntesten Vororte, überall die alarmierten Bürger anfeuernd, Gewißheit über das Entsetzliche zu erlangen. Als dann die ersten Extrablätter erschienen waren, entspannen sich um sie auf der Straße wahre Kämpfe. Wer eines ergattert hatte, las es den anderen laut vor. Weiber und Kinder schluchzten. Auf allen Lippen lag nur das eine Wort: Ermordet! Unsere Kaiserin ermordet! Gegen acht Uhr abends hatten sich auf dem Stephansplatz und in den umliegenden Straßen Tausende und aber Tausende versammelt. Der Wagenverkehr kam zum Erliegen. Die Menschen standen in dumpfer Verzweiflung. Viele weinten. Ein tiefes schmerzliches Mitgefühl verband die gewaltige Menschenmenge in dieser Stunde mit ihrem greisen Herrscher, dem das Schicksal erneut die Dornenkrone aufgesetzt hatte.“

„Nun, das nennt man aber eine Koinzidenz“, sagte eine Stimme über mir. Als ich aufblickte, stand da Voodoo Holmes, der oftmals mysteriöse Bruder von Sherlock Holmes, der durch seine lockere Art, schnell mit mir Freundschaft geschlossen hatte. Aufgrund der Hitze trug er den Kragen seines Hemdes geöffnet. „Gut, daß Sie sich informieren“, fuhr er fort, „aber ich würde mich in diesem Fall nicht auf das Korrespondentennetz einer zugegebenermaßen recht ordentlichen Zeitung verlassen, wenn uns doch vom Geheimdienst weit exaktere Informationen vorliegen.“

„Tun sie das?“ fragte ich verblüfft zurück.

Holmes lächelte und winkte mir, mitzukommen. Wir begaben uns hinaus auf die Straße, wo wir uns alsbald in den Schlund der Underground begaben, um ins Wachsfigurenkabinett der Madame Tussaud zu wechseln. Daß unser neuer Fall, denn Voodoo Holmes, teilte den kriminalistischen Spürsinn mit seinem berühmten Bruder, offenbar mit der Ermordung der Kaiserin Elisabeth von Österreich zu tun hatte, elektrisierte mich, aber Holmes schien darüber hinaus besonders guter Dinge und wirkte ebenso angespannt wie ich. Das war so ungewöhnlich, daß ich mich nicht enthalten konnte, ihn danach zu befragen. Da wurde er etwas lockerer, zwinkerte mir zu und sagte: „Watson, unser gemeinsamer Freund Maddox hinterließ mir eben eine Zeile, um mir zu eröffnen, man habe meinen Bruder Sherlock auf den Fall angesetzt, sei allerdings mit dem Ergebnis nicht zufrieden, und auf höchsten Wunsch sollen nun wir mit der Angelegenheit betraut werden!“

„Das ist großartig!“

„Zugegeben, es könnte gelingen. Allerdings nur, wenn wir uns auch der Aufgabe gewachsen zeigen. Davon abgesehen wäre es möglich, daß es sich auch um eine Finte Sherlocks handelt. Er neigt wie Sie wissen, manchmal dazu, sich dümmer zu stellen, um dann später umso großartiger dazustehen.“

Ich gab ihm zwar insgeheim recht, beschloß aber, mich nicht kopfscheu machen zu lassen.

Vor dem mächtigen Gebäude des Wachsfigurenkabinetts, das zu diesem Zeitpunkt, es war gegen einundzwanzig Uhr, schon im Dunkel lag, erwartete uns ein uniformierter Beamter, der uns sogleich um mehrere Ecken an die Hinterseite des Gebäudes führte. Dort kam man an einer Glasfront vorbei mit Einblick in einen der Schausäle. Es befand sich in diesem Bereich auch ein kleiner Eingang in unmittelbarer Nähe eines Fensters, dessen Scheibe eingeschlagen war. Der Saal war erleuchtet, und in seiner Mitte erblickte ich zu meiner Überraschung die österreichische Kaiserin. Ein Schauer überlief mich, obwohl ich natürlich wußte, daß es sich dabei um ein Wachsreplikat handeln mußte. Der Schauer, der mir das Nackenhaar kräuselte, war aber der Gedanke, daß die wirkliche Elisabeth nun ebenso wächsern und leblos war wie diese Nachbildung, deshalb quasi die Doppelgängerin aufgeholt hatte und fortan das Original auch ausstechen würde, da in dessen Leiche bereits Verfallsprozesse einsetzten. In einigen Jahren würde nur mehr ein Skelett an die „wirkliche" Elisabeth erinnern, die „falsche" aber ewig lebensecht ihr Abbild bewahren. Es erwartete uns im Schausaal eine üppige Schar von Damen und Herren, deren genaue gesellschaftliche Zuordnung wir zum Großteil nie erfuhren, und die vielleicht auch nur deshalb anwesend waren, um der hohen Bedeutung des Augenblicks gerecht zu werden. Inspektor Maddox von Scotland Yard kannten wir, und er übernahm nun gewissermaßen die Rolle des Moderators. Die Angelegenheit war, abgesehen von ihrer politischen Brisanz, aus mehreren Gründen heikel. Im Vordergrund stand natürlich die Sorge des Königshauses, der Vorfall bei Madame Tussaud deutete auf eine Gefährdung des englischen Königshauses durch anarchistische Zellen hin. Dieser Gedankenschluß ergab sich aus einer merkwürdigen Parallele zwischen dem Terrorakt am Genfer See am Vortag und dem Vorfall im Wachsfigurenkabinett. Inspektor Maddox erklärte den Sachverhalt in wenigen Sätzen. Madame Tussaud hatte zwischen zwölf und vierzehn Uhr Mittagspause. Als kurz nach zwei die ersten Besucher den Saal betraten, bemerkten sie zu ihrem Befremden und mit wachsender Aufregung, daß in der Figur der Kaiserin ein Stilett stak und sich auf dem Boden davor frische Blutstropfen befanden. Man dachte zuerst an einen makabren Scherz oder die Tat eines Geisteskranken, der sich nach dem Schließen des Gebäudes irgendwo verborgen gehalten hatte, um ungestört diesen Frevel ausüben zu können. Als dann aber nachmittags die entsetzliche Tat in Genf bekannt wurde und feststand, daß beide Vorfälle annähernd zum selben Zeitpunkt stattgefunden haben mußten, lag die Auslegung einer konzertierten Aktion auf der Hand. Die Beschädigung der Wachsfigur Elisabeths war Teil eines wohlangelegten Plans, dessen Ziel sein mußte, auf das Bestehen eines monarchiefeindlichen Netzwerks hinzuweisen, das auch schon auf die britischen Inseln übergegriffen hatte. So die Auslegung der Polizei und des Secret Service. Am folgenden Morgen aber wurden über Fernschreiber weitere Details von ersten Zeugenvernehmungen übermittelt, darunter die Aussagen des mutmaßlichen Attentäters und der die Kaiserin begleitenden Hofdame. Maddox übergab die Schilderung nun einer vertrockneten Diplomatennatur, die sich als Lord Neville zu erkennen gab.

„Dabei stellte sich die bemerkenswerte Tatsache dar, daß in Genf die Tatwaffe trotz intensiver Bestrebungen der Ordnungskräfte, die das Gebiet im Umkreis der Seepromenade Punkt für Punkt abkämmten, bislang nicht gefunden werden konnte. Auch die Begleiterin der Kaiserin schwört stock und steif, sie habe zu keinem Zeitpunkt eine solche in den Händen des Attentäters, des Italieners und Vagranten Luigi Lucheni gesehen, das Ganze sei ein Mysterium. Nach den Angaben der Hofdame sei die Kaiserin, die unter dem Pseudonym Gräfin von Hohenems im Hotel Beau-Rivage in der Genfer Innenstadt abgestiegen war, gegen ein Uhr nachmittags mit einem Parasol aufgrund der großen Hitze am Seeufer entlang zur Dampferanlegestelle spaziert und dabei von einem Unbekannten angepöbelt worden. Es handelte sich um eine Belästigung mit Worten, vielleicht ein Rempeln, einen Schlag oder Stich gegen die Kaiserin habe er nicht geführt. Als er längst weitergegangen war, sank Ihre Majestät unvermittelt zu Boden. Sie kniete, und als die Hofdame sie über ihren Zustand befragte, sagte sie bei geschlossenen Augen, aber mit ruhiger Stimme: Nein, es ist mir nichts geschehen – stand dann auf und setzte den Weg völlig ungehindert fort. Man konnte diesen Schwächeanfall also auf die blendende, grelle Hitze schieben. Und so schien sich die Kaiserin auch, als sie sich längst im Salon des Dampfers auf ein Sofa streckte – aufgrund der applizierten kühlenden Maßnahmen – sichtlich zu erholen. Sie war etwas blaß und wirkte wie zu Tode erschrocken, als sei ihr ein Geist begegnet. Als sich dann im Laufe der nächsten Stunde ihre Blässe verstärkte und zugleich abermals eine Verschlechterung ihres Zustandes festzustellen war, entkleidete man Ihre Majestät und fand bei der Gelegenheit eine winzige Stichwunde an der linken Brust in der Gegend des Herzens wie von einem spitzen, scharfen Gegenstand, wobei es verwunderte, daß die Wunde nicht im geringsten blutete. Die Stelle, wie wir nach fernschriftlicher Rückfrage bestätigen konnten, befand sich nun gerade dort, wo hier im wächsernen Ebenbild der Kaiserin dieser Dolch steckt."

Lord Neville verbeugte sich. Er hatte mit einer hohen, etwas brüchigen Greisenstimme referiert, und es war angenehm, nun wieder den vollen Baß von Inspektor Maddox vernehmen zu können. „Wie Sie sich vorstellen können, meine Damen und Herren, ließen wir auch hier in London im Laufe der letzten zwei Tage nichts unversucht, die Person zu finden, die für diesen Frevel verantwortlich ist. Anfangs waren die Besucher wie auch das Personal des Wachsfigurenkabinetts zu dem Zeitpunkt, als unsere Männer eintrafen, soweit noch anwesend, und auf Verletzungsspuren untersucht worden in der Hoffnung, unter ihnen jenen zu finden, der die Blutstropfen auf dem Boden hinterlassen hatte. Leider verlief diese Suche vergebens. Freilich können wir nicht ausschließen, daß der Missetäter in dem Tumult vor dem Eintreffen der Polizei verschwand. Als dann offenbar wurde, daß eine Fensterscheibe zerschlagen war, durch die man die kleine Seitentür öffnen konnte, geriet man zu dem Schluß, es habe ein Einbruch vorgelegen mit dem Ziel, die Wachsfigur der österreichischen Kaiserin zu beschädigen. Als der Einbrecher die Scheibe einschlug, verletzte er sich an der Hand, ein paar Blutstropfen fielen dabei zu Boden. Dieser Interpretation zufolge zog er sich nach vollbrachter Tat durch die Seitentür zurück und vergaß dabei nicht, die Tür wieder abzuschließen."
Aus diesen Ausführungen schloß ich: Es galt für die Ermittlungsbeamten also von Anfang an als ausgemacht, wie die Tat geschehen sein könnte, nicht aber, warum. Eine Anarchistengemeinde hätte wahrscheinlich ein Bekennerschreiben mit der Drohung hinterlassen, das nächste Mal werde ein Mitglied der Königsfamilie lebendigen

Leibes, womöglich sogar die Monarchin selbst, ins Visier genommen. Und es erklärte auch nicht die Tatsache, daß hier eine Waffe benutzt worden war, die in Größe und Machart vollkommen paßgenau zu der Wunde schien, die der wirklichen Elisabeth geschlagen worden war. Und noch dazu fehlte dort die Tatwaffe trotz heftigster Bemühungen der Beamten, sie beizubringen. Nun trug man in allen beteiligten Kreisen Sorge, man könne nur bestimmte wichtige Zusammenhänge nicht erkennen, ein Unvermögen, das sich in der Folge fatal auswirken könnte.

Also beschloß man, Sherlock Holmes mit der Sachlage zu befassen.

Nach sorgfältiger Prüfung der vorhandenen Indizien und Umstände, wobei besonders die Tatsache hervorstach, daß der Schausaal in der Sommerzeit mittags mit schwarzen Vorhängen verhüllt wurde, um die Exponate zu schonen, präsentierte dieser dann relativ rasch eine bestechende Lösung. Kernpunkt seiner These war, daß man durch die reduzierten Lichtverhältnisse im Saal von einer nahezu vollständigen Verdunklung ausgehen konnte. Man solle sich, erklärte er seinen Zuhörern, nur mit den Tatsachen befassen und den Anschlag an die Kaiserin in Genf völlig aus der Analyse herausnehmen. Mit an Sicherheit grenzender Wahrscheinlichkeit gebe es damit keinen Zusammenhang. Die Gleichzeitigkeit der Vorfälle könne man durch das Gesetz der Serie erklären, das besagt, wenn etwas passiert, dann passiert es selten isoliert, sondern immer in einem Zusammenhang. Phänomene kristallisieren sich, treten anschließend eine kurze Weile gehäuft auf und fallen schließlich wieder in nichts zusammen, so sei das sogar beim Würfeln oder Münzenwerfen. Erst wenn man über einen längeren Zeitraum die Sache betrachte, würden sich statistische Bilder erschließen, in denen die sogenannte Clusterbildung von Ereignissen dann erst im richtigen Licht stünde. So handle es sich bei der Gleichzeitigkeit also um eine Laune des Schicksals, die aber nicht zu abergläubischen Vermutungen führen dürfe, denn das verneble nur den Blick auf die Tatsachen. Diese waren, daß jemand im Zwielicht oder Dunkel des Schausaals des Wachsfigurenkabinetts einer lebensnahen Figur der Kaiserin Elisabeth ein Stilett in die Brust gerammt hatte. Damit müsse man sich zuallererst befassen. Folgendes Szenario wäre denkbar: Eine Frau, deren Erscheinungsbild im gewissen Grad dem Elisabeths ähnelte, verbarg sich im Wachsfigurenkabinett auf der Flucht vor einer Person, die sie mit dem Stilett verfolgte. Zuerst hoffte sie, in der Menge der Besucher von Madame Tussaud untertauchen zu können. Bald aber, als die Mittagspause nahte, merkte sie, daß ihr jeder Fluchtweg abgeschnitten war und daß sie nun gemeinsam mit ihrem Mörder im Gebäude eingesperrt zu werden drohte. In diesem Augenblick resümierte die Gejagte, daß ein Kampf auf Leben und Tod bevorstand, und beschloß, mit allen Mitteln zu versuchen, aus dieser Auseinandersetzung lebendig hervorzugehen. Nun konnte sie entweder warten, bis ihr Mörder sie aufspürte, oder die Initiative ergreifen und dabei mit Hilfe einer Falle versuchen, den im direkten Kampf deutlich überlegenen Jäger zu überrumpeln. Auf ihrer hektischen Suche nach einem geeigneten Mittel gelangte sie in den Schausaal IV, in dem die Kaiserin von Österreich neben ihrem Gatten, dem greisen Kaiser Franz Joseph mit Knebelbart und in bunter Uniform mit umgehängtem Säbel, ausgestellt war. Die Fliehende überprüfte den Säbel und merkte, daß es sich zwar um ein grobes Imitat aus Messing handelte, das gleichwohl eine gewisse Schwere aufwies und als Keule taugen konnte. Rasch schlüpfte sie in die Uniform der Puppe, klebte sich deren Bart an, hängte den Säbel um und verbarg dann die nackte Puppe in einer Gruppe serbischer Soldaten. Als nun der Mörder Stück für Stück das Wachsfigurenkabinett mit gezücktem Dolch durchkämmte, wurde ihm schnell klar, daß eine der „Wachsfiguren" die Gesuchte sein mußte, schreckensstarr vor Erwartung und bewegungslos in der Hoffnung, unter Hunderten von lebensgroßen Figuren nicht gefunden werden zu können.

Es war da, wenn man als Außenseiter die Situation betrachtete, meinte Voodoo Holmes, offenbar eine Art Komplizenschaft, um nicht zu sagen, Intimität zwischen Jäger und Gejagter, was man schon daran ablesen könnte, daß sie zu keinem Zeitpunkt die Hilfe Außenstehender gesucht habe. Noch besser aber könne man das am nun skizzierten Ablauf feststellen. Dieser stellt sich folgendermaßen dar: Zuletzt sei der abgedunkelte Raum, da er am weitesten im Gebäudeinneren lag, als einziges Versteck der Gejagten übriggeblieben. Lautlos und im Schutze der Dunkelheit schlich sich der Jäger in den Raum und lauschte. Er vermutete eine Falle und ging deshalb besonders vorsichtig vor, verließ sich ganz auf sein Gehör. Als er in die Nähe des österreichischen Kaiserpaares gekommen war, muß ihm die Ähnlichkeit Elisabeths mit der Gejagten ins Bewußtsein geschossen sein. Zum gleichen Zeitpunkt machte sich diese mit einem Laut bemerkbar, und er konnte in diesem Augenblick aufgrund der eingeschränkten Lichtverhältnisse nicht unterscheiden, ob dieser Laut nun exakt aus dem Munde der Puppe gedrungen oder in nächster Nähe entstanden war. In jedem Fall stach er im Affekt und mit der Brutalität eines Mörders zu und glaubte wahrscheinlich durch die Ähnlichkeit der Konsistenz von Wachs und Menschenfleisch, er habe auch einen tödlichen Stoß geführt. Die dabei gewonnene Sekunde reichte aus, daß sich die Gestalt des Franz Joseph mit Leben erfüllte, mit dem Säbel ausholte und diesen quer gegen den Kopf des Jägers führte. Die Messingkeule traf mit voller Wucht und machte ihn kampfunfähig. Der Bewußtlose konnte dann von der Gejagten im Franz Josephs Kostüm für immer unschädlich gemacht werden. Danach kleidete sie sich um, stellte den vorherigen Zustand der Wachsfigur wieder her und zerschlug die Scheibe zum Hinterhof in der Nähe des Türgriffs, um einen Einbruch vorzutäuschen. Dann schaffte sie die Leiche in den Hinterhof, von wo diese anschließend in einem Wagen noch während der Ausgestorbenheit der lähmenden Mittagshitze unbemerkt entfernt werden konnte. Übersehen hatte die Gejagte, die nun zur Mörderin geworden war, daß sie Blutspuren auf den Dielen hinterlassen hatte, wobei es ohnehin fraglich sei, ob diese noch zu entfernen gewesen wären. Schwerer wog allerdings, daß sie den Dolch des Verfolgers in der Puppe der Elisabeth stecken ließ, vielleicht geschah das dann aber auch absichtlich als Zeichen für weitere Verfolger, daß mit ihr nicht zu scherzen sei.

Diese Auslegung des älteren Bruders von Voodoo Holmes verfehlte ihre Wirkung auf die Anwesenden nicht. Da waren einerseits die gewohnte Brillanz des Vortrags und die strenge Logik, mit der er sich von Satz zu Satz vortastete. Man beugte sich der Überzeugungskraft eines überragenden Verstandes. Bald aber regte sich, wenn auch respektvoll, Widerspruch. Wenn Jäger und Gejagte zufällig in das Gebäude geraten waren, wie konnte es sein, daß die Gejagte dann, als sie den Spieß umgedreht hatte, so ohne weiteres die Leiche ihres Opfers entfernte? Das ganze schmeckte nach einem bereits zuvor ausgeheckten Plan. Wenn es aber so wäre, war es denn überhaupt glaubhaft, daß man absichtlich so umständlich und unter großer Eigengefährdung vorgehen wollte? Was wäre gewesen, wenn die Täuschung mißlungen wäre, und der Jäger den Dolch mit kühler Berechnung in das Wams des Franz Joseph versenkt hätte? Noch dazu barg das Wegschaffen einer Leiche bei hellem Tageslicht ein gewisses Risiko, gesehen zu werden. Sherlocks Weitsicht wurde allerdings durch die Aussage einer Zeugin glänzend bestätigt, die angab, nachmittags gegen halb zwei Uhr in den Hof geblickt und einen Sarg gesehen zu haben, der in der Nähe der Hintertür abgestellt worden war. Dieser war nun nicht mehr hier, und es stellte sich heraus, daß es sich um Schneewittchens Sarg aus Saal II gehandelt hatte, wo man nun sieben Zwerge vereinsamt am Podium stehen sah. Also gelangte man zu folgender Erklärung: Die Leiche des ehemaligen Jägers war in den Sarg geschoben und dieser im Hinterhof abgestellt worden. Am Nachmittag dann, noch bevor das Wachsfigurenkabinett wieder eröffnete, konnte die Mörderin den Sarg geruhsam mit einem Fuhrwerk abholen unter der Vorgabe, es handle sich um eine Requisite, die zur Reparatur müsse. Ein ähnlicher Vorfall hatte tatsächlich stattgefunden, und man lief, um weitere Erkundigungen beim Fuhrunternehmen einzuholen. Sherlock aber wurde voll tiefer Bewunderung verabschiedet und entfernte sich im Bewußtsein, der Wahrheit ans Licht geholfen zu haben.

Bald aber wandte sich das Blatt wieder, und Maddox und seine Gefährten kamen erneut ins Grübeln. Zuerst stellte sich heraus, daß tatsächlich zwei Angestellte des Transportunternehmens Dale Schneewittchens Sarg laut Auftrag abgeholt hatten. In dessen Inneren habe aber keine Leiche, sondern die Wachsfigur Schneewittchens selbst gelegen. Für einen weiteren Körper war in dem Sarg kein Platz. Nun war zwar denkbar, daß die Männer logen und Teil eines Komplotts waren, aber der Instinkt sagte Maddox, daß seine Ermittlungen neuerlich am Nullpunkt angelangt waren. Sherlock Holmes ein weiteres Mal zu bemühen, schien ihm wenig angeraten. Schließlich hatte man in den vergangenen Jahren schon mehrmals die Erfahrung gemacht, daß dieser der Kritik nicht zugänglich war. Er wollte immer recht haben, und wenn er einmal einen Fehler gemacht hatte, tat er alles, um diesen zu vertuschen, in der Hoffnung, er werde bald in Vergessenheit geraten. Des weiteren hatte er sich vor Jahren einen Biographen besorgt, der ihn Schritt auf Tritt begleitet und übrigens sogar wie ich Watson heißt (mein Bruder). Das stellt natürlich einen besonderen Fall von Chuzpe dar, wenn man bedenkt, daß meine Freundschaft mit seinem jüngeren Bruder Voodoo allgemein bekannt und die Parallele also offenbar beabsichtigt ist. Dieser „Pseudo-Watson“, der eigentlich Medizin studiert hat und damit durchaus seinen Unterhalt bestreiten könnte, hat die Aufgabe, auch mißglückte Fälle seines Meisters in das bestmögliche Licht zu rücken und Unschmeichelhaftes generell unter den Teppich zu kehren. Da das lieblose Geschludere dann auch schon mehrmals in Druck erschien, zählen freilich die widersprechenden Aussagen von Augenzeugen wenig, die die wahren Verhältnisse kennen. So rankt sich heute der Nimbus der Unfehlbarkeit um Sherlock, zum Teil auch berechtigt – aber eben nicht immer. Für einen Beamten im öffentlichen Dienst vom Schlage Maddox’ ist es längst brandgefährlich geworden, Kritik gegen den Meisterdetektiv zu äußern. Dieser ist seit seinem Ritterschlag in der Öffentlichkeit unangreifbar und ein nationales Symbol, und er überzieht Beamte, die an seiner Detektivarbeit mäkeln, gerne mit Ehrbeleidigungsklagen.

Kehren wir aber zu unserem Fall zurück. Maddox verspürte eine vage Unzufriedenheit mit Sherlocks Auslegungen, und das nicht nur wegen des besetzten Sarges. So war es auch wenig wahrscheinlich, daß ein Mensch in Hast und Todesangst fähig sein sollte, rasch die Kaiserfigur zu entkleiden, sich mit den Requisiten täuschend echt zu maskieren und dann nach vollbrachter Tat die Figur wieder erneut damit auszustatten – mit einer Perfektion, die sie in den ursprünglichen Zustand zurückverwandelte. Es fehlte Klebstoff, Zeit und Sorgfalt. Jedenfalls fand man nicht die geringsten Zeichen, daß sich jemand an der Franz-Joseph-Puppe zu schaffen gemacht hatte. Und wie man es drehte und wendete, es blieb immer noch die verblüffende Zeitnähe und gedankliche Parallele zu Genf, dem dortigen Anschlag und die übereinstimmende Form der Tatwaffen.

Also besann sich Maddox auf den jüngeren Bruder des berühmten Detektivs und schrieb ihm eine Zeile. Man wußte ja, daß Voodoo Holmes ähnlichen Scharfsinn aufwies, man sagte ihm aber nach, zusätzlich um mehrere Ecken denken zu können. Man hatte ihn gerufen, um zuerst die bekannten Fakten Stück zu Stück durchzugehen und dann noch einmal mit allen Beteiligten den Tatort zu durchkämmen. Als Maddox nun geendet hatte, richteten sich automatisch alle Blicke auf Voodoo Holmes, der bislang nur ruhig und ohne Zwischenfragen zugehört hatte. Die Ruhe, die jetzt entstanden war, wurde nur vom Wachteln des Fächers einer Hofdame Ihrer Majestät Königin Victoria unterbrochen, die in der stickigen Luft des Schausaals trotz der vorgerückten Abendstunde äußerst heftig schwitzte, in ihren prächtigen Reifklcidern nach Luft japste und beim Zuhören irritiert mit den Augendeckeln klapperte. „Die schwarzen Vorhänge“, sagte Holmes, „könnte man die einmal herablassen?“

„Die Vorhänge!“ rief Lord Neville mit überkippender Stimme. „Herablassen, sofort!“ Und ein Lakai begab sich zur Fensterfront und zog an einem Strick. Schon fiel die schwarze Stoffflut herab und bedeckte die Fenster. Es war dann ein allgemeines überraschtes Luftholen und Raunen, und als ich mich vorgedrängt hatte, um auf Zehenspitzen über die Schultern der vor mir Stehenden zu blicken, merkte ich selbst, worum es sich handelte. Ja, tatsächlich, es war da ein kleines, wie ausgestanztes Loch im Vorhang an jener Stelle, an der auch die Scheibe neben dem Eingangstürchen eingeschlagen war. Wieder kehrten alle Blick zu Holmes zurück, der, statt weitere Erklärungen abzugeben, um Licht bat. Aufgeregt wurden Petroleumleuchten gebracht und entzündet, und dann schritt man durch die Hintertür des Wachsfigurenkabinetts in den dahinterliegenden Hof und auf das Gebäude gegenüber zu. Es war die Rückseite einer Mietskaserne mit zahlreichen Fenstern, der Eingang lag auf der anderen Gebäudeseite. Holmes fragte den Museumsdirektor, ob die Puppe der Elisabeth im Schausaal seit der Tat unverrückt stehengeblieben wäre, und als jener beschwor, keiner habe sie auch nur im Geringsten berührt, deutete Holmes auf ein Fenster im Erdgeschoß, das etwas rechts von der Mitte lag, und sagte: „Dem Einschußwinkel zufolge kam das Projektil dann aus diesem Fenster.“

Die Aufregung der Ermittlungsbeamten war groß, und ich muß gestehen, daß ich selbst von einem bislang ungekannten Gefühl der Euphorie erfaßt wurde, was wohl eine Mischung unspezifischer Erregtheit aufgrund der explosiven Entwicklung der Ermittlungen und uneingeschränkter Stolz auf die Genialität meines Freundes war. Rufe gellten, und das Getrappel von Schritten ließ in dem Gebäude Lichter angehen, als Ermittlungsbeamte aus dem Hinterhof rannten, das Haus umstellten und auf der anderen Seite die Tür der entsprechenden Erdgeschoßwohnung erbrachen. Voodoo Holmes und ich folgten ihnen in gemächlicherem Tempo. Umso ehrfürchtiger trat man dann zur Seite, um Holmes den Vortritt zu lassen, hatte dabei aber bereits die Mehrzahl der Spuren verwischt. Die Wohnung war wohl schon lange nicht mehr bewohnt worden, man fand aber bei genauerer Betrachtung frische Absatzspuren im Staub des Bodens und die Abdrücke eines dreifüßigen Gestells, wenn auch nur in unmittelbarer Nähe des Fensters, wo die Beamten nicht alles in ihrem Eifer zertrampelt hatten. Wahrscheinlich hätte die sorgsame Suche bei Tageslicht weit eindrucksvollere Ergebnisse gezeitigt, dafür war es aber längst zu spät. Das Hauptbeweisstück aber war das Gestell selbst, das vor dem Fenster auf dem Boden lag. In seinem oberen Bereich hatte man etwas wie ein Musikinstrument befestigt, das sich bei genauerer Betrachtung allerdings als eine Armbrust herausstellte. Wer immer es war, der durch die Fensterfront auf die Wachsfigur der Kaiserin gezielt hatte, war vor dem Abfeuern der Armbrust nicht mehr auf ein neuerliches Zielen angewiesen gewesen, weil er die Flugrichtung des Geschosses lange vor dem Zuziehen der Vorhänge justiert hatte. Ja, tatsächlich fiel es uns wie Schuppen von den Augen, als Holmes den Ausdruck „Projektil“ gebrauchte. Bislang hatte ich bei der Angelegenheit wie die Sau ins Uhrwerk geguckt, jetzt aber klickte auch etwas in meinem Kopf. Erstmals sah ich den „Dolch“ wirklich und merkte, daß seine Schmalheit nicht nur die Spitze, sondern auch den Schaft betraf, der fast übergangslos in die Klinge überging. Es war kein Eispickel, keine Schusterahle, sondern ein Pfeil in der Andeutung der Form eines Messers. Dieser „Dolch“ war dafür bestimmt, in eine Armbrust eingespannt zu werden, konnte aber für sich auch als Dolch benutzt werden.

Nur weil wir die Hand vor Augen gehabt hatten, waren wir also, Voodoo Holmes ausgenommen, von einem „Dolch“ statt von einem Projektil ausgegangen. Holmes erstellte folgendes Täterprofil: Ein Mensch, der darauf achtete, bei dieser Angelegenheit weder sich noch irgendein anderes Leben in Gefahr zu bringen. Die Vorrichtung und die Vorgangsweise garantierten ihm einen Zeitgewinn, der uneinholbar bleiben mußte. Da der Pfeil in Sekundenbruchteilen aus einem Fenster schnellte, machte nur das Klirren der zerbrechenden Scheibe darauf aufmerksam, ein Geräusch, das im Fahrzeuglärm der nahen Hauptverkehrsstraße auch unbemerkt bleiben konnte. In jedem Fall hatte man noch genug Gelegenheit, das Fenster zu schließen und sich auf der anderen Seite aus dem Gebäude zu entfernen unter Zurücklassung aller Utensilien, deren Herkunft sich wahrscheinlich nie mit letzter Sicherheit klären ließe. Der Schuß durch den Vorhang hatte seinen Grund darin, daß die Fensterfront des Wachsfigurenkabinetts für die Nacht mit dicken Balken verschlossen wurde als Schutz vor Einbrechern. Tagsüber, während der Öffnungszeiten, aber war der Saal stets mit Besuchern angefüllt, und man konnte selten ausschließen, daß durch ein Mißgeschick beim Abfeuern des Projektils ein Unbeteiligter zu Schaden käme. Also ging es dem geheimnisvollen Attentäter offenbar nur darum, die Wachspuppe treffsicher zu beschädigen und alle anderen Eventualitäten soweit wie möglich auszuschließen.

Man war nun um einige Erklärungen reicher und einig, daß Voodoo Holmes der Auflösung des Falles, soweit zum gegenwärtigen Zeitpunkt möglich, nähergekommen war. In jedem Fall hatte er die richtige Spur vorgegeben und den Irrtum seines Bruders trefflich vorgeführt. Trotzdem bestürmte man ihn mit Fragen, da das Warum der Tat nach wie vor unerklärt blieb. „Nun, meine Herren“, sagte Holmes der versammelten Mannschaft, „ich habe Ihnen das Wie gezeigt, und ich denke, es liegt fortan an jedem von Ihnen, das Warum aus dem Fundus der Ihnen zur Verfügung stehenden Ressourcen nachzuliefern. Letztlich ist das übliche Vorgehen so, daß die Kriminalisten unter Ihnen die nun vorgegebene Richtung verfolgen und mit Hilfe technischer Mittel, Zeugenbefragungen und Indizienketten zu Erklärungen finden. Idealerweise führt Sie die Spur zu dem Täter, den Sie dann befragen und seine Aussagen mit Ihren eigenen Erkenntnissen vergleichen können. Tritt dann ein Motiv zutage, sind Sie an Ihr Ziel gelangt. Die Realisten unter Ihnen soll-

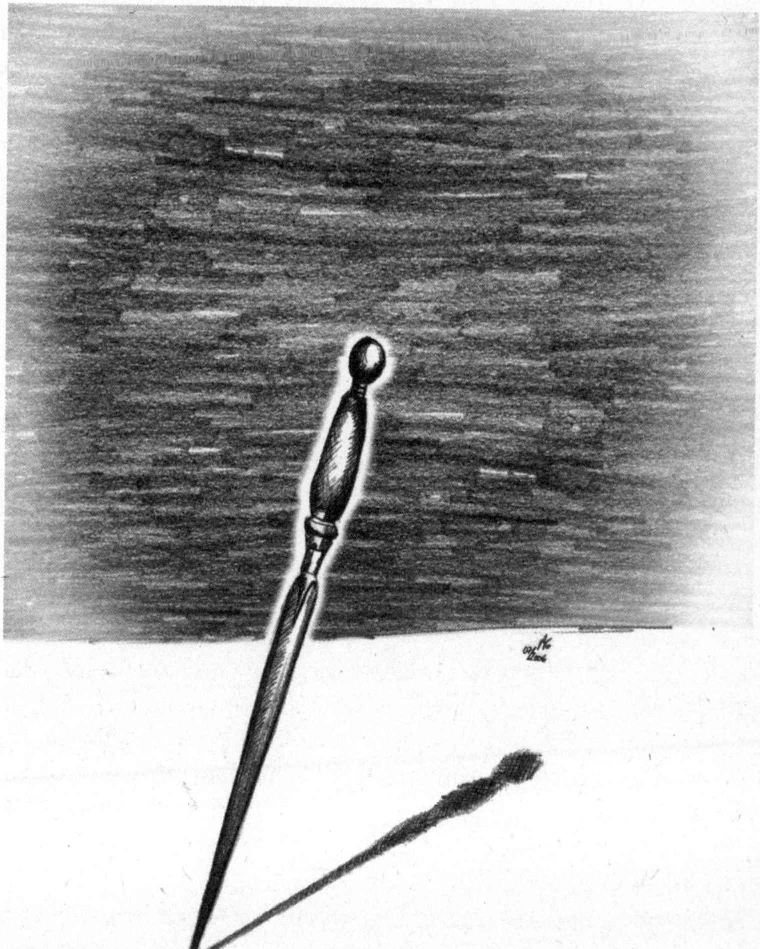

ten berücksichtigen, daß hier nicht mehr als ein ausgeklügelter Fall von Sachbeschädigung vorliegt, und einige Blutstropfen in der allgemeinen Aufregung einer Menschenmenge auch jemandem im Rahmen einer Blutdruckkrise unbemerkt aus der Nase gelaufen sein könnten. Man kennt dergleichen von Stigmatikern. Darüber hinaus liegen aber keinerlei Anhaltspunkte vor, daß ein Mensch zu Schaden gekommen ist. Unter Berücksichtigung dieser Verhältnisse werden Sie dann die Suche nach einem Täter an dieser Stelle abbrechen, denn das mögliche Resultat lohnt den Aufwand nicht. Der entstandene Schaden ist minimal und mit der Veräußerung dieser sichtlich antiken Armbrust am freien Markt wettzumachen. Was nun die Monarchisten unter Ihnen betrifft, kann ich Ihnen die klare Garantie geben, daß nach meiner wohlfundierten Überzeugung nicht die geringste Gefahr besteht, daß eines der Mitglieder der königlichen Familie durch Anarchistenhand bedroht wird. Dieser Fall ist eine Aberration, die keinerlei Verbindung zu Albion aufweist. Bitte überbringen Sie der Königin deshalb diese Botschaft: Sie kann ruhig schlafen, England ist nicht in Gefahr.“ Während dieser Worte setzte zunehmend erleichtertes Gemurmel ein, das Voodoo Holmes’ Worte zunehmend überdeckte, so daß er seine Erklärungen schließlich abbrach. Allgemeine Aufbruchsstimmung herrschte, und auch Holmes wollte schon gehen, als sich ein Ruf aus der Menge löste: „Und die Okkultisten, Holmes? Was ist mit den Okkultisten?“

„Nun, die treffen sich mit mir gegen Mitternacht im Shay Club“, sagte Voodoo Holmes, während er mir zuzwinkerte und mich am Arm faßte.

Es war ein kleines Grüppchen, das sich später in einem Hinterzimmer meines Stammklubs formierte. Maddox war natürlich gekommen, wenn auch nur, um mit uns ein Bierchen zu stemmen. Außerdem war da ein kleiner pockennarbiger Mann, der sich mit unverständlichen Worten vorstellte, und den ich seither auch nicht mehr gesehen habe. Überraschend war nur, daß sich neben einem bekannten Informanten der Geheimpolizei auch die etwas beleibte Dame mit dem Fächer befand, deren Japsen während des gesamten kleinen Vortrags zu hören war, den Holmes nun zum Besten gab, und den ich durch die einschläfernde Wirkung des Bieres, des Fächerwedelns und der anhaltenden Hitze nur in Bruchstücken wahrnahm. Ich merkte erst dann, als ich bei allgemeinem Gelächter auf dem Boden schlafend erwachte während genereller Aufbruchstimmung, daß der Vortrag zu seinem Ende gekommen war. Maddox erklärte mir später etwa das Folgende: Der Dolch aus der Armbrust, der die Wachsfigur traf, tötete zeitgleich Hunderte von Meilen entfernt am Genfer Seeufer die Kaiserin, und das Blut, das man auf den Dielen des Wachsfigurenkabinetts gefunden hatte, war mit dem der Kaiserin identisch. Beide, Original und Ebenbild, waren seit einer Weile in einer Symbiose verbunden, deren Ursprung der verzweifelte Kampf der Kaiserin gegen das Alter darstellte. Sie hatte ja, wie allgemein bekannt ist, jahrzehntelang in allen Ländern nach Mittel und Mittelchen gesucht, den Alterungsprozeß aufzuhalten und zu unterbinden. Dabei war sie so manchem Scharlatan aufgesessen, irgendwann einmal aber dann an einen Menschen oder Umstand geraten, der diese Symbiose herstellen konnte. Vielleicht war es der Künstler selbst, dem sie für die Wachspuppe Modell saß. Der Transformationsprozeß bewirkte anschließend, daß die Lebenskraft der Kaiserin ins Wachs verschwand, während sie selbst fortan alterslos und unsterblich die Welt bereiste. Diese Spaltung ihrer Persönlichkeit war schon Jahre zuvor aufgetreten, als sie zwischendurch in Wien, Prag oder Budapest als Kaiserin maskenhaft starr die Donaumonarchie an der Seite ihres Mannes repräsentierte, die meiste Zeit aber ruhelos die Welt als Einzelmensch unter dem Inkognito einer „Gräfin von Hohenems" durchstreifte. Die Wachsfigur übernahm dann die Rolle der Repräsentation im Wachsfigurenkabinett, zugleich aber auch die Identität Elisabeths. Denn tatsächlich schafften es die Künstler von Madame Tussaud, von ihr ein Abbild zu schaffen, das die makellose Schönheit bildgetreu und bis in alle Ewigkeit festzuhalten versprach. Das mag den Transformationsprozeß bewirkt haben, denn dieser Vorgang war zugleich das Ziel der

Existenz der Kaiserin in deren geheimsten Wünschen gewesen. Zugleich vermochte die Puppe aber auch die Erstarrung des österreichisch-ungarischen Protokolls bis zur Perfektion wahrzunehmen. Der letzte Blutstropfen, gelöst von einem Pfahl, der in das wächserne Fleisch der ehemaligen Fälschung fuhr, fehlte da schon der wirklichen Kaiserin, als sie in Genf verschied, darauf hatte sich ihre Lebensenergie nämlich reduziert. Interessant aber wäre es zu wissen, schloß Holmes seine Ausführungen, wer das Geheimnis der Kaiserin gekannt hatte, sich in ein Wachsfigurenkabinett zurückzuziehen in der Hoffnung, dort makellos und ewig weiterleben zu können, oder zumindest solange, bis das öffentliche Interesse verlosch und man die Figur einschmolz. Jene Person, die wußte, daß Elisabeth nur mehr unter Zerstörung ihres Götzenbildes zu töten war, schien eine diskrete Natur zu sein, konnte aber abgrundtief hassen und verstand es, für diesen Greuel auf Elisabeth bis an das Ende der Welt zu gehen. Scheu wie ein Reh mußte man sich diesen Täter vorstellen, hochgebildet, rücksichtsvoll und zugleich in dieser besonderen Sache von teuflischem Einfallsreichtum und ohne Erbarmen. Diskret in der Durchführung, ja, aber wohl mit einem ähnlichen Dolch im Fleische. Voodoo Holmes schlage deshalb vor, die weitere okkultistische Nachforschungen in die Richtung Kaiser Franz Josephs des Zweiten auszudehnen.

DIE HERAUSGEBERIN

Alisha Bionda

wurde in Düsseldorf geboren, lebt seit einigen Jahren auf Mallorca und beendet ihren Tagesablauf mit ihrer afghanischen Windhündin Jamila nachts am Meer.
Schon seit frühester Kindheit haben es ihr die Literatur und Musik angetan. Aber auch die bildenden Künste. Dabei gehört ihre Gewichtung eher den düsteren Themen und Rhythmen. Melancholie ist ein Eckpfeiler ihres Charakters, wenngleich sie auch heitere Nuancen in sich trägt.
Ihr Globetrotterblut führte sie durch die Welt und ließ sie etwas „ruhelos" wirken. Doch heute hat sie ihre „innere Mitte" gefunden und lebt nach dem Prinzip der kleinen Schritte.

Alisha Bionda ist die Herausgeberin einiger Anthologien. Außerdem kann sie zahlreiche Veröffentlichungen in Literaturzeitschriften und Anthologien im In- und Ausland vorweisen.
Ihre ersten Einzeltitel sind im Ueberreuter-Verlag in der von Wolfgang Hohlbein ins Leben gerufenen Edition Märchenmond erschienen. Es folgten und folgen weitere.
Im Jahre 2005 startete ihre Vampirserie „Wolfgang Hohlbeins Schattenchronik" rund um die Vampirin Dilara unter der Herausgabe von Wolfgang Hohlbein im BLITZ-Verlag und bei Weltbild.
Alisha Bionda hat unter anderem Literaturgeschichte, Stilkunde, Romantechnik, Romanformen, Dramaturgie des Theaters, des Films, des Hör- und Fernsehspiels, lyrische Ausdrucksformen, Sachprosa und Journalismus studiert.

DER ILLUSTRATOR

Andreas Gerdes

1964 geboren in Brake, aufgewachsen in Elsfleth.
1991 Grafik-Design-Studium an der Fachhochschule Hildesheim.
1996/97 Freier Mitarbeiter des Waldthausen Verlages, Illustrationen für das Gesundheitsmagazin „Fit fürs Leben".
Seit 1998 selbstständig, Schwerpunkt: Illustrationen, Freie Malerei, Web-Design, Web-Präsenz/Konzeption.
Seit 2001 als Grafik-Designer bei aw-design und eigenständig als Web-Designer tätig.
Andreas Gerdes illustriert die Titel der „Sherlock Holmes Criminal Bibliothek" im BLITZ-Verlag.

Website: www.grafikdesign-gerdes.de

DIE AUTOREN

Hermann Agis

Geboren wurde er in Wien, dem dunklen, steinernen Herzen Europas, im Jahre 1980. Noch heute lebt er dort. Er produziert in seinen kreativen Phasen Kurztexte, Geschichten, Artikel und philosophische Abrisse. Zeichnungen und Bilder runden diesen Teil seines Lebens ab. Wenn er nicht gerade seinen wissenschaftlichen Interessen nachgeht, die vor allem im Bereich der Molekularbiologie und Nanotechnologie zu finden sind, genießt er die Vertrautheit mit seiner Flamme, spielt mit dem Tier, das er Azrael nennt, oder läßt sich guten Tee und Tabak schmecken.

Christian von Aster

(Jahrgang 1973) ist ein Autor mit verschiedenen Gesichtern. Und tatsächlich kann die Frage, was ein Christian von Aster ist, kaum zufriedenstellend beantwortet werden. Sicher ist zumindest, daß er aus verschiedensten Motivationen Worte auf Papier schmeichelt, die in den meisten Fällen, von weiteren Worten gefolgt, auf chronologisch geordneten Seiten enden, um dann schlußendlich Bücher zu formen.
Auf diese Weise hat Christian von Aster es bereits auf mehr als 20 Publikationen gebracht, von denen er lediglich den kleinsten Teil verschweigen muß.
Abgesehen von derlei Büchern (zumeist Kurzgeschichtensammlungen, Erzählungen und Kuriosa) erlaubt sich der Autor auch, ein zwielichtiges Dasein in verschiedenen fremdverlegten Anthologien

zu führen, wo er sich gern in literarischen Reminiszenzen und assoziativen Exzessen ergeht.

Beliebt er nicht derlei zu verfassen, schreibt Christian von Aster heimlich Drehbücher. Dies tut er wider das bessere Wissen, daß deutsche Produzenten eine Allergie gegen sie haben und somit eine ernsthafte Umsetzung seiner Stoffe einer Verwandlung von Blei in Gold gleich käme. Der Trotz beflügelte Herrn von Aster, sich erfolgreich selbst des Regissierens einiger seiner Kurzfilmstoffe zu befleißigen.

Da aber die Existenz als trotziger Vielschreiber den Autor an dieser Stelle kaum von anderen seiner Art unterschiede, erfreut Christian von Aster das multimedial verdorbene Volk von Helvetien bis Schweden mit Sprechveranstaltungen, denen vornehmlich seine eigenen Werke zugrunde liegen.

Bei genauerer Betrachtung dieser Zeilen kommt man natürlich zu dem Schluß, daß auch ein trotziger Autor der Lesungen hält, nichts wirklich Besonderes ist, woran im Übrigen auch sein einstmaliges Studium (Germanistik und Kunst) nichts ändert.

Ebenso wenig, wie die verschiedenen Preise und Nominierungen für seine Filme und Kurzgeschichten.

Vielleicht höbe es Christian von Aster ein wenig aus der anonymen Masse seiner Kollegen heraus, wenn man ihn noch als nett bezeichnete.

Im Gegensatz zum Rest wäre das allerdings gelogen...

Martin Barkawitz

Martin Barkawitz wurde 1962 in Hamburg geboren, studierte nach diversen Jobs Literaturwissenschaft und Soziologie. Seit 1997 ist er professioneller Autor, schrieb u.a. bei Jerry Cotton und Professor Zamorra mit. Seit 2004 hat er seine eigene Taschenheft-Krimiserie „Kripo Hamburg“, die im Omnia-Verlag erscheint.

Linda Budinger

schreibt seit mehr als 20 Jahren hauptsächlich Fantasy und Phantastik. Nach dem Abitur studierte sie einige Semester Ur- und Frühgeschichte, Germanistik und Völkerkunde an der Universität zu Köln.

Inzwischen ist sie als freie Autorin und Übersetzerin für die Lübbe Verlagsgruppe tätig. Unter anderem hat sie für Lübbe auch einige moderne Kurzgeschichten um Sherlock Holmes ins Deutsche übertragen (aus „Der Fluch von Addleton“ und „Schatten über Baker Street“) und betreut als Co-Übersetzerin eine Reihe historischer Krimis.

Neben eigenen Roman-Veröffentlichungen zum Rollenspiel „Das schwarze Auge” („Der Geisterwolf“ und „Goldener Wolf“) arbeitet sie auch an Lektoraten mit. Zuletzt schrieb sie als Autorin bei der Bastei-Reihe „Schattenreich pulp magazine” und hat einen Mini-Krimi in „Funk-Uhr“ und „TV neu“ veröffentlicht.

Für den Blitz-Verlag hat sie in „Wolfgang-Hohlbeins-Schattenchronik – Der ewig dunkle Traum“ eine längere Erzählung im viktorianischen England verfaßt.

Bereits mehrfach wurden ihre Geschichten für den „Deutschen Phantastik-Preis” nominiert. Beim Wolfgang-Hohlbein-Preis 2005 (Ueberreuter) erreichte ihr Romanmanuskript „Mondsilber” die Finalistenrunde.

Christian Endres

wurde am 23. Mai 1986 in Würzburg geboren. Der gelernte Mediengestalter hat seine Liebe insbesondere zur phantastischen Literatur bereits früh über Tolkien entdeckt, besitzt aber auch seit jeher eine besondere Schwäche für Doyles Sherlock Holmes und allerhand Comic-Serien. Bücher, Comics und Zeitschriften aus allen möglichen Genres und Sparten, Musik von Falco und natürlich das Schreiben – egal ob als Redakteur für diverse Fanzines oder als Autor (beispielsweise für die Fantasy-Heftromanserie Saramee, die Stadt der Vertriebenen) – bestimmen seit geraumer Zeit einen Großteil seiner Tätigkeiten und Interessen.

Andreas Gruber

Der Autor wurde 1968 in Wien geboren und lebt verheiratet in Grillenberg in Niederösterreich. Zahlreiche Kurzgeschichten erschienen in Magazinen und Anthologien. Seine beiden Erzählbände „Der fünfte Erzengel" (Shayol) und „Jakob Rubinstein" (Basilisk) wurden zum Deutschen Phantastik Preis nominiert und erreichten 2001 und 2004 jeweils den vierten Platz. Sein Kurzgeschichtenband „Die letzte Fahrt der Enora Time" (Shayol) erzielte den ersten Platz beim Deutschen Phantastik Preis 2002. Zuletzt erschien der Horror-Roman „Der Judas-Schrein" (Festa). Für 2007 sind die Romane „Das Eulentor", „Schwarze Dame" und „Die Engelsmühle" in Vorbereitung.

Weitere Infos unter: www.agruber.com

Matthias Heyen

wurde 1975 in Oldenburg geboren. Heute lebt, schreibt und arbeitet er in Hannover. Einige Veröffentlichungen in Anthologien.

Stefani Hübner-Raddatz

Verbrechen sind in der Realität selten so spannend wie in der Literatur. Das stellte Stefani Hübner-Raddatz während ihrer Zeit als Strafrichterin schnell fest. Seitdem weigert sie sich standhaft, eine klassische Juristenlaufbahn einzuschlagen. Sie lebt mit ihrem Mann und ihrer Tochter, zwei Pferden und Katzen bei Hamburg und schreibt Kurzkrimis, Kinder- und Fantasy-Geschichten. Mitglied bei den sisters in crime.

Dominik Irtenkauf

geb. 1979, schließt bald sein geisteswissenschaftliches Studium in Münster (Westfalen) ab. Seit 1992 schreibt er an Zeitschriften mit, zunächst noch im sehr kleinen Kreis. 2004 wagte er sich in größere Auflagen und professionellere Gefilde vor.

Nachdem er in den Jahren zuvor einzelne Gedichtbände in Selbstregie veröffentlicht hatte, sah 2003-2004 drei selbständige Veröffentlichungen zu den Themen Subkultur, Alchi-

mie/Magie und Journalismus. 2005 hat er seinen ersten Roman für die Sherlock Homes Reihe im BLITZ-Verlag in Angriff genommen. Er schreibt einerseits in der klassischen Erzählertradition, andererseits legt er Wert auf einen experimentellen Zugang. Prosa und Essay sind seine Stärken. Irtenkauf steht hinter der Gleichung, daß Literatur für das Leben geschrieben wird und das Leben für die Literatur gelebt wird. Vielschichtigkeit versucht der Autor in allen seinen Arbeiten zu gewährleisten.
Ziel seiner künstlerischen und journalistischen Arbeiten ist ein Mythos der Lautstärke: wer Qualität bietet, wird nicht überhört werden.

Markus Kastenholz

Geboren: 28. Mai 1966, ca. 13:30 Uhr. Beiträge in Anthologien, mehr als ein Dutzend Einzelveröffentlichungen, darunter die Serie TIAMAT – Das Auge des Drachen in der Edition Nocturno. Einige Beiträge in der Bastei-Serie SCHATTENREICH, im Zaubermond-Verlag, oder Titel im Betzel-Verlag und bei Eloy Edictions

Kurt Mühle

Jahrgang 1937, aufgewachsen im Rheinland. Schule, Lehre, Berufsleben als Elektro-Ingenieur, – das liegt hinter mir; nun widme ich mich meinen ureigenen Interessen: der klassischen Musik, dem Jazz, der Literatur, dem Theater und dem Fernsehspiel sowie – nicht zuletzt – dem Schreiben, wohin es mich seit frühester Jugend zog. Zahlreiche Veröffentlichungen im Internet und in Print-Medien: Krimis, Märchen, Glossen, Kurzgeschichten und Rezensionen. Im April 2005 erschien mein erster Roman „Zelenka“ (INTRAG-Int,l)

Stephan Peters

wurde am 1. Februar 1949 geboren. Von Jugend an faszinierten ihn Horror, Mystik, Philosophie und Psychologie. Peters ist Mitglied in diversen Nervenheilanstalten, leitet das „Institut für Morbidität und Dekadenz“ (Vorstand, Mitglied und Hausmeister in Personalunion – Buchungen siehe Lesungen), arbeitete als Schauwerbegestalter und degenerierte zum Verwaltungsangestellten in Düsseldorf. Zwei Storys von Peters bekamen den ersten Preis und eine Anerkennung vom ZDF „aspekte“: eine seiner Geschichten wurde in Buchform gewürdigt – zusammen mit Elke Heidenreich, Harald Schmidt, Doris Dörrie, Elfriede Jelinek, Prof. Everding u.a.! Stephan Peters hat annähernd 50 Publikationen vorzuweisen, schreibt nebenbei Buchkritiken und hält Lesungen in Theatern. Wer nicht in den Genuß seiner Lesungen kommt, ist mit der Hör-CD aus dem mg-Verlag gut bedient. Die Westdeutsche Zeitung verglich zwei seiner Storys mit denen von Thomas Mann und Aldous Huxley. Eine Leserin wollte nach Beendigung der Lektüre „Das Schlachthaus“ am liebsten ihren Stiefvater erschießen. Peters sieht das Horrorgenre dahinsiechen und liest nur noch Ruth Rendell, Elisabeth George und Henning Mankell.

Berndt Rieger

Geboren 1962 in Kärnten, Medizinstudium in Graz, 1986 promoviert. Von 1986 bis 1991 in Los Angeles als Journalist für österreichische Zeitschriften („Profil“, „Kleine Zeitung“) und freier Schriftsteller, Ebensfelder Literaturpreis 1988, erste englische Veröffentlichung in der Anthologie „Along the Fault“, Herausgabe der

Sponti-Literaturzeitschrift „A Piece of Paper“ im Großraum Los Angeles 1987-1991. Moderator der Talk-Show „Resident Alien“ im offenen Kanal. Teilnahme am Ingeborg Bachmann Preis 1990, damals erste deutschsprachige Veröffentlichung, der Erzählband „Doppelte Heimat“. 1994-1995 Geschichtenschreiber von Linz. 1994 bis 1997 erscheint die Plessel-Romantrilogie im Hermagoras-Verlag Klagenfurt. Ausbildung zum Allgemeinarzt 1991-1994 in Kärnten, dann Umzug nach Bayern, Ausbildung zum Internisten 1997-2001 in Lichtenfels/Oberfranken. Seit 2002 in eigener Praxis in Bamberg niedergelassen, Schwerpunkt Naturheilkunde.
Im Laufe der letzten drei Jahre sind fünf Naturheilkundeberater erschienen, zuletzt „Traditionelle Europäische Medizin“ und „Der Schüßler-Salze-Stufenplan“ (mit Heidrun Rieger) im Herbig-Verlag München. Mediale Tätigkeiten, z.B. mehrere Auftritte in der Fernsehsendung „Fliege“, Essays für Deutschland Radio Kultur, zahlreiche Fachartikel in „Naturheilpraxis“, „Weg zur Gesundheit“, „BIO“, „Prismamagazin“, Vortragstätigkeit für die DHU, Phoenix Pharma u.a. Seit 1997 erscheinen Geschichten über Voodoo Holmes, den jüngeren Bruder des Meisterdetektivs. Bei Egmont-VGS wurde 2002 das satirische „Buch vom Schnarchen“ aufgelegt. 2006 publiziert der Betzel-Verlag in Nienburg a.d. Weser den Roman „Mendels Erbe“ über einen fiktiven Holocaust-Verbrecher, und Vallentine-Mitchell in London auf Englisch „Odilo Globocnik. Creator of Nazi Death Camps“, eine Biographie.

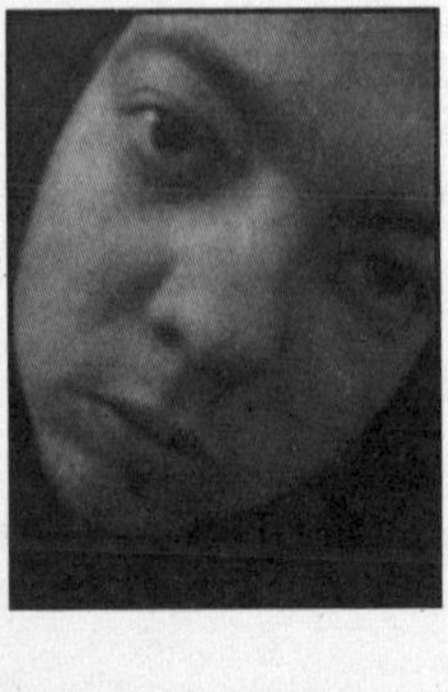

Christian Schönwetter

Geboren wurde ich am 24.06.1977 in München. Ich bin gelernter Jurist, doch mein Herz schlägt für die dunkle Phantastik und die Wiederbelebung einer symbolträchtigen Kunstform, die zwischen Expressionismus und Neoromantik angesiedelt ist. Ich bin Mitherausgeber der Zeitschriften Abyss:Abgrund -seit

1996 (www.abyssum.de) und Mitbegründer des mischwesen autorenverlag (www.mischwesen-av.de). Daneben kümmere ich mich um den Austausch junger Autoren mit den Projekten „Abyss:literaturwerkstatt“ und „Cafe Noir“.
Meine Motivation ist das beständige Streben nach geistiger Freiheit. Klarer zu sehen. Den Schleier zu zerreißen, um einen Blick auf die andere Seite der Welt zu wagen. Der Versuch, mich aus derer eindimensionalen Weltsicht zu lösen, die überall vorzuherrschen scheint. Ich gebe mich als Narr, der auf den Schatten tanzt –

Klaus-Peter Walter

1955 in Michelstadt im Odenwald geboren
Lebt heute mit Frau, Sohn und viel zu vielen Büchern in Bitburg in der Eifel.
Studierte Slawistik, osteuropäische Geschichte und Philosophie in Mainz.
Seit der Promotion 1983 freier Publizist.
Trotz der intensiven Beschäftigung mit russischer Literatur sind Anfälle von gelegentlicher Anglophilie nicht zu leugnen. Daher auch passionierter Tee-Trinker.
Erholte sich nie mehr von einer Infektion mit dem Baker-Street-Virus, die ihn in der Unterstufe des Gymnasiums befiel, und besaß sogar eine Zeitlang den gleichen Schreibschrank, den Sherlock Holmes-Darsteller Erich Schellow in seinem Fernseh-Wohnzimmer stehen hatte. Noch heute ist sein Arbeitszimmer im Holmesianischen Stil gehalten, mit Blick auf die deplorablen Chemiekenntnisse jedoch ohne säurezerfressenen Labortisch, aber dafür mit Computer.
Er arbeitete und arbeitet – vor allem über osteuropäische Autoren und Literaturen – für die „Frankfurter Allgemeine Zeitung“, „Die Welt“ und den Südwestrundfunk sowie für zahlreiche Literaturlexika (KNLL, KLfG u.a.)
Gibt seit 1993 das Loseblatt- „Lexikon der Kriminalliteratur“ LKL heraus.

Schrieb 1995 „Das James-Bond-Buch“ und 2002 with a little help from his friends „Reclams Krimi-Lexikon“.
Zahlreiche Kriminalkurzgeschichten bei Scherz, KBV, GEV u.a.
Der Meister aus der Baker Street tritt auf in seinen Kurzgeschichten „Sherlock Holmes und Old Shatterhand“ (2005) und „Der Tote vom Sewer“, BLITZ-Verlag, 2006).
„Im Reich des Cthulhu“ wird sein erster Sherlock-Holmes Roman, der 2007 im BLITZ-Verlag erscheint.

Arthur Gordon Wolf

Jhg. 1962, Pendler zwischen dem Bergischen Land und dem Niederrhein, wo er als Lehrer an einem Gymnasium arbeitet – schreibt Rezensionen für das Magazin „phantastisch!“ sowie Short – Stories, Erzählungen und Romane, die nahezu alle mehr oder weniger der Unheimlichen Phantastik zuzuordnen sind – egal, ob Crime, Fantasy, SF oder Horror, stets spielt das Element des ‚Doppelbödigen’, des ‚Unheilvollen’ ein zentrales Motiv – seine Arbeiten sind bislang in diversen Magazinen wie „MADAME“, „c’t“, „Alien Contact“, „Mephisto“, „VIRUS“ und „phantastisch!“ erschienen sowie in zahlreichen Anthologien u.a. bei Grafit und Bastei Lübbe – ein SF- Hörspiel beim SDR/SWR und HR. Sein bislang umfangreichstes Werk, eine düster-erotische Romantrilogie mit phantastischen Elementen, „Katzendämmerung“, wartet noch auf einen geeigneten Verlag.
Mit „Die blaue Taube“ betritt A.G.W. Neuland: Zum ersten Mal unterwarf er sich willentlich dem Setting und Stil eines anderen Autors und mußte – ganz gegen seine Gewohnheit (!) – eine vollkommen rationale Geschichte entwickeln. Er hofft, daß ihm Sir Arthur Conan Doyle sein kleines Pastiche verzeiht.

Kontakt zum Autor unter: catsdawn@web.de